Cómo vender una casa encantada

AF276361

Grady Hendrix
Cómo vender una casa encantada

Traducción de Pilar de la Peña Minguell

minotauro

La lectura abre horizontes, iguala oportunidades y construye una sociedad mejor.
La propiedad intelectual es clave en la creación de contenidos culturales porque
sostiene el ecosistema de quienes escriben y de nuestras librerías.
Al comprar este libro estarás contribuyendo a mantener dicho ecosistema vivo y
en crecimiento.
En **Grupo Planeta** agradecemos que nos ayudes a apoyar así la autonomía creativa
de autoras y autores para que puedan seguir desempeñando su labor.
Dirígete a CEDRO (Centro Español de Derechos Reprográficos) si necesitas fotocopiar
o escanear algún fragmento de esta obra. Puedes contactar con CEDRO a través de la
web www.conlicencia.com o por teléfono en el 91 702 19 70 / 93 272 04 47.
Queda expresamente prohibida la utilización o reproducción de este libro o de
cualquiera de sus partes con el propósito de entrenar o alimentar sistemas
o tecnologías de inteligencia artificial.

Biografía

Grady Hendrix es novelista y guionista y actualmente vive en Nueva York. Ganador del premio Bram Stoker por su ensayo *Paperbacks from Hell*, ha sido nominado al premio Shirley Jackson y al Locus por *Horrorstör*, *El exorcismo de mi mejor amiga* y *Vendimos nuestras almas*. Ha recibido el elogio unánime de la crítica por *Guía del club de lectura para matar vampiros* o *Grupo de apoyo para Final Girls* en reseñas de la NPR, el *Washington Post*, el *Wall Street Journal*, *Los Angeles Times*, *A. V. Club*, *Paste*, BuzzFeed y muchas más. Asimismo, ha colaborado con *Playboy*, *The Village Voice* y *Variety*. Su último trabajo, *Cómo vender una casa encantada*, ha sido un fenómeno de ventas en EE. UU.

gradyhendrix.com

𝕏 @grady_hendrix

f @PaperbacksFromHell

Amanda,
te llevo siempre conmigo,
te veo en todas partes,
me envuelves siempre,
aunque sé bien
dónde te enterré.

1

Pensando que a lo mejor no se lo tomaban bien, Louise informó a sus padres de su embarazo por teléfono, desde San Francisco, a casi cinco mil kilómetros de distancia. No porque dudara de su decisión, ni mucho menos. Cuando habían ido apareciendo aquellas dos rayitas paralelas de color rosa, todo el pánico se había esfumado y una vocecilla le había dicho por dentro: «Ya eres mamá». Pero, aun en el siglo XXI, era difícil prever la reacción de unos padres sureños a la noticia del embarazo de su hija soltera de treinta y cuatro años. Louise se pasaba el día ensayando distintas formas de soltárselo con delicadeza, pero, en cuanto su madre descolgó y su padre se puso al supletorio de la cocina, se quedó en blanco y espetó:

—Estoy embarazada.

Esperaba que la acribillaran a preguntas: «¿Estás segura?». «¿Lo sabe Ian?». «¿Lo vas a tener?». «¿No has pensado en volver a Charleston?». «¿Tienes claro que eso es lo mejor?». «¿Te haces una idea de lo duro que va a ser criarlo tú sola?». «¿Cómo te las vas a arreglar?». Aprovechó el largo silencio para ensayar las respuestas: «Sí; aún no; por supuesto; ¡ni de coña!; no, pero lo voy a hacer de todas formas; sí; me apañaré». Al otro lado de la línea, oyó que alguien tomaba aire mientras daba lo que parecía un buen sorbo de agua, y cayó en la cuenta de que su madre estaba llorando.

—Ay, Louise… —le dijo su progenitora con la voz pastosa, y Louise se preparó para lo peor—, ¡cuánto me alegro! Vas a ser la madre que yo no fui.

Su padre solo quería saber una cosa: las señas de su casa.

—No quiero malentendidos con el taxista cuando aterricemos.

—Papá, no hace falta que vengáis ahora mismo.

—Pues claro que sí —replicó él—. Eres nuestra Louise.

Los esperó en la calle, sufriendo un microinfarto cada vez que un vehículo doblaba la esquina, hasta que por fin un Nissan azul oscuro se detuvo delante del edificio, bajó de él su padre y ayudó a bajar a su madre. Louise no aguantaba más: se arrojó a los brazos de su madre como si volviera a ser una cría.

Se encargaron de comprar la cuna y la sillita de paseo, le dijeron que era una locura plantearse siquiera un servicio de alquiler y lavado de pañales de tela y hablaron de la alimentación del bebé y de las vacunas y del millón de decisiones que tendría que tomar, y compraron sacamocos y pañales y bodis y mantitas y cambiadores y toallitas y pomada para el culete y gasas para los vómitos y sonajeros y luces nocturnas…, y Louise habría pensado que se les había ido la mano con las compras de no ser porque su madre le dijo: «¡Anda, que no te quedan cosas por comprar!».

Ni siquiera pudo reprocharles que les costara digerir lo de Ian.

—Aunque no estéis casados, deberíamos conocer a sus padres, que ellos también van a ser abuelos —le dijo su madre.

—Aún no se lo he dicho —contestó Louise—. Solo estoy de once semanas.

—Pues cada vez se te notará más —señaló su madre.

—El matrimonio tiene ventajas económicas tangibles —añadió su padre—. ¿Seguro que no te lo quieres pensar?

Louise no se lo quería pensar.

Ian era graciosillo, listo, y ganaba un pastizal como marchante de rarezas en vinilo para los ricos de la zona de la Bahía que añoraban su infancia. Le había conseguido una colección completa de primeras ediciones de álbumes de los Beatles al cuarto mayor accionista de Facebook y había encontrado la edición pirata del concierto de Grateful Dead en el que un miembro de la directiva de Twitter le pedía matrimonio a su primera esposa. A Louise le costaba creer el dineral que la gente estaba dispuesta a pagar por cosas así…

Paradójicamente, cuando ella le había insinuado que debían tomarse un descanso, Ian había creído oportuno hincar la rodilla en el patio interior del Museo de Arte Moderno de San Francisco. La negativa de Louise lo había puesto tan triste que se había acostado con él por pena, y de ahí su estado actual.

El día que le había pedido que se casaran, llevaba puesta su camiseta original del *In Utero* de Nirvana con un agujero en el cuello por la que había pagado cuatrocientos pavos. Se gastaba miles de dólares al año en zapatillas, a las que se empeñaba en llamar «zapas». Se ponía a mirar el móvil mientras Louise le contaba cómo le había ido el día, se burlaba de ella cuando confundía a los Rolling Stones con los Who y, cuando pedía postre, siempre le preguntaba: «¿Estás segura?».

—Papá, Ian no está preparado para ser padre.

—¿Y quién lo está? —replicó su madre.

Pero, en el caso de Ian, Louise lo veía clarísimo.

Las visitas familiares siempre se hacen largas y, al final de la semana, Louise ya estaba contando las horas que le quedaban para volver a estar sola en su apartamento. La víspera del día en que sus padres volvían a casa, se encerró en su dormitorio «a mirar el correo» mientras su madre se quitaba los pendientes con la intención de echarse una siesta y su padre iba a buscar el *Financial Times*. Supuso que, si aguantaban así hasta el almuerzo, luego iban a dar un paseo por el parque del Presidio y después cenaban algo, todo iría bien.

Pero su cuerpo tenía otros planes. Le entró hambre de pronto. Se le antojaron unos huevos cocidos. Necesitaba ir a la cocina de inmediato. Así que entró con sigilo en el salón, descalza, para no despertar a su madre, porque no se veía con ánimo de soportar otra conversación sobre lo bien que le quedaría el pelo largo, lo a gusto que estaría en Charleston o lo mucho que le convendría volver a dibujar.

Se la encontró dormida en el sofá, tumbada de lado, tapada hasta la cintura con una manta amarilla. La luz de mediodía la hacía parecer macilenta, destacándole las arruguitas del contorno de la boca, el pelo ralo, las mejillas flácidas... Por primera vez en su vida, Louise supo qué aspecto tendría su progenitora muerta.

—Te quiero —le dijo su madre sin abrir los ojos, y ella se detuvo en seco.

—Lo sé —contestó al cabo de un momento.

—No, no lo sabes —replicó la otra.

Esperó a que se explicara, pero la respiración de su madre se hizo más profunda, más regular, hasta convertirse en un ronquido. Louise entró en la cocina. ¿Hablaba su madre en sueños? ¿Se refería a que no era consciente de que la quería, o de cuánto la quería, o a que no lo entendería hasta que también ella tuviera una hija? Le dio vueltas, preocupada, mientras se comía el huevo duro. ¿Lo decía porque vivía en San Francisco? ¿Pensaba que se había ido tan lejos para poner distancia entre las dos? Se había mudado allí por la universidad y después se había quedado por el trabajo. Aunque era cierto que, si de niña todo el mundo te dice lo estupenda que es tu madre y hasta tus ex te preguntan por ella cuando te los cruzas por la calle, te hace falta poner distancia si quieres tener vida propia y a Louise a veces no le bastaba siquiera con cinco mil kilómetros. Tal vez su madre lo notara.

Luego estaba su hermano. Solo se había mentado a Mark un par de veces durante aquella visita y Louise sabía que a su madre la reconcomía por dentro que ellos dos no tuvieran una relación «natural», pero lo cierto era que no quería tener relación con su hermano, ni natural ni de otro tipo. En San Francisco podía hacerse pasar por hija única.

Sabía que era la típica hermana mayor, la primogénita que se llevaba todos los golpes. Había leído artículos y ojeado listículos, y cumplía todos los requisitos: juiciosa, organizada, responsable, trabajadora… Hasta lo había visto catalogado como trastorno (el «síndrome del hermano mayor») y se había preguntado cuál sería el de Mark. Alcoholismo terminal, seguramente.

Cuando le preguntaban por qué no se hablaba con su hermano, Louise contaba lo de la Navidad de 2016, en que, aunque su madre se había pasado el día en la cocina, Mark se empeñó en que cenaran en un chino, al que llegó tarde, borracho y dispuesto a pedir la carta entera, para después quedarse traspuesto en la mesa.

—¿Por qué dejas que te haga esto? —preguntó entonces Louise.

—Sé un poco más comprensiva con tu hermano —le contestó su madre.

Louise comprendía perfectamente a su hermano. A ella le daban premios; Mark había terminado el instituto a trompicones. Ella había hecho un máster en Diseño; Mark había dejado la universidad el primer año. Ella creaba productos que la gente usaba a diario, como parte de la interfaz de usuario de la última versión del iPhone; él se había propuesto que lo echaran de todos los bares de Charleston. Vivía a solo veinte minutos de sus padres, pero se negaba a mover un dedo por ellos.

Por mal que se portara, sus padres siempre lo colmaban de elogios. Alquilaba un apartamento nuevo y para ellos era como si hubiera derribado el Muro de Berlín. Compraba una camioneta por quinientos dólares para arreglarla él mismo y casi parecía que hubiera puesto un pie en la Luna. Cuando el Colegio de Diseñadores Industriales le concedió a Louise la mención de honor a la mejor estudiante de posgrado, ella cedió el premio a sus padres, a modo de agradecimiento, y lo escondieron en el ropero.

—A tu hermano le va a doler que tengamos tu premio a la vista y nada suyo —se excusó su madre.

Louise sabía que su nula relación con Mark era el eterno tabú, el convidado de piedra, el miembro fantasma de todas las interacciones con sus padres, sobre todo con su madre, que odiaba lo que ella llamaba «desavenencias». Siempre estaba de buen humor, siempre dispuesta y, aunque Louise no tenía nada en contra de la felicidad, el empeño de su madre en alcanzarla a toda costa le resultaba enfermizo. Evitaba las conversaciones difíciles sobre temas dolorosos. Dirigía un guiñol moralizante y se comportaba como si siempre estuviera en escena. Las pocas veces que había perdido los papeles como madre le había soltado: «¡Me avergüenzo de ti!», como si avergonzarse fuera lo peor que le podía pasar a alguien.

Tal vez por eso Louise estaba tan decidida a tener aquel bebé: la maternidad las haría cómplices, las uniría. Sospechaba que todo lo que le fastidiaba de su madre sería precisamente lo que la convirtiera en una abuela increíble.

Mientras retiraba las cáscaras de huevo de la encimera, pensó que la maternidad compartida tendería un puente entre las dos, y los muros que había levantado para protegerse irían derrumbándose. No sería de un día para otro, pero daba igual. Tendrían toda la vida para digerir sus nuevos roles: el de la hija convertida en madre y el de la madre convertida en abuela. Años, creía ella. Al final, fueron cinco.

NEGACIÓN

2

La llamada entró cuando Louise andaba desesperada tratando de convencer a su hija de que *El conejo de felpa* no le iba a gustar.

—Ya sacamos un montón de cuentos nuevos de la biblioteca —le dijo—. ¿No prefieres…?

—*El conejo de fespa* —insistió Poppy.

—Da más miedo que la peli de *Los Teleñecos en Cuento de Navidad* —replicó Louise—. ¿Recuerdas qué susto cuando la aldaba se convierte en la cara de un señor?

—Yo quiero *El conejo de fespa* —sentenció Poppy.

Louise sabía que lo aconsejable era ceder y leerle a Poppy *El conejo de felpa*, pero no lo iba a hacer ni muerta. Tendría que haber echado un vistazo al paquete antes de que la niña lo abriera, porque, claro, su madre no le había hecho llegar el cheque para el campamento de verano Pequeños Paleontólogos como le había prometido, pero, de pronto, le había enviado a Poppy un ejemplar de *El conejo de felpa* porque «era el cuento favorito de Louise».

No era su cuento favorito, sino el origen de todas sus pesadillas infantiles. Su madre se lo había leído por primera vez a la edad de Poppy y, cuando sacaban al conejo al jardín para quemarlo, Louise se había echado a llorar.

—Te entiendo —le dijo su madre malinterpretando sus lágrimas—. A mí también me chifla este cuento.

La crueldad de la historia le revolvía las tripas a aquella Louise de cinco años: el niño desconsiderado que maltrataba sus juguetes, los juguetes necesitados de afecto que ansiaban de modo enfermizo su aprobación por abandonados que los tuviera, la distante y temible Nana, los conejos matones del campo... Pero su madre seguía leyéndoselo antes de dormir, sin darse cuenta de que la pobre se ponía rígida, aferrada a la sábana y mirando al techo, mientras ella hacía las voces de los distintos personajes.

Una clase magistral de interpretación, el papel estelar de Nancy Joyner y poder interpretarlo era la razón principal por la que su madre elegía aquel cuento. Terminaban llorando las dos, pero por razones distintas.

—¿Duele? —preguntaba el conejo.

—A veces —contestaba el caballo de piel—. Cuando eres de verdad, no te importa que te hagan daño.

Louise había salido con una chica en Berkeley que llevaba tatuada esa frase en el antebrazo, y no le sorprendió enterarse de que se lo hacía ella misma con una aguja de coser pegada con celo a un boli Bic.

El conejo de felpa confundía masoquismo con amor y se recreaba en la soledad. Además, ¿qué clase de espanto era un «caballo de piel»?

Ella no pensaba cometer el mismo error con Poppy. En aquella casa no iba a entrar ese cuento, aunque tuviera que jugar sucio.

—Todos esos libros que hemos sacado de la biblioteca se van a poner tristísimos —le dijo a su hija, que abrió mucho los ojos—. Les va a dar mucha pena que no los quieras leer primero. Les harás llorar.

Le horrorizaba mentir a Poppy y otorgar sentimientos a las cosas le parecía una burda manipulación, pero cuando lo hacía se sentía un poco menos culpable. Su madre los había manipulado a ellos toda su infancia con promesas imposibles y mentiras descaradas («los elfos existen, pero solo los veréis si estáis en silencio absoluto todo el viaje» o «no podemos tener perro porque me dan alergia») y Louise se había prometido ser siempre sincera y franca con su hija. Claro que, como Poppy había empezado a hablar tan pronto, había tenido que ajustar su planteamiento, pero no dependía de ello tantísimo como su madre. Eso era importante.

—¿De verdad van a llorar? —preguntó Poppy.

«¡Maldita sea, mamá!».

—Claro —contestó Louise—. Y se les van a empapar las páginas.

Por suerte, fue entonces cuando sonó el tono de llamada, la escalada convulsa de acordes mayores de «Summit», con sus gorjeos frenéticos, que significaba que era alguien de la familia. Miró la pantalla, esperando que fuera el «fijo de mamá y papá» o la «tía Honey», pero era Mark.

Se le helaron las manos.

«Necesita dinero —se dijo—. Está en San Francisco y no tiene dónde alojarse. Lo han detenido y mamá y papá por fin se han puesto firmes».

—Mark… —contestó notándose el pulso agitado en el cuello—. ¿Pasa algo?

—Siéntate —le aconsejó él.

Y ella se levantó automáticamente.

—¿Qué ha ocurrido? —preguntó.

—No flipes —dijo él.

Louise empezó a flipar.

—¿Qué has hecho?

—Mamá y papá han pasado a mejor vida —contestó él.

—¿Cómo que han pasado a mejor vida?

—Pues que han dejado de sufrir —dijo Mark en un alarde de delicadeza.

—Hablé con ellos el martes y no me pareció que sufrieran —replicó ella—. Cuéntame qué ha sucedido.

—¡Eso pretendo! —espetó él con voz pastosa—. Joder, no se me está dando muy bien, lo siento. Seguro que esto lo encajas bien: nuestros padres han muerto.

Se apagaron las luces de todo el Norte de California. De toda la Bahía. Se hizo la oscuridad en Oakland y en Alameda.

Esa oscuridad se propagó por Bay Bridge y, a orillas de la isla de Yerba Buena, las olas rompieron en medio de una negrura absoluta. Hubo apagón en la estación de ferris, en el barrio de Tenderloin y en el Theater District; la oscuridad fue avanzando hacia Louise, calle a calle, desde Mission hasta el parque, su edificio, el apartamento de abajo, el recibidor de su casa. El mundo entero quedó a oscuras, salvo por un foco que alumbraba a Louise, plantada en medio del salón y aferrada al teléfono.

—No —dijo, porque Mark siempre se equivocaba. ¡Una vez había invertido en un serpentario!

—Los embistió lateralmente un gilipollas que iba en un SUV, en la esquina de Coleman con McCants —le explicó su hermano—. Ya me he puesto en contacto con un abogado que cree que, al fallecer los dos, la indemnización podría ser sustanciosa.

«No puede ser», pensó Louise.

—No puede ser —dijo.

—Papá iba en el asiento del copiloto y se llevó lo peor —prosiguió Mark—. Conducía mamá, craso error, porque ya sabes que de noche no ve tres en un burro, y llovía a cántaros. El coche dio una vuelta de campana y le seccionó el brazo a la altura del hombro. Un horror. La pobre murió en la ambulancia. Saber los detalles ayuda, creo yo.

—Mark... —lo interrumpió Louise porque necesitaba respirar, le costaba respirar.

—Escucha —dijo él en voz baja y arrastrada—. Lo pillo. A mí también me ha pasado al principio, pero es importante que los veamos como energía. No han sufrido, ¿vale? Porque nuestro cuerpo no es más que el recipiente de nuestra energía y la energía no siente dolor.

Louise apretó fuerte el teléfono.

—¿Estás borracho?

Él se puso enseguida a la defensiva, o sea, que sí.

—Esto no es fácil para mí —repuso—, pero quería hablar contigo y decirte que todo va a ir bien.

—Tengo que hacer una llamada —dijo Louise desesperada—. Tengo que llamar a tía Honey.

—Llama a quien quieras, pero que sepas que todo va a ir bien, de verdad.

—Mark —le soltó ella—, hace tres años que no hablamos y tú te emborrachas y me llamas para decirme que mamá y papá... —reparó de pronto en Poppy y bajó la voz—. Que papá y mamá han tenido un problema, pero que no pasa nada porque son energía... Claro que pasa.

—Te aconsejo que te tomes una copa tú también —replicó él.

—¿Cuándo ha ocurrido?

Se hizo el silencio al otro lado de la línea.

—Eso da igual... —contestó el otro por fin.

La respuesta puso a Louise en alerta máxima.

—No, no da igual.

—Ayer, como a las dos de la madrugada —respondió Mark con desenfado—. He tenido mucho lío.

—¿Hace cuarenta y una horas? —espetó ella tras hacer el cálculo.

Sus padres llevaban muertos casi dos días y ella ni se había enterado porque a Mark no le había apetecido llamarla. Le colgó.

Miró a Poppy, que, arrodillada en el suelo junto a la banqueta del piano, susurraba a los libros de la biblioteca y los acariciaba, y vio a su madre. La niña había heredado el pelo rubio de su abuela, su fina barbilla afilada, sus inmensos ojos pardos y su cuerpecito menudo. A Louise le dieron ganas de abalanzarse sobre ella, estrecharla entre sus brazos, sumergir el rostro en el olor dulce de aquella criatura, pero ese era el tipo de gesto superdramático que gustaba a su madre, a la que jamás se le habría ocurrido pensar que podría asustarla o generarle inseguridad.

—¿Era la yaya? —preguntó la pequeña, porque adoraba a su abuela y había aprendido a identificar el tono de llamada asignado a la familia.

—No, era tía Honey —mintió Louise, que apenas podía contener las lágrimas—. Ahora tengo que llamar a la abuela. Tú quédate aquí viendo un episodio de *La patrulla canina* y, cuando termines, preparamos una cena especial.

Poppy se levantó de un brinco. Nunca la dejaban sola con el iPad y aquel privilegio nuevo y emocionante la distrajo de los libros tristes de la biblioteca y de quienquiera que hubiese llamado por teléfono. Louise la sentó en el sofá con la tableta, se fue a su habitación y cerró la puerta.

Mark se equivocaba. Estaba borracho. Una vez, llevado por «una corazonada», había invertido miles de dólares en una fábrica mexicana de árboles de Navidad que había resultado ser una estafa. Louise debía asegurarse. Si llamaba a casa de sus padres y no respondía nadie, no iba a poder soportarlo, así que llamó a tía Honey.

No conseguía atinar con los iconos de las aplicaciones y abrió varias veces la del tiempo, hasta que por fin logró acceder a la agenda y pulsar el número de su tía, tía abuela, en realidad, que contestó al primer tono.

—¿Qué? —bramó con voz flemática.

—Tía Honey… —dijo Louise, pero se le hizo un nudo en la garganta y no pudo seguir.

—Ay, Lulu —graznó tía Honey, y con aquellas dos palabras manifestó toda la pena del mundo.

Se hizo un silencio casi absoluto. De los nervios, a Louise empezaron a pitarle los oídos. No encontró palabras para continuar.

—No sé qué hacer —comentó por fin con un hilo de voz y una inmensa tristeza.

—Cariño, haz la maleta, mete un vestido bonito y ven a casa —le dijo su tía.

La madre de Louise sufría una incapacidad patológica para hablar de la muerte. Cuando a su tío Arthur le había dado un infarto y se había empotrado con el tractor cortacésped en un invernadero, los había soltado a Mark y a ella en casa de tía Honey para irse «de vacaciones» con su padre a Myrtle Beach. En quinto, la hermana mayor de Sue Estes había muerto de leucemia y a Louise su madre le había prohibido ir al funeral porque «era demasiado pequeña». Su amistad con Sue no volvió a ser lo mismo. Se habían pasado la infancia entera pensando que su progenitora era alérgica a todo tipo de mascotas, pero Louise ya había terminado la universidad cuando su madre por fin confesó que jamás había querido tener nada en casa que pudiera morirse. «Tu hermano y tú os habríais puesto demasiado tristes», se justificó.

Cuando tuvo a Poppy, Louise se prometió que le hablaría con franqueza de la muerte. Sabía que exponerle la cruda realidad sería la mejor forma de que la niña entendiera que la muerte formaba parte de la vida. Contestaría a todas las preguntas de su hija con absoluta sinceridad, y lo que no supiera lo averiguarían juntas.

—Mañana me voy a Charleston —le dijo esa noche, sentada en la butaca de leer cuentos que Poppy tenía junto a su cama, a la luz de la lamparita de plástico en forma de ganso—. Y quiero que sepas por qué. Los abuelos han tenido un accidente muy grave. —Al decirlo vio reventar las lunas de seguridad, los fragmentos metálicos desgarrar y retorcer la carne—. Y se han hecho muchísimo daño. Tanto que sus cuerpos han dejado de funcionar y los abuelos han muerto.

Poppy salió disparada de la cama, se lanzó como una bala al regazo de Louise, se abrazó a sus costillas demasiado fuerte y empezó a llorar desconsoladamente.

—¡Nooo! —gritaba—. ¡Nooo! ¡¡NOOO!!

Louise quiso decirle que no pasaba nada, que ella también estaba triste, que pasarían la pena juntas y que era normal sentirse así cuando moría alguien, pero cada vez que arrancaba a hablar, Poppy se limpiaba la cara en ella como si quisiera arrancársela, sin dejar de gritar: «¡¡NOOO!! ¡¡NOOO!! ¡¡NOOO!!». Al ver que la cosa iba para largo, se tumbó en la cama con su hija y la abrazó hasta que se quedó dormida.

Se acabó lo de plantear la muerte de forma sana.

Louise estuvo horas con el cuerpecito lacio y febril de su hija en brazos, deseando más que en toda su vida que alguien la abrazara a ella, aunque fuera solo un minuto, pero nadie abraza a las madres.

Se recordó de pronto en la sala de espera de la consulta del doctor Rector, aquella que olía a algodones empapados en alcohol y a pinchazos en el dedo, acurrucada en el regazo de su madre, que la distraía contándole a qué habían ido allí los otros niños.

—¿Ves a ese pequeñajo de ahí? —le decía su madre señalando a un crío de seis años que se sacaba los mocos—. Se hurga tanto la nariz que ya no huele más que la huella de sus dedos. Le van a hacer un trasplante nasal. ¿Y ves al que no para de mordisquear la bandolera del bolso de su madre? Le cambiaron el cerebro sin querer por el de un perro. ¿Aquella niña pequeña? Se comió las pepitas de la manzana y le están creciendo manzanos en la tripa.

—¿Y no le pasará nada? —preguntaba Louise.

—¡Qué va! Las manzanas están riquísimas. Por eso han venido: a que el doctor Rector le plante naranjas también.

Su madre se acordaba de todos los cumpleaños, de todos los aniversarios, del primer día de trabajo de todo el mundo en un sitio nuevo, de cuándo salían de cuentas todas las embarazadas... Recordaba las fechas señaladas de todos los primos o sobrinos solteros y de todos los feligreses de la parroquia como si aquel fuera su cometido. Mandaba notas, llevaba tartas y Louise no recordaba ni un solo cumpleaños suyo en que, al descolgar el teléfono, no hubiera estado su madre al otro lado cantando el «Cumpleaños feliz». Todo aquello se había terminado. Las tarjetas en cualquier ocasión, las llamadas de cumpleaños, la circular de Navidad enviada a cientos de personas... Nada de eso volvería a ocurrir.

Su madre tenía opiniones, tantas que a Louise a veces la asfixiaban. Como que *El conejo de felpa* era su cuento favorito, que no había que tirar nada a la basura porque todo se podía reutilizar, que a los niños no había que dejarles vestir de negro hasta los dieciocho, que las mujeres no debían llevar el pelo corto hasta cumplir los cincuenta, que Louise trabajaba demasiado y lo que debía hacer era volver a Charleston, que Mark no era más que un genio incomprendido en busca de su sitio en el mundo...

Todos aquellos pareceres, toda aquella creatividad, aquellas notas y llamadas telefónicas, su empeño constante de ser el centro de atención, su agotadora necesidad de gustar a todo el mundo, sus cambios de humor, de la euforia más absoluta a la más honda depresión, hacían de su madre lo que era, pero también ayudaron a Louise a entender, desde muy joven, que, al contrario que su padre, su madre no era de fiar.

Louise jamás había visto a su padre disgustado. Siendo adolescente, un día grabó el *Nirvana Unplugged* encima de la presentación de su padre en la Sociedad Sureña para el Fomento de la Ciencia. Al descubrirlo, él lo meditó un buen rato y dijo: «Me está bien empleado, por engreído». Cuando ella quiso saber de electricidad, su padre le enseñó a usar un ohmímetro y recorrieron juntos la casa, introduciendo los terminales en las clavijas y acercándolos a las pilas. Con el dinero que le dieron esas Navidades, se compró en RadioShack el *Manual de electrónica para principiantes* de Mims y, en el garaje, su padre y ella aprendieron a soldar y a montar detectores de humedad y generadores de tonos.

Louise se escabulló de la cama de Poppy con cuidado de no despertarla y entró sigilosa en la cocina. Tenía algo pendiente. De pie en la oscuridad, buscó en la agenda del móvil el número del «fijo de mamá y papá». Mirando a otro lado, procuró serenarse y pulsó el botón de llamada.

Aún tenían contestador: «Has llamado a casa de los Joyner —oyó decir a su padre con el mismo tempo exacto que lo había oído durante lustros. Se sabía todas las pausas, todos los cambios de entonación del mensaje entero. Lo fue recitando por lo bajo—. Ahora mismo no podemos ponernos, o no nos apetece. Por favor, deja un mensaje claro y detallado después de la señal y te llamaremos en cuanto nos venga bien». Se oyó un pitido y, en la otra punta del país, en la cocina de sus padres sonó el clic del comienzo de la grabación.

—Mamá… —dijo con un nudo en la garganta—. Hola, papá. Estaba pensando en vosotros y se me ha ocurrido saludaros y ver si estáis ahí. Mark me ha llamado esta noche y… Si estáis ahí…, si estáis ahí, por favor, contestad al teléfono. —Esperó diez segundos largos. Nada—. Os echo de menos y espero que estéis bien y… —No sabía qué más decir—. Y os quiero. Os quiero mucho a los dos. Vale, adiós. —Ya iba a colgar cuando volvió a acercarse el teléfono a la boca—. Llamadme, por favor.

Colgó y se quedó allí plantada, sola, a oscuras. La inundó una súbita sensación de certeza, y aquella misma vocecilla que le había comunicado su maternidad le dijo por dentro: «Te has quedado huérfana».

3

La idea de dejar a Poppy con Ian resultó un desastre. La niña, colgada del cuello de Louise, se negaba a soltarla.

—No quiero que te vayas —lloraba.

—Yo tampoco quiero irme, pero tengo que hacerlo.

—¡No quiero que te mueras! —continuó llorando Poppy.

—No me voy a morir —respondió su madre soltándose de los brazos de la cría—. Para eso aún falta mucho.

Empezó a pasársela a Ian.

—¡Te vas para siempre! —hipaba Poppy aferrada a Louise—. ¡Te morirás como los yayos!

Ian tomó en brazos a la niña y, poniéndole una mano en la nuca, le apretó la carita contra su pecho.

—¿Le has contado que han eme-u-e-erre-te-o? —le preguntó él.

—¿Y qué le iba a decir?

—Joder, Louise, que tiene cinco años.

—Es que… —quiso justificarse ella.

—Vete, anda —la instó Ian—. Ya me encargo yo.

—Pero…

—Lo estás empeorando.

—Adiós, cariño —dijo Louise intentando darle a Poppy un beso en la coronilla.

La niña enterró la cara en el pecho de Ian y su madre sintió que debía consolarla de algún modo, pero al final agarró el bolso de viaje, dio media vuelta y se dirigió al acceso grande donde ponía «Todas las puertas de embarque» sintiéndose una madre fracasada, preguntándose cómo había podido meter tanto la pata, tratando de recordar cómo le había explicado a ella la muerte su madre. Entonces se acordó: no lo había hecho.

Cuando embarcaron, se sentía boba y torpe. No paraba de disculparse con todo el mundo. «Perdone que no encuentre la tarjeta de embarque, pero es que han muerto mis padres». «Perdone que le haya pisado la bolsa del portátil, pero es que han muerto mis padres». «Perdone que me haya sentado en el sitio equivocado, pero es que han muerto mis padres».

La sola idea era tan grande que no le cabía en la cabeza. Era el pensamiento que emborronaba todos los demás. Antes de que despegaran, buscó en Google «qué hacer cuando mueren tus padres» y se vio desbordada por un montón de artículos en los que le sugerían que encontrara el testamento y al albacea, buscara un abogado especializado en fideicomisos y patrimonio, se pusiera en contacto con un asesor financiero, cerrara a cal y canto la finca, devolviera el correo, hiciera los preparativos del funeral y el entierro o la incineración, solicitara una copia del certificado de defunción...

Se preguntó si debía llorar. Aún no había llorado y le daba la impresión de que llorar la aliviaría.

En cuanto dudaba sobre cómo proceder, hacía una lista. Siendo madre soltera con un empleo a jornada completa, las listas eran sus mejores amigas. Abrió *Listr* en el móvil y creó una lista nueva a la que llamó «Por hacer en Charleston»; luego pulsó el signo más para añadir el primer elemento y estuvo un buen rato contemplando la línea en blanco. Trató de poner en orden sus ideas, pero se le resistían. Al final, frustrada, cerró la *app*. Quiso dormir, pero era como si unas hormigas en llamas le pasearan por el cerebro, así que volvió a sacar el móvil, abrió *Listr*, pulsó el signo más y se quedó mirando fijamente la línea en blanco para terminar cerrando de nuevo la *app*.

En algún momento, empezó a hacer frío en el avión y Louise dio una cabezada. Despertó bruscamente, abrió los ojos y se notó la nuca húmeda y fría. Por las costillas le corrían regueros de sudor. No sabía qué hora era. La chica de al lado estaba dormida. Pasó por su lado una azafata a toda velocidad. El piloto dio un aviso. Iban a aterrizar en Charleston. Estaba en casa.

Bajó del avión a un mundo que le pareció demasiado luminoso, ruidoso, caluroso, colorido. Las palmeras, los logos con piñas, los muros de ventanas soleadas, los anuncios gigantescos protagonizados por la silueta de la ciudad al atardecer…, todo aquello se le grabó a fuego en los ojos irritados.

En Avis, alquiló un Kia azul pequeñito y cruzó el puente nuevo hasta el SpringHill Suites de Mount Pleasant. En recepción la registraron enseguida y, de pronto, se vio plantada en medio de una habitación de color arena con toques melocotón, colcha estampada de piñas y un cuadro de palmeras en la pared.

Miró el móvil. Mark aún no la había llamado ni había contestado a los dos mensajes que le había dejado la noche anterior. Sí, ella le había colgado antes, pero que se lo perdonara; a fin de cuentas, sus padres habían muerto. Aunque la ausencia de señales de su hermano la decepcionara, no le sorprendió. Hasta se sintió aliviada. Tampoco pasaba nada si él asomaba solo un rato por el funeral, lo justo para que intercambiaran alguna anécdota y luego cada uno siguiera con su vida. Se habían distanciado demasiado para empezar de pronto a relacionarse.

No era ni mediodía. Necesitaba hacer algo. El cuerpo le pedía actividad. La ropa se le adhería a la piel pegajosa. Quería organizarse, hacer cosas, ir a algún lado. Necesitaba hablar con alguien, rodearse de gente que hubiera conocido a sus padres. Debía ir a ver a tía Honey.

Subió al Kia y enfiló Coleman en dirección al puente giratorio de Ben Sawyer y, al pasar por la espantosa urbanización que habían construido donde en su día estaba el Krispy Kreme, cayó en la cuenta de que se encontraba a punto de pasar el cruce en el que habían fallecido sus padres. Cuanto más se acercaba a la esquina de Coleman con McCants, más levantaba el pie del acelerador y la velocidad fue bajando de sesenta a cincuenta y luego a cuarenta. Aún le quedaba un semáforo. Debía girar hacia el enlace de Isle of Palms, pero, cuando quiso darse cuenta, ya estaba allí.

Todos los detalles le saltaron a la vista como en primerísimo plano: trocitos de plástico rojo de las luces traseras esparcidos por el asfalto, pedazos de las lunas de seguridad reflejando el sol, el tapacubos de plástico de un Volvo completamente aplastado a la entrada de la gasolinera de Scotsman... Se le hizo un nudo enorme en la garganta y no conseguía que le pasara el aire a los pulmones. El ruido ambiente se esfumó y empezaron a pitarle los oídos. El sol brillaba demasiado; perdió la visión periférica. Cambió la luz. El conductor del coche que llevaba detrás tocó el claxon. De forma mecánica, Louise hizo un giro a la derecha desde el carril izquierdo, sin mirar siquiera si venía algún coche, consciente de que podían embestirla. Le daba igual. Tenía que alejarse de aquel cruce en el que sus padres habían muerto y ver la casa en la que habían vivido.

No la embistió nadie. Llegó a McCants y se tranquilizó. El pecho se le descongestionó en cuanto dobló la esquina de la manzana de sus padres y, como si se hubiera levantado un telón, vio su antigua casa.

Al mirarla con perspectiva, Louise la vio tal cual era, no envuelta en su historia ni en sus connotaciones. El chaletito de una sola planta estaba muy bien cuando sus padres lo habían construido, en 1951, pero, con los años, los vecinos habían mejorado sus viviendas instalando porches cerrados con mosquitera en la parte de atrás, pintado de blanco el ladrillo y de negro brillante las contraventanas, y casi todas las casas eran ya más grandes y más caras, mientras que la suya se había convertido en la más desvencijada del barrio.

Aparcó a la entrada y bajó del vehículo. El coche de alquiler se veía demasiado azul y demasiado chillón al lado del jardín seco. Los arbustos de camelias que flanqueaban el escalón de entrada parecían marchitos. Las ventanas estaban sucias y las mosquiteras llenas de porquería. Su padre aún no había puesto las ventanas antihuracanes, algo que siempre hacía en octubre, y nadie había barrido el tejado, en el que se amontonaban las agujas de pino tiesas formando densos continentes anaranjados. Del porche delantero colgaba, lacio y mugriento, un banderín navideño con un estampado de una vela roja y la palabra «NOEL».

De pronto, rellenó mentalmente la primera línea en blanco de su lista de tareas pendientes: «Dar un repaso a la casa». Empezaría por ahí: echaría un vistazo y valoraría la situación. Tenía lógica, pero sus pies no se movían. No le apetecía entrar. Le parecía demasiado. No quería verla tan vacía.

Sin embargo, como madre soltera que era, Louise se había convertido en experta en hacer cosas que prefería evitar. Si no le echaba arrestos y no lo hacía ella, ¿quién iba a hacerlo? Se obligó a cruzar el césped reseco, abrió la puerta mosquitera con un chirrido y asió el pomo de la principal. No giraba. No había llaves. ¿Por la de atrás quizás? Bordeó el lateral de la casa, donde la hierba amarillenta se convertía en tierra, soltó el cierre de la cancela de la valla metálica, la abrió de un golpe con la cadera y se coló dentro.

Las maderas de Mark yacían abandonadas en medio del jardín trasero, una pila de tablones de pino en su día amarillos que se habían puesto grises. Louise recordó lo mucho que se había emocionado su madre cuando los de Lowe's, la tienda de bricolaje, se los habían traído para que su hermano montara la terraza que había prometido hacerles allá por 2017. Ahí se habían quedado, destrozando el césped.

Claro que tampoco es que hubiera mucho césped que destrozar. El jardín trasero nunca había sido el punto fuerte de la familia, una extensión de tierra grande poblada de malas hierbas y de cualquier variedad mutante de césped capaz de sobrevivir sin riego. No crecía nada decente allí atrás, salvo por un nogal pecanero altísimo en el centro, probablemente muerto, y un ciprés retorcido y asilvestrado al fondo, en un rincón. Una pared de bambú indestructible los separaba de sus vecinos.

Louise agarró el viejo pomo destartalado de la puerta trasera que daba acceso al garaje y se le paró el corazón. Esperaba encontrarla cerrada con llave, pero el pomo giró bajo su mano y la puerta se abrió con la típica fanfarria de chirridos. Se obligó a entrar.

Los espectros de primos, vecinos y tías atestaban el garaje, bebiendo cerveza Coors como solían hacerlo el día de Navidad; sonaba Bing Crosby en un radiocasete; las mujeres fumaban Virginia Slims y añadían notas mentoladas a la perfección rosada del jamón navideño que se estaba asando. Los ojos de Louise se acomodaron a la penumbra, los fantasmas se desvanecieron y el garaje quedó el doble de vacío que antes.

Subió los tres escalones de ladrillo que conducían a la puerta de la cocina y se detuvo en seco. Desde allí, se oía la voz apagada de un hombre que hablaba con seguridad y autoridad en algún lugar del interior de la casa. Louise miró por el ventanuco del centro de la puerta, intentando traspasar el visillo blanco que lo cubría por el otro lado para distinguir quién era.

El suelo de linóleo, que imitaba un antiguo enlosado rústico de barro, se extendía más allá de la encimera que separaba la cocina del comedor y terminaba en la pared del fondo, de la que colgaba la galería de hiloramas de su madre, por encima de la mesa del comedor. El hule se cambiaba según la temporada y, en aquel momento, como era invierno, tocaba el de las flores de Pascua. En el techo, la lámpara de araña de JCPenney; pegado al rincón, el aparador de la vajilla de porcelana; las sillas, de espaldas a ella.

El hombre seguía hablando en algún lugar de la casa.

Louise veía un trocito del recibidor, con su moqueta verde, pero desierto. Una mujer le preguntó algo al hombre. ¿Habría ido Mark allí con algún agente inmobiliario? ¿Ya había empezado a llevarse cosas? No había visto ningún coche aparcado a la puerta, pero a lo mejor lo había dejado a la vuelta de la esquina. Su hermano podía ser así de tramposo.

Giró con cuidado el pestillo. La puerta crujió y se abrió de golpe y la voz del hombre se oyó más fuerte. Louise se coló dentro y cerró la puerta; luego avanzó con sigilo, aguzando el oído, procurando distinguir lo que decía aquel hombre. Reparó enseguida en algunos detalles: el bolso de su madre en un extremo de la consola, el pilotito rojo intermitente del contestador que indicaba que había un mensaje nuevo, el olor a vela decorativa calentada por el sol… Entonces llegó al comedor y se detuvo.

La voz del hombre sonaba alta y baja a la vez y Louise cayó en la cuenta de que venía del televisor del salón. Se le erizó el cuero cabelludo. Se asomó al recibidor: a la izquierda, un pasillo oscuro conducía al resto de la casa; a la derecha estaba el salón, donde alguien veía la tele en ese momento. Conteniendo la respiración, dobló la esquina.

Cientos de muñecos de la colección de su madre la miraban fijamente: los payasos desde lo alto del respaldo del sofá; un arlequín encajado en uno de los brazos; una caterva de muñecas de porcelana alemanas en una estantería alta; montones de ellos al otro lado de las puertas de cristal de la vitrina pegada a la pared del fondo… Encima de la vitrina, una maqueta con tres ardillas disecadas. Dos inmensos muñecos bebé franceses, sentados el uno al lado del otro en la butaca de terciopelo marrón de su padre, veían el canal de la teletienda.

Mark y Louise. Así había llamado su madre a aquellos muñecos feos, caros, de un metro de altura, rostro de porcelana, gesto arrogante y pelo estropajoso cortado a tajadas cuando los había comprado. «Aunque vosotros os vayáis, siempre tendré a mis dos chiquitines en casa», dijo.

La niña estaba sentada, muy tiesa, con su vestidito de verano, los brazos pegados al cuerpo, las piernas muy rectas hacia delante, la boquita de piñón pintada de fresa, la mirada ausente, clavada en el televisor. El niño llevaba una americana como la del pequeño lord Fauntleroy, con cuello blanco a lo Peter Pan y bermuditas, y su pelo rubio parecía cortado a cazo con unas tijeras romas. Entre los dos, el mando a distancia. A Louise siempre le habían dado repelús.

Miró por el pasillo, pero no vio ningún otro signo de vida (la puerta del baño estaba abierta, las de los dormitorios, cerradas, y no había luces encendidas), así que, armándose de valor, les arrebató el mando, procurando no rozarles la ropa, y apagó la tele. Se hizo el silencio y, de pronto, se encontró sola en una casa plagada de muñecos.

De pequeña, la colección de su madre había llegado a pasarle inadvertida. Si iba alguna amiga a casa y comentaba algo del estilo de «¡Cuántos muñecos tiene tu madre!», Louise contestaba: «Pues no has visto los títeres», y le enseñaba el taller de su progenitora, pero, en general, le entraban por un ojo y le salían por el otro. No obstante, a veces, como al volver a casa para Acción de Gracias en su primer año de universidad, o en aquel preciso instante, los veía perfectamente. En esas ocasiones, la casa parecía atestada de muñecos: había demasiadas miradas fijas, chupándose todo el oxígeno, observando todo lo que hacía.

Quiso mirar a otro lado y enseguida vio el bastón trípode de su padre tirado en la alfombra inmensa de delante de la tele. Era lo único fuera de lugar en toda la estancia. Tendría que haberlo llevado consigo en el coche.

Tras jubilarse como profesor de la Facultad de Económicas de la Universidad de Charleston, su padre había encontrado formas de volver al campus y, hacía un año, cruzaba los jardines camino de una reunión de la comisión consultiva cuando un alumno le gritó: «¡Profesor Joyner!», y le tiró un frisbi. Él dio un salto para atraparlo, espectacular, según todos los que lo vieron, pero lo malo fue el aterrizaje. Aun entonces, los médicos pensaban que el verdadero daño se lo había hecho el *buggy* de seguridad, que, al llegar, le pasó por encima de la pierna. En resumen: una fractura trimaleolar con luxación de tobillo que le cortaba el riego sanguíneo al pie. Tres placas, catorce tornillos, una infección ósea y tres cirugías después, le dieron el alta. Luego vinieron ocho semanas de recuperación sin carga, cuatro semanas con muletas y otras ocho con bota ortopédica y bastón. Mientras llevaba la bota ortopédica, empezó a dolerle la cadera derecha, lo que supuso más fisioterapia, más resonancias y el planteamiento de posibles cirugías futuras.

En total, estuvo diez meses inactivo, tiempo durante el cual su madre abandonó su guiñol para organizarle los analgésicos, llevarlo al fisio, hacer la rehabilitación con él y tenerlo entretenido. Su padre jamás había tenido siquiera un mal resfriado, que Louise recordara, con lo que aquello había sido como un terremoto. Cuando ella volvió a casa, le pareció que había envejecido veinte años en un mes: de un día para otro, aquel jubilado inquieto se había convertido casi en un inválido.

Debía de estar viendo la tele cuando se subieron al coche aquella noche y se le olvidó quitarla, algo del todo impropio de su padre, que iba por toda la casa apagando las luces que los demás se dejaban encendidas. Se le caería el bastón, aunque le extrañaba, porque dudaba que su padre pudiera ir muy lejos sin él.

Se agachó para ponerlo en su sitio, con un crujido de rodillas, y descubrió el martillo, al otro lado de la butaca de su padre. Se puso a cuatro patas para asirlo y, junto al borde de la mesita de centro, vio una astilla larga de madera que parecía fruto de un martillazo.

El bastón, el martillo, la tele encendida, los muñecos en la butaca de su padre…, todo aquello pintaba mal. Miró los muñecos. Fuera lo que fuese lo que había ocurrido, ellos lo habían visto todo, claro que no se lo iban a contar.

Louise apoyó el bastón de su padre en la butaca y dejó el martillo en la encimera de la cocina; luego enfiló el pasillo que conducía a los dormitorios, botando en la mullida moqueta verde de nailon, tejida para durar una eternidad y esculpida en forma de hojas de nenúfar. Pasó por la puerta cerrada del cuarto de Mark y se detuvo delante del taller de su madre. Estaba entre el dormitorio de Louise y el de su hermano y era más bien un cuartito de costura grande. En la puerta, su madre había clavado con una chincheta una cartulina que rezaba «TALLER DE NANCY», en cursiva y con un arcoíris. Todas las noches, mientras Louise y Mark discutían sobre a cuál de los dos le tocaba desbarasar la mesa y poner el lavaplatos, su madre se retiraba a aquel cuartito. Salía para darles las buenas noches o contarles un cuento, pero, durante años, Louise se durmió oyendo el traqueteo de la máquina de coser de su madre al otro lado de la pared y oliendo el tufo a plástico quemado de la pistola de cola termofusible.

Titubeó, rondando con la mano el pomo de la puerta, y decidió que aún no estaba preparada para hacerle frente. Dio media vuelta y siguió por el pasillo. Entonces, de pronto centrada, se detuvo en seco. Algo no cuadraba.

Exploró las paredes con la mirada de un marchante de arte experto, contemplando las innumerables fotos familiares en marcos grandes, pequeños, redondos, rectangulares...; las manualidades de su madre (montones de manualidades de su madre); los diplomas; los programas enmarcados de las obras de teatro de Mark en el instituto; las fotos de fin de curso, las de graduación, las de las vacaciones... El museo de retratos de los Joyner comisariado por su madre.

Algo no cuadraba. El silencio de la casa le ponía los nervios de punta. Entonces cayó en la cuenta de que el cordón no estaba. Solían meter el cordón blanco que descolgaba las escaleras del desván por detrás de una foto de su padre recibiendo un premio del Foro Nacional de Libertad Económica, porque, si no, te daba en la cabeza al pasar. Había desaparecido. Levantó la vista y notó un calambre en los hombros. En lo alto, entre las sombras, vio que habían sellado la trampilla del desván de forma chapucera, claveteando a ella todos los trozos de madera que habían encontrado y cortando por la base el cordón con el que se abría.

Le recordó a la única peli de zombis que Ian la había obligado a ver, en la que la gente sellaba las ventanas con tablones de madera para protegerse de los muertos vivientes. ¿Se habrían roto los muelles de la trampilla y su padre había intentado solucionarlo a su manera? ¿O quizás se había llenado el desván de mapaches y su padre pretendía evitar que entraran en la casa? ¿Habría sido excesivo para su madre el cuidado de su padre? ¿Estarían sucias las mosquiteras e infestado de mapaches el desván porque su madre no había dado más de sí? Se sintió culpable por no haber detectado que la cosa iba tan mal.

Como quedarse clavada debajo de la trampilla sellada del desván le inquietaba, continuó hacia la puerta cerrada del dormitorio de sus padres y se detuvo al ver abierto el respiradero grande del fondo del pasillo. Se le había caído la rejilla y había quedado al descubierto el boquete cuadrado abierto en el pladur. Louise asió la tapa y la apoyó en la pared. ¿Habrían entrado los mapaches del desván por los conductos de ventilación? ¿O eran ardillas?

Aquello no pintaba bien. La trampilla sellada, el respiradero destapado, el martillo, el bastón, la tele… El bolso de su madre en un extremo de la consola. Algo había pasado justo antes de que sus padres salieran de casa por última vez. Algo malo.

La puerta cerrada del dormitorio de sus padres y la de su antiguo cuarto estaban una enfrente de la otra. Louise decidió terminar de una vez su recorrido por la casa y salir de allí. Cuando estaba a punto de abrir la puerta del dormitorio de sus padres, se detuvo. La abriría, la encontraría vacía y aquello sería demasiado definitivo. Dando media vuelta, abrió de golpe la de su cuarto.

Su padre lo había convertido en su despacho hacía tiempo. El prehistórico ordenador familiar Dell ocupaba el antiguo escritorio de Louise, inundado de documentos y facturas de su progenitor. Empezó a ordenarlas sin darse cuenta. ¡La de veces que le habría organizado el escritorio! Casi en cada visita a casa no había podido pegar ojo hasta que había puesto orden en aquel despacho, para volver a encontrárselo a su regreso dispuesto según el críptico sistema de clasificación en montones de su padre.

Sus movimientos se hicieron más lentos cuando, de pronto, cayó en la cuenta de que ya no volvería a verlo desordenado. Esa vez los papelotes se quedarían como los dejara. Su padre ya no volvería a revolverlo todo. Louise ya no recibiría mensajes de texto repentinos de su madre, imposibles de entender y repletos de emojis aleatorios y de mayúsculas arbitrarias. Tampoco volverían a llegarle a casa regalos inesperados para Poppy.

Soltó las facturas en el escritorio y miró las estanterías de encima de la cama: sus anuarios del instituto Wando, el cordón con su carné de estudiante de la Governor's School, el trofeo de su Pinewood Derby, la carrera de cochecitos de madera, de cuando era *girl scout*, y sus antiguos peluches. Rojito, Buffalo

37

Jones, Dumbo y Espinete la miraban desde la estantería. Se había cansado de dormir con ellos a los cinco años y los había trasladado allí arriba, donde se habían convertido en una presencia constante y silenciosa en su vida. Parecían tan resignados que daba la impresión de que la entendieran.

Tomó a Buffalo Jones, se tumbó en la cama, se lo pegó al pecho y se hizo un ovillo, envolviendo con su cuerpo aquella figura blanda y sumisa. Enterró la cara en su pelo blanco. Olía a Febreze y le dio muchísima pena pensar que su madre hubiera seguido molestándose en tenerlo limpio.

De niña, adoraba a aquellos peluches. Practicaba con ellos el entablillado cuando se preparaba para conseguir la insignia de primeros auxilios en las Girl Scouts y se empeñaba en que su madre les diera un beso de buenas noches a todos y cada uno de ellos aun después de haberlos subido a la estantería. No eran fríos y mudos como los muñecos raros de su madre; a ella le parecían viejos amigos que esperaban su regreso.

Siempre que se agobiaba su padre le decía: «¿Sabes qué, Louise? Estadísticamente…, bueno, hay mucha varianza en esas cifras, pero, en general, desde el punto de vista estrictamente científico, todo termina arreglándose un número inverosímil de veces».

«Esta vez no —se dijo ella—. Esta vez ya nada se va a arreglar».

Abrazó fuerte a Buffalo Jones y sintió que se le rompía algo en el pecho y que los ojos se le llenaban de lágrimas y se aferró a ese sentimiento y se dejó llevar, consciente de que, por fin, iba a llorar.

En el salón, la tele se encendió sola.

4

«... en cinco cómodos plazos con Flexpay —oyó decir emocionado a un hombre—. O, con un solo pago de ciento treinta y seis con noventa y cinco dólares, puede conseguir esta preciosa muñeca coleccionable de Escarlata O'Hara hecha a mano, con su vestido de fiesta de terciopelo verde, su miriñaque y este maravilloso expositor sin... coste... adicional».

Louise se puso rígida.

«¡Es una oferta estupenda, Michael! —exclamó entusiasmada una mujer—. Nos las quitan de las manos, así que, si quiere la suya a un precio increíble, no desaproveche esta oferta única y llame ya».

A regañadientes, se levantó y fue hacia la puerta. Vio que aún llevaba en brazos a Buffalo Jones y lo dejó en la cama; luego se asomó al pasillo. Vacío. «La tenían temporizada y está fallando la programación. Ve allí y apágala». Se irguió y, fingiéndose enfadada para eludir el miedo, se dirigió aprisa al salón. Por el camino iba oyendo la tele cada vez más alta. Al entrar, se encontró a los muñecos Mark y Louise en la butaca de su padre, impasibles, con la teletienda puesta, y apagó el televisor.

La estancia repleta de muñecos contuvo la respiración. Tiró el mando a distancia a la butaca y aguardó un momento para asegurarse de que no se volvía a encender. Le pareció que los muñecos Mark y Louise ponían cara de fastidio e insolencia, pero sabía bien que era imaginaciones suyas. Un muñeco no cambia de expresión.

Más le valía irse a casa de tía Honey. Dio media vuelta y regresó a su cuarto con la intención de llevarse a Buffalo Jones para Poppy. Se lo enseñaría cuando hablaran por FaceTime y…

«… fíjese bien en esta cara, porque tiene un tacto de porcelana muy agradable, pero, en realidad, está hecha con vinilo de excelente calidad…».

Louise se detuvo en seco a medio camino, encorvada. Se notó irritada y lo agradeció: así no sentiría el miedo que le culebreaba por dentro. Dio media vuelta otra vez y volvió airada al salón. Aquellos gigantones no se habían movido de la butaca. Miraban fijamente el televisor que tenían delante. Louise lo apagó con el mando, se arrodilló al lado y lo desconectó.

En el súbito silencio, los muñecos le parecieron inquietos. Le dio la impresión de que los que estaban pegados a las puertas de cristal de la vitrina acababan de detenerse. Una de las muñecas de porcelana alemana de la estantería se había quedado como congelada levantando un brazo y uno de los payasos del sofá contenía a duras penas la risita. Eran pacientes. Eran malvados. Eran muchos para ella sola.

Debía hacer algo para demostrarse (¡y demostrarles!) que no le daban miedo, así que agarró del brazo a Mark y Louise, los llevó a rastras a la cocina y los sacó al garaje. Pesaban más de lo que creía. Encontró un hueco en una de las baldas grandes de madera que ocupaban dos de las paredes del garaje y los sentó allí.

Su minúscula sensación de triunfo se esfumó cuando a la muñeca empezó a temblarle el pelo. Luego vibró el muñeco también; se le sacudió el cuerpo entero y volcó. Agitó el aire un estremecimiento tal que el garaje empezó a traquetear. Louise se volvió hacia el origen del ruido y por los ventanucos laterales de la puerta vio la parrilla delantera de un inmenso camión rojo que iba hacia ella y se detenía a solo unos centímetros de su Kia. Se quedó allí plantado, en medio de un gran estrépito.

Louise volvió a la puerta de la calle, medio andando medio corriendo por toda la casa, abrió el pestillo y salió. A la entrada de la casa vio un remolque con una enorme tolva roja encima con el rótulo «AGUTTER CLUTTER» pintado a un lado. Detrás iba un Honda pequeño y maltrecho que se estacionó al borde del césped y del que bajaron unos hombres vestidos con monos blancos desechables.

El motor del camión se apagó con un tintineo metálico y, en el súbito silencio, Louise oyó graznar a un cuervo. Un tipo corpulento con ropa de calle bajó de la cabina y se le acercó con un portapapeles de aluminio en una mano.

—Agutter Clutter —se presentó—. ¿Es usted la propietaria de la vivienda?

—Soy... —Louise no sabía bien qué contestar. Los propietarios eran sus padres, pero estaban muertos—. Sí, soy yo.

—Roland Agutter —respondió él tendiéndole la mano.

Louise le dio la mano y él se la estrechó.

—Perdone... —dijo zafándose de él—. ¿A qué han venido?

—A limpiar la finca —contestó el otro—. Parecer que tienen ustedes un caso típico de acumulación compulsiva. Pero no tema: hemos visto cosas peores, créame. Lo que hacemos es empezar por el fondo de la vivienda e ir barriendo como con un cepillo gigante para sacarlo todo por la puerta y subirlo al camión. Cuando nos vea marchar al final de la jornada, no podrá creer que esto fuera alguna vez semejante vertedero.

—Esta es la casa de mis padres —protestó Louise.

Roland cambió de táctica con disimulo.

—Se les quedaría pequeña con los años —dijo—. Lo he visto un millón de veces. Conviene que dé una vuelta por la vivienda antes de que empecemos para asegurarse de que los objetos de valor ya están en el nuevo domicilio.

—Han muerto —replicó Louise.

Era la primera vez que se lo decía a un desconocido y las palabras le dolieron como piedras en la boca.

—El Señor se lleva a los mejores —concluyó Roland Agutter—. Le aseguro que mis chicos son delicados como corderitos. Si vemos algo que pueda tener un valor sentimental, lo metemos en una bolsa de plástico que dejamos en el porche. Le

41

sorprendería la cantidad de dientes de leche que encontramos. La gente no siempre los quiere, pero, aun así, nos gusta apartarlos porque, en el fondo, son restos humanos.

Louise echó un vistazo a «los chicos», que no parecían precisamente delicados: tres latinos bajitos con cortes de pelo inmaculados, plantados a la entrada de la casa alrededor del Honda maltrecho y enfundados en monos desechables con la cremallera bajada hasta la cintura y los brazos fantasma colgándoles a la espalda. Uno de ellos parecía estar contando una anécdota buenísima.

—¿Quién los ha contratado? —preguntó Louise.

Roland consultó su portapapeles de aluminio.

—Joyner —leyó—. Mark Joyner.

—Soy su hermana —contestó ella.

—Ah, sí, nos ha dicho que pagaba usted.

—Ha habido un error… —empezó a decir Louise.

—Uyuyuy… —la interrumpió Roland—. Esto me huele mal.

—Porque no queremos que todas las cosas de mis padres salgan por la puerta de la calle como barridas por un cepillo ni que nos dejen los dientes de leche en una bolsa de plástico en el porche. Solo hace tres días que fallecieron nuestros padres, así que, si mi hermano les ha dicho que vengan a tirarlo todo, tiene que haber sido un malentendido.

Y entonces fue cuando apareció Mark en su camioneta.

Roland y ella lo vieron manosear algo en el asiento del copiloto, bajar del vehículo, cerrar de un portazo y cruzar el césped seco hacia donde estaban ellos. Reencontrarse con Mark siempre era un *shock* para Louise porque su aspecto nunca encajaba con el del hermano de dieciséis años perennes que ella llevaba en la cabeza. El Mark que acababa de llegar tenía entradas y más tripa que la última vez que lo había visto. Llevaba una camiseta de King Missile de cuando iba al instituto (que no podía ser la misma ni aun estando sobradamente sucia para serlo) y una sobrecamisa de franela que Louise creía recordar de la misma época.

La mayor diferencia con el Mark de su recuerdo eran los espantosos tatuajes. Un ancla de dibujos animados torcida en el antebrazo izquierdo, que le había copiado al hermano de su padre. En la cara interna del antebrazo derecho, un símbolo de infinito que terminaba en una pluma de escribir, porque se creía escritor, aunque no hubiera pruebas concluyentes de ello. «Foxy» en una llamativa cursiva en la cara interna de la muñeca izquierda, que se había hecho por Amanda Fox, su amor de adolescencia y exprometida, cuando habían vuelto después de una ruptura. En un lado del cuello, un par de cerezas de tragaperras y, a lo largo de la cara externa del gemelo izquierdo, unos caracteres japoneses que (en teoría) significaban «Triunfarás en todo lo que hagas». Bajo la camiseta de King Missile, por encima del ombligo, llevaba un código de barras de una cajetilla de Marlboro, de cuando había dejado de fumar. En la base de la columna, un fénix, de cuando había conseguido trabajo en el Charleston Grill. «Amanda» en el tobillo derecho, de cuando Amanda y él habían vuelto otra vez. Y en el pecho, un símbolo del yin y el yang hecho con delfines, de cuando había ido a nadar con delfines en Key West.

Aunque el sentimiento la hiciera sentirse mezquina, su hermano la avergonzaba.

—Nos quedamos sin luz natural y aún hay un montón de porquerías por tirar —le dijo Mark a Roland, y luego la miró a ella de reojo—. Hola, Louise, has venido.

Ni abrazo ni apretón de mano ni mención a sus padres.

—Esas «porquerías» son todo lo que tenían mamá y papá —repuso Louise—. Hay que revisarlo antes de que te deshagas de ello.

—Estos tíos tienen un horario —dijo Mark—. A ver, me encantaría repasar detenidamente los impuestos de papá de 1984 y reír y llorar con anécdotas familiares, pero aquí algunos trabajamos. Si quieres nos desquitamos luego tomando unos cacharros y así nos deshacemos de las malas vibras.

Los peones de Roland, con los monos blancos, se giraron a mirarlos. A Louise le fastidiaba montar el numerito, pero Mark había salido a su madre: adoraba el drama.

—Los muñecos de mamá podrían tener valor para un coleccionista —espetó ella—. Y a la Universidad de Charleston quizás le interese la investigación de papá. No podemos permitir que un desconocido lo tire todo a la basura.

—En realidad, soy un especialista en limpiezas muy bien considerado —se defendió Roland.

—Voy a vender los muñecos en eBay —contestó Mark—. Y la última investigación de papá era sobre la importancia económica del ferrocarril privado en el crecimiento de la industria textil de Carolina del Sur de 1931 a 1955. Creo que la humanidad podrá sobrevivir sin ella. Ahora mismo, lo que necesito es que los chicos de Roland me ayuden a llevar mis maderas del jardín trasero a la camioneta. ¿Crees que podrían? —le preguntó a Roland—. Van a ser cinco segundos.

—Mark —le dijo Louise volcando en su voz todo el cariño, la paciencia y los recuerdos de infancia compartidos que fue capaz de aunar—, no puedes hacerte con todo lo que mamá hizo a lo largo de su vida ni todo el trabajo de papá, las fotos familiares, los libros de recortes, los diarios, la ropa, las joyas, los títeres y los muñecos y tirarlos a la tolva de este tío.

—Son profesionales —contestó su hermano girándose hacia Roland Agutter—. ¿Verdad que no vais a tirar nada de valor?

—Cualquier cosa que encontremos y nos parezca que puede tener un valor económico, sentimental o legal se lo dejamos en una bolsa de plástico en el porche —confirmó Roland—. Ya se lo he dicho a ella.

—Pero se les podría escapar algo —replicó ella, y se volvió hacia su hermano intentando sentirse la adulta—. Esto es difícil, Mark, pero yo voy a estar aquí dos semanas. No hay prisa. Lo miramos juntos y que luego vengan estos chicos.

—Mira, Louise —contestó él—, esta casa es como Afganistán. Como entremos, ya no salimos. ¿Cómo vamos a saber qué tirar? No lo sabemos. Nos afecta demasiado. Y espeluzna de cojones. Estos tíos ya han venido, les he pagado la fianza, saben que tienen que guardar en cajas todos los muñecos… Terminemos con esto. Borrón y cuenta nueva.

—Sé que estás triste y sobrepasado… —empezó Louise.

—Que compartiéramos baño durante quince años no significa que me conozcas —la interrumpió Mark—. Mi monitora de yoga me conoce mejor que tú.

—¿Haces yoga? —preguntó ella atónita.

—Voy de vez en cuando —contestó él—. El caso es que sabía que ibas a hacer esto. Sabía que te plantarías aquí y empezarías a mangonear a todo el mundo.

—No estoy mangoneando a todo el mundo —replicó Louise inspirando hondo.

—Le estás diciendo a Roland que no entre en la casa —dijo Mark—, a mí que tenemos que vaciarla entre los dos. Es como Mari Marimandona, ¿a que sí? —añadió volviéndose hacia Roland Agutter.

—No sé quién es —contestó Roland.

—Uno de los títeres de mi madre. Hecho a imagen y semejanza de mi hermana. —Se giró de nuevo hacia Louise—. Ya me encargo yo de esto.

—Mari Marimandona no se hizo a imagen y semejanza mía —protestó ella.

—Según mamá, sí —le espetó él—. Mira, sé que te gusta hacer las cosas a tu manera, pero de esto ya me ocupo yo.

—Vamos a tomárnoslo con calma, Mark. Nos acercamos a casa de tía Honey, ¿te parece? Están todos allí. Y hablamos del funeral.

—Deja de decirme cómo hacer las cosas —replicó Mark—. Ya está todo solucionado. Me he encargado yo.

—Me parece que nos vamos a marchar —terció Roland Agutter—. Así les dejamos tiempo para que resuelvan…

—No hay nada que resolver —le cortó Mark—. Ya está todo resuelto. Venga, a llenar bolsas.

—Muchas gracias por su comprensión —le dijo Louise a Roland Agutter.

—Tú estabas a cinco mil kilómetros de distancia —reventó Mark—, mientras que yo estaba aquí lidiando con la muerte de mamá y papá, así que no tienes derecho a tirarte en paracaídas de tu avión de listilla y empezar a vocear órdenes a diestro y siniestro.

—¡Mark! —gritó ella, y enseguida se avergonzó. Inspiró hondo y bajó la voz—. Antes de vaciar la casa, tenemos que calmarnos y mantener una conversación civilizada. Hay que hablar de los preparativos del funeral y todo eso.

—Ya me he encargado del funeral —respondió él.

—Hay que hacerlo en domingo para que pueda venir todo el mundo —insistió Louise—. Están en la funeraria Stuhr, ¿no? Me parece que Constance tiene una amiga que trabaja allí.

—Vamos a esparcir sus cenizas por la playa el martes —dijo Mark.

—No, de eso nada —replicó ella.

—Ya lo he hablado con Daniel.

—¿Qué Daniel? —preguntó Louise, sintiéndose un poco cortita.

—El tío de la funeraria que se ha cobrado con la tarjeta de crédito de mamá y me va a dar las cenizas de nuestros padres el lunes a las cuatro y media para que podamos esparcirlas por la playa el martes en un ritual de amanecer hindú basado en el *Asthi Visarjan.*

—¡De eso nada!

Mark cruzó el jardín rumbo a su enorme F-150 roja. Como no sabía qué más hacer, ella lo siguió. Se sentía como un globo de helio. Los pies apenas le rozaban la hierba seca. Su hermano abrió la puerta del copiloto y sacó un puñado de impresos con el borde de color verde. Louise se detuvo delante de él, flotando todavía.

—He tenido que ir hasta Columbia a por los certificados de defunción esta madrugada —le dijo su hermano agitando los gruesos formularios—. Trece en total. Me han costado cuarenta y ocho dólares y eso sin contar con la gasolina, pero Daniel me ha dicho que, cuando muere alguien, se necesitan para casi todo y podía ir hasta allí ahora o esperar una semana. Cuando he firmado el contrato de incineración, me ha querido vender una urna carísima, pero, como vamos a esparcir las cenizas por la playa, con la bolsa gratuita nos apañamos, gracias. Eso lo aprendí de papá.

Louise miró el contrato con el recibo grapado por delante y el montón de certificados de defunción y se imaginó los cadáveres de sus padres en una cámara frigorífica, en alguna parte, y a Mark firmando el contrato de su incineración y regateando con el precio de la urna y de pronto el jardín le pareció muy lejano.

—Dile a tía Honey que es en la playa de Station 18 a las siete y media de la mañana, el martes, por si quieren venir —espetó Mark—. Nos os retraséis, que quiero pillar la pleamar.

—No puedes esparcir las cenizas de mamá y papá por la playa —dijo Louise encontrando por fin la voz—. Es ilegal. Ni siquiera creo que quisieran que los incineráramos.

—Primero: es legal, que lo he buscado en Google —contestó Mark—. Y segundo: no dijeron lo que querían, así que me ha tocado decidir a mí porque yo estaba aquí y tú no y eso es lo que he hecho.

—¡Te he llamado dos veces!

—¡Después de colgarme! —repuso él—. Yo también estoy triste, pero no voy colgando el teléfono a la gente.

—No se puede incinerar a alguien en contra de su voluntad —dijo ella, y se le hincharon por un segundo las venas de las sienes. Procuró mantener la serenidad. Estaba tranquilísima hacía un minuto—. Tienen sus parcelas en el cementerio.

—No, no las tienen.

—Claro que sí —replicó Louise—. Mamá nos llevó a verlas. En más de una ocasión. Estaba obsesionada con que nos enterraran a todos en el mismo sitio, unos al lado de los otros.

—Vale —concedió Mark—, error mío. Las vendemos y ya está. O, si te vas a poner pesada con esto, nos repartimos las cenizas y tú entierras tu mitad y yo esparzo la mía.

—¡Estamos hablando de nuestros padres! —bramó ella. La primera vez que le gritaba a un adulto en toda su vida—. ¡No de un dónut! Las cenizas no se reparten.

—Bueno, chicos —dijo Roland Agutter a su espalda—, ¿qué tal si nos calmamos todos un poco y...?

—¡Usted no se meta! —le soltó Louise sin dejar de mirar a su hermano—. No tienes derecho a incinerar a nuestros padres, y no te voy a permitir que los tires al mar. ¡A papá ni siquiera le gustaba la playa!

—Yo tengo los certificados de defunción y tú no —respondió él sacudiéndole aún más fuerte los documentos delante de la cara—. Se va a hacer así, Louise, así que o te apuntas o dejas de estorbar.

—Dámelos —le ordenó ella.

—¡Ni de coña!

—Soy la albacea del testamento —dijo Louise.

—¿Lo puedes demostrar? —le soltó él y, al ver que no contestaba, añadió—: Si no me lo demuestras por escrito, ya te puedes ir a Columbia a por tus certificados de defunción. —Bordeándola, se dirigió a Roland Agutter—. Vamos a sacar mis maderas de aquí antes de que os pongáis con la casa.

Louise miró el puñado de documentos que Mark llevaba en la mano y mecía junto a su cuerpo («se necesitan para casi todo») y se los arrebató. Mark se volvió, con la típica cara de sorpresa de dibujo animado, y por un segundo ella creyó que había ganado, hasta que vio ensombrecerse su rostro. Cuando Mark quiso recuperar los documentos, Louise le dio la espalda y se encorvó para protegerlos. Se coló por debajo de los brazos de él e intentó esquivarlo, pero su hermano agarró los papeles con las dos manos y tiró de ellos. Ella los sujetó fuerte, sin soltarlos, y sintió que el contrato empezaba a romperse.

—¡Para ya! —jadeó él sin aliento.

—¡Para tú! —replicó ella. —Notó que los documentos se le escurrían de las manos, que los certificados empezaban a rasgarse—. ¡Los estás rompiendo!

Por encima del hombreo de Mark vio que uno de los peones de Roland Agutter levantaba el móvil. Confiaba en que no los estuviera grabando. Lo vio mover el dispositivo siguiendo la acción. Los estaba grabando.

Mark tenía más fuerza que ella. Iba a terminar quitándole los documentos, prescindiría de ella e iría a la playa a tirar las cenizas de sus padres al mar, y eso no era lo que hacía la gente normal; ella solo pretendía que parara ya, que respiraran hondo e hicieran aquello juntos de una forma lógica. De la forma que ella quería. Le dio un calambre en los dedos y los papeles se le escaparon otro poquito más. Notó cómo cedían las fibras de los documentos.

Haciendo un esfuerzo supremo, Louise se acercó, reunió toda la saliva que tenía en la boca y le escupió en la cara a Mark. El escupitajo se esparció delante de ella en una especie de gran nube blanca y su hermano soltó los documentos y se limpió los labios con ambas manos. Louise lo rodeó a toda velocidad y salió corriendo hacia el porche delantero golpeando con fuerza el suelo de hormigón; luego se giró, con los papeles pegados al cuerpo. Mark salió corriendo por el césped, furibundo.

—Se acabó —sentenció Roland interceptando a Mark—. No queremos vernos involucrados en disputas familiares.

—Esto no es una disputa familiar —replicó el otro volviéndose hacia él.

—Ya tengo la fianza —le dijo Roland—, así que no pierden nada, pero no podré volver hasta el martes que viene. Así tendrán tiempo de resolver sus diferencias.

—No hay diferencias que resolver —respondió Mark procurando no perder de vista a su hermana.

Mientras seguían ahí, Louise echó a correr por el césped hasta su coche aprovechando que Roland Agutter la protegía de Mark.

—¿Cuánto quieres por hacerlo ahora? —le preguntó Mark a Roland sacando la cartera—. Te pago lo que sea.

Roland Agutter abrió bien la boca y se señaló un incisivo ennegrecido.

—¿Sabe cómo me cargué este diente? Metiéndome en una disputa familiar.

—¡Hasta el martes! —gritó ella al pasar por su lado y salió pitando hacia el coche con su hermano a la zaga.

Louise sacó deprisa las llaves, parapetándose detrás del Kia, y pulsó el botón de apertura del mando. Mark agarró la maneta de la puerta del copiloto justo cuando ella se instalaba al volante y encajaba de golpe la puerta a la vez que pulsaba el seguro. El cierre centralizado se activó y la encerró dentro mientras su hermano sacudía inútilmente la maneta de la otra puerta.

No lo pudo evitar. Se inclinó sobre el asiento del copiloto, contempló por la ventanilla el rostro enrojecido de Mark y...

5

«Te jodes», le dije —reconoció Louise—. Y puede que incluso le hiciera una peineta. Me quedé en blanco. Pero es que lo habría tirado todo, incluso a mamá y a papá, si no llego a aparecer yo.

Louise miró de reojo los certificados de defunción arrugados y hechos un asco que sobresalían de su bolso. Por el rabillo del ojo, observó a sus primas, Constance y Mercy, a la madre de estas, tía Gail, y, por último, a la madre de tía Gail, tía Honey. Esperó a que emitieran su veredicto.

—¡Menudo gilipichis! —proclamó Constance.

—Esa boca, niña —le advirtió tía Gail.

Aguardaron todos a que tía Honey diera su opinión. Había sobrevivido a toda su generación y tenía cuerda para rato. Aún se teñía el pelo de rubio y se maquillaba todas las mañanas. Llevaba un anillo en cada dedo, aunque tuviera que frotarse los nudillos inflamados con vaselina para poder ponérselos.

—Esta es mi casa —dijo— y no pienso tolerar que se llame a nadie «gilipichis» si se le puede llamar «gilipollas». Y eso te incluye a ti, Gail. Si no vas a hablar con franqueza, ya te estás largando.

—Mark es un gilipollas integral —rectificó Constance.

Nadie se lo discutió. Louise procuró relajarse. Le fastidiaba perder el control, pero quizás solo se había pasado un poquito. Tía Honey soltó un suspiro.

—¡Con el talento que tenía de niño! —dijo.

Louise recordó las obras de teatro de Mark. Ignoraba si tenía talento o no, pero, desde luego, había hecho un montón. A su madre le entusiasmaba la idea de que Mark se hubiera dedicado al teatro como ella. Pasó el texto con él cuando le dieron el papel de Mudito en *Blancanieves y los siete enanitos*, y eso que Mudito no tenía texto. Iba a todas las funciones y le proponía mejoras. Tenían que ponerse superelegantes todos para sus estrenos, como si fueran de gala.

—Empezó a ir de mal en peor cuando abandonó sus estudios en la Universidad de Boston —terció Mercy—. Una de las hijas de una amiga mía dice que en esa universidad no hacen más que ir de fiesta y darle a las de-erre-o-ge-a-ese.

—Sé lo que son las drogas —espetó tía Gail, flacucha y angulosa, encaramada al borde de la silla como una garza gigante, con las manos juntas en el regazo y vestida con un jersey de cuello alto que llevaba las palabras «LOADO SEA EL SEÑOR» estampadas en dorado en la pechera.

—¿Mamá se droga? —preguntó Constance con fingido espanto.

—Si tienes drogas, que rulen —espetó tía Honey.

Mercy y Constance rieron con su abuela. Tía Gail frunció los labios. Tenían todas la misma mandíbula potente de barbilla afilada que la madre de Louise, los mismos cuerpecitos menudos (salvo Constance; ¿de dónde había salido Constance?), el mismo sentido del humor. Pensaba que las cosas serían distintas sin su madre, pero la familia seguía siendo la familia.

—Me apetece un vino —dijo Mercy poniéndose en pie—. ¿Alguien más quiere?

—Yo —contestó tía Honey.

—Un poquitín —terció tía Gail indicando con dos dedos un par de centímetros.

Mercy fue a la cocina.

Al menos aquello le parecía normal. En San Francisco, rara vez se descorchaba una botella de vino, salvo en fiestas y a regañadientes, y siempre había montones de opciones sin alcohol.

En casa, en cambio, en cuanto te sentabas daban por supuesto que ibas a beber y Louise lo agradecía. Quería que el vino la ayudara a ignorar la sensación de que su madre iba a entrar por la puerta en cualquier momento.

De niñas, sus primas y ella habían pasado veranos enteros en la maltrecha casa de la playa de tía Honey, pero, al volver allí por primera vez en dos años, Louise veía hasta la última mancha de la alfombra y la falta que le hacía a la fachada una manita de pintura. A tía Honey le colgaba más la piel del cuello y de la mandíbula. Las manos de tía Gail parecían racimos de palos atados con venas azules. Sus primas tenían patas de gallo y el cuello de Mercy se había vuelto fino y fibroso y le recordaba a lo que veía cuando se miraba al espejo. Constance, sin embargo, aún medía metro ochenta y parecía tan recia y sólida como un camorrista de bar.

—¡Louise! —dijo tía Honey chascando los dedos para llamar su atención—. Dame el teléfono de tu hermano.

—Yo lo tengo, yaya —contestó Constance antes de que a Louise le diera tiempo a mirar el móvil.

—Llámalo y pásamelo —le ordenó tía Honey señalando el teléfono inalámbrico que tenía en el inmenso aparador que había junto a la puerta de la cocina.

—No hace falta, tía —dijo Louise—. No te molestes.

—Claro que me molesto —replicó tía Honey mientras Constance se dirigía al aparato—. Ha muerto la única criatura de mi herm…

—Aparte de Freddie —la interrumpió tía Gail.

—Ha muerto la única criatura de mi hermana, aparte de Freddie —se corrigió tía Honey—. Me da igual que tu hermano y tú no os volváis a hablar, pero esta semana vais a ser civilizados. Hay mucho que hablar y lo quiero aquí cagando leches.

Solo de pensar que iba a tener que estar en la misma habitación que Mark justo después de pelearse con él, a Louise le daban mareos, pero no veía el modo de pararle los pies a aquella mujer, así que miró impotente cómo Constance llamaba y le pasaba el teléfono a tía Honey, que se lo pegó a la oreja y lo tuvo así un buen rato.

—¿Cómo es tan capullo tu hermano? —le dijo Constance por lo bajo a Louise, y eso la hizo sentir mejor.

—¡Mark! —gritó tía Honey—. Eso es, más vale que te pongas al teléfono cuando te llamo… No me vengas con zalamerías. Escucha… ¡Que me escuches! Tengo a tu hermana aquí delante… Me da igual… ¡Que me da igual! Te vas a subir a la camioneta y vas a venir aquí porque hay que organizar el funeral de vuestros padres… No, tú no lo has organizado ya… Como se te ocurra seguir adelante con eso, me vas a tener que tirar al agua a mí primero… ¿Mark? Mark… ¡¡MARK!! ¡Que vengas YA! —Colgó—. Viene para aquí —dijo.

—No entiendo por qué se porta como un crío —comentó Constance.

—Porque eso es lo que es —terció Mercy mientras salía de la cocina con una botella de vino y unas copas refrigeradas—. Tiene treinta y siete años y sigue trabajando en un bar.

—¿Cómo se le ocurre esparcir las cenizas de vuestros padres por la playa? —preguntó Constance—. La gente se baña en esas aguas.

Mercy empezó a llenar las copas hasta más de la mitad.

—¡Los niños hacen pis en esas aguas! —replicó tía Honey indignada—. ¡Y los peces! ¡Y los perros! ¡Es un retrete!

—¡Madre! —la reprendió tía Gail, irradiando desaprobación.

Tía Honey tomó aire por la nariz y luego lo soltó.

—Lo único bueno de todo este lío es que tu madre por fin está con Freddie —dijo.

—Amén —contestó tía Gail.

Bebieron en silencio.

Tío Freddie era el hermano de la madre de Louise. A los cinco años, pisó un clavo roñoso yendo descalzo, contrajo el tétanos y murió. La madre de Louise tenía siete años y, por lo de Freddie, a Mark y a ella nunca les habían dejado ir descalzos. Jamás. Hasta en la playa les hacía ponerse las deportivas. Incluso en el agua.

—Él sí que era un niño maravilloso —dijo tía Honey—. Más cariñoso no podía ser… ¡Y listo! ¡Ay, lo listo que era! A sus cinco añitos, era más listo que todas las que estamos aquí. Y guapo… ¡Ay, Señor! A los Cannon siempre les han salido guapos los niños. No como las niñas.

—Gracias, yaya —espetó Mercy.

—Si te enseño una foto de Freddie, seguro que me das la razón —dijo la otra.

Louise sabía lo que era crecer a la sombra de un hermano menor que absorbía todo el aire. Siempre había pensado que aquello debía haberlas unido a su madre y a ella, pero cada vez que intentaba hablarle de Freddie, ella cambiaba de tema.

—¿Quién va a redactar la esquela? —quiso saber tía Honey—. Si queréis algo más que esos cuadritos minúsculos en los que no se lee nada, hay que pagar al periódico.

—¿Qué pasó la noche en que murieron mis padres? —preguntó Louise de sopetón.

Miraron todas a tía Honey para ver cómo salía de aquella.

—No conviene andar dándole vueltas —espetó recostándose en el asiento.

—A mí sí me conviene —insistió Louise—. Hoy he estado en la casa. Se dejaron el bolso de mamá en la consola de la entrada, la tele encendida y el bastón de papá en el suelo porque salieron con prisa. ¿Qué pasó?

—No pienses en eso ahora —le dijo su tía.

A nadie de la familia de su madre le gustaba hablar de la muerte. Según decían, tras la muerte de tío Freddie, la abuela de Louise había regalado toda la ropa y los juguetes del niño, quemado sus fotos y hecho jurar a todo el mundo que jamás volvería a pronunciarse su nombre. Por lo que contaba tía Honey, hasta que murió la abuela todos hicieron como si Freddie nunca hubiera existido. Louise no pensaba vivir así.

—Necesito saberlo —insistió.

—Quiere pasar página —terció Mercy.

—Yayaaa… —la reprendió Constance.

—Yo solo sé —respondió la anciana al verse acorralada—

55

que tu madre me llamó el miércoles por la noche, histérica, y me dijo que tenía que llevar a tu padre al hospital porque le había dado un ataque de no sé qué.

—¿Qué clase de ataque? —quiso saber Louise.

—Lo único que entendí fue que a tu padre le había dado un ataque y que tu madre no podía esperar a la ambulancia. Le dije: «Nancy, llueve a cántaros. No te subas al coche. Llama a Emergencias».

—¿Fue por el tobillo? —preguntó Louise.

—Yo juraría que dijo que le había dado un ataque —contestó tía Honey, dudando un segundo—. Ojalá le hubiera insistido más en lo de llamar a Emergencias.

—No se puede discutir con alguien que está agobiado, yaya —la tranquilizó Mercy—. Y menos con tía Nancy.

—Poco después me llamó tu hermano para decirme que habían tenido un accidente —continuó la anciana.

—¿Te contó lo que le había dicho la policía?

—No, solo que había ocurrido, y ya está.

Se hizo el silencio en el salón.

—¿Qué flores quería tu madre? —preguntó de pronto tía Gail.

—No lo sé —contestó Louise haciendo un esfuerzo por que le importaran las flores.

—Se suelen poner gladiolos, ¿no, Gail? —terció tía Honey.

—Lirios blancos —contestó la otra—. Hablaré con Robert Wheeler, que fue el que preparó los ramos del funeral de Mary Emma Cunningham, los que llevaban aquellas piñitas.

Empezaron a hablar de flores y de esquelas y de a quién había que llamar, y Louise se sintió pequeñita e insegura, bebiendo a sorbitos su vino, rodeada de aquellas mujeres bulliciosas que lo estaban haciendo todo en su lugar. Le maravillaba lo a gusto que estaban unas con otras, lo bien que se llevaban casi sin quererlo, lo distintas que eran de Mark y ella.

—¿Vais a vender la casa? —preguntó Mercy sacándola de su ensimismamiento.

—¡Mercy! —protestó tía Gail.

—Se lo va a preguntar todo el mundo —se defendió su prima—. En esta zona, los precios están por las nubes. Si la yaya vendiera esta choza, se sacaría fácilmente un millón.

—«No acumuléis tesoros en la tierra» —dijo tía Gail.

—Yo no pienso vender esta casa y Louise tampoco va a vender —contestó tía Honey.

—Es su casa —replicó Constance.

—Mi hermana se revolvería en la tumba —dijo tía Honey.

—Solo voy a estar aquí dos semanas —respondió Louise procurando evitar el conflicto—. Primero la voy a vaciar y luego ya veré.

—Tu madre se crio en esa casa —insistió su tía abuela—. Esas tierras pertenecieron a tu abuelo en la época en que en Old Mount Pleasant no había más que granjas.

—¿Necesitas ayuda? —preguntó Mercy volviéndose hacia Louise, y a esta no le quedó claro si era un ofrecimiento sincero o un gesto de cortesía.

—No, no te preocupes —contestó—. No es para tanto. Pero gracias.

—Bueno, avísame si te puedo echar una mano en algo —dijo la otra.

—Y no le des nada de ese dinero a Mark —espetó Constance.

—¡Que no la va a vender! —bramó tía Honey.

—Lo más fácil es venderla —se explicó Mercy—. Es más fácil repartir un dinero que una propiedad inmobiliaria. He visto demasiadas familias deshechas por una casa tras la muerte de algún familiar.

—Si la vendes, no tardarán en derrumbarla para construir alguna mansión hortera —le advirtió tía Honey a Louise—. ¿Así es como quieres que termine el hogar en el que te criaste?

—Primero hay que ver los testamentos —contestó Louise por cambiar de tema.

—El pueblo está cambiando —se explicó Mercy—. Van a construir casas nuevas tanto si nos gusta como si no.

—Mi hermana quería que esas tierras se quedaran en la familia —dijo tía Honey.

—Porque se iban a revalorizar —repuso Mercy—. Deberían vender antes de que reviente la burbuja.

—Esta conversación está fuera de lugar —gimoteó tía Gail—. Ni siquiera los han enterrado aún.

Constance se irguió en el asiento.

—Ha llegado Mark —dijo.

Dejaron de hablar todas y miraron al porche. Unos pasos recios sacudieron los escalones cuando Mark los subió. Louise no se veía preparada para aquello. No quería verlo tan pronto. Se bebió de un trago media copa de vino. Eso ayudó. Se abrió la puerta mosquitera y Louise vio la sombra de su hermano. Trató de recomponerse. Él llamó con los nudillos a la puerta a la vez que la abría.

—Hola a todas —saludó.

—¡Anda, mira quién ha venido! —exclamó Mercy, y se acercó corriendo a darle un abrazo.

Tía Gail la siguió y Constance hizo lo propio. A Louise la dejó pasmada lo rápido que podían cambiar el chip.

—Tu madre era toda una inspiración —le dijo tía Gail besándolo en la mejilla—. Siempre en marcha, siempre activa. Su guiñol no era de mi agrado, pero a ella le sentaba bien. Y tu padre era un santo.

Louise agradeció que le hicieran aquel recibimiento y consiguieran que bajara la guardia para que a ella le diera tiempo a prepararse. Entre las tres, lo acercaron al círculo de sillas y Mark se agachó a darle un beso rápido a tía Honey.

—Llegas tarde —refunfuñó ella.

Mark saludó a Louise con la cabeza y ella le devolvió el saludo. Luego su hermano se sentó en el sofá y ocupó el sitio de Mercy.

—¿Te apetece una copa de vino? —le preguntó su prima.

—Unas cuantas —contestó él.

Mercy le sirvió y, cuando Mark alargó la mano para asir la copa de la mesita de centro, sus ojos se posaron en los certificados de defunción que asomaban por el bolso de Louise. Lo vio titubear un momento, pero luego se recostó en el asiento y le dio un buen trago al vino. Ella decidió no andarse con rodeos.

—Deberíamos hablar de lo que ha pasado —le dijo.

—No hace falta tanta charla —intervino tía Honey y luego se volvió hacia Mark—. Te lo voy a dejar clarito: no vas a tirar a vuestros padres al mar.

Mark levantó la copa otra vez. Todas vieron que le costaba tragar. Cuando la bajó, parecía menos beligerante.

—Yo no soy Louise —replicó él—. No me voy a enfrentar a todas vosotras.

—Vuestros padres tendrán su funeral en la iglesia presbiteriana de Mount Pleasant, como habría querido tu madre —sentenció tía Honey—. A ella la enterraremos en el cementerio de Stuhr, al lado de su hermano y de sus padres, y luego ofreceremos un ágape aquí.

—Un buen funeral es del agrado de todos —terció tía Gail.

—Menos del mío —espetó Mark—. Yo quería organizar algo especial, incinerarla y convocar a la FCP...

—Has tenido tu oportunidad y la has cagado, tío —le dijo Constance—. Te vas a poner un traje, vas a venir al funeral y te vas a portar como una persona normal.

Mark agachó la cabeza y se quedó mirando la copa. No dijo nada, pero al cabo de un segundo se encogió de hombros.

—Vale.

—Gail —dijo tía Honey—, le tienes que pedir a Layla Givens que te devuelva la cafetera.

—Yo haré mi ambrosía de frutas —propuso Constance.

—No es una boda —espetó tía Honey—. Nada de ambrosías. Pondremos un bizcocho normal, otro con chocolate y unas galletitas.

—¿Cuántos vamos a ser? —quiso saber Constance.

—Unos cien, pero mañana lo sabremos —contestó tía Honey—. Gail, llama a Lucy Miller y dile que nos haga dos tipos de sándwich: de ensalada de huevo y de queso con pimiento morrón.

—Pero ¿qué vamos a comer? —preguntó Mercy.

—Haré pollo frito —respondió tía Honey.

—Eso es mucho lío, mamá —le dijo tía Gail.

—Pues no pienso despedirme de mi sobrina y de su marido con comida comprada —replicó la otra—. Lo haría si la señora Mac siguiera entre nosotros, pero hace tiempo que nos dejó.

—¡Ay, qué rico estaba su pollo! —exclamó tía Gail.

—¿Quién era la señora Mac? —preguntó Mark.

—La señora Mac era aquella mujer del Piggly Wiggly del centro, donde luego levantaron esos bloques de pisos tan feos —le explicó su tía—. Trabajaba en la sección de platos preparados y hacía un pollo frito riquísimo. No había funeral completo en Charleston si faltaba una bandeja de la señora Mac. Era la única comida comprada que se podía servir sin morirse de vergüenza.

—A mí siempre me gustó más el pollo de tía Florence —terció Mercy.

—Florence lo hacía con suero de leche —dijo tía Honey—. El de la señora Mac era un pollo frito sureño tradicional.

Louise no entendía lo que estaba pasando. ¿En serio estaban comparando el pollo frito de dos mujeres que habían muerto hacía decenios? No se veía capaz de seguir la conversación.

—Mamá hacía un pollo frito buenísimo —soltó Mark y se hizo un silencio incómodo.

—Ponme un poco más de vino de ese —le pidió tía Honey a Mercy.

Constance se puso a mirar el móvil. Tía Gail iba a decir algo, pero se lo pensó mejor y le dio un sorbo a su vino. Mark siguió a lo suyo, completamente ajeno a lo que ocurría.

—A mí me gustaba porque era distinto, con sus almendras y su cajún. ¿Era alguna receta de la familia?

«¿De qué familia? —se dijo Louise—. ¿De la familia Manson?».

Su madre no tenía talento culinario. Se acercaba a la cocina como un equipo de artificieros a una bolsa de papel que hace tictac. Necesitaba temporizador para hacer pasta, el arroz siempre le quedaba pastoso o quemado (a veces las dos cosas) y sus guisos nunca cuajaban, pero la tradición sureña la obligaba a cocinar para los suyos, así que disfrazaba sus limitaciones de exotismo con la ayuda de recetas que arrancaba de las revistas. Mark y Louise se criaron a base de musaka grasienta de patatas, tortitas de calabacín que sabían a levadura, chiles negros como la noche enriquecidos con salsa de chocolate, ensaladas salpicadas de vinagre de arándanos y aceite infusionado de plátano en vez del aderezo de bote que usaba todo el mundo... Las demás mujeres hablaban de los comistrajos de su madre en el mismo tono discreto y trágico que reservaban para los enfermos terminales de cáncer.

—Tu madre tenía un estilo muy personal —dijo tía Honey.

—¿Verdad? —continuó Mark sin que aquello lo disuadiera—. Siempre me pareció guay que trajera repollo a la crema agria o atún al curri para Acción de Gracias en vez de lo de toda la vida.

Viéndolo defender así la cocina de su madre, Louise pensó en lo unidos que debían de haber estado. Él hacía teatro igual que ella, vivía en Charleston, había crecido con sus títeres, que Louise siempre había procurado evitar. Quería hacer las paces con él. No debían pelearse de aquel modo.

—Oye, Mark —le dijo, y se volvieron todas, agradeciendo el cambio de tema—. Organiza tú el funeral.

—Lulu... —empezó tía Honey.

—No —la interrumpió Louise—. Mark sabe mejor que nosotras lo que le habría gustado a mamá. Debería encargarse él. Si le parece que nuestros padres habrían querido que los incineraran, pues que los incineren. Mark tiene claro lo que a mamá le habría apetecido; es mejor que lo organice él.

—El funeral se hará en la iglesia —insistió tía Honey.

Louise se puso en pie.

—Ha sido un día larguísimo, así que creo que me voy a marchar —dijo ella, zanjando el tema.

Miró a su hermano desde el otro lado de la mesita de centro y, en algún lugar de su rostro, oculto tras los horrendos tatuajes, las entradas y la papada, vio al niño con el que había compartido su infancia.

—Me sobra ese rollo de hermana compasiva —le soltó él, incapaz de bajar la guardia.

—Lo harás mejor que yo —respondió ella—. Buenas noches.

Mark no sabía pelearse con alguien que no le devolvía los golpes. Louise se sintió serena.

—Sí, vale —dijo él—. Guay.

—Quédate a cenar —le pidió tía Honey, verdaderamente entristecida de que se fuera—. La gente lleva dos días enteros trayéndonos comida. Te puedo calentar un gratinado criollo de los metodistas, que le han puesto unos pellizquitos de queso por encima en forma de cruz.

—Creo que voy a llamar a Poppy y me voy a acostar —respondió ella.

—Te acompaño afuera —se ofreció Constance.

Bajaron juntas los escalones del porche y cruzaron el jardín. A ambos lados de aquella manzana de Isle of Palms, los yanquis ricos y los abogados del centro habían levantado casoplones a prueba de huracanes, todos igualitos y sin personalidad, y cubos de cristal herméticamente sellados. Entre tanto lujo, la vieja casa de la playa de tía Honey parecía una mansión encantada. El edificio, una de las pocas construcciones originales de la isla, no era más que un montón enorme de maderos blancos maltratados por las inclemencias meteorológicas, con toldos de hojalata en las ventanas, y montado sobre pilotes de madera recubiertos de creosota en un jardín compuesto básicamente de arena y cardos. Cuando la anciana muriera, pensó Louise, alguien derruiría aquella casa y construiría otra de esas viviendas clónicas en su lugar.

—Deberías dejar que Mercy te ayude con la casa, en serio —le dijo Constance.

—No hace falta —contestó ella—. No es para tanto, de verdad.

—No te hablo de vaciarla. ¿Sabes que es la mejor agente inmobiliaria de Mount Pleasant? Te la tasaría ella.

Aquello pilló a Louise por sorpresa. Para ella, sus primas eran las niñas de tía Gail y no tenían trabajos serios.

—¿Cuánto me cobraría por algo así? —preguntó.

Plantada en la penumbra del atardecer, Constance la miró indignada.

—¡Lulu! Somos familia.

Se acercó y la abrazó, y Louise se agarrotó e intentó zafarse, pero Constance la apretó aún más hasta que no le quedó otro remedio que rendirse y de pronto se quedó sin fuerzas y dejó que su prima la sostuviera. Al cabo de un minuto, se soltaron y se miraron. Constance alargó la mano y le pasó un mechón de pelo suelto por detrás de la oreja. ¿Por qué no había visto más a sus primas? ¿Cómo había podido perder el contacto con aquellas amazonas, aquellas diosas, aquellas chicas, su familia?

—¿Estás bien? —le preguntó Constance.

—No —contestó Louise—. ¿Sí? ¡Yo qué sé!

—Sé que Mark y tú estáis de uñas, pero no os distanciéis por el dinero, por favor.

—Ya es tarde para eso. Hace tiempo que nos distanciamos. A los dos nos gusta tener nuestro espacio.

—Entre miembros de la misma familia no hay espacio que valga. Es tu hermano.

—Tú no tienes ese problema con Mercy —contestó Louise—. Ella es normal.

—Mercy está como una cabra —repuso Constance—. Una vez llevé un imán en las bragas dos semanas porque me dijo que me ayudaría a realinear mi campo magnético. Mark no es más raro que el resto de la familia.

El comentario extrañó a Louise, que no consideraba rara a su familia. ¿La gente pensaba que su familia era rara?

—Pues yo no creo que seamos más raros que otras familias —espetó.

—Uy, ya te digo yo que sí —respondió la otra.

63

6

«No somos raros».

Louise salió de Isle of Palms repitiéndoselo para sus adentros.

«Mi familia no es rara».

Vale, los muñecos. Y su hermano iba camino de convertirse en todo un personaje de la zona, un fastidio, sí, pero ella era normal. Su madre había sido todo lo normal que podía ser una mujer que compraba de golpe setenta metros de pelo para títeres. Y su padre era prácticamente la definición de normalidad: nunca compraba regalos para nadie porque prefería dar dinero; como economista, estaba convencido de que cada cual se compraría el obsequio óptimo. ¿Había algo más típico de padre?

«No somos raros».

Algunas mamás tocaban las campanillas en la parroquia, otras cantaban en el coro; la suya tenía un guiñol moralizante que la había mantenido activa hasta que el tobillo de su padre la había obligado a jubilarse. De hecho, le generaba unos ingresos decentes, así que, en cierto sentido, todo aquel tiempo que invertía en hacer títeres, escribir guiones y promocionarse, era más lógico que el que dedicaban otras mujeres de su edad a jugar al *bridge*, observar obsesivamente el comportamiento de las aves o asistir a clases interminables de *soul cycle*.

Salió de Sullivan's Island al puente de Ben Sawyer y vio cambiar la luz sobre la marisma, pasar de púrpura oscuro a negro absoluto a ambos lados de la carretera. «Somos tan normales como cualquier otra familia», se dijo.

Sus padres nunca habían sido violentos, ni alcohólicos, ni infieles, ni maltratadores. Habían sido como millones de padres completamente normales de todo el país: yendo a las funciones escolares y a los recitales del coro, llevándolos al fútbol y a natación después de clase, turnándose con otros padres para acercar en coche a sus hijas a la sede de las Girl Scouts y asistiendo a sus graduaciones.

Su padre había sido un hombre algo reservado, pero había conseguido evitar que su madre perdiera el norte. Y la adolescencia de Mark había sido una pesadilla, pero muchos adolescentes desbarraban al llegar a la pubertad. Aunque su hermano y ella no tuvieran relación, no se debía a ningún trauma profundo, sino simplemente a que eran personas distintas con prioridades diferentes. Como decía él, habían compartido baño durante quince años, pero eso no quería decir que tuvieran que ser amiguísimos el resto de su vida. Y su madre... A su madre siempre le había gustado ser el centro de atención, pero la habían criado así. Además, tenía otro lado.

Louise recordaba una de las veces que su padre había ido a buscarla en coche al aeropuerto. Conducía él, con los limpias encendidos.

—Igual notas a tu madre un poco tristona —le dijo su padre—, pero mañana se le habrá pasado.

—¿Qué ha hecho Mark? —preguntó Louise.

—No es por tu hermano —contestó él con las manos a las diez y diez en el volante y la mirada al frente—. Tu madre tiene días grises de vez en cuando. Tú no llegaste a conocer a tus abuelos. Aunque murieran jóvenes, los tiene muy presentes y a veces eso la supera.

Louise sabía que, tras la muerte de Freddie, los abuelos habían estado deshaciéndose de su madre como si fuera una patata caliente. Primero la habían mandado a la montaña con tío Arthur, luego a la playa con tía Honey y, al final, con cualquiera que la albergase. A los siete años, ya había aprendido a encajar en cualquier parte, a ser una monada, una niña precoz y adorada. Había sido la invitada de honor de tantas familias que empezó a pensar que ser el centro de atención era lo normal.

Entonces murió su padre. Hubo un incendio en su negocio de tintorería y, cuando entró corriendo a rescatar la caja registradora, se le derrumbó el techo encima. Nancy tenía once años. Su madre se encerró en casa y solo salía a misa; dejó que Nancy se quedara con ella para que pudiera cuidarla, hasta que murió cuatro años después, envejecida de forma prematura por la pérdida de su hijo y de su esposo.

La noche asaltaba las ventanillas del coche de Louise y el silencio le pesaba. Quería hacerle un FaceTime a Poppy, encender la radio; no le apetecía volver a pasar por el cruce en el que habían muerto sus padres. Giró a la izquierda hacia Center Street y, en vez de enfilar Coleman, decidió acercarse a la casa, a ver si todo estaba en orden. Dejó atrás los mismos tres árboles que había estado viendo toda su infancia; la señal de STOP del final de la manzana que indicaba hasta dónde podían ir solos de niños; el sitio donde estaba aquella casa que tenía cactus a la entrada y que después habían tirado para hacer otro de esos casoplones clónicos; y la antigua casa de los Everett, reformada de arriba abajo, la de los Mitchell, ocupada ya por otra familia que le había añadido una segunda planta, y la de los Templeton, también demolida y en cuyo solar alguien se estaba haciendo dos viviendas.

«¿Vais a vender la casa? Por esta zona, los precios están por las nubes».

En cuanto su padre había cumplido los setenta, Louise lo había obligado a sentarse a repasar el testamento. Vender la casa y repartirse el dinero entre Mark y ella era lo más lógico, pero Louise sabía que a su padre le preocupaba que Mark malgastara su mitad en otra de sus expediciones fallidas en busca de algún tesoro o de un serpentario, una fábrica mexicana de árboles de Navidad o cualquier otra empresa con la que tuviera la corazonada de que iba a forrarse esa semana. Louise le contó a su padre el plan: que se lo dejara todo a ella y la hiciera la albacea; ella vendería la casa y metería la mitad de Mark en un fideicomiso. Al principio, su hermano se disgustaría, pero se le pasaría en cuanto empezaran a llegarle los cheques mensuales. Y ella conseguiría una buena deducción fiscal. A su padre siempre le parecían bien las deducciones fiscales.

«¿Cuánto valdrá?». Mucho. En Mount Pleasant todo el mundo sabía que a cualquier cosa con cuatro paredes y un techo sin goteras se le podía sacar fácilmente medio millón de dólares. «Medio millón de dólares».

Louise no quería pensar en dinero cuando sus padres acababan de morir, pero, aun sin quererlo, le vino a la cabeza la universidad de Poppy, una casa más grande con un jardín de verdad donde pudieran tener perro y hasta otro hijo, un hermanito o una hermanita para su niña.

«¡¡NO!!».

Ya había visto cómo habían terminado Mark y ella, y se había prometido que no le haría eso a Poppy. Veía el daño que le había hecho a su madre su hermano, y eso que llevaba muerto más de sesenta y cinco años. Los hermanos de su padre siempre habían odiado a su madre y Louise era consciente de que aquellas rencillas habían hecho que su progenitor se sintiera permanentemente incompleto. Lo suyo ya no tenía remedio, Mark y ella no iban a dejar de ser hermanos, pero no hacía falta que reprodujera el error con Poppy. Con una hija tenía más que suficiente. Aun así, aquella casa en la que se habían criado podía ofrecerle a Poppy un futuro mejor. Con ella...

La tele estaba encendida otra vez.

Louise pisó el freno y el Kia se detuvo en seco en medio de la calzada. Por el mirador grande del salón, al otro lado de las cortinas corridas, parpadeaba una luz azul, pulsátil. Había alguien dentro.

Apagó las luces del coche y lo estacionó. Bajó y cerró con cuidado la puerta, sin perder de vista las cortinas y la luz azul que danzaba tras ellas. Subió al porche con sigilo e intentó abrir la puerta, pero Mark la había vuelto a cerrar con llave. Rodeó en silencio la casa y probó con la puerta trasera del garaje, pero su hermano la había cerrado también. Se asomó por la corredera de cristal que daba acceso al comedor y vio la luz del televisor en el pasillo, dibujando sombras en la moqueta, pero no pudo distinguir quién había dentro.

Había dejado la tele desconectada. Alguien había entrado en la casa, probablemente algún vecino con llave, había vuelto a conectarla a la corriente y se había instalado en la butaca de su padre a verla un rato. Eso la enfureció. Quería que se fuera de inmediato. Examinó la cerradura de la puerta del garaje, pero no era de las que ella sabía abrir por la fuerza, y una tira de madera le impedía forzarla con el carné de la biblioteca. Iba a tener que hacerlo a lo bruto.

Vio el pedazo del Muro de Berlín que su padre se había traído de su viaje a Alemania, lo asió con ambas manos, centró la parte más puntiaguda en el vidrio de encima del pomo y le dio un golpecito. El cristal emitió una especie de chasquido tintineante y se salió del marco. Louise contuvo la respiración, aguzando el oído. No se encendió ninguna luz, ni ladró el perro de ningún vecino, ni se oyó ningún ruido en el interior de la casa. Se cubrió la mano con la manga de la blusa, la metió por el boquete del cristal, abrió la puerta del garaje y entró.

Subió en silencio los tres escalones que conducían a la cocina.

Se oyó una voz de mujer en el salón.

«… una fiesta de pijamas para muñecos, aquí en la teletienda, y este maravilloso muñeco del niño que reza diseñado por Leigh Hamilton. Me lo voy a poner en el regazo para que vean lo grande que es…».

Despacio, Louise alargó la mano y asió el martillo que había dejado en la encimera de la cocina. Sosteniéndolo en alto con una mano, se dirigió sin hacer ruido al comedor, medio agachada, con pinchazos en los músculos de los muslos, buscando en la luz azul intermitente del recibidor la sombra de una persona.

«… una invitación al mundo mágico de Leigh Hamilton y verán cómo reza este muñequito, reza para que, por favor, le perdonen todas las travesuras que haya hecho, oigan…».

Louise decidió terminar con aquello cuanto antes y, cruzando aprisa el comedor hasta el pasillo, entró en el salón.

—¡Eh! —gritó para asustar a quien fuera.

Pupkin estaba sentado en la butaca, viendo la tele, con el mando al lado. Una cancioncilla que hacía años que no oía le vino de pronto a la cabeza:

«*¡Pupkin llega! ¡Pupkin llega!*
¡Reíd todos! ¡Que empiece la juerga!
¡Fuera baño! ¡Fuera mayores!
¡Fuera profes! ¡Fuera coles!
¡Todo el día a cantar y bailar!
¡Pupkin ha venido a jugar y jugar Y JUGAR Y JUGAR!».

Louise la interrumpió, la obligó a parar. Pupkin estaba sentado en la butaca de su padre, viendo la tele. El títere favorito de su madre, el que siempre se llevaba a todas partes, el que había usado para contar la Biblia a los críos, ese para el que había aprendido ventriloquía, el mismo con el que les había contado cuentos a Mark y a ella antes de dormir, el que había estado en su vida antes que ellos, el que había tenido desde que era una niña, ese al que había querido más que a ellos… Ese que le ponía la carne de gallina a Louise. El que más odiaba de todos.

Pupkin era un títere de guante rojo y amarillo con un par de piernas cortas y rechonchas de tela que le colgaban por delante y dos muñoncitos por brazos. En su cara de plástico blanco tiza lucía una enorme boca sonriente y una naricilla chata y miraba por el rabillo de los ojos como si estuviera haciendo alguna travesura. Una gruesa línea negra le perfilaba la boca y los ojos. Llevaba un bodi rojo sangre con capuchón puntiagudo y la tripa de color amarillo. Allí sentado, en la oscuridad, con la teletienda parpadeándole en la cara, parecía recién salido de una pesadilla.

Louise odiaba a Pupkin, pero, en esos momentos, volvía a darle miedo, como cuando era pequeña, porque ¿cómo se había movido? ¿Cómo se había subido a la butaca?

«¡¡MARK!!».

Claro. Relajó la espalda y aflojó la mano con la que sujetaba el martillo. Mark había entrado en la casa después de que ella se fuera, había visto los muñecos en el garaje y lo había montado todo. Sabía lo mucho que ella odiaba a Pupkin y que terminaría pasando por allí, y había querido asustarla.

Encendió la luz del pasillo. Una de las bombillas estaba fundida. Su padre siempre cambiaba las bombillas en cuanto se fundían, pero, con lo del tobillo, se le habría pasado.

«... muñeco siempre me recuerda a mi infancia y esa sensación agradable de que todo va a salir...».

Tomó el mando con la intención de apagar la tele, pero no lo hizo. Prefería dejarlo todo como estaba y no decirle ni una palabra a Mark. No le daría esa satisfacción. Se volvería loco preguntándose si habría llegado a verlo siquiera.

Sentado en la butaca de su padre, Pupkin parecía el dueño de la casa. Encajaba allí mejor que ella. La hacía sentirse una intrusa. A fin de cuentas, había tenido que romper un cristal para entrar. Pupkin ya estaba ahí cuando Mark y ella habían nacido. Su madre lo había tenido desde los siete años. La había acompañado a todos sus guiñoles mientras ellos la esperaban en casa. Lo odiaba.

Antes de que le diera tiempo a arrepentirse, fue a la cocina y se hizo con una bolsa de plástico de debajo del fregadero. Volvió al salón y, mientras los demás muñecos la observaban, metió a Pupkin en la bolsa y la anudó por arriba. Luego se lo llevó al garaje y, bajo la mirada atónita de Mark y Louise, que seguían en la balda, abrió el cubo de basura y lo tiró dentro.

Si su hermano se interesaba por él, le diría que no lo había visto. Que se preguntara qué habría pasado. Apagó la tele, las luces y cerró la casa mientras los muñecos observaban todos sus movimientos.

De vuelta al hotel, echó los dos cerrojos a la puerta y llamó por FaceTime a Ian mientras encendía todas las luces y miraba dentro de los armarios y debajo de la cama.

—¡Hola! —contestó Ian, al que había pillado por sorpresa—. No sabía que ibas a llamar. —Se giró un momento—. ¿Poppy...? ¿Quieres hablar con mami?

Poppy no quería ver a nadie. Ian le dio la vuelta al móvil para que Louise pudiera verla, hecha un ovillo en una silla, en un rincón del cuarto de invitados de la casa que la familia de Ian tenía en la montaña. Poppy daba la impresión de haber estado tan triste tanto tiempo que ya no sabía ni lo que quería. Su carita hinchada y sus mejillas húmedas le encogieron el corazón a Louise.

—¡Hola, cariño! —le dijo, fingiéndose emocionada—. ¿Qué tal los yayos? —No hubo respuesta—. ¿Te gusta estar en la montaña? ¿Hace frío? —Nada—. ¿Ya has cenado?

Después de una pausa larga, Ian contestó por ella:

—Se ha sentado a la mesa, pero no ha comido nada.

—La idea es que me conteste ella —repuso Louise, y luego se sirvió hasta del último resto de fuerza de voluntad maternal que le quedaba en el cuerpo para sonar animada—. ¿Quieres que te lea un cuento? —Poppy negó con la cabeza y a Louise le pareció que hacían algún progreso—. ¿Le quieres contar algo a mamá? Me puedes preguntar cualquier cosa, contarme cómo te sientes...

La niña empezó a toquetearse las mallas, que era lo que hacía cuando quería decir algo importante. Por fin, levantó la vista.

—Este año no quiero fiesta de cumpleaños —dijo tan bajito que a su madre le costó oírla.

—¿Por qué no? ¿No quieres tarta, regalos y ver a todos tus amigos?

Poppy negó con la cabeza.

—Cumplo seis —respondió la niña.

—Eso es —dijo Louise—. Y luego cumplirás siete y ocho...

—No quiero —contestó Poppy.

—Pero, cuando tengas seis, irás a un cole de niños mayores y será muy divertido.

—No quiero —repitió.

—Harás nuevos amigos —insistió su madre.

—Quiero quedarme como ahora.

—Pero, si eres mayor, igual puedes tener un perrito —dijo Louise, sin la menor intención de hacerse con uno, pero cualquier mentirijilla le valía para animar a su hija.

—No —respondió la cría.

—¿No quieres un perrito?

—No.

—¿Ni fiesta de cumpleaños?

—Cuando me haga mayor —dijo Poppy—, papá y tú os vais a morir. No quiero que os muráis.

Y se echó a llorar.

—Louise… —se oyó decir a Ian, hastiado.

—Eh, Poppy, no llores —le dijo su madre, impotente, a cinco mil kilómetros de distancia—. Que no nos vamos a morir.

Se ladeó la pantalla, luego subió y después le mostró un primerísimo plano de la cara de Ian.

—Mentirle no va a hacer más que empeorarlo —le dijo.

—Lo siento —contestó Louise—, pero es que…

—Para empezar, no tendrías que haberle contado lo de tus padres. Está agotada. Hablamos mañana.

—Espera —le pidió ella.

Pero Ian colgó.

«No soy mala madre».

Louise se dio una ducha caliente y procuró no pensar en Poppy, sola, triste y aterrada por la idea de que sus padres fueran a morir, ni que aquello era culpa suya.

«¿Qué querrá hacer Mark en el funeral?».

Le vino a la cabeza justo antes de quedarse dormida. ¿Qué era tan importante que quisiera planificarlo? ¿Tocar *Stairway to Heaven* con gaitas? Recordó que había mencionado algo de la FCP, y aquello le sonaba; luego se acordó de repente, como si siempre lo hubiera sabido: «La Hermandad de Titiriteros Cristianos».

¿Cuántas cenas habría pasado picoteando un trozo de quiche hawaiana con piña e ignorando el relato de su madre sobre el último escándalo de la condenada FCP? Estaba aquella amiga de su madre, Judi, que se reía de sus propios chistes y se presentaba como «la que movía los hilos» en la FCP. Mark seguramente la invitaría al funeral para que dijera unas palabras, a ella y a otros tantos titiriteros. Antes de dejar la universidad, a su hermano siempre le habían gustado los títeres de su madre; después ya no le gustaba casi nada. De niños, hasta le gustaba Pupkin, pero ella sabía que Pupkin los odiaba. Sobre todo a ella. Y ahora lo había tirado a la basura y se iba a cabrear muchísimo y... «Los muñecos no tienen sentimientos», se dijo cortando de raíz aquel pensamiento antes de que se le descontrolara. Debía mantener el control.

7

Plantada en la puerta de la iglesia presbiteriana de Mount Pleasant, Louise vio un avestruz de plumaje rosado subir la escalinata y entrar. Aun siendo enero, lucía un sol espléndido y los ujieres vestían trajes de tres piezas con estampados hawaianos y las ujieres, vestidos con estampados de piñas. En la acera, ancianos con tirantes y corbatas de dibujos animados charlaban con mujeres de mediana edad adornadas con alas de hada. Se veían sombreros de jipijapa y prácticamente todo el mundo llevaba un títere de guante en un brazo.

—No me imaginaba que fuera a ser así —dijo Constance, al lado de Louise.

—Dijo que sería como el funeral de Jim Henson —le contestó Louise

—Si valió para Jim Henson… —añadió su prima, encogiéndose de hombros.

—Pues eso.

Louise se había arrepentido de dejar que Mark planificara el servicio nada más ver el correo electrónico de la FCP en el que se hablaba de «reunirse para un FUNeral,* no un funeral» y «celebrar el ascenso de Nancy y Eric Joyner a la GLORIA», pero su hermano le había dicho que se había asegurado de que

* N. de la T. Juego de palabras: *Fun*, en inglés, significa 'divertido'.

sería de buen gusto, que ya lo había hablado con el pastor. Le recordó que los miembros de la FCP eran cristianos primero y titiriteros después. Le preguntó también si iba a cuestionar todas y cada una de sus decisiones, porque, en ese caso, que lo organizara ella y ya vería él si iba o no. Louise lo dejó a su aire, haciendo un esfuerzo sobrehumano por comportarse como una adulta.

—¿Qué demonios le pasa a esta gente? —graznó tía Honey, que se acercó a ellas por la espalda traqueteando con su andador de ruedas.

—Es como el funeral de Jim Henson, yaya —le explicó Constance.

—¿De quién? —espetó tía Honey mientras Mercy y tía Gail la ayudaban a avanzar por la acera desigual.

—Ha fallecido una titiritera, estimada señora —dijo un payaso con zapatones y peluca arcoíris al pasar por su lado con gran estrépito—. Los titiriteros nos reunimos aquí para desearle buen viaje.

—¿Ves? —terció Mercy—. Suena bien.

—Como alguno de ellos intente abrazarme, saco la pistola y me lo cargo —gruñó tía Honey.

Ya en el interior de la iglesia, un ujier con aire hawaiano las condujo, en medio de un clamor de voces, colores, plumas y pieles, hasta el banco reservado para la familia, donde se sentaron. Como nadie más iba de luto, destacaban igual que una caries en una boca sana. Estaban rodeadas de personas con tutús y tiaras, sombreros de copa y bastones, bigotes depilados de forma extravagante, lunares de lentejuela pegados a la mejilla… En la galería, alguien tocaba el ukelele y, de cuando en cuando, alguien soplaba un matasuegras, algo que no era de extrañar, porque estaban esparcidos por los bancos, igual que los pitos de carnaval. Todo el mundo llevaba en la mano derecha un títere de guante y estos hablaban unos con otros. Los monos astronautas charlaban con los osos policías y los cerdos verdes abrazaban a los dragones púrpura, uno de los cuales echaba humo de verdad por la nariz.

Louise se levantó y se abrió paso hasta la mesa de fotos enmarcadas que había junto al altar: sus padres en convenciones de titiriteros, sus padres entre el público de algún guiñol, metiendo en el coche cajas de muñecos, sacando del coche cajas de muñecos... Como anduvieras jugando cerca en momentos así, te ponían a cargar el coche por menos de nada.

El elemento destacado de la mesa era una caja de clínex de mármol verde que Louise de pronto reconoció como la urna que había elegido. Mark se había empeñado en que sus padres querían que los incineraran y nadie había podido encontrar instrucciones en contra, y cuando Louise había llamado a la funeraria y le habían dicho que el servicio que Mark había contratado no era reembolsable, lo había buscado en Google y había descubierto que muchas familias enterraban las cenizas de sus seres queridos en sepulturas convencionales. Así que... ¡a incinerarlos!

Detrás de la urna había dos caricaturas enmarcadas de sus padres. La de su padre escudriñaba a través de unas gafas gruesas unas pizarras con ecuaciones escritas sin duda por alguien que no sabía matemáticas. El bigote hirsuto le caía hasta la barbilla y el dibujo debía de ser reciente, porque llevaba la bota ortopédica en un pie. Al fondo posaba un puñado de osos vestidos de pandilleros y Louise supuso que el artista había querido representar a los Chicago Bears. «Osos son, pero no los Bears», se dijo.

La caricatura de su madre sonreía como una demente y, en la mano derecha, claro, llevaba a Pupkin, con la sonrisa a juego. Louise se preguntó si no habría sido preferible mandarlo al crematorio con ella, pero la sola idea de obligar a su padre a compartir urna eternamente con las cenizas de aquel títere le encogía el pecho. Pupkin seguramente andaba ya en la tolva de un camión de la basura, camino del vertedero. Se sintió un poco culpable por lo que había hecho, pero procuró olvidarlo. No le apetecía volver a ver en la vida aquella espeluznante sonrisa. A la espalda de su madre y de Pupkin, el caricaturista había dibujado todos y cada uno de los títeres de su progenitora. Cuarenta años de titiritera inundaban el marco: Monty el Perrete de *Un perrete en el pesebre*, Danny el Dragón de la Imaginación, Estela Cósmica, Miau Miau y Rogers, el Hombre del Revés, Juez Juicioso, Mari Marimandona, Señor No, Carapizza, Hermana Caprichosa, Deuteronomio el Burro…

—Louise… —la llamó un hombre a su espalda y, al girarse, se encontró con la otra única persona que no parecía a punto de arrancarse a cantar «Puff, el dragón mágico». Vestía casaca blanca, tenía la cara colorada del calor y la miraba con los ojos guiñados a través de unas gafas minúsculas. Le tendió la mano—. Reverendo Mike. Esta parroquia es, desde luego, muy distinta de nuestra congregación habitual —dijo contemplando sonriente aquel alboroto.

—Gracias por darnos cobijo —contestó Louise mientras exploraba la multitud—. Siento esta locura, pero mi madre…

—Una locura maravillosa —la interrumpió el padre Mike apretándole la mano con su zarpa sudorosa—. Igual que su difunta madre. Es lo que ella habría querido. —Entonces Louise vio a Mark enfilar a grandes zancadas el pasillo central, vestido con bermudas de rayas, americana a juego y corbata roja. Para espanto de su hermana, encima iba en sandalias—. ¡El artífice de este día! —dijo el reverendo, y salió disparado a recibirlo.

Por lo visto, lo conocía todo el mundo. Louise vio que Judi, «la que movía los hilos» en la FCP, le daba un abrazo. Los otros titiriteros lo saludaban y le enseñaban cómo daban vueltas sus pajaritas giratorias y él les daba la mano, con títere y todo, aceptaba sus abrazos peludos y reía a carcajadas sus bromas. Louise se sentía la invitada a un acto protagonizado por Mark Joyner, exactamente igual que cuando, siendo una cría, su madre iba a su colegio.

—¿Nos sentamos todos, por favor? —se oyó la voz amplificada por el micro del reverendo Mike, cuyo rostro apenas asomaba por encima del púlpito. Louise se acercó despacio al triste banco de la familia mientras todo el mundo ocupaba su sitio y el reverendo se dirigía con voz atronadora a la concurrencia—.

Regalad al Señor vuestra bulliciosa alegría, gentes de diversos lugares —dijo—. Servid al Señor con alborozo: venid con cánticos a su encuentro.

En ese preciso instante, un cuarteto vocal de títeres cantó «This Little Light of Mine». Louise consultó el programa, pero aquello era un batiburrillo de nombres, así que se tragó con resignación el servicio mientras un titiritero tras otro se hacían con el micro y contaban anécdotas sobre su madre. A veces eran los muñecos los que hablaban. Un ratón se alargó hablando de lo mucho que le había entristecido que su amiga Miau Miau hubiera perdido la voz. Un titiritero la homenajeó cantando, otro le leyó un poema y un anciano de enorme barba y coleta blancas le rindió tributo mediante música corporal, dándose en el pecho, los costados y las mejillas palmadas rítmicas que conformaron una serie asombrosamente expresiva de golpes y chasquidos percutivos.

Louise miraba la caja de clínex de mármol e intentaba convencerse de que sus padres estaban allí de verdad, que la mujer que montaba guiñoles sobre los peligros de las drogas y la bondad del Señor y el hombre que le había explicado de niña los principios geométricos de la perspectiva estaban allí mezclados en un montón de cenizas como las que barres de la barbacoa, metes en una bolsa y tiras a la basura.

Un hombre que llevaba iguanas de plástico cosidas a las hombreras de su americana de mezclilla verde se levantó y empezó a contar lo que les pasó a la madre de Louise y a él cuando se hicieron pasar por dos titiriteros borrachos en una convención sin guion. A la gente le hizo muchísima gracia.

Cuando sus padres habían vuelto a Charleston, habían tenido que criar a una niña de dos años y a un recién nacido con el sueldo de un ayudante de investigación. Su madre había sido actriz siete años y no tenía ahorros, y cualquier ayuda de la familia de sus padres causaba más problemas de los que resolvía. Su único patrimonio era la casa que a Nancy le habían dejado los suyos y el edificio tenía ya casi veinticinco años. La ropa de los niños era heredada de Constance y Mercy; la vajilla, de tiendas benéficas; casi toda la comida, precocinada. No iban al cine, no tenían televisor, así que su madre se las apañó con lo que tenía, que era Pupkin, su única dote, aparte de la casa.

Pupkin les contaba sus aventuras en el Bosque de Tiquitú y su madre hacía telones de fondo para sus relatos, con árboles de pañuelos de papel, montañas de hueveras de cartón y ríos de envoltorios de plástico reciclados. Creó amigos para Pupkin con bolsas de papel y, durante años, todos los calcetines blancos que tuvieron Mark y ella llevaban caras dibujadas en los dedos porque valían también de títeres.

Alguien le sugirió a Nancy que hiciera su guiñol en la guardería de la parroquia y ella, ni corta ni perezosa, sacó de la biblioteca un libro sobre ventriloquía y preparó un número en el que le contaba fragmentos de la Biblia a Pupkin, que siempre se los repetía mal. No tardaron en empezar a pagarle diez pavos al día. Luego se encargó ella de la homilía de los niños, empezaron a contratarla otras parroquias y fue comprando materiales para hacer más muñecos, con lo que pudo cobrar tarifas profesionales y entrar en el circuito de las convenciones de titiriteros, de donde surgieron nuevas contrataciones y títeres más grandes, y de ahí hasta entonces.

Todas las personas allí reunidas, todas las anécdotas, las canciones, los recuerdos… habían empezado en el suelo de una casa apenas amueblada, cuando su madre intentaba por todos los medios distraer a dos críos con poco más que un títere hecho con un guante deshilachado que la había acompañado toda la vida y cualquier cosa que encontrara en la basura.

De pronto, a Louise le dieron ganas de decirle a Mark cómo se sentía, de averiguar si él sentía lo mismo, de compartir sus sentimientos con la única persona en el mundo que lo entendería. Se giró para buscarlo entre los bancos y entonces fue cuando el reverendo Mike lo llamó.

—Y ahora Mark Joyner, hijo de Nancy y Eric, querrá terminar este servicio con un momento musical especial.

Mark se puso en pie. De algún lado había sacado una guitarra. Se acercó al altar pulsando las cuerdas, y dijo:

—A mis padres les encantaba esta canción. Sé que les alegrará oírla hoy.

Tocó un par de acordes abiertos y enseguida empezó a interpretar *The Rainbow Connection*. Louise no lo había oído cantar desde el instituto. Su voz sonaba ronca y algo quebrada, pero fuerte y sincera y, al llegar al segundo estribillo, gritó: «¡Todos juntos!», y una multitud de doscientos titiriteros cantó con él. Luego dijo: «¡Solo los pitos!», y todo el mundo hizo sonar su silbato de carnaval y vibró el templo entero mientras cientos de personas trompeteaban el siguiente verso. Louise se sintió como si le hubieran dado un puñetazo en la cara. Era absolutamente perfecto.

Ya no iba a volver a discutir con Mark. Para empezar, no tendría que haberlo hecho antes. No iba a permitir que la casa se interpusiera entre los dos. De hecho, ni siquiera iba a meter la mitad de su hermano en un fideicomiso. Ya era un hombre hecho y derecho, merecía que lo trataran como tal, y si quería invertir su parte en alguna empresa disparatada, ¿quién sabe?, quizás esta vez tuviera suerte. Su vida era cosa suya, y su dinero también. Le correspondía la mitad.

Terminó la canción y Louise aplaudió con el mismo entusiasmo que los demás, luego el aplauso se convirtió en ovación, y le pareció que Mark lo merecía. Su hermano recorrió trotando el pasillo central, chocando los cinco con títeres y titiriteros por igual, y el reverendo Mike se levantó y dijo:

—Dios, nuestro Señor, está entre nosotros. Lo llena de júbilo vuestra alegría. Se regocija por vosotros con sonoros cánticos. ¡Marchad y regocijad vosotros al mundo con los vuestros!

Estallaron los vítores en todo el templo, en el coro empezaron a interpretar una versión con pitos de carnaval de *When the Saints Go Marching In* y, de pronto, empezó a caer confeti por doquier, dando tumbos y titilando en el aire. Tronaron los matasuegras y, mientras Louise se levantaba e iba en busca de su hermano, empezaron a volar las serpentinas como si fuera Nochevieja.

—Nos vemos en el coche —dijo abandonando el banco de la familia.

Louise se abrió paso entre la multitud de dragones y dinosaurios y engendros peludos de brazos largos, bocas rojas y pelotas de pimpón por ojos que abarrotaba el pasillo central y, por fin, llegó al porche donde estaba Mark, saludando, bromeando, y le puso una mano en el hombro. Él se giró y, al ver que era ella, torció el gesto enseguida.

—Venga, suéltalo ya —le dijo él—: ha sido indecoroso, de mal gusto, indigno de mamá y papá, una cagada…

—Es justo lo que mamá y papá habrían querido —respondió Louise—. Lo has hecho genial.

Mark no sabía qué decir.

—Guay —espetó por fin—. Aunque ha sido raro que no participaras.

—Lo siento —dijo ella ignorando la pullita. Si él no podía comportarse como un adulto, lo haría ella—. Me avergüenzo de mi comportamiento de la semana pasada. No sé qué mosca me picó, pero me pasé y no me enorgullezco de ello. Además, no fui justa contigo. No deberíamos haber llegado a las manos en el jardín. Todo esto está siendo muy duro para los dos, pero sobre todo para ti. Así que lo siento.

Mark la miró inexpresivo un buen rato y luego sonrió.

—No pasa nada —le dijo—. Siempre te ha gustado llamar la atención.

—No lo hice por llamar la atención —repuso ella deseando que su hermano lo entendiera—. Fue porque estaba triste.

—Ya —replicó Mark—. Mamá y tú siempre montando el numerito.

—Eso no es justo —le dijo Louise, recordándose que debía ser la adulta.

—Como cuando te largaste de casa —espetó él con una sonrisa.

—¿Te refieres a cuando fui a la universidad?

—Con un año de antelación.

Louise inspiró hondo. La gente que pasaba por su lado la empujaba sin querer. Se obligó a mirar a su hermano a los ojos. Él hacía lo que le parecía y ella no tenía por qué reaccionar a sus reproches.

—Hoy lo has hecho genial —le dijo—. Ha sido un funeral perfecto, Mark. Mamá se sentiría orgullosa.

Había tanta gente apretujada en casa de tía Honey para el ágape que a Louise le pareció que el edificio se mecía sobre los pilotes. Con semejante alboroto y parloteo, se notaba aturdida y lenta de reflejos, como si hubiera pillado un catarro, así que optó por beber té helado en vez de vino; luego, al verse acorralada en el porche por tantísimas personas que le hablaban a la vez, lamentó su elección.

Las palabras de Mark la perseguían: «Aunque ha sido raro que no participaras». ¿Tendría que haberlo hecho? ¿Por qué no lo había hecho? Porque no le apetecía discutir con Mark, ni pedírselo, ni hablar con él, pero tendría que haberlo hecho. Habían muerto sus padres y ella no se había despedido de ellos públicamente. Estaba inquieta, descentrada. Ojalá pudiera volver a casa con Poppy. Se notaba tan cansada…

—Yo solo digo que habría estado bien poder oír algún salmo tradicional —le comentó una anciana, que era, junto con su madre, una de las veteranas de la parroquia—. Con un trocito de *O God, Our Help in Ages Past* o *Guide Me, O Thou Great Jehovah* habría bastado. Pero estoy convencida de que a tu madre le ha gustado lo de hoy.

Un hombre con americana de mezclilla y corbata amarilla de punto le tomó la mano entre las suyas y no la soltaba.

—Reed Kirkly —se presentó—. Daba clases con tu padre y quería decirte que era un gran pensador y que, aunque resultaba un poco… dogmático, digamos, en materia de aranceles, su investigación sobre la producción de trigo soviética abrió muchos ojos y tuvo su importancia. ¡Tuvo su importancia!

La señora Stillwell, del club de lectura de su madre, ataviada con un llamativo vestido de flores y un sombrero de paja rosa, la agarró por los hombros.

—Tu madre era divertidísima —le dijo—. Daba gusto tenerla cerca. Nos entretenía tanto que a todos nos gustaría ser un poco más como ella. ¡Qué divertida era!

Louise miraba a toda aquella gente que le hablaba, que le contaba cosas de sus propios padres, de la investigación de su padre, de su amor por los Chicago Bears y por los perritos calientes de Chicago, de lo divertidísima que era su madre y lo entretenidos que eran sus guiñoles y los relatos bíblicos que contaba a sus hijos con aquel títere pequeño tan gracioso, y lo bien que lo pasaban, y se veía asentir con la cabeza y sonreír, y empezó a preguntarse por qué no había dicho ni una palabra en el funeral de sus padres.

No había estado tan cansada desde que había tenido a Poppy. Lo único que le apetecía era estar sola, o con sus primas, alguien que conociera a sus padres de verdad; en cambio, debía hacer el numerito como si fuera un títere más.

Le vibró el móvil con un mensaje de texto de Ian.

Poppy solo habla como si fuera un bebé. Anoche se hizo pis en la cama. Mi madre conoce a una buena psicóloga infantil.

Le vibró otra vez el móvil.

He pensado que debías saberlo.

Louise empezó a teclear la respuesta: que «ni de coña», que ella volvía dentro de una semana, que la madre de Ian no era quién para tomar esas decisiones sobre su hija… Pero apenas había escrito «Ni de…» cuando alguien la agarró del hombro.

—¿Lulu? —le dijo Constance al oído—. Te tengo que secuestrar un segundo.

Llevaba una copa de vino en una mano y una lata muy fría de cerveza Coors en la otra.

—¿Qué? —preguntó Louise debatiéndose entre contestar el mensaje o atender a su prima.

—No me apetece nada hacer esto, pero…

—¿Qué pasa? —preguntó Louise, procurando centrarse y estar a lo que estaba—. ¿Qué ha ocurrido?

—Mark ha estado dándole la vara a Brody desde el accidente —le explicó Constance— y Brody le ha estado dando largas y largas, pero el otro insiste en que quiere hablar con él ahora mismo.

Louise intentó ponerse al tanto.

—Brody, ¿tu marido? —preguntó.

—Brody, mi marido —dijo Constance.

—¿Y para qué quiere Mark hablar con Brody?

—Para revisar los testamentos.

—¿Por qué? —inquirió Louise.

—Querrá saber qué le toca.

—No, digo que por qué se lo pide a Brody.

—Es abogado y está especializado en herencias y sucesiones, ¿no? —respondió Constance—. Brody le pidió a vuestro padre que buscase a otra persona que se lo llevara, alguien que no fuera de la familia, pero Brody le hacía descuento y ya sabes cómo era tu padre.

Louise sabía bien cómo era su padre. Su debilidad por los chollos era legendaria. Él lo llamaba «entender el valor del dólar».

—Entonces, ¿Brody tiene los testamentos? —preguntó Louise.

—Iba a enviároslos por correo electrónico la semana que viene —contestó la otra—, pero Mark no paraba de darle la vara y Brody de decirle que después del funeral, después del funeral…, y luego Mark prácticamente se le ha echado encima nada más llegar aquí, insistiendo en que ya es después del funeral y ha empezado a decir que se iba a buscar otro abogado y en fin… Lo siento. A Brody no le ha dado tiempo ni a tomarse una copa.

Louise oyó a su alrededor el clamor y el parloteo de la gente que hablaba del funeral y de la canción de Mark, contaba anécdotas de sus padres y chismorreaba sobre las cenizas mientras la casa de tía Honey se mecía sobre los pilotes.

—¿Lulu…? —le dijo su prima intentando establecer contacto visual.

Louise pensó en la finca y en vaciar la casa, y en todos los documentos que tendría que encontrar, y en ponerla a la venta y repartírsela con Mark, y en el contrato de la cuenta de depósitos en garantía, y en la inmobiliaria, y en cancelar los contratos de servicios y el plan de pensiones de su padre y la Seguridad Social… y estaba cansadísima.

—Vale —le dijo a Constance echándose la manta a la cabeza—, ¿dónde están?

Le habría gustado tomarse un tiempo después del funeral para hacerse a la idea de que sus padres ya no estaban antes de lidiar con todo aquel asunto del dinero, pero, siendo madre, estaba acostumbrada a no ser dueña de sus horarios.

8

Constance entró con Louise en el despacho de tío Claude y cerró la puerta, dejando al otro lado el parloteo y el bullicio de la familia, a los vecinos, los miembros del claustro universitario, los administradores de la FCP, los primos lejanos y los cuentacuentos profesionales apiñados en la casa de tía Honey. Aun así, el murmullo de sus voces hacía vibrar las paredes revestidas de pino.

Mark estaba sentado en el sillón de cuero negro con ruedas de tío Claude, al otro lado de su inmenso escritorio, bajo una cornamenta de toro texano de cuerno largo colgada en la pared. En la parte delantera del escritorio había un cartelito que rezaba «JEFAZO». Brody, que estaba sentado cómodamente en el resplandeciente sofá de cuero negro, con las rodillas dobladas y pegadas a la cara, se levantó en cuanto Louise y Constance entraron en el despacho. Su mujer le pasó la lata de Coors superfría.

—Gracias —le dijo Brody—. Hola, Louise —la saludó y la achuchó con un solo brazo—. Siento mucho lo de vuestros padres.

Brody le pareció inmenso. Era gracioso, guapo, más alto que su mujer y muy cariñoso. En las celebraciones familiares, organizaba partidos de fútbol americano con los críos, pero nunca jugaba con excesiva violencia. No cazaba ni bebía demasiado y, cuando hablaba con Louise, la escuchaba y le hacía preguntas inteligentes. Lo encontraba demasiado bueno para ellos.

—Gracias, Brody —le dijo a la solapa de la americana.

Él se apartó y le señaló el sofá.

—Siéntate tú, por favor, que yo me quedo de pie —le pidió—. Con, asegúrate de que no entra nadie, por favor.

Constance salió del despacho y el bullicio creció de nuevo, pero se apagó en cuanto cerró la puerta dejándolos a los tres solos.

—Por fin —espetó Mark desde detrás del escritorio, mientras su hermana se encaramaba al borde del sofá—. Venga, a lo que íbamos...

—A mí no me hace falta esta charla —terció Louise—. Ya sé lo que voy a hacer, pase lo que pase.

—No me cabe duda de que lo tienes todo pensado —replicó Mark—. Crees que debería corresponderte más porque tienes una hija, claro.

—Venga ya, Mark —lo reprendió Brody—. Seamos civilizados.

—No veo que lo niegue —insistió el otro—. Pero yo aún podría tener hijos. Billy Joel tuvo uno a los sesenta y cinco.

Brody disimulaba muy bien el dolor de cabeza.

—Como bien sabéis los dos, yo redacté los testamentos de vuestros padres —continuó—. Solemos enviar una copia por correo electrónico y otra, impresa, por correo ordinario, pero este caso es complicado porque son dos testamentos que repercuten el uno en el otro. Me gustaría repasarlos con vosotros en persona para explicároslo todo. Acostumbro a esperar un tiempo prudencial para hacerlo, pero Mark me ha insistido.

—No me cargues el muerto a mí —le soltó Mark—. Louise solo va a estar aquí una semana más. No hay tiempo para gilipolleces.

—Ya he dicho que mi parecer no va a cambiar —intervino Louise—, independientemente de lo que quisieran mamá y papá.

—Dadme un minuto —pidió Brody sujetando la cerveza con la axila para sacar el móvil y buscar algo en él—. Busco los documentos y os los mando por correo electrónico.

Encorvado sobre el móvil, Mark refrescaba la pantalla una y otra vez, impaciente. Louise ni siquiera sacó el suyo. Tomó un bloc de notas del escritorio de su tío y un boli del bote en forma de bota de vaquero y se preparó para tomar apuntes.

—¿Os ha llegado ya? —preguntó Brody pegándose a la frente la lata fría de cerveza.

Mark siguió refrescando la página hasta que sonó un pitido.

—Sí —contestó abriendo el documento.

—Mañana os mando una copia impresa a los dos, pero vamos a repasarlo ahora. Empecemos por el testamento de vuestro padre. Si hay algo que no entendáis o que queráis que repita, decídmelo, ¿vale? Somos familia y os voy a dedicar todo el tiempo que haga falta hoy.

Brody se recostó en el marco de la puerta, dejó la cerveza en equilibrio sobre el brazo del sofá y se puso el móvil delante como si fuera a dirigirse al jurado. Mark seguía pasando páginas y recorriendo líneas con la vista. Louise se preparó para el reventón.

—Os habéis visto en la situación poco frecuente de que tío Eric y tía Nancy murieran casi a la vez —prosiguió Brody—. Eso tiene ciertas repercusiones legales, así que hay que leer el testamento del que falleciera primero, que fue vuestro padre, y…

—¡Se lo deja todo a Louise! —estalló Mark dando una palmada fuerte en el escritorio de tío Claude.

Louise inspiró hondo.

—Mark, quiero que vayamos paso a paso… —insistió Brody.

—¿Se lo lleva todo ella? —bramó el otro con los ojos empañados y casi fuera de las órbitas—. ¡Los abandonó!

Ella notó lo dolido que estaba y se alegró de su decisión.

—Venga, tío, no seas así —le dijo Brody.

—¿Cuánto tenían? —quiso saber Mark—. ¿La casa? ¿Lo que les quedara en el banco? Todo se lo lleva ella. Sabía que me iban a hacer esto. Yo les daba igual.

—No les dabas igual —contestó su hermana—. Mamá y papá te querían mucho. Sabes que lo voy a repartir todo contigo, ¿verdad? De lo que ponga en los testamentos, la mitad es tuya.

—He estado hablando con un abogado del trabajo —dijo Mark, y Louise supo que se refería a algún cliente de su bar—. Me ha dicho que siempre pasa esto, que, en cuanto hay dinero de por medio, se jode todo.

Louise guardó silencio porque no le hacía falta discutir más con su hermano. Tanta pelea, tanta frustración y, al final, su padre la había dejado al cargo porque sabía que haría lo mejor para Mark. Costara lo que costara, merecería la pena. Ella tendría la conciencia tranquila y luego ya no tendrían que volver a hablarse.

—Ni siquiera deberías haber sido el abogado de nuestros padres —le soltó Mark a Brody, que, a juicio de Louise, estaba demostrando una paciencia de santo—. ¡Eres de la familia!

—A mí tampoco me agrada —respondió el otro—, pero fue lo que decidieron y mi cometido es asegurarme de que los dos entendéis sus últimas voluntades. ¿Puedo continuar?

Louise cayó en la cuenta de que le preguntaba a ella porque era la albacea.

—Por supuesto —respondió.

Mark podía llorar todo lo que quisiera, pero a Louise se le estaban relajando los hombros por primera vez en una semana. Notó que se le realineaban los huesos, se sentó más erguida, aflojó la mandíbula. Dentro de unos meses habría terminado con Mark para siempre, y pensaba hacerlo de la forma correcta.

—Me voy a buscar otro abogado —espetó su hermano.

—Estás en tu derecho —contestó Brody—. Habría querido que repasáramos esto desde el principio, pero, en vista de que te has adelantado, empezaremos por ahí. Como ya has comprobado, si el fallecimiento de tu madre antecediera al de tu padre, Louise lo heredaría todo, pero, si hubieras leído las páginas que te has saltado, habrías visto que, en caso de fallecer antes tu padre, todo pasa a tu madre. Esto es habitual en las parejas casadas, se dejan su patrimonio el uno al otro, con lo que, si tu madre hubiera muerto antes que tu padre, Louise se quedaría con todo. Pero, que sepamos, fue al revés. —Giró el móvil para que lo vieran los dos—. Según el informe del accidente que nos llegó el miércoles, la hora de la muerte de vuestra madre es posterior a la de vuestro padre y perdonadme si os parece macabro, pero a veces la ley exige esa precisión. Al parecer, cuando los sanitarios del servicio de emergencias llegaron a la escena del accidente, vuestra madre seguía consciente, pero vuestro padre ya había fallecido. Ella murió camino del Roper Hospital.

Se hizo un silencio absoluto durante un minuto largo. Hasta Mark se quedó callado. Brody giró de nuevo el móvil hacia sí y trasteó con él un momento.

—Así que, si echáis un vistazo al segundo documento que os he enviado... Louise, ¿seguro que no quieres mirarlos?

—Me vale así —contestó ella.

Vuestra madre le deja su patrimonio a vuestro padre si ella muere antes —explicó Brody—, pero, si es al revés, ella hereda el patrimonio de él, y le deja la totalidad de sus bienes a Mark, incluido lo heredado de vuestro padre. El cien por cien. —Se hizo otro silencio largo. Louise esperó a que Brody terminara. Él la miró—. En ocasiones, uno de los progenitores nombra a sus hijos albaceas conjuntos de su testamento, pero, en este caso, vuestra madre no solo le dejó su patrimonio entero a Mark, sino que, además, decidió que él fuera su representante legal. —Se hizo otro silencio durante el cual Brody estudió a Louise—. ¿Me sigues? —le preguntó.

Mark sí. Se levantó de un brinco del sillón de tío Claude y dio un puñetazo al aire.

—¡¡SÍ!! —gritó.

—Esto es un funeral, Mark —le dijo Brody—. No pega tanto jolgorio.

Louise se juró que no iba a llorar. Su madre lo había dispuesto todo para humillarla, pero no iba a llorar. Empezaron a vibrarle los ojos. Una lágrima caliente le rodó por la mejilla. No iba a llorar. Casi podía ver a su padre, de pie, apoyado en la pared de enfrente, peinándose el bigote con las yemas de los dedos, con cara de tristeza y de remordimiento, como siempre que sabía que había cometido un error. Louise se limpió las mejillas con rabia. No iba a llorar.

Mark se puso a bailar junto al escritorio como bailan los futbolistas en la banda para festejar un tanto.

—¿Cuánto? —preguntó—. ¿Cuánto es?

—Habrá que inventariar el patrimonio —contestó Brody poniendo la misma cara que si le doliera el estómago—. Eso tendrás que hablarlo con tu nuevo abogado, si decides dejarte asesorar por uno.

Louise esperó a que Mark dijera que se repartiría la casa con ella, que era de los dos, claro. Esperó a que hiciera lo que habría hecho ella, a la que jamás se le había pasado por la cabeza que no fuera de los dos. Hasta había decidido prescindir del fideicomiso. Se había conducido como una persona madura y confiaba en que su hermano hiciera lo mismo.

—¿Cuánto calculas tú? —preguntó Mark volviendo a sentarse y apoderándose de uno de los bolis de tío Claude.

Todos los niños plantean a sus padres la misma pregunta: ¿a quién quieres más? Los padres la esquivan toda la vida, durante años, pero al final, de un modo u otro, se sabe la respuesta.

—Mark… —dijo Louise, pero su hermano no la oía porque estaba acribillando a Brody a preguntas sobre los períodos de cadencia, la cuenta de depósitos en garantía y la reclamación del patrimonio—. ¡Mark! —le gritó más fuerte de lo que pretendía. Él calló y la miró. Brody también—. He pagado yo la urna funeraria —le dijo, porque no se le ocurrió otra cosa.

—Vale, gracias —contestó él.

Brody intentó echarle un cable.

—Normalmente eso sale del patrimonio —le dijo a Mark.

—¿Es obligatorio? —preguntó el otro.

—Bueno… —Quedó claro que Brody no quería contestar—. No.

—¡Genial! —respondió Mark—. He leído en internet que puedo asegurar el título de propiedad y así venderé más rápido, ¿no? ¿Cuánto cuesta un seguro de esos?

—Mark… —le dijo Brody—, es tu hermana.

—¿Y qué? —replicó el otro—. Nuestros padres me lo han dejado todo a mí. No hago más que respetar sus deseos.

Louise se levantó. El alboroto de voces del otro lado de la puerta se oyó más fuerte. Notó cómo cedía y se ladeaba el suelo bajo sus pies. Brody la agarró del brazo.

—¡Espera! —le espetó y ella se detuvo en seco. Luego le puso en la mano algo pequeño, duro y afilado. Al mirar, vio que era un grueso sobre blanco—. Tu madre quiso dejarte esto.

Louise, que no le estaba escuchando, tiró del pomo de la puerta y se topó con aquel muro de amigos, vecinos y familiares. Todos le parecían desconocidos. Constance, que vigilaba a un lado de la puerta, la vio salir del despacho.

—Louise… —la llamó, pero ella se arrojó a la multitud y avanzó dando tumbos hacia la luz que entraba por el porche trasero—. ¡Louise!

Se abrió paso a empujones entre la muchedumbre. Sus pies resonaban en el suelo. Tropezaba con las copas de la gente. Creyó que el techo se desplomaba, que el suelo se abría y los maderos astillados caían al hueco de debajo. Agarró la maneta de la puerta corredera, la abrió y salió disparada al porche trasero, donde estaban los fumadores.

—Perdón, perdón —se disculpó mientras bajaba a empellones, como si estuviera a punto de vomitar, intentando inspirar algo de oxígeno en medio de aquella bruma de nicotina.

Le dolía tanto la cabeza que no veía. Tenía que encontrar el coche. Giró para atajar por debajo de la casa hasta el jardín delantero.

—¡Louise!

Constance la agarró del brazo y la obligó a mirarla.

—¿Qué? —le espetó la otra, medio ahogada.

—Me lo ha contado Brody —contestó su prima y miró a Louise con sus ojos azules empañados—. Lo siento.

Louise se arrojó sobre Constance y notó que su prima la abrazaba. Ella lo iba a repartir todo con su hermano. Solo quería que la dejaran al cargo para que las cosas se hicieran bien. Quería que se despidieran de buenas, pero él la odiaba.

Las lágrimas la pillaron por sorpresa. Lloraba, por fin, pero no por sus padres. Lloraba porque no le quedaba más que su hermano y la detestaba.

Constance la meció despacio mientras ella lloraba en su pecho.

—Todos adorábamos a tus padres —le susurró acariciándole el pelo. Louise lloraba cada vez más fuerte—. Tranquila, mujer, que todo se arreglará. Todo se arreglará, ya verás.

«¿Sabes qué, Louise? Estadísticamente…, bueno, hay mucha diferencia en esas cifras, pero, en general, desde el punto de vista estrictamente científico, todo termina arreglándose un número inverosímil de veces». Ya no. Su padre había muerto. Su madre había preferido a su hermano. Su hermano la odiaba. No le quedaba nada allí.

Se apartó de su prima limpiándose las lágrimas de la cara. Constance le pasó un clínex. Ella se sonó los mocos y estuvo a punto de devolvérselo, pero cayó en la cuenta de que aquello era una guarrada, hizo una pelota con él y se lo metió en un bolsillo. Entonces vio que aún llevaba el sobre en la mano.

—¿Podrías subir al dormitorio de tía Honey a por mi bolso? —le preguntó a su prima—. No quiero seguir aquí. Me vuelvo a casa.

IRA

9

Louise paseaba nerviosa por su habitación del hotel, desde la silla que había junto a la ventana hasta la puerta del baño, pasando por los pies de la cama, y de vuelta a la ventana. Tendría que haberse ido ya. Había decidido marcharse: cambiar el billete de avión y volver a casa. Ansiaba llegar al aeropuerto, dormir todo el viaje y despertar cuando estuvieran a punto de aterrizar en San Francisco. Estaba deseando ver a Poppy. Que Mark se quedara con aquello, que se lo quedara todo; a ella ya le daba igual.

Pero tenía el sobre encima de la cama. Un cuadradito de color lino sobre la colcha de piñas. Uno de los sobres de su madre.

—Joder, joder, joder —susurró para sí.

No le apetecía abrirlo. No había nada que pudiera contarle su madre muerta que no fuera a empeorar la situación. En aquel sobre no había más que complicaciones. Todo lo que podía decirse había quedado dicho ya. Habían terminado todas sus conversaciones. Analizar el pasado no tenía sentido. Su madre había invalidado las últimas voluntades de su padre y preferido a Mark, y su hermano y ella eran incapaces de llevarse bien. Punto final.

Ya leería la nota en el avión. O cuando estuviera de vuelta en San Francisco. O nunca.

Abrió el armario, tiró el bolso de viaje sobre la cama y empezó a doblar sus blusas. Miró el cuadrado de papel con su nombre escrito de puño y letra de su madre. Demasiado pequeño, demasiado tarde. Todo aquello había terminado. La historia de su familia había llegado a su fin. Nada iba a cambiar eso. Mark se había salido con la suya. Hiciera lo que hiciera Louise, él siempre salía ganando.

Descolgó el vestido que había llevado en el funeral, lo dobló y lo guardó en el bolso de viaje. Sacó todo lo del baño, revisó los cajones, se aseguró de que no se dejaba nada debajo de la cama y luego cerró la cremallera y dejó el equipaje junto a la puerta. Echó otro vistazo a la habitación. No quedaba nada más que el sobre encima de la cama. No podía dejarlo allí, porque las limpiadoras pensarían que se lo había olvidado y se lo mandarían por correo. Lo tomó entre sus manos y, antes de que le diera tiempo a hacerlo pedazos, lo abrió. Sacó la tarjeta. Empezó a leer. Debía hacerlo.

«Louise —decía, y casi pudo oír la voz de su madre; la imaginó sentada a la mesa del comedor, escribiendo aquello con el rotulador púrpura que usaba siempre—. Le he pedido a Brody que te dé esta carta si se presentan determinadas circunstancias; si lo estás leyendo, es que se han presentado. —Su madre no era capaz de escribir la palabra «muerte» ni siquiera para referirse a la propia—. Estoy orgullosísima de la vida que llevas y de la madre en la que te has convertido. Tienes tantísimo y te lo has ganado tú sola con tu esfuerzo. Mark apenas tiene nada comparado contigo. —Louise notó que un escalofrío le agarrotaba la columna. Siguió leyendo—. He tomado la decisión que he tomado porque sé que tú podrás cuidarte y cuidar de Poppy pase lo que pase, pero Mark no tiene a nadie. Tú tienes tanto y él tan poco. Además, estoy segura de que, si alguna vez te ves en un aprieto, bastará con que se lo digas y él te ayudará encantado. A fin de cuentas, es tu hermano y te quiere y te admira, aunque no lo parezca. Sé que no te fastidiará que haya hecho algo tan duro pero tan necesario. Por favor, cuida de tu hermano pequeño. Te quiere siempre, mamá».

Louise sintió ganas de proferir alaridos ininteligibles, de aullar de rabia. Habría echado abajo SpringHill Suites con sus propias manos. Hizo añicos la carta. Se plegó sobre sí misma, cayó a la cama, apretó los puños y se presionó las sienes hasta que le dolieron. Soltó un grito mudo y frunció el rostro, desfigurando el semblante, apretando los dientes hasta hacer chirriar el esmalte.

Mark se lo había llevado todo, ¡todo!, ¿y a su madre aún le había parecido que hacía lo correcto? Nada de repartos. Nada de la mitad para cada uno. A Mark le tocaba todo y a Louise nada porque, claro, ella sabía cuidarse. No lo conocían de verdad, no lo veían como era en realidad, como ella lo había visto toda la vida.

Louise había entrado en las Girl Scouts en cuanto había podido. Le había encantado la idea de un ejército de chicas uniformadas y eficientes dispuestas a arreglar todos los males del mundo. Había estado ayudando a retirar las cosas después del Pinewood Derby, vendido casi todas sus galletas y acumulado montones de insignias en su mochila. Se había obsesionado de tal forma con los primeros auxilios que lo había arreglado todo para que un sanitario diera una charla a su tropa. Solo había dejado de ir años después, cuando lo habían hecho sus amigas porque se sentían demasiado mayores.

Mark había entrado en los Boy Scouts y jamás había conseguido ni una sola insignia. Al final le dieron la de Tenderfoot, el segundo escalafón, por pena. Al cabo de año y medio lo dejó: un buen día simplemente no se presentó. A la familia le contaban que Louise y Mark habían sido *scouts* los dos, pero lo habían dejado porque les parecía demasiado competitivo y Louise se ponía furiosa cada vez que oía aquella milonga. A ella le encantaba la competencia, solo que Mark era un vago.

La carrera teatral de Mark en el instituto le dejó claro a Louise la clase de persona en que se había convertido su hermano. Tía Honey estaba en lo cierto: tenía talento y los chicos de su familia eran todos guapos. Bastó con una sola producción para que el director del Dock Street Playhouse se diera cuenta de que, si elegía a Mark para el papel de hermano pequeño o de mejor amigo, terminaría robándole la función al protagonista, que, además de actuar, cantaba y bailaba. A Mark empezaron a darle papeles mayores y la gente siguió comprando entradas. El teatro organizaba sus temporadas conforme a las aptitudes de Mark, estrenando musicales como *Oliver!* o *Huckleberry Finn*.

Cuanto mayores eran el papel y la atención recibida, menos se esforzaba. No memorizaba los diálogos hasta el último minuto y a veces ni se los aprendía. Se saltaba los ensayos técnicos. La noche del estreno de *Donde florecen los lirios* salió a escena tarde y con un chupetón en el cuello que Louise sabía que no llevaba dos escenas antes.

Conseguía hacer reír al público sobreactuando y gesticulando. Eclipsaba a los otros actores. El poco talento que tuviera lo echaba a perder con su desidia. Cuando dejó la universidad, sus padres le pagaron un apartamento en el centro. Cuando le pidió matrimonio a Amanda Fox, sus padres lo ayudaron a pagar el anillo de compromiso. Todo se lo ponían en bandeja.

Louise se esforzaba. No se sacaba las cosas con la gorra. No esperaba que los demás se lo hicieran todo. Ella era aquel caballo de *Rebelión en la granja* que se deslomaba hasta que lo mandaban a la fábrica de pegamento. Ella no se rendía.

Así que fue a la copistería e imprimió los correos electrónicos de Brody; luego se sentó en su habitación del hotel, extendió los testamentos de sus padres sobre la mesa y empezó a repasarlos línea por línea.

Yo, Nancy Cooke Joyner, residente del condado de Charleston, en el estado de Carolina del Sur, declaro, a todos los efectos, que estas son mis últimas voluntades y mi testamento, por lo que el presente documento invalida todos y cada uno de los testamentos y anexos dictados por mí con anterioridad.

Su apellido original era Cook, pero, cuando había ido a la escuela de Sarah Lawrence a estudiar interpretación, le había añadido una «e» para otorgarle clase. Louise se había pasado la infancia oyendo a su madre presumir de que le habían asignado el antiguo cuarto universitario de Jill Clayburgh y de que había ido a clase de dicción con el director de *Tomates verdes fritos*. Pronunciaba «teatro» como los pijos, pero tenía una cosa en común con Louise: Nancy Cooke Joyner se esforzaba.

Cuando acabó la universidad, se mudó a Nueva York y estuvo trabajando cuatro años en guardarropía, yendo a audiciones por las mañanas. No llegó a Broadway, pero estuvo cerca. Al final, se enteró de que en Chicago había una buena escena teatral y menos competencia, se fue allí y conoció a un tío que le ofreció el mayor papel de su vida: el de esposa de Eric Joyner.

La familia de su padre no la soportaba, pero eso no fue obstáculo para su madre. Era una mujer llena de energía y de optimismo y quería tantísimo a su marido que consiguió que saliera bien. Incluso el día de su boda, cuando no acudió al ayuntamiento ni un solo miembro de la familia de él, cuando tuvieron que pedir a los que iban detrás de ellos en la cola que les hicieran de testigos, cuando no recibieron ni un regalo de boda…, incluso ese día, Nancy consiguió que saliera bien. Louise lo veía en la única foto de boda que tenían: su madre con minifalda blanca y botas de gogó; su padre con aquel bigote pobladísimo y desaliñado, riendo a carcajadas de algo que ella había dicho. Era un día frío y gris, a la puerta de algún edificio municipal de la también fría y gris Chicago, y gracias a Nancy estaba disfrutando del mejor momento de su vida.

Volvieron a Charleston por el bien de la trayectoria profesional de él y se mudaron a su única posesión: la casa en la que ella se había criado. Pasaron años de apreturas económicas, pero su madre cantó en teatros, empezó a crear su guiñol moralizante, tuvo a Louise y a Mark e hizo como si aquel hubiera sido el plan desde el principio.

Durante los tres primeros años de vida de Louise no pudieron permitirse un televisor, pero daba igual. En cuanto cumplió los tres años, todas las noches su madre se calzaba a Pupkin en una mano y convertía el cuarto de Louise en el hogar mágico del Bosque de Tiquitú. Se inventaba aventuras complicadísimas sobre el Árbol del Tictac y el Huerto de Huesos, su amiga Gorriona, que siempre lo rescataba en el último momento, y el espeluznante Hombre del Revés, que vivía en los árboles. Cuando nació Mark, se sentaba con ellas también y, aun antes de entender las palabras, ya lo hipnotizaban la voz de su madre, los trucos de Pupkin y la atención de su hermana.

En aquellos ratos de antes de acostarse, su madre y Pupkin llenaban la estancia y, si Louise hubiera sido capaz de apartar los ojos de ellos, seguro que habría descubierto que las paredes de su cuarto habían desaparecido y las habían reemplazado el Bosque de Tiquitú y los Murciélagos de Azúcar que revoloteaban por los árboles.

En algún momento después de cumplir los cinco años, los relatos perdieron lustre para Louise. Empezó a querer lavarse los dientes y acostarse sola. Le encantaba ser responsable, saboreaba su independencia, se volvió adicta a los elogios de sus padres, que le decían lo mayor que era. Aquello le resultaba más real que oír otra aventura de Pupkin metiéndose en algún lío y encontrando al final el camino de vuelta a casa gracias al esfuerzo de Gorriona.

Mark, en cambio, siguió escuchando. Su madre creía que lo fascinaban sus complejos relatos de las aventuras de Pupkin, pero Louise sabía que solo buscaba atención. Le daba la vida. Su madre era su sol y él orbitaba alrededor de ella, absorbiendo todos los cumplidos, metiéndose, como ella, en el teatro, aceptando todas sus sugerencias.

Hasta que un día dejó de hacerlo.

En el presente testamento, todas las alusiones a los descendientes de una persona se refieren a sus hijos nacidos de forma natural y a los niños adoptados legalmente, salvo que se indique expresamente otra cosa, así como a los hijos

nacidos de forma natural de estos y a los niños
adoptados legalmente por ellos en generaciones
venideras.

Mark decidió que odiaba a Louise a la vuelta de un viaje a la nieve con la parroquia. Acababa de cumplir los catorce.

—Son las hormonas —le explicó su padre después de que Mark entrara en su cuarto y le pisoteara las ceras en la moqueta.

—No es para tanto, Louise —le dijo su madre—. Se va con agua.

La cuestión no era esa. La cuestión era que Mark entraba en su cuarto a romperle sus cosas a todas horas y nunca lo castigaban lo suficiente. Le arrancó un autorretrato del cuaderno de dibujo, le pintó granos y lo pegó con celo en el espejo del baño con un bocadillo que decía: «Me como los mocos». Le escondía a Pupkin en la cama, algo que a Louise le reventaba. No tiraba de la cadena del váter que compartían, a propósito. Un año, para Halloween, le puso uno de sus sujetadores a Baudelaire, el *golden retriever* de los Mitchell, y a todo el mundo le hizo muchísima gracia, menos a ella.

Era consciente de que tenía todas las de perder, pero lo que sí podía hacer era agachar la cabeza e hincar los codos, así que decidió graduarse en el instituto un año antes. Fue a clases avanzadas, se matriculó en la escuela de verano y presionó a sus padres todo lo posible para que la dejaran graduarse en su penúltimo curso.

Dejó de dibujar por diversión y se centró en crear un porfolio de diseño. Renunció a las extraescolares y todos los días, después de clase, pedía que la llevaran en coche a la Universidad de Charleston, donde asistía como oyente a todas las clases de CAD, PhotoShop y Diseño de primero que podía, porque eran gratis para los hijos del profesorado.

—Pero no haces más que copiar lo que ves en la vida real —le dijo su madre—. ¿No puedes preparar tu porfolio y, además, seguir dibujando cosas que imagines?

—El diseño me interesa de verdad —contestó ella.

—¡Eres demasiado joven para que algo te interese de verdad!

Louise se cortó el pelo y se lo tiñó de negro porque pensó que la hacía parecer más preparada para ir a la universidad.

—¡Con el pelo castaño tan bonito que tenías! —se lamentó su madre.

—Marrón —la corrigió Louise.

—Cobrizo —dijo su madre—. Tenías un pelo cobrizo precioso. Ahora pareces hija de Edgar Allan Poe.

Al final, gracias a la capacidad de persuasión de su progenitor, se graduó con un año de antelación, pero sus padres no tuvieron ni un respiro, porque fue entonces cuando Mark empezó a hablar de ir a la Universidad de Boston. Era cara, le dijo su padre, así que, si quería ir, ya podía empezar a ahorrar.

—¡Pero a Louise le habéis financiado la de Berkeley! —protestó Mark.

—Tu hermana se paga el alojamiento y la comida de su bolsillo y le dieron una beca —contestó su padre.

—¡Me estáis castigando por no ser Louise! —espetó el otro—. ¡Menuda discriminación!

Se puso rabioso. Discutió. Quería que ellos corrieran con todos los gastos. Tenía un par de trabajillos, pero no ahorraba ni un centavo. Pateó con tanta rabia la pared que hizo un boquete. Louise se alegró de estar en la otra punta del país casi toda esa época.

Al final su padre decidió que tanta trifulca interminable, tanto boquete en la pared, tanto portazo no le salían a cuenta y accedió a pagarle a Mark el *pack* completo. Louise se vio tentada de hacerles ver la hipocresía de aquella decisión, pero sabía que con eso solo conseguiría que sus padres defendieran aún más a su hermano. Sobre todo su madre. Ella siempre defendía a Mark, aun después de que dejara la universidad en su primer año.

Otorgo todos los bienes tangibles que posea en
el momento de mi muerte, incluidos, sin limi-
taciones, efectos personales, ropa, joyas, mue-
bles, adornos, enseres domésticos, automóviles y

otros vehículos, junto con las pólizas de seguros
contratadas para tales bienes, según lo dis-
puesto en el anexo de Beneficiarios.

Mark lo dejó durante el segundo semestre del tercer año de Louise y, por lo visto, lio una tan gorda que su madre tuvo que ir a buscarlo a Boston y llevárselo a casa. En verano, cuando Louise volvió a Charleston, comprobó los daños.

Aquella mañana se levantó temprano, entró con sigilo en la cocina para desayunar antes de que Mark se despertara, pero en cuanto sus pies descalzos pisaron el linóleo del comedor, se detuvo en seco. Su madre estaba sentada a la barra de la cocina, de espaldas a Louise, derrumbada como una marioneta con los hilos cortados. Aquella mujer que presumía de postura, que declaraba «Soy bajita, pero no me encorvo», estaba medio desplomada en el taburete, tan absorta en lo que hacía que no oyó a Louise.

—Mamá…

Su madre dio un respingo.

—¡Qué susto me has dado! —le contestó llevándose una mano al corazón y volviéndose de lado. Tenía los ojos irritados. En una mano llevaba puesto a Pupkin.

—¿Estáis desayunando juntos? —preguntó Louise mientras se acercaba a la nevera.

Su madre sonrió sin ganas.

—Pupkin es un buen amigo —respondió. El títere miró a Louise con la cabeza ladeada—. Siempre me anima cuando estoy deprimida.

Louise contempló el rostro de payaso malicioso de aquel muñeco.

—Sí, es todo un consuelo —replicó.

—A vosotros no os gusta, pero yo hace mucho que conozco a este chiquitín. Tu hermano y tú crecisteis y empezasteis a ir a clase. Tu padre se va a trabajar. Pero Pupkin siempre está aquí.

La vio delgada, con los pómulos demasiado marcados. Por primera vez, Louise fue consciente de que había hueso bajo la piel de su madre. Le fastidió que Mark le hubiera hecho aquello.

—Vais a tener que ponerle coto a Mark si queréis que las cosas mejoren —dijo.

Su madre soltó un suspiro hondo, entrecortado.

—Sé más comprensiva con tu hermano. La universidad era demasiado para él.

Aun entonces, estando tan abatida que apenas podía moverse y teniendo por único amigo a aquella porquería de títere de guante, seguía defendiendo a Mark.

Beneficiarios

Nombre del beneficiario: Mark Joyner
Parentesco: Hijo
Bienes legados: Todos los bienes personales tangibles
y todas las pólizas e indemnizaciones de seguros
aplicables a dichos bienes, todas las residencias su-
jetas a hipotecas o gravámenes derivados de ellas, y
todas las pólizas o indemnizaciones de seguros apli-
cables a dichos bienes.
Porcentaje de la herencia: 100 %.

Nombre del beneficiario: Louise Joyner
Parentesco: Hija
Bienes legados: Colección de obras de arte.
Porcentaje de la herencia: 100 %.

Su madre no tardó en recuperarse. Empezó a asistir de nuevo a las convenciones de la FCP y a contratar guiñoles. Cada vez que Louise volvía a casa tenía títeres nuevos de los que presumir. Había vuelto a trabajar en sus «obras de arte».

Louise no quería ser cruel, pero lo de su madre no era, a su juicio, arte, sino una distracción. La energía que le sobraba, con sus hijos ya mayores, la invertía en hacer aquellas labores de punto de cruz que forraban las paredes del salón, el enorme bordado decorativo del árbol de la vida que colgaba sobre el sofá, los hiloramas que adornaban la pared de detrás de la mesa del comedor, las acuarelas de puestas de sol y del mercado del centro que ocupaban el pasillo, los buhitos hechos con caracoles marinos y ojos móviles adhesivos que inundaban los alféizares... Había tenido distintas fases, como la de los marcos, que había derivado en los marcos de teselas, luego los de caracolitas y finalmente los de brillibrilli.

Por medio de sus incesantes exposiciones itinerantes, su madre convirtió la casa en el Museo de los Horrores de Nancy Joyner, un museo propio, atestado de proyectos artísticos, manualidades y pinturas por números reveladoras de su individualidad. Con los años, Louise consiguió que todo aquello le pasara inadvertido, como le había ocurrido con los muñecos. De pronto, al leer el testamento, pensó en todas las obras enmarcadas que decoraban la vivienda, en todas las piezas apiladas en el garaje, en las que seguramente tenía escondidas en el desván y en otras tantas que habría por todas partes... La colección de obras de arte de su madre.

Louise jamás había hecho un solo comentario al respecto, salvo cuando, durante su segundo año de universidad, su madre se apuntó a clases de taxidermia y llevó a casa su proyecto final: el belén de ardillas. Era justo eso: una pequeña reproducción en madera del portal de Belén, con José y María inclinados sobre el Niño Jesús, solo que los tres eran ardillas. Ardillas muertas y disecadas.

Su madre lo colocó en lo alto de la vitrina de los muñecos, se apartó y le preguntó a Louise qué le parecía.

—Asqueroso —contestó ella, y su progenitora puso los ojos en blanco.

—Vale, no te gusta el medio, lo entiendo, pero ¿qué me dices del arte?

Louise contempló las dos ardillas grises inclinadas sobre una ardilla roja más pequeña tendida bocarriba en el pesebre, entre las otras dos.

—¿No te parece una blasfemia? —le preguntó.

Su madre la miró verdaderamente confundida.

—¿Por qué?

—Porque es el momento más sagrado de la cristiandad y lo has reproducido con ardillas —respondió su hija.

—Pretende ser gracioso. Dudo que a Jesús le importe que nos riamos un poco de vez en cuando.

«Pero ¿con qué fin? —le dieron ganas de decir a Louise—. ¿Con qué fin te afanas en coser, pintar, encolar y hacer todas esas mierdas?».

Veinte años después, por fin lo entendió.

Nombre del beneficiario: Louise Joyner
Parentesco: Hija
Bienes legados: Colección de obras de arte.
Porcentaje de la herencia: 100 %.

El fin era, comprendió entonces, que por una vez en su vida Mark no iba a terminar saliéndose con la suya.

10

Cuando el camión de plataforma abierta que transportaba la tolva de color rojo intenso de Agutter Clutter accedió a la finca, Louise fingió darle un sorbo a su vaso vacío de Starbucks. Había estado sentada en el porche mientras salía el sol, pensando en una forma graciosa de entrarle a Roland Agutter que suavizara la situación para que no se cabreara con ella. Unas cuantas personas se iban a cabrear con ella.

El motor del camión se fue apagando entre resoplidos y Roland bajó de la cabina y cruzó el césped cubierto de rocío. Louise se levantó y le dio otro sorbo de pega al café.

—Vaya, un *déjà vu* —espetó Roland deteniéndose—. Si me abre la puerta de la casa y la del garaje, suelto la tolva a la entrada.

El sol produjo destellos en las ventanillas del maltrecho Honda mientras se detenía al borde del jardín y se abrían sus puertas.

—Quiero que vacíe la casa, de verdad —le dijo Louise—. Por lo que a mí respecta, el trabajo es suyo, pero primero tengo que entrar para llevarme las obras de arte de mi madre.

—Claro —contestó Roland asintiendo con la cabeza antes de que ella terminara siquiera—. Nos va a llevar media hora organizarnos.

—Lo mismo necesito un poco más —repuso ella.

—¿Tantas obras de arte hay?

—La casa está prácticamente llena de ellas —contestó Louise.

—¿Y no podría llevarse una o dos de sus favoritas?

—Ojalá —respondió ella y, volviendo a levantar el vaso vacío de Starbucks, bebió un sorbo de aire para no tener que mirar a Roland a los ojos. Incluso simuló que tragaba.

—¿Voy a poder entrar hoy? —quiso saber el otro—. Su hermano me llamó ayer para asegurarse de que venía.

—Lo siento muchísimo —dijo ella.

Frustrado, Roland miró a la izquierda de Louise, luego a la derecha, al tejado y después otra vez a ella.

—Me sería de gran ayuda que su hermano y usted limaran asperezas antes de avisarme —le soltó por fin.

—Lo siento —repitió Louise.

Los rayos de sol matinales rebotaron en la camioneta de Mark cuando dobló aprisa la esquina y se detuvo al borde del jardín. Se quedó dentro un minuto, mirando fijamente a su hermana por la ventanilla, y ella lo vio elucubrar, intentar averiguar qué hacía allí, y de pronto lo supo, le cambió la cara, bajó escopeteado de la camioneta y cruzó el jardín hecho una furia. Louise tendría que haber comido algo: el café del desayuno le abrasaba como un ácido el estómago vacío.

—¡No le haga ni caso! —le gritó Mark a Roland Agutter—. ¡No sabe de lo que habla! ¡La casa es mía! ¡Ella no pinta nada aquí!

Agutter ni siquiera esperó a que Mark se acercara. Fue hacia sus peones, que estaban junto al Honda, para decirles que no había nada que hacer allí. Mark lo detuvo en medio del jardín.

—¿Adónde va? —le dijo agarrándolo del hombro.

Roland Agutter se zafó bruscamente de él.

—Siempre igual —respondió el otro furioso—. Todas. Las. Puñeteras. Veces. En cuanto hay dinero de por medio, la familia se hace pedazos.

Mark se quedó allí plantado, viéndolo marcharse. Louise iba a decirle que no era eso lo que estaba pasando ni mucho menos, que la suya no era la típica familia que discutía por la herencia, que era su hermano el origen de todos los problemas y no ella, que ella estaba dispuesta a repartirlo todo entre los dos. En cambio, se quedó pasmada viendo a Roland Agutter hablar con sus peones, subirse al camión, arrancar el motor y largarse en medio de un gran estruendo. El Honda lo siguió. El motor del camión fue carraspeando hasta el final de la manzana y luego enmudeció al volver la esquina y desapareció.

Su hermano se volvió hacia ella, iracundo.

—¡Capulla egoísta! —le espetó—. Siento que mamá y papá no hicieran lo que tú querías por una vez, pero la casa me la han dejado a mí, no a ti, así que ya te estás largando.

Louise había estado ensayando aquel momento toda la mañana. «Mantente firme, míralo a los ojos, no cedas ni un ápice».

—Tienes un problema de comprensión lectora —le dijo—. ¿Por qué no repasas con Brody el testamento de mamá…?

En cuanto mentó a Brody, Mark la interrumpió.

—Brody es mi abogado, no el tuyo. ¡No puedes hablar con él!

—No —replicó ella, satisfecha de poder desconcertarlo otra vez—. Brody es el abogado encargado de custodiar el patrimonio de nuestros padres.

—¡Que me pertenece a mí!

—Mírate el anexo del final —le aconsejó ella sacando el móvil—. «Beneficiarios, página 8. Nombre del beneficiario: Louise Joyner. Parentesco: Hija. Bienes legados: Colección de obras de arte. Porcentaje de la herencia: 100%».

Le concedió un segundo para que lo asimilara.

—¿Y qué? —repuso Mark.

—¿Entiendes lo que quiso decir con «colección de obras de arte»? —preguntó ella—. Se refiere a todo lo que mamá hizo a lo largo de su vida. Todas sus manualidades. Todas sus pinturas, sus hiloramas, sus enmarcados, las ardillas… Todo.

Mark relajó los hombros y el cuerpo entero se le aflojó.

—¡Menudo tesoro! —le dijo procurando sonar valiente—. Todo tuyo. En el fondo, me haces un favor.

—Agradezco inmensamente que me des un permiso que no necesito —replicó ella—. Trataré de darme prisa, pero, la verdad, si me lleva más de una semana, tendré que volver a San Francisco y dejarlo a medias, lo que significa que no podrás hacer nada con la casa hasta que vuelva.

Pasó por allí una mujer vestida de felpa roja empujando un carrito de bebé para corredores. Louise se sintió vulgar, discutiendo otra vez con su hermano en el jardín, un vestigio del antiguo vecindario que ya no encajaba con los nuevos vecinos yoguis.

—En cuanto te marches, llamo a esos tíos para que vengan a llevárselo todo —la amenazó Mark.

—Podrías —le replicó ella—, pero me voy a tomar el tiempo que haga falta para registrar todas las habitaciones y asegurarme de que no me dejo nada y puede que tarde un tiempo en encontrar hueco para volver. Mamá tenía muchas manualidades y me voy a encargar de conservar hasta la última de ellas, conforme a sus últimas voluntades y como se estipula en el apartado de «Beneficiarios» de su testamento, que seguro que coincides conmigo que debemos respetar. Quizás me lleve un año y, entretanto, no podrás vender la casa.

—¡Que te den! —le dijo Mark—. Voy a llamar a Brody.

—Adelante —respondió ella.

Sabía que su hermano iba a tener que oírlo de alguien que no fuera ella. Lo vio largarse furioso al fondo del jardín con el móvil pegado a la oreja. Louise trabajaba en un ámbito anejo a la tecnología y estaba muy al tanto de las dinámicas del poder. Esperar a que Mark terminara de hablar le parecía una debilidad, así que puso en marcha su plan maestro y empezó a registrar la casa.

Rodeó el edificio hasta la parte de atrás y, metiendo la mano por el cristal roto, accedió al garaje. Luego le dio una palmada al pulsador que elevaba la puerta, que ascendió con un chirrido horrible, dejando entrar la luz del día. El aire frío de la mañana la envolvió. Los muñecos Mark y Louise la miraron con cara de bobos desde la balda. Aguzó el oído para comprobar si estaba encendida la tele, pero la casa estaba en silencio.

Junto a los muñecos, había una pantalla de lámpara que su madre había decorado con estrellas de mar pintadas, unos sujetalibros de barro en forma de caballitos de mar de color rosa hechos también por su madre y una bolsa de basura blanca con las máscaras de papel maché de la época de máscaras de su progenitora. Sin mirar mucho, vio una pila de lienzos por enmarcar y cayó en la cuenta de que eran los retratos al óleo de los miembros de la familia que había hecho su madre y que todos habían considerado demasiado espantosos para colgarlos en casa. Mark era el único que no parecía un gnomo envejecido prematuramente enseñando los dientes en pleno gruñido. Al mirar detrás de los retratos, Louise vio otra bolsa blanca con los cojines bordados sobre cañamazo y cinco cajas de cartón en las que ponía «NAVIDAD», que sabía bien que no era más que un arsenal de adornos caseros.

En circunstancias normales, ante semejante tarea, se habría hecho una lista, pero ese día tuvo que resistir la tentación de organizar. Ese día sería ineficiente. Ese día agradeció la ingente cantidad de cosas que llenaban todos los rincones de la casa. Primer paso: recorrer la casa entera y contar las obras de arte. Sin tocarlas. Solo contarlas.

Al pie de los escalones que conducían a la puerta de la cocina, se mentalizó y volvió a entrar en la casa por primera vez desde el día de su llegada, pasó por delante del martillo de la encimera y, a regañadientes, fue al salón.

La butaca estaba vacía. La tele seguía apagada. Ignoró las hileras de muñecos mudos y se centró en las manualidades: el bordado decorativo del árbol de la vida colgado en la pared de detrás del sofá, las nueve labores de punto de cruz enmarcadas que ocupaban la pared del fondo (cuatro de flores, tres de escenas de Charleston, una de un elefante haciendo equilibrios sobre las patas delanteras y una de un payaso malabarista), las otras tres labores de punto de cruz enmarcadas y expuestas al lado de la vitrina de los muñecos y el cuadro del monte Fuji hecho con lanas que había junto al mirador.

Chirrió la puerta mosquitera y crujió una llave en la cerradura de la puerta de la calle, que se abrió y dejó ver a su hermano, enmarcado por el sol. Se miraron, de pronto los dos en la casa de su infancia, por primera vez en muchos años.

—¿Qué, Brody está de acuerdo? —le preguntó Louise.

Mark no contestó, o sea, que sí.

—De todas formas, no me mola entrar aquí —dijo él—. Me da mal rollo.

Se metió las manos en los bolsillos, encogió los hombros y luego los relajó.

—Pues vale —dijo ella.

—Pues vale —contestó él. Ya estaba dando media vuelta, como para irse, cuando se detuvo—. ¿Por qué haces esto?

Porque él le había pisoteado las ceras en la moqueta de su cuarto. Porque había hecho un boquete en la pared del dormitorio de sus padres y no lo habían obligado a pagar la reparación de su bolsillo. Porque su madre era superestricta con ella y a Mark le dejaba hacer lo que se le antojara sin temer las consecuencias. Porque supuestamente ella tenía que cuidar de él y dárselo todo sin rechistar, pero de ella no cuidaba nadie. Por eso.

Arrugó la frente.

—Solo quiero respetar los deseos de mamá —contestó.

—Tú odiabas a mamá.

Aquello la pilló por sorpresa.

—Yo no odiaba a mamá —repuso Louise con voz de pito, de pura irritación. ¿Cómo se atrevía a decir algo así? Nada más lejos de la realidad. Tenían una relación complicada, pero no la «odiaba».

—Siempre te has reído de sus manualidades —terció él.

—Nunca me he reído de sus manualidades —respondió ella—. Me dedico al diseño por ella.

—Pegaste unos ojitos móviles a la taza de váter y dijiste que era su obra maestra. Hasta colocaste un cartelito de «Museo» al lado.

—Tenía trece años.

—Sabes que se encerró en su cuarto a llorar por tu culpa.

—Tengo mucho que hacer —dijo ella—. No puedo entretenerme con eso ahora.

—Genial —replicó él.

Salió a su camioneta, sacó de la trasera una silla de pícnic, la instaló en el jardín y se acercó de nuevo a la puerta mosquitera.

—Me voy a quedar por aquí a supervisar —comentó—. No vaya a ser que te lleves «sin querer» algo que no te corresponde.

—Vale, Mark —contestó ella cariñosa.

Louise lo vio cruzar despacio el jardín y sentarse en su silla y supuso que los vecinos pensarían que eran gentuza, si es que no lo pensaban ya. Mark empezó a jugar a algo en el móvil y ella dio media vuelta, decidida a plantar cara a una casa repleta de años y años de manualidades maternas.

Louise se vio tentada de pasar como una bala por las habitaciones, despojarlas de todas sus manualidades, apilarlas en cajas, repasar la lista de documentación importante, agarrar todas las fotos familiares..., pero debía bajar el ritmo. Tenía que ser ineficiente. No podía ser ella misma.

Se obligó a contar todos los hiloramas que adornaban la pared de detrás de la mesa del comedor: la goleta de dos palos en su plancha de madera clara, los búhos, los champiñones, las mariposas, la ola grande, la puesta de sol, la silueta invertida de un gato, el símbolo del yin y el yang... Los hilos estaban cubiertos de polvo porque su madre era artista, no ama de casa.

Entró en el salón y echó un vistazo a los muñecos que forraban la estantería, la parte superior del respaldo del sofá, el borde superior del televisor y la vitrina de los muñecos, y decidió que aquello era problema de Mark, no suyo. Luego posó los ojos en lo alto de la vitrina y se preguntó qué iba a hacer con el belén de ardillas.

Ya le había asqueado en su día y los años no le habían sentado bien. La Virgen ardilla y San José ardilla se habían ajado, habían perdido pelo en algunas zonas y las colas, en su día frondosas, se veían de pronto raídas y roñosas. Rezaban sobre el Niño Jesús ardilla con las patitas delanteras, negras y secas, delante del pecho lampiño. A San José ardilla se le habían tensado y retraído los labios, y se le veían un poco los dientes amarillos. El Niño Jesús ardilla se había quedado prácticamente calvo y tenía menos pelo en la cola que una rata. Los tres habían perdido los ojos y su madre lo había arreglado cosiéndoles las cuencas.

En su día, Mark, que tan pronto como el belén entró en casa detectó el malestar que le producía a su hermana, le dijo que una noche había visto a las ardillas girar la cabeza y que estaban esperando a que ella se quedara dormida para enfilar el pasillo, subírsele a la cara y echársele al cuello. Ella lo mandó a la mierda, pero, aun años después, podía imaginar aquellas garras huesudas y afiladas clavándosele en la carne blanda del cuello y a las ardillas recorriéndola, asquerosas, en busca de su abdomen.

No podía aguantar el belén en aquella casa ni un segundo más. Haciendo de tripas corazón, lo agarró de los lados y la Sagrada Familia ardilla se tambaleó tanto que, por un instante horrible, pensó que se iba a despegar y al final tendría que tocar aquellos cuerpos para levantarlos del suelo; luego cruzó la cocina y salió al garaje.

Fuera, el aire era fresco y frío. No olía a velas ni a polvo. Se acercó al cubo de la basura, levantó la tapa y se detuvo en seco. Pupkin no estaba.

—¡Eh! —dijo Mark a su espalda.

Louise dio un respingo. Al girarse, lo vio mirándola fijamente por la puerta abierta del garaje. «Pupkin no está aquí. Se ha escapado. Estará cabreadísimo». Tiró al cubo el belén de ardillas y bajó la tapa.

—«¡Eh!» se les dice a las bestias —contestó ella con una de las frases favoritas de su madre.

—Sé lo que estás haciendo —le soltó él sonriente—. Crees que me voy a hartar de esperar y te voy a ofrecer parte de lo que saque de la venta.

Ella se hizo la tonta y preguntó con inocencia:

—¿Estás pensando en vender?

116

—La vivienda en propiedad es de pringados —respondió él—. Prefiero el alquiler.

—A tía Honey no le hará gracia. Piensa que deberías quedártela y alquilarla como hacía mamá, o mudarte aquí.

—Solo que ahora la casa es mía y tu opinión me resbala.

—Genial —dijo ella—. Pues voy a sacarlo todo de aquí lo antes posible.

Algo que no tenía la más mínima intención de hacer.

—Puedo esperar —replicó él—. Puedo esperar meses. El mercado no para de mejorar.

—Mercy me dijo que la burbuja está a punto de explotar —terció ella aprovechando la ocasión—. No te conviene esperar demasiado.

—Mamá me lo ha dejado todo a mí, Louise, y eso no va a cambiar por mucho que te entretengas con lo tuyo.

—Vale —dijo ella sin conseguir relajar el rostro, de forma que su sonrisa de pega empezaba a parecerle una mueca de rabia.

—Tú tienes trabajo y una hija. Y vas a volver a tu vida ¿en cuánto…?, ¿dentro de una semana?, ¿de semana y media? Antes de marzo la casa estará a la venta y no podrás impedirlo.

Iba de listillo. Se creía que podía predecir todo lo que ella pensaba hacer.

—Igual me mudo aquí —espetó ella—. Lo mismo me traigo a Poppy. ¿Vas a esperar a que termine? Me puedo traer a mi hija aquí, donde la vida es más barata, y pasarme años en Charleston registrando habitaciones. No vas a vender esta puta casa mientras yo viva.

Louise se notó el corazón alborotado y la cara encendida. Mark parecía exultante.

—O sea, que, si nos repartimos la casa entre los dos, ¿harás las maletas y dejarás de fingir que te importan las manualidades de mamá?

Aquello le dio que pensar. Un reparto al cincuenta por ciento y todo aquello terminaría. Citarían a Agutter para la semana siguiente y se acabó. Ella podría irse a casa, ver a Poppy. Todo volvería a la normalidad. «Piensa en Poppy empezando su vida con un cuarto de millón de dólares —se dijo—. Y no tendrías que volver a tratar con Mark nunca más». Cuando se disponía a contestar, vio que su hermano enarcaba las cejas y entendió que era una trampa. Quería saber si le podía la avaricia, ponerle la miel en los labios. En su vida había compartido nada con ella.

—El amor no tiene precio —contestó, y le pareció que había vencido; su victoria había sido pequeña, sucia, pero suya.

Mark le hizo la peineta y entonces vio algo por encima del hombro de Louise.

—¿Eso lo has hecho tú? —le preguntó, y ella siguió la mirada de su hermano hasta el cristal roto de la puerta trasera del garaje—. ¿Has roto tú el ventanuco?

—No tenía llave —se defendió ella.

—Te lo voy a cobrar. No puedes venir aquí a romperme mis cosas.

Salió furioso hacia su camioneta y Louise se quedó sola en el garaje con las manualidades de su madre y el cubo de la basura y… Pupkin. Se habría hundido en el cubo, nada más. Si lo buscaba, seguro que estaba allí, pero no quería hacer eso. De pronto pensó en lo que había visto allí. «La bolsa estaba rota». Se habría rajado al engancharse en algo. No había salido de allí solo. Era un títere, no podía…

«¡Mark!».

Claro. Seguramente había ido por allí a tirar algo, había visto a Pupkin y se lo había llevado para tomarle el pelo a Louise. Se lo escondería en el bolso o en cualquier otro lado cuando estuviera despistada. Quizás lo sentara a ver la tele otra vez. Muy bien. Se tomaría lo de las manualidades con más calma aún. Por una vez, Mark no se iba a salir con la suya. Iba a necesitar algo más que un títere para sacarla de aquella casa.

11

Desde el umbral de la puerta de su cuarto, Louise miró a Buffalo Jones, sentado en la cama, y a Rojito, Espinete y Dumbo, en la estantería, y supo que ellos eran lo único que quería de su antigua casa. A Poppy le iban a encantar y a ella le permitirían contarle a su hija cosas de cuando era niña, cosas de su abuela, y puede que hasta le vinieran bien para intentar explicarle la muerte... mejor que la primera vez.

Los tomó en brazos y salió al jardín soleado.

—¡Eh! —la llamó Mark desde la silla de pícnic—. ¿Adónde vas?

—Son míos, Mark —contestó ella, y siguió camino de su Kia.

—No —dijo él—, son míos.

—Son para Poppy.

—¿Los pagaste tú o mamá y papá? —preguntó él levantándose de la silla y acercándose con parsimonia—. Solo te puedes llevar las manualidades de mamá y lo que pagaras de tu bolsillo. Si no tienes el recibo, me temo que forman parte del patrimonio de nuestros padres y eso me pertenece a mí.

Louise se puso roja de rabia. Dio media vuelta, entró furibunda en la casa, tiró los peluches al sofá, sacó del bolso un billete de veinte y salió de nuevo al jardín. Hizo una pelota con el billete y se la tiró a su hermano; la pelota le rebotó en el pecho y aterrizó en la hierba.

—¿Contento?

—Con eso no tengo ni para unas birras —respondió él sonriente—. Yo diría que más bien unos cien por peluche.

—¿Cuatrocientos dólares? ¿Por los peluches de mi infancia?

—Yo tampoco los pagaría —replicó él—. Menos mal que no te encantaban; los tenías siempre en la estantería.

Louise se agachó a recuperar el billete.

—Los títeres de mamá también son manualidades —le dijo a Mark—. Me los llevo.

No los quería. No quería nada de eso. ¿Por qué se peleaba con su hermano por aquellas cosas?

«Porque ya está bien de que siempre salga ganando».

—Vale —dijo él—. Menos mierdas de las que deshacerme.

La rabia hizo que le zumbara el cerebro.

—¿Por qué te comportas así? —le espetó a Mark.

—¿Y tú? —le replicó él.

«Porque quiero que se haga justicia por una vez, porque siempre ganas tú».

—Por el testamento de mamá —respondió—. Respeto sus deseos.

—Pues como yo —dijo él.

Se miraron, con la respiración agitada, y a Louise no se le ocurrió ninguna réplica que no fuera a volver a ella como un bumerán. Dio media vuelta y entró de nuevo en la casa.

—¡Un placer hablar contigo! —gritó Mark.

Louise fue al taller de costura y se detuvo a la entrada. De todas las estancias de la casa, aquella era la que más le parecía el rinconcito de su madre y, aunque aún no estaba preparada para entrar, pensó que debía hacerlo, después de lo que había dicho de los títeres.

Abrió la puerta. Apenas cedió medio metro antes de topar con una suave pared de muñecos. Louise se coló por el hueco. Los títeres forraban las cuatro paredes, colgaban de una especie de estantes suspendidos en el aire, hechos con palos de escoba, y provistos de clavijas; los había a montones en cajas de plástico con rejilla y apilados casi hasta el techo en la mesa de trabajo de su madre. Donde no había títeres, había cosas que su madre usaba para hacerlos. En los rincones, había torres de cajas de cartón reblandecido por los años llenas de fieltro, felpa, goma para juntas, tul de color rosa fosforescente, malla de colores neón... Detrás de la mesa de su madre, donde cortaba los patrones y las pieles, estaba su máquina de coser, y al lado un archivador metálico con cajoncitos en los que guardaba ojos, pestañas, pelo artificial, botones, plumas, lentejuelas y bisutería.

En el taller había más cosas que en todas las demás habitaciones de la casa juntas. Louise casi no podía respirar de la de muñecos que había allí, cuarenta años de títeres metidos a presión en un cuartito, forrando las paredes, apilados hasta el techo. Daban demasiado calor, estaban demasiado cerca, producían demasiada claustrofobia. Apestaba a poliéster.

Aquel taller era el santuario de su madre. Su zona de confort. El lugar en el que había pasado cientos de horas de su vida haciendo cosas. «Que van a terminar en la basura».

—A ver, chicos, que os voy a contar —dijo Louise en voz alta, y las capas de muñecos blanditos que forraban las paredes se comieron el eco de sus palabras y las hicieron pequeñas.

Aquella estancia representaba cientos de horas de trabajo de su madre, cientos de horas de su vida dedicadas a crear aquellas cosas y fingir que tenían vida. Seguramente por eso a su madre le gustaba tanto *El conejo de felpa*; a eso dedicaba ella su existencia: a dar vida a objetos inanimados. «No son de verdad. Son solo telas sintéticas y plástico. Son solo cosas».

Exploró los títeres; algunos no le sonaban, pero la mayoría sí: Señor No, Estela Cósmica, Danny el Dragón de la Imaginación, Carapizza, Juez Juicioso... Para contarlos tendría que abrirse camino entre las masas de cuerpecitos colgantes y llegar hasta la pared del fondo, la de al lado de la ventana. Se preparó para sumergirse en aquel océano de felpa y pelo sintético... y no pudo. Le daba mucha tristeza. ¿De verdad iba a tirar todo lo que su madre había creado? Pero ¿qué otra cosa podía hacer con aquello? Abrumada, cerró la puerta. Ya vería luego qué hacía con eso.

Como no había muchas manualidades que inventariar en los dormitorios, decidió entretenerse llevándose otra vez los peluches a su cuarto. Luego pensaría cómo llevárselos a casa. Entró en el salón caldeado por el sol y se asomó al mirador. Mark seguía sentado en su silla, custodiando la casa, encorvado sobre el móvil.

Agarró sus peluches, se los llevó a su cuarto y volvió a ponerlos en la estantería. Debía bajar el ritmo. Aparte de los títeres, no había más que un par de pinturas en la habitación de su madre, una o dos en el dormitorio de Mark, y ya estaba. Miró la hora en el móvil y vio que no era ni mediodía. Decidió ir a ver si su madre tenía algún cuadro escondido en el armario.

Cruzó el pasillo y se plantó delante de la puerta del dormitorio de sus padres, la única de toda la casa a la que siempre había que llamar para entrar. Antes de que le diera tiempo a acobardarse, agarró el pomo y lo giró. El cierre hizo el ruido que Louise recordaba de toda la vida: un chasquido metálico con un leve tintineo final. Empujó y abrió. Vaciló en el umbral. Era la primera vez que entraba desde que sus padres habían muerto.

La luz fría de la mañana entraba por las ventanas. Junto a la puerta estaba el tocador de chapa de roble de su madre, con sus frascos de perfume, su peine y su cepillo de carey cubiertos por una fina capa de polvo. La cama estaba hecha. En la pared del fondo, algunos de los bodegones al óleo más coloridos y aparatosos de su madre. A los pies de la cama había un calcetín oscuro suelto, de su padre. La habitación se veía tan terminantemente vacía como había temido.

De pequeños, cuando estaban malitos, su madre los dejaba dormir en su cama porque era más grande. Louise se recordaba en aquellos días, bien tapadita, con la tele en blanco y negro sobre el tocador, comiendo la sopa de pollo con fideos Campbell y bebiendo el refresco de jengibre sin burbujas que su madre le llevaba en una bandeja. ¡Cuánto necesitaba que la mimaran! ¿Cómo habían llegado Mark y ella a aquella situación, a pelearse en el jardín por tonterías, a odiarse, a discutir por un testamento?

Se quitó los zapatos, se tumbó en la cama y se acurrucó en el centro. Las almohadas aún olían a la colonia de su padre y al colorete de su madre. No pensaba que aquello fuera a ser tan duro. Contempló los bodegones de la pared, radiantes de color y rebosantes de gruesas pinceladas. Recordó cuánto le había costado a su madre terminarlos. Pintar el mundo natural no era lo suyo.

Nancy había ansiado toda la vida que su hija supiera apreciar su vena artística, pero Louise se negaba a hacerlo. Se mofaba de ella, la ignoraba, hasta la había hecho llorar en una ocasión, según Mark. Ahora su hermano y ella habían convertido esa devoción en excusa para desenterrar viejas rencillas y, al final, todas aquellas manualidades acabarían en la basura, como el resto de las cosas que sus padres se habían pasado años acumulando, comprando con sus ahorros, creando. Las comprarían unos desconocidos en alguna tienda benéfica. Todo se desperdigaría, incluso Mark y ella, porque, después de aquello, ¿cómo iban a volver a hablarse? Ya no quedaría nada.

—Lo siento —susurró Louise a la habitación oliendo aún los fantasmas del colorete de su madre y la colonia de su padre—. Lo siento mucho.

Había fracasado como madre y también como hija. Sus padres eran cenizas en una sepultura, su hermano le había arrebatado la casa y ella estaba a punto de tirar a la basura todo lo que su madre había hecho en su vida. No le quedaban fuerzas.

Se quedó dormida.

Louise abrió los ojos. Había bastante luz en la habitación, con lo que debía de ser más de mediodía, y tenía la boca pastosa. Un ruido la había despertado. Aguzó el oído, pero no oyó nada. Miró a través de la puerta abierta al pasillo vacío y tampoco vio nada. La cama era demasiado blanda y hacía fresco, pero se sentía abrigada y segura, replegada sobre sí misma, con las manos calentitas entre los muslos, el cuello pegado a la almohada… No le apetecía moverse. Empezó a cerrar los ojos, mirando fijamente el calcetín oscuro de su padre, a los pies de la cama. Se movía.

Despertó de inmediato. No era el calcetín de su padre, sino una cabecita peluda que asomaba por el borde de la cama, afilada como la de un roedor, de un ratón, de una rata... ¡de una ardilla!

La ardilla de color gris oscuro consiguió trepar a la colcha y levantó el hociquillo para olisquear el aire. Debía de haber ardillas en el desván; por eso estaba sellada la trampilla. Se habrían colado por el respiradero abierto del pasillo para buscar comida. ¿Las ardillas transmitían la rabia?

Parecía sarnosa, tenía una calva en la coronilla, las orejas como mordisqueadas, la comisura de los labios curtidos algo retraída por un lado que dejaba al descubierto sus dientes amarillos y los ojos cosidos. Louise la reconoció: era la del belén.

Se le helaron las entrañas. Un gemidito escapó de sus labios y la ardilla torció la cabeza hacia donde ella estaba, por lo que supo que la había localizado. El animal dio otro pasito lento y cauteloso. Andaba buscándole la boca para colar aquel cuerpecillo sarnoso por su garganta y reptar hasta sus tripas.

Louise se preparó en silencio procurando no inclinar el colchón. Tensó los músculos de la pierna izquierda para darle una patada a la ardilla. La atizaría, le echaría la manta por encima y saldría de allí. La ardilla disecada ladeó la cabeza, como aguzando el oído, y Louise apretó el muslo y, de pronto, la almohada suave en la que tenía apoyado el cuello se movió y la ardilla se le metió como una bala por el escote de la blusa y le correteó por el pecho.

Louise gritó, bajó de la cama de un salto, sin preocuparse ya por la otra ardilla, porque necesitaba sacarse aquella cosa de debajo de la ropa. Le arañaba el cuerpo, los pechos, el abdomen, los costados, correteándole por la espalda, atrapada debajo de la blusa. Empezó a darse golpes, a dar saltos a la pata coja, con un pie y luego con el otro, a gritar «¡Ay! ¡Ay! ¡Ay!» sin parar, desesperada por librarse del bicho.

Las zarpas ásperas y afiladas del animal le pellizcaron el vientre y Louise supo que iba para abajo, siguiendo el recorrido de la blusa, que llevaba metida por los vaqueros, y que, si seguía descendiendo, se le colaría por la cinturilla, y le entró el pánico, porque no quería que se le metiera en los pantalones.

La notaba áspera en su piel, y ligera y afilada, como una especie de crustáceo con el cuerpo hueco, un cangrejo, recorriéndola como un rayo por debajo de la ropa. Louise sintió que la cosa le pellizcaba de nuevo el vientre; la cabecita triangular asomó por debajo de la cinturilla como una cuña y ella se dio un manotazo en la tripa y atrapó al animal contra su cuerpo, apretando fuerte, y entonces algo más puntiagudo de lo que podía haber imaginado se le clavó en el abdomen. Siguió apretando, sin rendirse, por mucho que la cosa le hincara los dientes.

La ardilla se revolvía e intentaba colársele por los pantalones. Entonces Louise se llevó la otra mano a los botones de la blusa, se arrancó dos de cuajo, se sacó los faldones de los vaqueros, agarró aquella cosa dura y huesuda, se la desprendió del cuerpo y la lanzó por los aires. Pesaba menos de lo que pensaba. El bicho salió volando por la habitación y se estampó contra la pared del fondo con un golpecito seco. Cuando Louise se disponía a huir, se detuvo tan bruscamente que perdió el equilibrio y cayó de espaldas. La ardilla Niño Jesús estaba agazapada en el umbral de la puerta sacudiendo la cola calva. De pronto, aquella cola momificada se partió en plena sacudida y cayó como una pluma a la moqueta. El muñón siguió moviéndose de un lado a otro mientras la ardilla ciega ladeaba la cabeza, como intentando localizar a su presa de oído.

Con todo el sigilo de que fue capaz, Louise se levantó y dio un paso largo y silencioso a la derecha, hacia la puerta del baño. La ardilla Niño Jesús se alzó sobre las patas traseras y sondeó el aire en busca de vibraciones. En la otra punta de la habitación, la ardilla Virgen María, a la que había estampado contra la pared, se revolvió. Una de las patas delanteras le colgaba en un ángulo de noventa grados. La ardilla San José, aún acurrucada en la colcha, se alzó también sobre sus patas traseras, como la de la puerta, y aguzó el oído.

Louise se detuvo en seco. La puerta del baño estaba demasiado lejos. Iba a necesitar al menos tres buenas zancadas para

125

alcanzarla y las ardillas eran más rápidas que ella, pero no le quedaba otra. Dio otro paso lento y sigiloso. Crujió el suelo bajo la moqueta. La de la cama giró la cabeza hacia ella. Louise contuvo la respiración. La ardilla Niño Jesús se puso a cuatro patas y avanzó despacio en dirección a Louise. Ella intentó despegar el pie de la moqueta lo más lentamente posible. La ardilla de la colcha se puso a cuatro patas y se deslizó hacia abajo de cabeza. Louise puso por fin el pie en el suelo. Volvió a crujir. La ardilla San José, a medio camino del suelo, se detuvo en la colcha y agitó la cola una sola vez, bruscamente.

Entonces a Louise se le ocurrió una idea. Vio las raquetas de bádminton apoyadas en la pared y oyó las garras de la ardilla San José correteando por la moqueta, a punto de darle alcance; agarró una de las raquetas, la volvió hacia abajo y la estampó contra el suelo atrapando a la ardilla entre sus cuerdas y la moqueta.

El animal se retorció, más fuerte de lo que imaginaba, e hincó en las cuerdas sus zarpitas momificadas. Louise levantó la raqueta y la ardilla subió con ella; luego volvió a estamparla contra el suelo y la pisó. Crujió algo. La ardilla se soltó. Louise volvió de lado la raqueta, golpeó al animal con el canto de madera y lo partió en dos.

Sintió, más que vio, que las otras dos se ponían de inmediato en movimiento e iban como balas hacia ella, así que se tiró en plancha al baño a oscuras y cerró de un portazo. Oyó sus cuerpecillos tiesos aporrear la puerta de madera desde el otro lado, arañándola con sus garras y, al notar que una de ellas llegaba al pomo, echó el pestillo.

Por debajo de la puerta vio danzar las sombras de las dos ardillas y miró justo a tiempo para descubrir que una colaba la cabeza larga y puntiaguda por la rendija. Sin pensárselo, tomó impulso con el pie descalzo y le hincó el talón en el cráneo disecado. Notó que se partía como una nuez y se le desparramaba por la planta del pie. La ardilla se sacudió y convulsionó un instante, tratando de sacar el cráneo aplastado de debajo del talón de Louise, pero luego se quedó quieta. Louise retiró enseguida el pie y contempló la mitad anterior del cascarón seco y vacío de la ardilla y el cráneo hundido, se giró, se inclinó sobre el lavabo y abrió la boca para vomitar. Le dio una arcada, pero solo brotaron de sus labios una bocanada de aire agrio y un eructo largo. Empezó a ver estrellitas blancas. Estuvo así un buen rato, con retortijones.

Al final, se sentó en la taza del váter y procuró serenarse. Cuando le pareció que podía moverse sin que le diera un vahído, encendió las luces y entonces vio que la ardilla de debajo de la puerta ya no estaba. Cautelosa, raqueta en ristre, abrió un poco, con el corazón encogido. No había nada en la moqueta, ni allí ni más allá, así que abrió del todo. Las ardillas habían desaparecido.

Debía asegurarse. Sin soltar la raqueta, se acercó a la puerta del dormitorio, se asomó al pasillo y un chirrido mecánico resonó por toda la casa. Louise dio un respingo y luego cayó en la cuenta de que era Mark cortando madera con una sierra eléctrica. Siguió el sonido hasta el garaje.

Mark estaba junto a la puerta trasera abierta, cortando un trozo de contrachapado con su sierra circular para tapar con él el cristal roto. Louise pasó por encima del alargador y se acercó al cubo de basura. Él la oyó levantar la tapa.

—Destroza las manualidades de mamá todo lo que quieras, pero la ventana rota la vas a tener que pagar.

Ella lo ignoró. En el interior del cubo estaba el belén de ardillas. La Virgen María y San José seguían en posición de oración, como siempre, inclinados sobre el Niño Jesús, pero el cráneo disecado de la Virgen estaba aplastado y San José tenía un tajo en el costado que dejaba ver el interior hueco de su pellejo y unas motitas de serrín grasiento adheridas al pelo.

—Ah, y esa raqueta de bádminton tampoco es tuya —le espetó Mark a su espalda.

Se habrían roto al tirar el belén a la basura. Las del dormitorio de su madre eran de verdad. Estaba equivocada. Ella no las había matado. Las ardillas corren mucho. Solo las había aturdido. «Las has tirado a la basura. Las has cabreado. Cabreaste a Pupkin también. ¿Dónde está Pupkin?».

—Yo lo tenía ya todo arreglado con los chicos de Agutter —prosiguió Mark—. Se iban a encargar de toda esta mierda porque ellos no tienen un vínculo emocional con ella. Y tú me has jodido el plan. ¿Para qué quieres las manualidades de mamá? ¡Si al final las vas a tirar!

Louise no podía con todo aquello. No estaba en condiciones de lidiar con Mark, con la casa, con el belén de ardillas, con Pupkin...

Se volvió hacia su hermano.

—Tú ganas —le dijo—. Llama a Mercy. Vende la casa. Yo paso.

12

—Espera, ¿qué? —le contestó Mark, saliendo del garaje detrás de ella.

—He terminado y no voy a volver.

Oyó a Buffalo Jones, Rojito, Espinete y Dumbo llamándola desde su cuarto, abandonados en su estantería: «Louise, no nos dejes».

—¿Qué ha ocurrido? —le preguntó su hermano.

Louise siguió avanzando por el caminito de acceso a la casa.

—No ha ocurrido nada, Mark —respondió ella—. Es que paso.

«Louise, no nos dejes aquí otra vez».

—¿Y las manualidades de mamá? Hace un rato eran tan importantes que hasta te ibas a mudar a esta casa…

«No nos dejes aquí como cuando…».

No quería oírlo. Se detuvo junto al coche de alquiler azul chillón y se giró hacia Mark. Tenía que marcharse de allí.

—Lo he dicho por fastidiar —contestó—. Porque siempre te sales con la tuya y mamá nunca te negó nada, pero ya no puedo más. Continuar sería nefasto para mi salud mental. Así que tú ganas. Toda tuya. Yo paso.

—No puedes hacerme eso —espetó Mark—. No puedes plantarte aquí, romper ventanas, tirar las manualidades de mamá por todas partes y dejarme a mí con el marrón.

«Louise…».

Claro que podía.

Subió al coche, cerró de un portazo, giró la llave de contacto y, mientras salía marcha atrás, Mark la siguió gritándole:

—¡Aún me debes esa ventana!

Al llegar a la esquina, miró por el retrovisor y vio a Mark plantado en la calle, delante de la casa, viéndola marcharse y le pareció muy pequeño y muy solo.

«… por favor…».

«… no te vayas…».

Louise puso el intermitente y giró a la izquierda. No volvió a mirar por el retrovisor. Llegó al semáforo, enfiló Coleman y desapareció.

«Me ha entrado el pánico. Había ardillas en el desván que se han colado en la casa y me ha entrado el pánico y no pienso volver allí en la vida. Ahora la casa es de Mark. Ya no es la casa familiar. Yo paso».

Por primera vez desde que Mark la había llamado, se sintió libre. Se le hacía raro cerrar aquel capítulo. Ya no habría nuevas anécdotas ni nuevos recuerdos ni nuevas obligaciones; su familia era cosa del pasado y el pasado había terminado, se había esfumado, y no podía afectarle. No tendría que volver a la casa nunca más. No volvería a hablar con Mark, salvo por alguna cuestión legal. Su vida estaba en San Francisco. La historia de los Joyner había concluido.

Volvió a su habitación del hotel, se levantó la blusa y se miró el vientre en el espejo. Lo tenía cubierto de arañazos, pero había estado moviendo cachivaches todo el día. Se los podía haber hecho con cualquier cosa. Se dio una ducha caliente y se lo repitió mentalmente: «Se acabó, se acabó, se acabó, se acabó, se acabó, se acabó».

Se envolvió en una toalla y se sentó al borde de la cama. Todo le parecía muy tranquilo y silencioso por primera vez en días. No pensaba en nada. Decidió tumbarse en la cama, solo un minuto, y, cuando abrió los ojos, la habitación estaba en penumbra. Miró la hora en el móvil y vio que tenía llamadas perdidas de Mark, de Brody y de Mercy, y le dio igual. Pasaba incluso más que antes de quedarse dormida. Lo único que le importaba era Poppy. Necesitaba oír su voz. Le mandó un mensaje a Ian.

Hola. ¿Me puedes hacer un FaceTime con Poppy?

Él respondió:

¿Ahora te apetece hacer de madre? Llevo todo el día escribiéndote. La niña no para de preguntar por ti.

Consultó los mensajes y vio que tenía cinco de Ian, a cual más urgente.

He estado liada con la casa de mis padres.

Era muy ruin por su parte, pero, si no podía aprovecharse un poquito de la situación, ¿de qué le servía?

No quiero seguir dándole vueltas al pasado. Estoy disponible.

Ian contestó:

Cinco minutos.

No quería que Ian la viera en toalla, así que, mientras le entraba el FaceTime, se puso unos vaqueros y una camiseta; luego aceptó la videollamada. Se le encogió el corazón al ver la mala cara que tenía Poppy.

—Hola, cariño —le dijo—. ¿Cómo estás? Te he echado de menos. —Poppy estaba pálida y ojerosa, y no era por la luz. Tenía irritados los rabillos de los ojos y la punta de la nariz—. ¿Te encuentras bien, Popster? —le preguntó—. ¿Estás malita?

—¿Ya *mienes*, mami? —lloriqueó la niña hablando como un bebé.

Les había costado muchísimo conseguir que dejara de hacer eso. Louise disimuló su decepción.

—Muy pronto —le dijo—. Pero tú ya eres una niña grande y sabes que mamá no puede estar siempre contigo.

—¡*Toi* un *mebé*! —balbució Poppy—. ¿Ya *mienes* a *cata*?

Aun oyéndola hablar como un bebé, Louise sonrió, contenta de poder darle buenas noticias.

—Vuelvo mañana —le dijo—. Pensaba que me quedaría aquí mucho tiempo, pero he cambiado de opinión porque estoy deseando verte, así que tomo el primer avión de la mañana y regreso a casa.

Poppy esbozó una sonrisa de oreja a oreja. Ian giró la cámara hacia sí.

—¿Cuándo pensabas decírmelo? —preguntó.

—Lo acabo de decidir —respondió ella—. Aquí ya no me retiene nada, así que vuelvo en el primer vuelo que encuentre.

—¿Vienes aquí? —terció Poppy asomando la cara y hablando normal, olvidándose por completo de la lengua de trapo—. ¿Vienes aquí ya?

—Aún estamos en la sierra —dijo Ian, y Louise notó que hacía un esfuerzo por disimular que le fastidiaba el cambio de última hora.

A Louise le entró una llamada de Mark. La rechazó.

—Vuelo a San Francisco —respondió—. Me puedes traer a Poppy mañana o pasado.

La imagen de la pantalla convulsionó cuando Ian recuperó el móvil. «Ahora voy», oyó decirle a Poppy. Luego el móvil le mostró las fosas nasales de Ian y parte de los ojos.

—¿De verdad vuelves antes? —le preguntó—. ¿No es broma?

—Busco un vuelo en cuanto colguemos —contestó ella.

—¡Menos mal! —dijo él—. Esta noche se ha vuelto a hacer pis en la cama. Mi madre ya le ha pedido cita con esa psicóloga infantil…

—¡Ni de coña! —espetó Louise—. Mañana por la tarde estoy en casa.

—Ya, ya, pero… date prisa, ¿vale? Ha sido horrible.

—Déjame hablar con ella otra vez —le pidió.

La imagen pasó de nuevo bruscamente al dormitorio; Ian le sostuvo el móvil a Poppy.

—Vuelvo a casa —le dijo Louise a la niña—, pero, cuando llegue, quiero ver a una niña mayor. ¿Me hablas como una niña mayor?

—Ven a casa ya —le soltó Poppy con su voz normal.

—Estoy muy lejos. Tardo un poco en llegar. ¿Sabes lo lejos que estoy?

—A doscientos kilómetros —respondió Poppy.

«Doscientos» era lo más lejos que se le ocurría a Poppy porque esa era la distancia a la que estaba de San Francisco la casa de la sierra de sus abuelos paternos.

—Son doscientos multiplicado por veinticinco —le dijo su madre—. ¿Sabes cuánto es eso?

—Veinticinco —contestó la niña.

—Un poco más —dijo Louise.

No podía creer la ilusión que le hacía oír la voz de Poppy. Recordó su segundo año de posgrado, cuando la llamó su madre y ella se puso a hablarle de las relaciones interpersonales en el taller colaborativo de diseño y de las prácticas remuneradas que estaba buscando, hasta que por fin se dio cuenta de que su madre no decía nada.

—¿Para qué me has llamado? —le preguntó Louise.

—Necesitaba oír tu voz —contestó su madre.

Se preguntó qué le pasaría a su madre aquella noche, claro que ya nunca lo sabría. Ya no. Nunca jamás. La vida de su madre había terminado. Sus secretos ya no importaban.

Volvió a llamarla Mark. Louise rechazó la llamada.

—Estás solo a cuarenta kilómetros —decidió Poppy.

—No, estoy a veinticinco veces doscientos kilómetros —contestó Louise.

No sabía muy bien por qué se empeñaba en hablarle de

multiplicación a una niña de cinco años, pero recordaba lo mucho que le había gustado a ella que su padre le explicara cosas aunque no las entendiera del todo.

—El vuelo te va a salir carísimo con tan poca antelación —le dijo Ian—. ¿Vuelas con Delta?

—No sé —respondió ella, fastidiada de que le interrumpiera aquel momento y confundiera a la niña más de lo necesario—. Aún no lo he mirado. Poppy, ¿te imaginas veinticinco veces doscientos kilómetros?

—Estás a doscientos kilómetros —sentenció Poppy.

Le entró otra llamada de Mark y la rechazó de nuevo pulsando con rabia la pantalla.

—¿Por qué no lo dibujamos? —le propuso Louise—. ¿Tienes papel? Yo tengo…

¡ZAS!

Sonó un golpetazo en la ventana que Louise tenía a la espalda. Del susto, se le escapó el móvil de las manos y se tiró en plancha ella también. Gateando por la moqueta, se puso a cubierto al otro lado de la cama y giró la cabeza para mirar.

Mark estaba fuera, aporreando la ventana.

—¡Lou! —oyó su voz, apagada por el doble acristalamiento—. No me quieren decir en qué habitación estás.

—¿Mami? —sonó la vocecilla de Poppy desde donde había caído el móvil.

—¡Madre mía! Pero ¿tú de qué vas? —espetó Louise y luego cayó en que Mark no la oía con la ventana cerrada—. ¿Qué quieres? —le gritó.

—¡Sal! —voceó él, pero su voz sonó tenue, muy lejana—. ¡Tenemos que hablar!

Oyó a Poppy preguntarle a Ian dónde estaba su madre.

—¡No! —le gritó a Mark.

—¡Tenemos que hablar! —repitió él.

—¡Que no!

—¡Eh! —voceó alguien desde la habitación contigua—. ¡Baja el volumen!

—¡Es importante! —insistió su hermano. No se iba a marchar.

Louise asió el teléfono y vio en primer plano la cara de Ian, que intentaba averiguar por qué la pantalla se había puesto negra de repente.

—Oye —dijo ella—, me ha surgido algo. Dile a Poppy que tardo un minuto.

Colgó y se volvió hacia la ventana.

—Nos vemos en la puerta —gritó.

—¡QUE OS CALLÉIS YA! —bramó el tío de la habitación de al lado.

Mark estaba en la calle, a la distancia justa para evitar el sensor de la puerta. Tenía el pelo tieso por los lados como si se lo hubiera estado manoseando. Llevaba el móvil en una mano. La tripa le asomaba por debajo de la camiseta. Louise se acercó al cristal, las puertas automáticas del hotel se abrieron con un silbido y ella salió al aire frío de la noche.

—¿Qué quieres? —espetó.

—No he venido a discutir —le dijo Mark.

—Me vuelvo a casa —terció ella.

—Sé que no te caigo bien porque no tengo tanto éxito como tú, pero yo estoy contento con mi vida. La gente me aprecia. Piensan que soy un tío majo.

—No tiene nada que ver con que tengas éxito o no —respondió ella—, pero, si no estuviéramos emparentados, si nos conociéramos hoy, no nos haríamos amigos. Somos personas muy distintas con valores muy diferentes y, además, somos adultos que pueden decidir con quién pasar el tiempo y ahora mismo yo prefiero volver a casa con mi hija. La casa me da igual, Mark. Mamá te la ha dejado a ti.

Se volvió para marcharse.

—Te doy el veinticinco por ciento —le propuso él.

Eso la detuvo.

—¿Por qué? —preguntó ella dando media vuelta.

—No me estoy oponiendo a los deseos de mamá —le explicó él—. Ella me la ha dejado a mí y yo quiero compartirla contigo, aunque me odies.

—No te odio, Mark, pero no me apetece seguir discutiendo contigo, así que lo que tú digas.

—Te voy a dar un veinticinco por ciento lo quieras o no —dijo él.

—Eso es… —No sabía qué decir—. Eso es muy generoso por tu parte.

—Así soy yo: generoso —contestó Mark.

—¿Y cómo lo hacemos? —preguntó Louise—. ¿La pones tú a la venta y me mandas un cheque?

—No, la va a vender Mercy.

Le pasó el móvil a Louise, con la pantalla de frente. Mercy la saludó con ambas manos.

—¡Hola, Louise! —la oyó decir por el diminuto altavoz—. ¡Qué ilusión! —añadió arrugando la nariz.

—¿Has estado ahí todo el rato? —preguntó Louise.

—Mark quería que hablase contigo porque a los dos nos parece una oportunidad maravillosa, pero vas a tener que quedarte por aquí unos días más.

—Uy, no —contestó Louise, aterrada—. Tengo que volver a San Francisco. Le acabo de decir a Poppy que volvía.

—Y vas a volver —le dijo su prima emocionada, como si no hubiera oído la última parte—, pero primero hay que preparar la vivienda.

—Necesito que te encargues tú de las cosas de la casa —le dijo Mark—. A mí se me da bien la brocha gorda, pero tú te das más maña con las otras mierdas.

Louise cayó en la cuenta de lo que había pasado. Pensó en las llamadas perdidas de Brody.

—¿Qué te ha dicho Brody? —le preguntó a Mark.

—Nada —contestó el otro, fastidiado de que su hermana lo hubiera descubierto.

—¿Qué quería? —insistió ella.

—Cosas —dijo él—. Las escrituras del inmueble, un inventario de la casa… y me ha dicho que tendré que rellenar los papeles de la Seguridad Social y que quería saber si he llamado a la universidad para preguntar por la pensión de papá.

—No, ni hablar —sentenció ella—. No pienso incumplir la promesa que le he hecho a mi hija para hacerte los deberes a ti. Me vuelvo a casa.

—Pues no hay reparto —espetó el otro.

—Louise —oyó a Mercy al teléfono—, le he dicho a Mark que yo me encargo de la casa, pero…, y no te lo tomes como algo personal, Mark…, si no fuera por ti, prima, no me acercaría a ella ni harta de vino.

—Me puedo buscar otro agente inmobiliario… —empezó Mark.

—Y acuérdate de lo que hemos hablado, primo —le dijo Mercy—: no te voy a ayudar a vender la casa a costa de tu propia hermana. Búscate otro agente inmobiliario si quieres, pero Brody es el abogado encargado de custodiar el patrimonio de vuestros padres y todo el mundo sabe que soy tu prima y me van a preguntar si eres un vendedor problemático y tendré que contarles la verdad.

—Yo no soy problemático en nada —replicó él al teléfono.

—De todas formas —continuó Mercy, ignorándolo—, Mark sabe que, diga lo que diga el testamento, lo correcto es dividir el dinero de la venta de la casa en dos partes iguales. ¿Ves como al final todo se arregla?

—Yo he dicho un veinticinco —protestó Mark.

—Mark, es el cincuenta por ciento para cada uno —repuso Mercy.

—Chicos, no me voy a quedar por aquí —terció Louise—. No le puedo decir a Poppy que vuelvo a casa y luego no volver. Los críos necesitan que sus padres sean coherentes y serios.

—Mark… —dijo Mercy—, pásale el móvil a Louise.

Él titubeó un momento y luego se lo pasó de mala gana.

—No me toquetees nada —le dijo.

Ella se puso al teléfono y se alejó de Mark.

—Te agradezco lo que estás haciendo, pero, de verdad, no puedo… —empezó Louise.

Su prima no la dejó terminar.

—Nos ha llamado Brody y nos ha contado lo que os ha pasado a Mark y a ti. Llevamos horas dándole la tabarra a tu hermano. Está feo discutir por dinero.

Louise cerró los ojos. El aire se le quedó atrapado en el pecho.

—No quiero la casa —dijo—. No me conviene.

—¡Anda, calla! Un agente inmobiliario que apenas sabe deletrear su nombre acaba de vender una casa de cuatro habitaciones y dos baños en esa misma manzana por setecientos mil dólares. Yo os puedo conseguir más. Un cincuenta por ciento de setecientos mil son más de trescientos mil dólares, Lulu. Poppy podría ir a una buena universidad en vez de a la estatal, estudiar idiomas en otros países, ir a campamentos de verano, experiencias en entornos naturales con Outward Bound, viajes a Japón… Sería un buen empujoncito para tu pequeña.

Louise notó cómo la casa volvía a atraparla con sus tentáculos, la arrastraba hacia sí, la retenía en Charleston. Quería que todo aquello terminara.

—No puedo volver a la casa de mis padres —dijo precipitadamente—. No es bueno para mi salud mental.

—¿Tienes seguro médico? —le preguntó Mercy.

—El del trabajo —contestó Louise.

—Pues ve a terapia —le soltó Mercy—. Trescientos mil dólares le van a cambiar la vida a Poppy. Yo haría cualquier cosa por mis hijos, y en eso somos iguales. Despierta, mami. Esto es la vida real.

—Mercy… —empezó Louise.

—Te quedas otra semana —continuó su prima con renovado entusiasmo—. Además, ya lo tenías previsto así. No va a pasar nada malo en siete días.

A Louise le costaba respirar. Quería volver a casa, quería ver a Poppy, no quería que la llevaran a un psicólogo infantil, pero también quería mandarla al campamento de verano para Pequeños Paleontólogos, quería llevarla a Italia, quería una casa con jardín… Observó a Mark, que, nervioso, cambiaba el peso de su cuerpo de un pie a otro, haciendo un esfuerzo visible por no mirarla, sacudiendo las manos en los bolsillos de sus bermudas militares. Louise suspiró.

—¿A qué hora nos vemos mañana? —preguntó.

Luego volvió a la habitación y les contó a Ian y a Poppy que había cambiado de planes y, al final, no volvería a casa al día siguiente.

La cosa no fue bien.

13

Mercy les dijo que quería pasarse por la casa hacia las tres de la tarde y hacer una ronda, así que Louise llegó allí a las nueve de la mañana y aparcó delante del edificio.

—Tampoco hace falta que te vuelvas loca —le había dicho su prima—. Basta con que quede luminosa, radiante y resplandeciente. Hay que destacar sus mejores cualidades.

Louise vio a una cuadrilla de jardineros en la acera de enfrente, pertrechándose con sopladores de hojas y desbrozadoras. Miró la hora: Mark ya llevaba quince minutos de retraso. Empezaron a rugir los sopladores. Un hombre pasó caminando a buen ritmo por delante de la finca. Mark ya llevaba media hora de retraso. Louise no aguantaba más sentada. Bajó del coche.

Se acercó a la puerta de la casa con la idea de valorarla como Mercy lo haría. Había que barrer el tejado, a la fachada no le vendría mal una buena limpieza, las mosquiteras seguían estando sucias. Había mucho que hacer y más le valía empezar. Subió al porche y se detuvo para sacar el móvil del bolso; al perder la inercia, le vinieron a la cabeza los muñecos.

Había muchísimos muñecos allí, esperándola. En algún rincón menos racional de su cerebro, Louise albergaba la idea de que algo de aspecto tan humano no podía existir tanto tiempo sin llegar a desarrollar pensamientos propios. ¿En qué pensarían los muñecos? «Piensan en que has tirado a Pupkin a la basura. Piensan en que has tirado el belén de ardillas a la basura. Piensan en que los vas a tirar a la basura. Piensan en lo mucho que te odian».

Decidió esperar a Mark junto a la puerta.

Su hermano llegó cerca de las diez, quejándose ya.

—¿No has traído café? —preguntó nada más bajarse de la camioneta—. Te voy a dar un veinticinco por ciento de la casa; ya podrías haber traído café y, yo qué sé, una magdalena de maíz o algo así.

—Ese veinticinco por ciento no me convierte en tu doncella —contestó Louise—. Dame tu llave —dijo tendiéndole la mano.

Él se lo pensó un momento; luego suspiró y se sacó del bolsillo trasero del pantalón un buen manojo de llaves, extrajo la de la casa y se la puso en la mano a su hermana. Ella abrió la puerta y entró en la casa con rapidez y contundencia. Mark la siguió. Miraba al suelo, por si veía algo retorcerse, corretear o, en general, comportarse como una ardilla. «Nada de esta casa me puede hacer daño. Aquí solo hay cosas».

Se detuvo y estudió el salón. Los muñecos Mark y Louise la miraban con fijeza desde el otro lado del sofá, con aquellos ojos faltos de expresión, de pie entre el brazo del sillón y la pared.

—Odio a esas cosas —espetó Mark, y se fue hacia el pasillo—. Voy a hacer pis.

«Los pondría Mark aquí cuando me fui ayer. Debió de verlos en el garaje y quiso que todo estuviera como lo tenía mamá. Dudo que bajaran ellos de la estantería y entraran en casa a esperarme».

—La vivienda está genial —dijo su hermano según iba por el pasillo—. No sé qué hacemos aquí. Mercy no viene hasta las tres.

«No están cabreados conmigo».

Parecían cabreados.

—Esta visita le permitirá tasar la vivienda —dijo Louise por encima del hombro, incapaz de apartar la vista de los dos muñecones—. No hay segundas oportunidades para causar una buena primera impresión.

—Sé que te encantan los exámenes —contestó Mark—, pero en este no nos van a poner nota. ¿Qué cojones…? —Louise se giró y avanzó de espaldas mirando a los muñecos y a Mark a la vez. Su hermano estudiaba confundido la trampilla sellada del desván—. ¿Qué coño es eso? —preguntó.

—No lo sé —respondió ella—. Será por las ardillas. Seguramente. Me pareció ver una ayer. Habrá que traer un exterminador.

—Pues serán grandes de la hostia —dijo Mark—. Se les fue un poco la mano, ¿no te parece?

—Parece la típica chapuza de papá —opinó ella.

—Yo sigo pensando que no pintamos nada aquí —terció él—. Mi plan era mejor y, cuando me topo con cosas como esta —añadió señalando la trampilla—, lo veo más claro aún. ¿No te da mal rollo?

—Yo solo sé que no tenemos ni cinco horas hasta que venga Mercy y hay mucho por hacer —replicó ella volviendo a ponerse en modo eficiente—. Si la casa no resplandece, igual tasa la vivienda treinta mil dólares por debajo de su precio. Eso son siete mil quinientos dólares menos para mí, casi tres meses de guardería de Poppy, así que tú y yo vamos a hacer todo lo posible para que la casa tenga un aspecto normal.

—Ya estamos como cuando éramos pequeños —espetó Mark—: Louise con su uniforme de las juventudes hitlerianas de las Girl Scouts bramando órdenes a diestro y siniestro.

—Esa comparación es muy ofensiva —dijo ella—. Mercy me ha dicho expresamente que los muñecos le daban yuyu, así que eso es lo primero que vamos a tirar. Luego quitaremos casi todas las manualidades de las paredes.

Le pareció oír un murmullo de ropas entre los muñecos.

—Los cuadros hacen que una habitación parezca más grande —dijo Mark.

—Tantos no.

Mark se reunió con ella a la entrada del salón y juntos decidieron qué hacer con los muñecos.

—¿Los envolvemos en papel cebolla o qué? —preguntó él.

Louise le pasó un *pack* de bolsas de basura blancas.

—Nooo —respondió Mark apartando la mano como si las bolsas quemaran—. A esto le puedo sacar yo mucho dinero en eBay.

—Genial —terció ella—. Los metemos en bolsas y los llevamos a tu camioneta.

—Se van a estropear —protestó él.

—¿Y qué quieres hacer, entonces? —preguntó ella irritada.

—Yo lo tenía todo organizado —contestó Mark—. Sin titubeos. Iba a llamar a Agutter y, ¡zas, hecho! Y ahora Mercy y tú me metéis aquí y ya no sé qué me parece todo esto.

Louise iba a empezar otra discusión, pero, en su lugar, tiró del rollo de bolsas de basura, arrancó una, la abrió de una sacudida y se obligó a acercarse al sofá (acercarse a los muñecos Mark y Louise). Agarró dos payasos de lo alto del respaldo del sofá. Como no quería tocarlos más que lo imprescindible, los metió rápidamente en la bolsa. La mano se le quedó pringosa.

—Venga —le dijo a su hermano—. Muévete.

—Pero… —contestó Mark desde la puerta del salón— son las cosas de mamá.

—Fuiste tú quien contrató a los tíos de la tolva —le dijo ella.

—No es lo mismo que tener que hacerlo nosotros —respondió él con tal cara de pena que a Louise le pareció que debía decirle algo.

—Ya no están, Mark —contestó, ablandándose—. Alguien tiene que deshacerse de lo que han dejado aquí.

Mark iba a decir algo, pero no lo hizo; contempló el salón y luego miró de nuevo a su hermana.

—Ya… Pero esta es su casa. Estas son las cosas de mamá y papá. Son toda su vida. Ellos no querrían que lo tiráramos a la basura.

—Lo que quieran ya da igual —dijo ella.

—A mí no —repuso él negando con la cabeza—. Todo esto está yendo muy deprisa. Hay que bajar un poco el ritmo.

—Mercy va a venir esta tarde.

—Si nos deshacemos de estas cosas ya no habrá marcha atrás. ¿Y si luego cambiamos de opinión? Habrán desaparecido para siempre.

—No hay tiempo para eso —sentenció Louise.

—No estoy preparado. No me veo capaz.

—Mark… —Louise se puso a su altura, lo miró a los ojos—. A mí tampoco me apetece hacerlo, pero no hay nadie más.

Su hermano paseó la mirada por todo el salón, aprisa, nervioso.

—Podían haberlo hecho mamá y papá —dijo—. Ellos eran adultos. Nosotros no somos más que… niños grandes.

A Louise le pareció que Mark se iba a echar a llorar.

—No me obligues a hacerlo sola, anda… —le pidió procurando sonar cariñosa.

Él apretó los puños, los abrió, volvió a apretarlos y luego entró como una bala en el salón y le arrebató la bolsa de basura.

—Yo la sujeto —dijo.

Louise fue metiendo el resto de los payasos en la bolsa, uno detrás de otro. Luego el arlequín, que cayó encima de los payasos. Después se acercó a la vitrina de los muñecos, procurando mantenerse lo más lejos posible de Mark y Louise. Abrió las puertas de la vitrina y agarró algo neutro: una casita de cerámica con el tejado de paja.

—¡Espera! —gritó Mark—. Eso lo compró mamá en un viaje que hicisteis todos a Inglaterra cuando estaba embarazada de mí. Tenía la colección completa.

Louise miró en el interior de la vitrina y no vio más que otra casita de cerámica.

—Solo hay dos.

—Bueno, sí, es que no le dio tiempo a conseguir más —contestó él—. Me las quiero quedar.

Se agenció las casitas.

—Como empieces a guardarte cosas, no vamos a terminar en la vida —protestó Louise.

Mark las dejó en la consola del recibidor y volvió.

—Venga, echa aquí lo que sea —le dijo a su hermana sujetando la bolsa—. Yo solo quiero esas dos cosas. —Louise agarró un rey de plástico de veinte centímetros con túnica roja de terciopelo y una especie de sombrero de mosquetero de fieltro negro. Mark cerró la bolsa de basura—. ¿No pensarás tirar a Enrique VIII?

—Sí —contestó ella.

—¿Ya no te acuerdas? Fue en el mismo viaje. Mamá los compró a él y a sus seis esposas en Hampton Court —le explicó señalando a las seis reinas que lo flanqueaban, todas ellas, sin duda, de la misma colección, con ropas tiesas de satén azul, terciopelo verde y ribetes dorados.

—¿Y qué? —espetó Louise.

—Mamá se sabía de memoria la cancioncilla: «Catalina, Ana, Juana: divorciada, decapitada, muerta. Ana, Catalina, Catalina: divorciada, decapitada, viva».

Sonrió, admirado de su memoria.

—¿Cómo te puedes acordar de eso? —preguntó Louise—. Si ni siquiera habías nacido…

—No sé —Se encogió de hombros—. Estaba atento a lo que nos contaba mamá.

Louise metió la mano en la vitrina y agarró una figurita de porcelana Hummel de un niño con pantalón de tirolés.

—Lou… —dijo Mark, y ella se detuvo y bajó los hombros desalentada—. ¿No te acuerdas de cuando fuimos a Alemania y nos llevaron a aquella cervecería al aire libre de Berlín y papá ganó el concurso de canto tirolés? ¡Esto es el premio al padre tirolés!

Ella lo echó a la bolsa de basura, encima del arlequín. Mark, desconcertado, metió la mano enseguida para rescatarlo.

—¡Eh, espera! ¡Que es un recuerdo importante! —Louise tiró a Enrique VIII y a sus seis esposas encima de la mano de Mark—. ¡Para! —espetó el otro, y ella se dio cuenta de que se estaba enfadando de verdad—. No puedes tirar todos nuestros recuerdos.

—Mark, hazte a la idea de que estamos tirando las porquerías de otra persona.

—Pero esto no son las porquerías de otra persona —replicó él señalando los muñecos, las labores de las paredes, la pila de cintas VHS de *El show de los Teleñecos* que había debajo del televisor…—. Son las nuestras. Crecimos con todo esto. Tú tienes una hija. ¿Y yo qué tengo, aparte de esto?

En el silencio que se hizo entre los dos, se oyó el lamento agudo de una desbrozadora que arrancaba al otro lado de la calle. Louise aflojó un momento.

—¿Por qué no te llevas los muñecos? —propuso con toda la delicadeza de que fue capaz—. Los cargamos en tu camioneta y les echas un vistazo en casa. Decides lo que te quieres quedar, vendes el resto y lo haces a tu aire.

—Vale —contestó él asintiendo rápido con la cabeza.

—Los podemos meter en cajas —dijo ella.

—En bolsas me vale —respondió él enseguida—. No pasa nada. Vamos a seguir con esto.

Los muñecos esperaban, tiesos, a que Louise actuara. Se sintió como un monstruo. Llenaron dos sacos negros de basura y consiguieron vaciar por fin la vitrina.

—Me siento… —empezó ella, pero Mark terminó la frase.

—Fatal —dijo—. Tengo la sensación de estar haciendo algo malo. Como si nuestros padres fueran a entrar por la puerta en cualquier momento y mamá fuera a flipar por haberle tocado sus muñecos. —Se quedaron unos segundos escuchando el soplador de hojas de enfrente—. Esos no los quiero —sentenció Mark señalando a Mark y Louise, que aguardaban al fondo del sofá.

Louise había conseguido mantenerlos fuera de su campo de visión hasta entonces, pero ya eran los únicos que quedaban.

—Pues a la basura —sugirió.

—No pienso tocarlos —contestó él—. Hazlo tú. —Ella los miró fijamente, incapaz de reunir el valor necesario. Mark se dio cuenta—. Pues ahí se quedan.

—Mercy ha dicho que no nos dejáramos nada «que diera yuyu» y no hay nada que dé más yuyu que eso.

—Mira… —dijo Mark agarrando la mantita de ganchillo del extremo del sofá y echándosela por encima a los muñecos—. ¿Qué tal así?

Quedaban aún más raros con la mantita por encima, pero a Louise no se le ocurría otra solución.

—Vale —contestó ella—. ¿Quieres que te ayude a llevar esos sacos a la camioneta?

—Me los van a robar —dijo él—. Los dejo en el garaje.

Sacaron a rastras los sacos al garaje, donde Louise tropezó con la sierra de su hermano.

—Joder, Mark —le soltó—. ¡Qué poco cuidas tus herramientas!

Se había dejado el contrachapado a medio cortar en el suelo de hormigón. Había serrín por todas partes.

—Es un proyecto —repuso él.

Dejaron los sacos apoyados en una pared e inspiraron hondo. Louise echó un vistazo al garaje y vio algunos *collages* en las baldas de madera. Los apoyó en el cubo de basura con ruedas. Agarró los retratos al óleo de la familia y los puso allí también. Entonces vio que Mark se la quedaba mirando fijamente.

—¿Qué?

—¿Los vas a tirar? —preguntó incrédulo.

—Es…, es el montón para donar —contestó ella disimulando—. Llévate lo que quieras.

Mark asió el retrato al óleo de su padre, en el que parecía tener alguna enfermedad de la piel y un ojo vago.

—Esta es la única imagen de papá que tenemos —dijo.

—Salvo por los cientos de fotos suyas que hay —espetó Louise—. Y el busto de arcilla que le hizo mamá y el títere con su cara que le regaló por su cumpleaños.

Su hermano guardó silencio un segundo.

—Tú tampoco quieres volver adentro… —afirmó, más que preguntar.

—¿A qué te refieres? —dijo ella fastidiada por su perspicacia—. También hay que vaciar el garaje.

—A Mercy el garaje le da igual —replicó él—. Andas haciendo el chorra aquí porque te apetece volver a entrar tan poco como a mí. La casa da mal rollo. Cuando te fuiste ayer, juraría que oí algo en el desván. Salí escopeteado.

«Ardillas. No son más que ardillas. Ardillas normales y corrientes».

—Hay que buscar un exterminador para el desván —propuso ella.

—Nos podemos quedar aquí fuera —dijo él.

—No —contestó Louise—. Hay que preparar la casa para cuando venga Mercy. Vamos a la cocina…

—Pero…

—Juntos —dijo ella.

Entraron en la cocina y encendieron las luces. No pasó nada. Louise abrió la nevera. La luz interior no se encendió y tampoco enfriaba.

—Han cortado la luz.

—Espera —terció Mark, y volvió al garaje.

Louise exploró la nevera y vio restos de comida en fiambreras, un trozo de mantequilla en un plato, medio sándwich de pavo cuidadosamente envuelto en film transparente. Eso le dio que pensar. Su padre se había comido la mitad del sándwich y se había guardado la otra mitad para cuando volviera a tener hambre, pero había muerto antes de que eso sucediera. Ya nunca se lo terminaría. Le flojearon las piernas y tuvo que acuclillarse, agarrada con una mano a la puerta de la nevera.

Recordó el *stollen* alemán de su padre, aquel pan dulce de Navidad. Todos los años después de Acción de Gracias, su padre tomaba por asalto la cocina y hacía *stollen* para sus compañeros de trabajo. Aun jubilado ya, seguía haciéndolo cada año para los vecinos. Las hogazas eran enanas y deformes, nunca subían lo suficiente, y estaban llenas de protuberancias y rugosidades, pero para Louise aquellos panecillos siempre habían sido mágicos. Ella solía picotear el glaseado de arriba sobre todo, porque detestaba el sabor de la fruta escarchada que iba incrustada en la masa, pero le encantaban los colorines (verde

149

jade, rojo rubí…) y, de niña, ayudaba a envolver cada panecillo en papel celofán y a anudarlo con un lazo de lana verde con la etiqueta del nombre a quien iba dirigido sujeta a él. Durante dos semanas, la casa entera olía a pan recién horneado y a glaseado caliente. A eso quería que oliera en aquel momento. A algo reconfortante y vivo. Quería que oliera a su padre, no a vela aromática ni a limpiador de moqueta ni a polvo.

Cerró la nevera y se acercó al fregadero a beber agua. Tomó un vaso limpio y, antes de abrir el grifo, escudriñó el sumidero. Un ojo la miraba desde allí. Redondo y blanco, la observaba desde el agujero oscuro. Se le cortó la respiración. Luego vio la felpa azul de alrededor y supo que era uno de los títeres de su madre. ¿Cómo había llegado al sumidero de la pila? Debía sacarlo de allí antes de que fastidiara el triturador de basura.

Metió la mano por el frío sumidero. La boca mugrienta de goma se le tragó el antebrazo hasta el codo y con las yemas de los dedos rozó la felpa mojada del títere, empapada de agua oleosa. Tiró de ella, pero no cedía. Palpó alrededor y las yemas tiernas de los dedos toquetearon las cuchillas recias y afiladas del triturador. El títere se había quedado enganchado en ellas y se había atascado enseguida. Con la punta de los dedos, lo fue soltando de las cuchillas y, de pronto, el triturador se puso en marcha con un rugido. El ruido inundó la cocina al tiempo que ella se retiraba bruscamente, rozando con la muñeca el borde del sumidero mientras sacaba aprisa el brazo de aquel agujero vibrante. Las piernas no la sostenían y cayó al linóleo como un saco de patatas. El triturador de basura le gruñía desde el fregadero.

Mark asomó la cabeza desde el garaje.

—Habían saltado los plomos; he vuelto a subir el diferencial —dijo; entró en la cocina y apagó el triturador de basura—. ¡Eh!, ¿dónde has encontrado ese títere de mamá?

Louise ni se movió. Se quedó en el suelo, agarrando fuerte al títere con una mano.

—Mejor esperamos a Mercy fuera —sugirió a su hermano.

14

Mercy aparcó detrás de la camioneta de Mark, tocó el claxon y los saludó con la mano desde su asiento.

—¡Míralos! —dijo mientras cruzaba el jardín con sus taconazos hasta donde estaban los dos, en el umbral del garaje abierto—. ¡Qué trabajadores! No habréis estado ordenando por mí toda la mañana, ¿no?

—Sí —contestó Mark.

—Había que limpiar de todas formas —terció Louise.

—Ya —contestó Mercy deteniéndose y dejando caer los hombros con dramatismo—. Es deprimente ver la casa en la que te criaste convertida en una pesadilla mohosa. Cuesta digerirlo, sé lo que digo. ¡Madre del amor hermoso! —exclamó al ver los retratos al óleo de la familia apoyados en los cubos de basura—. ¿Esa eres tú? —le preguntó a Louise—. ¿Qué te pasa en la piel?

—Mamá estaba aprendiendo a pintar —replicó Louise de pronto a la defensiva sin saber muy bien por qué.

—¿No es esa la moraleja de todo esto? —espetó la otra—. Nos aferramos a demasiadas porquerías.

—¿Entramos? —propuso Louise.

—¡Venga! —contestó su prima—. ¿Vienes, Mark?

—Tengo que apañar esta ventana —dijo él, pero Louise sabía que prefería quedarse fuera.

No insistió. Debía acompañar a Mercy, que ya estaba en el porche delantero.

—¡Qué emoción! —exclamó la otra contentísima mientras entraba en la casa.

Louise se la encontró en el salón haciendo una foto con el móvil.

—Tiene muchísimo mejor aspecto… —bajó la voz hasta el susurro— sin todos esos muñecos espeluznantes. —Hizo otra foto—. Este salón es una maravilla —dijo apoyando la yema de los dedos en la pared que daba a la cocina—. ¿Esto será una pared maestra? Ahora la gente prefiere las cocinas abiertas.

La mantita de ganchillo estaba tirada en el suelo y los muñecos Mark y Louise habían desaparecido. Se oyó un chirrido procedente del garaje cuando Mark empezó a serrar el contrachapado otra vez. Saltó el *flash* del móvil de Mercy y, en la penumbra de la estancia, se vio un destello blanco. A Louise se le revolvieron las tripas.

—Me encanta la luz de esta casa —dijo su prima—. En cuanto retiremos todas las antiguallas y la pintemos, parecerá que hemos añadido una ventana.

Hasta entonces, Louise había dado por supuesto que era Mark el que cambiaba las cosas de sitio, pero habían estado juntos toda la mañana. A lo mejor ella se había despistado un momento y él había aprovechado para llevarse los muñecos, pero ¿adónde? En el garaje no los había visto. Además, había sido él quien les había echado la mantita por encima porque no quería ni tocarlos. Recordó a los dos muñecones viendo la tele, a Pupkin viendo la tele, que Pupkin había desaparecido del cubo de la basura… ¡Que las ardillas se le habían metido por debajo de la blusa!

—¿Lulu…? —oyó a Mercy a su espalda—. Te preguntaba si recuerdas qué hay debajo… —Mercy estaba acuclillada en el pasillo con una mano apoyada en la moqueta. Louise procuró centrarse en la pregunta de su prima, pero no paraba de mirar por todos los rincones, por si veía a los muñecos, a las ardillas, a Pupkin—. ¡Lulu! —le espetó Mercy chascando los dedos—. ¿Hola…?

«¿No lo notas? La casa no parece deshabitada. Tengo la sensación de estar haciendo algo malo». Louise se sintió absorbida por el mundo de malos rollos, corazonadas y presentimientos de Mark. Hizo un esfuerzo por centrarse. Se obligó a pensar en lo importante: poner la casa a la venta, volver a San Francisco, devolverle la normalidad a Poppy…

—¿Madera? —contestó Louise—. Me parece…

—Bien —dijo Mercy—. Podemos arrancar esta vieja moqueta horrenda. Ahora, en las zonas más cotizadas, se llevan los suelos de madera.

Mercy entró en el comedor.

—Creía que quien la comprara la iba a tirar entera —dijo Louise siguiéndola, procurando prestarle atención a la vez que inspeccionaba el pasillo, la cocina, detrás de la mesa del comedor, en busca de los muñecones.

Su prima lo miraba todo también, tomaba medidas con la vista, visualizaba la futura reforma. Se oyó en el garaje otro chirrido agudo de la sierra circular. Louise se obligó a pensar en la venta. Mercy se acercó a las puertas correderas del patio y contempló el jardín.

—Una constructora la tiraría —contestó—, pero una constructora no es el comprador apropiado en este caso. ¿Cuatro dormitorios? ¿Dos baños? Hay que vendérsela a una familia. Mira ese jardín trasero. Cualquier comprador levantará un anexo al fondo y aún le quedará un montón de espacio. Tus padres tenían muy desaprovechado el exterior del inmueble.

Louise echó un vistazo al jardín e intentó verlo como Mercy: una parcela grande repleta de malas hierbas con un nogal pecanero en el centro y separada de los vecinos por una valla de bambú descuidada. Parecía tóxico.

—Mis padres no eran muy de jardín —contestó, como disculpándose, mientras su prima pasaba por delante de ella para salir al pasillo—. Mark les iba a hacer una terraza, pero se echó atrás antes de empezar siquiera.

—Eso fue cosa de tía Honey, que le dijo a tu madre que no soportaba la idea de que nadie alterara la antigua vivienda de su hermana, y ya sabes que tu madre siempre le hacía caso. Os hizo un favor a todos, la verdad. Ese jardín trasero, tan grande y vacío, va a llamar mucho la atención.

Louise siguió a Mercy al pasillo y, al vislumbrar la trampilla sellada del desván, trató de distraer a su prima para que no levantara la vista.

—Entonces, ¿qué pasos hay que dar? —le preguntó—. En tu opinión.

Sabía que a Mercy le encantaba dar su opinión.

—Hay que centrarse en sacarle a esta casa el máximo provecho posible —contestó la otra asomándose al antiguo dormitorio de Mark y haciendo otra foto con *flash*—. Darle luminosidad a este espacio. Dejar que respire, que apele a los sentidos.

Mercy empujó la puerta del taller, pero, con los títeres, no consiguió abrirla más que una rendija.

—Hay un montonazo de títeres ahí dentro —volvió a disculparse Louise.

—Pues tienen que desaparecer —contestó la otra—. Vosotros os criasteis rodeados de ellos y os parece normal, pero a la gente le dan aún más yuyu que los muñecos.

—Luego los sacamos —prometió Louise siguiéndola por el pasillo.

Se oyó un golpecito en el techo, justo encima de ellas, como dado a propósito y con mala intención. A Louise se le encorvaron los hombros y esperó a ver si volvía a ocurrir.

—Aquí hay mucho que hacer —continuó su prima—, pero, si lo hacemos bien, le podemos sacar seis cifras por lo alto.

«Lo mismo se ha caído algo».

Louise reemprendió el recorrido por el pasillo detrás de Mercy y arriba, en el desván, lo que fuera volvió a golpear el techo, y otra vez, y otra vez, una por cada paso que ella daba, siempre justo encima de su cabeza, siguiéndola por el pasillo, y entonces identificó el sonido: eran pasos. Algo la seguía desde el desván. Algo pequeño.

—Antes la gente se mudaba a una casa nueva y la reformaba —continuó Mercy mientras Louise dejaba de caminar; aterrada, comprobó que los pasitos del techo cesaban también—, pero ahora todo el mundo quiere mudarse a un cajón blanco con encimeras de mármol y acero inoxidable en la cocina y están dispuestos a pagar un ojo de la cara. He visto venderse por casi tres cifras auténticas caquitas reformadas de arriba abajo y pintadas de blanco hueso Benjamin Moore, y ni siquiera en esta zona.

Louise debía seguir avanzando o a su prima le iba a parecer raro. Arrancó y los pasitos del techo la siguieron hasta donde estaba Mercy, acuclillada delante de la pared.

—¿Qué hace este respiradero abierto? —preguntó examinando el boquete de la pared—. ¿Hay algún problema de climatización?

—Ah, una tontería —saltó Louise, y el silencio del desván fue peor que los pasos—. Arranqué yo la rejilla sin querer, pero la volveremos a poner. La calefacción y el aire acondicionado funcionan perfectamente.

—Hay cosas que son chorradas —dijo Mercy irguiéndose con un chasquido de rodillas—, pero los compradores motivados van al grano: ¿de cuándo es la bomba de calefacción?, ¿qué años tiene el tejado?, ¿tenéis termit...?

Algo aporreó el suelo del desván justo encima de la cabeza de Louise. Empezaron a caer del techo pedacitos de yeso como palomitas de maíz que le rodaron por la nuca.

—¿Termitas? —acabó la frase Louise.

—No, un certificado de inspección sanitaria —se explicó Mercy—. Aquí abajo debería haber también... —Se oyó rodar algo por el suelo del desván, justo encima, y Louise encogió los hombros. Quería largarse de aquella casa ya. Mercy levantó un dedo y señaló el techo—. ¿Tenéis ardillas? —preguntó, y a Louise le escocieron los arañazos del vientre.

—Pueeede... —contestó.

Mercy le escudriñó la cara a su prima, leyéndosela de izquierda a derecha, y miró un segundo hacia el dormitorio de los padres de Louise.

—Vais a necesitar un exterminador —le dijo—. Y habrá que localizar el certificado de inspección sanitaria. De las humedades, ya hablaremos. Vamos a ver el dormitorio principal. —Abrió la puerta y entró directamente—. En circunstancias normales, esperaría a primavera para poner a la venta un inmueble como este —le comentó Mercy por encima del hombro—, pero no dudaría en empezar con este en cuanto hayáis resuelto lo básico. —Louise dio un paso, con los hombros tensos, a la espera de más ruidos en el desván, pero el silencio era absoluto. Relajó los hombros y se reunió con su prima en el dormitorio—. Exterminador, pintura, revisión de cimientos, bomba de calor... Solucionar lo de las ardillas, desde luego.

—¡Joooder! —exclamó Louise espantada.

Mercy se detuvo y miró a su prima, que se había detenido en seco, con los ojos clavados en el rincón del dormitorio donde estaban los muñecones con su atuendo victoriano.

—Eso es precisamente lo que no quiero que nos pase con un posible comprador —le dijo Mercy—. Tenéis que sacar de aquí TODAS esas cosas.

Louise no se podía mover. ¿Los habría llevado Mark allí? ¿Le estaría gastando una broma de mal gusto? Sintió que su prima la miraba fijamente.

—¿No has notado un no sé qué extraño en esta casa? —le preguntó Mercy—. Da todo un poco de mal rollo, ¿no?

Louise se obligó a volver a la realidad.

—No —contestó—. Es que se me había olvidado de que estaban aquí.

«Poner la casa a la venta, volver a San Francisco, devolverle la normalidad a Poppy».

—Resultan inquietantes —terció su prima, y empezó a hacer fotos de la habitación.

A regañadientes, Louise asió el calcetín negro de los pies de la cama y lo llevó al vestidor de su madre, abrió el cesto repleto de ropa sucia y lo echó dentro. Ver la ropa que sus padres ya nunca volverían a ponerse le produjo una tristeza indescriptible. La deprimió pensar en tener que lavarla, doblarla y guardarla

156

para que nunca la volvieran a llevar. Todo aquello la superaba. No podía lidiar con aquellos muñecones, lo del desván y el que la vida de sus padres se hubiera visto cercenada de ese modo.

—Ahora mismo hay una burbuja inmobiliaria en Old Mount Pleasant —continuó Mercy, entrando en el baño— y la gente del norte pagará lo que sea por cualquier edificio con un tejado nuevo y una estructura sólida, pero debe tener un interior luminoso y blanco. —Hizo una foto con *flash* del baño—. Esto es lo que yo llamo un auténtico baño *en suite* —dijo, y pulsó los interruptores de la luz.

No se encendió nada.

—Perdona —se disculpó Louise enseguida con la sensación de no haber hecho los deberes—. Será la bombilla. No me ha dado tiempo a todo. Lo siento.

Mercy se giró hacia ella y, por un segundo, dejó de parecerle una agente inmobiliaria y volvió a ser su prima.

—Tranquila —le dijo Mercy—. Os voy a ayudar a organizarlo todo, ¿vale? Que soy yo, Lulu, tu prima. Acércate, anda.

Sin ganas, Louise cruzó el dormitorio, se acercó a la puerta del baño, donde estaba la otra, y la vio hacer una foto del lavabo encastrado.

—Esto es un armatoste —dijo—. Cuando lo quitemos, el baño será mucho más espacioso.

Algo llamó a las puertas del armarito desde dentro. Tres golpecitos. «Sacadme de aquí». Mercy y Louise se quedaron mirando el lavabo. A Louise le corría el sudor por la parte baja de la espalda.

«No tendría que haber vuelto. Debería haberme ido a casa anoche».

Debía largarse de allí. No podía con aquella casa ni con sus ruidos ni con los sándwiches a medio comer de sus padres, su ropa sucia y todos aquellos muñecos. Se dio cuenta de que no estaba hablando, solo observando las puertas del armarito del lavabo. Se obligó a mirar a Mercy y le crujieron los tendones del cuello.

—Las tuberías —le dijo, y dedicó a su prima una sonrisa que le quedó un poquito de psicópata—. Hay aire en las tuberías.

Mercy le devolvió la sonrisa, comprensiva, en la penumbra.

—Vamos a hablar con Mark —dijo, y salió.

Louise la siguió, rezando para que no hubiera más ruidos en el desván, procurando ignorar los ojos de los muñecones clavados en su espalda. Al llegar al pasillo, volvió a oír un TOC, TOC, TOC a su espalda, procedente del interior del baño: «Sacadme de aquí».

Dio alcance a Mercy en el jardín trasero, mientras Mark atornillaba el cuadrado de contrachapado sobre el cristal roto de la puerta del garaje. Tropezó de nuevo con la sierra de su hermano y a punto estuvo de partirse el cuello.

—No digo que lo tengas que hacer —le estaba comentando Mercy a Mark cuando ella llegó—. Solo que es una opción.

—No intentes endosarme ningún extra, que ya he indagado por mi cuenta —repuso Mark.

—Bueno, ¿cómo lo ves? —preguntó Louise con un poco de miedo.

—La casa es maravillosa —contestó su prima, y la vio contenta y entusiasmada, como si no hubiera pasado nada. Louise oyó a unos pajarillos gorjear en el nogal muerto. Todo parecía mucho más cuerdo en el patio trasero—. Hay que hacer algunos trámites y averiguar cuándo cambiaron el tejado por última vez vuestros padres, pero esta es una venta fácil. Una vez validado el testamento, creo que con un par de semanas me bastaría para tener ofertas reales de compradores serios… —Louise se preguntó si a lo mejor solo ella había oído aquellos ruidos—, pero no voy a llevar yo esta venta —terminó Mercy.

—¿Qué? —preguntó Louise.

—¿Qué cojones…? —dijo Mark—. Nos hemos estado deslomando todo el día porque venías a verla. Me has obligado a ofrecerle un veinticinco por ciento a Louise.

—Un cincuenta por ciento —lo corrigió Mercy—. La casa tiene problemas y sé por experiencia que no conviene sacar al mercado un inmueble problemático, al menos si quieres mantener la reputación.

—¿Qué problemas? —inquirió Louise, aunque ya lo sabía.

—Le advertí a Louise que no quitara las manualidades —espetó Mark—. Las paredes desnudas hacen las habitaciones más pequeñas.

Mercy fue enumerando con la ayuda de los dedos:

—Los ruidos raros del desván, lo que sea que tenéis dentro del armarito del lavabo, te han acojonado demasiado esos muñecones y la casa en general da bastante mal rollo.

—Ya te he dicho que no nos ha dado tiempo a hacer todo lo que queríamos antes de que vinieras —se excusó Louise.

—A ver, os voy a ser franca —les dijo Mercy—. Ruidos raros, malas vibraciones, el fallecimiento reciente de vuestros padres... La casa está encantada y no la voy a vender hasta que lo solucionéis.

—¡La hostia! —espetó Mark.

—Eso es... —Louise buscó la palabra adecuada—. Eso es de locos.

Y parecía de locos. De locos de remate.

«Yo no estoy loca».

—Os he disgustado —dijo Mercy—. Lo entiendo, a nadie le agradan las malas noticias, pero yo vivo de esto y sé bien que la mitad de la venta es algo psicológico. ¿Es que no veis el mal rollo que da este sitio?

—Sí —contestó Mark.

—No —respondió Louise.

—Sería una estupidez por mi parte ignorar esa corazonada —dijo Mercy—. No pasa nada. No es la primera vez que me enfrento a una vivienda problemática.

A Louise le parecía que su prima la había traicionado, que le había dado la espalda, se había convertido en su enemiga.

—Esto es de muy mal gusto —le dijo—. Nuestros padres acaban de morir.

—Tampoco os extrañará mucho. Vuestra familia siempre ha sido rara.

—¡Qué perra tiene todo el mundo con eso! —exclamó Louise.

—Está claro que a esta casa hay que hacerle algo —insistió Mercy—, pero hay personas que os pueden ayudar. La bendicen, la purifican... y son discretas. Saben que la mala prensa puede afectar a la venta.

—¿Qué personas son esas? —preguntó Mark.

—Yo recurría a mamá —contestó Mercy.

Louise recordó que su tía Gail tenía un ángel de la guarda que se llamaba Mebahiah y la protegía y la ayudaba a encontrar buenos sitios donde aparcar.

—¡Madre mía! —exclamó.

—Pues eso —dijo Mercy—. Está muy metida en la parroquia y, la verdad, lo único que os va a pedir es una donación, porque están construyendo un nuevo centro de formación para adultos. ¿Lo malo, Louise? Pongamos que tú no crees que la casa esté encantada..., no pasa nada. Por lo menos, vas a tener una agradable sensación de haber pasado página. A las dos casas con problemas que yo he llevado les sacaron un cinco por ciento más después de la purificación.

—¿Son mamá y papá? —preguntó Mark en voz baja—. ¿Son ellos los que están ahí dentro?

—Ojalá lo supiera —contestó ella tomándolo del brazo—. Lo siento, Mark.

—¿Tú crees...? —empezó a decir Mark y tragó saliva—. ¿Tú crees que podremos verlos?

Louise sabía que debía poner coto a aquello. Ya era peligroso pensar siquiera un segundo que los muertos no se iban para siempre.

«Solo una oportunidad de volver a verlos, aunque sea un segundo».

—No te ofendas, pero creo que vamos a hablar con otro agente inmobiliario —le dijo Louise a su prima.

—No me ofendo en absoluto —contestó Mercy—. Pero os van a decir lo mismo. Vuestra casa está encantada y no podéis ponerla a la venta hasta que lo solucionéis. Aunque encontrarais a alguien que quisiera vendérosla, terminará saliéndoos el tiro por la culata.

Sacó del bolso las llaves del coche, achuchó a Louise, que se puso todo lo rígida que pudo, y le dio a Mark un abrazo largo masajeándole la espalda.

—Tengo que ir a ver otra casa —dijo—, pero pensadlo y ya me contáis. Mamá lo hará encantada, más aún siendo para alguien de la familia. Le encanta sentir que la necesitan.

Salieron con Mercy del garaje y se quedaron a la entrada de la casa mientras ella se subía al coche, se despedía con un toquecito simpático del claxon y se alejaba.

15

—Siempre igual —dijo Louise—. Siempre exactamente igual.

—Ya —contestó Mark—. Un paso adelante y dos atrás. Te crees que la casa va a ser un dinero llovido del cielo y, ¡zasca!, resulta que está encantada.

—¡Hablaba de ti! —le espetó Louise reculando, poniendo césped de por medio—. Siempre que me cuentas algo o te concedo el beneficio de la duda o te ayudo, termino arrepintiéndome. SIEMPRE. EXACTAMENTE. IGUAL.

—Eh, eh, eh…, un momento —le replicó él—, que, que yo sepa, te estaba haciendo un favor dándote un veinticinco por ciento de la venta, algo que no me exige la ley, pero que voy a hacer porque soy buen tío. Así que, si cuando dices que «terminas arrepintiéndote» quieres decir que te voy a dar un montón de pasta, pues sí.

—Es que no aprendo —continuó ella—. Que esta casa no es buena para mí. Que estar aquí no es sano. Pero vienes lloriqueando para que te ayude con las gestiones y aquí me tienes otra vez, con la mierda hasta el cuello. Desde luego, mamá y tú siempre habéis hecho de mí lo que habéis querido. Con treinta y nueve años ya y sigo cayendo en la trampa. Doy pena.

—¿Qué ha visto Mercy ahí dentro? —preguntó Mark volviéndose hacia la casa.

—Mercy se ha acojonado porque se ha caído algo en el desván y el aire de las tuberías del baño de mamá y papá las hacía traquetear —contestó Louise—. Nada del otro mundo.

Al contarlo así, allí fuera, en el jardín, no parecía nada del otro mundo.

—Yo nunca he oído traquetear las tuberías —dijo él.

—Pasa en todas las casas —repuso ella.

—¿Era un traqueteo aleatorio o parecía guiado por un pensamiento consciente?

—Traqueteaban sin más —contestó ella.

—¿No sería código morse? —preguntó Mark—. Hay un largo historial de espíritus que se han comunicado con los vivos aporreando mesas.

—Nuestra casa no está encantada —insistió Louise.

—Ya te decía yo que me daba mal rollo. Me lo noto en las tripas. Y Mercy también lo ha notado. No estamos solos aquí.

—¡Pues claro que sí! —espetó ella.

—«Mucho protesta la dama, créome yo», dijo Mark.

—Que cites a Shakespeare no le da más credibilidad —le soltó ella.

Mark puso cara de espanto.

—Tú viste algo ahí dentro ayer —dijo cayendo de pronto en la cuenta—. ¡Por eso saliste corriendo de aquí! ¿Fue a mamá o a papá?

Louise no iba a permitir que la casa estuviera encantada. Todo tenía una explicación racional, solo había que seguir buscándola. Las ardillas que creía haber visto, el ruido de las tuberías, los del desván, la trampilla sellada, los muñecones, la desaparición de Pupkin de la basura, el martillo, el bastón, el accidente de coche… Todo tenía siempre una explicación. Eso lo había aprendido de su padre. Lo otro, lo peligroso, que los muñecos se cabrearan y las ardillas la atacaran y el mal rollo que daba la casa…, todo aquello eran cosas de su madre. Y Mark siempre había estado muy unido a su madre.

Louise aflojó los hombros.

—Está siendo una semana muy emocional —dijo con su voz de adulta razonable—. Vete a casa y mañana llamamos a otro agente inmobiliario. En cuanto Mercy se entere de que nos hemos puesto en contacto con la competencia volverá corriendo para poner la casa a la venta.

Mark negó con la cabeza.

—No la voy a vender —dijo—. La puedes cerrar.

Y empezó a cruzar, cansino, el césped hasta la camioneta.

Louise notó que le bullía una rabia inmensa en el interior del cráneo.

«¡Me ha tomado el pelo! Me ha hecho volver, implicarme y exponerme a todo esto y ahora se larga. ¡No es justo!».

El problema era la casa. Habían vivido allí de niños y, en cuanto volvían, se comportaban como si lo fueran de nuevo. Los únicos fantasmas que había en aquella casa eran sus recuerdos, las viejas disputas, los asuntos que Mark no había resuelto con sus padres. Ella era una mujer madura. Tenía una hija propia. Su objetivo era asegurarle el futuro a Poppy. No iba a permitir que eso se desmoronara. Inspiró hondo y fue tras él.

—¡Mark! —le gritó.

Su hermano se detuvo junto a la camioneta y la vio cruzar el jardín. La casa estaba orientada al este y, a esa hora del día, el sol se ponía por detrás, dejando en sombra todo el jardín delantero. El atardecer bañaba de una luz dorada las casas del otro lado de la calle, a la espalda de Mark.

—¿En serio crees que la casa de nuestros padres está encantada, que ahí dentro hay fantasmas de verdad? —dijo Louise.

—Sí —contestó él.

—No te ofendas, ¿vale?, es cierto que la casa da escalofríos, a mí también me pasa, y los comentarios de la prima no han hecho más que alimentar nuestra vulnerabilidad emocional, pero los fantasmas no existen.

—No puedo vender la casa, Louise —le dijo meneando con tristeza la cabeza.

—Pues déjame que lo haga yo —propuso ella—. No hace falta ni que estés aquí.

—¿Quién te crees que la habita? —preguntó Mark—. Pues mamá y papá, claro. Mercy dice que la única forma de venderla es buscar a alguien que destierre a sus espíritus, pero ¿adónde irán, entonces? Si echamos de aquí a las almas de mamá y papá, ¿qué será de ellos? ¿Dejarán de existir? No quiero ser responsable de poner fin a la existencia de nuestros padres.

Louise plantó las manos en el capó de la camioneta de Mark para no terminar apretando los puños.

—Los fantasmas de nuestros padres no están aquí —dijo.

—Voy a dejar la casa tranquila unos años —terció Mark—. Puede que su energía se disperse de forma natural.

Louise ya no aguantaba más.

—Chorradas —espetó—. ¡Chorradas! ¡Esto es como la universidad! ¡Como la terraza! ¡Como todos y cada uno de los proyectos que has empezado en tu vida y luego dejado a medias porque se te complicó demasiado o tenías miedo de terminar las cosas o lo que fuera que te ha tenido acojonado toda la vida! ¡Te has comprometido conmigo! ¡Y con Poppy!

—¡No sabía que nuestros padres aún estaban ahí dentro! —le gritó él desde el otro lado de la camioneta.

—¡No están!

—¿Cómo lo sabes? Hay en el cielo y en la tierra más de lo que soñó la ciencia tuya.

—Deja de citarme a Shakespeare, joder —le soltó ella—. Hay cosas que son verdad y otras que no lo son y no hay medias tintas. Hay realidades, como las casas, los accidentes de coche y la incineración y luego están esas chorradas de los fantasmas, las energías y los exorcismos. ¡Y como empieces a mezclar lo de verdad con las invenciones, estamos jodidos!

—Mercy y yo creemos que esto es de verdad —dijo Mark—. Y tía Gail, por lo visto, también. Somos mayoría.

—¡La realidad no es cosa de consenso! —le soltó ella—. ¡No la votamos entre todos! Además, tía Gail cree que el frasquito de agua que se trajo del Jordán cura los dolores de cabeza, así que igual no es el mejor ejemplo.

La puesta de sol dejó un brochazo de amarillo mostaza a ambos lados de la casa, pero el jardín delantero empezó a desdibujarse y el aire se volvió de un gris denso.

—Desde que llegaste no has hecho otra cosa que decirme lo que tengo que hacer —le reprochó Mark—. No has parado de mangonearme desde el primer minuto, pero la realidad es que la casa es mía y he decidido no venderla.

—Esta es la casa en la que nos criamos, no la de *El resplandor*.

—Pues se le parece bastante —replicó Mark en la penumbra—. Si fueras capaz de reconocer que igual no lo sabes todo, no estarías criando a Poppy tú sola.

—¡Mira lo que estás haciendo! —le dijo ella—. Cuando no te gusta por dónde va la conversación, optas por el ataque personal. Eres una especie de pulpo maltratador que enreda a todo el mundo en sus tentáculos verbales.

—Deberías hablarle a tu psicólogo de las metáforas que se te ocurren —le espetó él—. Pulpo maltratador... Tentáculos verbales... Revelador, sí.

—No tengo psicólogo.

—Ahora lo entiendo todo.

—¡Ya estás otra vez! No necesito consejos sobre relaciones de un hombre hecho y derecho que trabaja en un bar y cree en fantasmas.

—Dice la que tiene vida social cero —replicó Mark—. La cosa es que hablas como si lo supieras todo de todo el mundo, pero no escuchas a nadie. Te limitas a parlotear y decirle a la gente lo que tiene que hacer.

A Louise se le estaba congestionando tanto la cabeza que estaba convencida de que le iba a estallar.

—Me lo habías prometido —dijo, presionándolo—. Me dijiste que íbamos a vender la casa y me he quedado porque necesito el dinero para Poppy. No puedes cambiar de opinión de repente.

La luz de la calle se había desvanecido casi por completo. Todo parecía frío y desdibujado.

—Tienes mis llaves —le dijo él—. No te olvides de cerrar la puerta de atrás.

Mark abrió la camioneta, se encendió la luz del habitáculo, y Louise vio por fin la mala cara de su hermano. Tenía los ojos empañados y el rostro abotargado. Se iba porque no era capaz de digerir la muerte de sus padres. No era capaz de decirles adiós. Sintió que debía buscar el modo de acercarse a él. Mark subió a la camioneta y cerró la puerta. Ella recordó lo que había aprendido de su madre sobre cómo manipular a los niños. Se acordó del perrito caliente de cerámica. Abrió de golpe la puerta del copiloto y le dijo:

—¡Espera! ¡No te muevas!

Dejó la puerta abierta y entró corriendo en la casa tenebrosa, enfiló el pasillo, pasó por delante del taller, del respiradero abierto y entró en su antiguo cuarto, donde agarró el enorme perrito caliente de cerámica del escritorio. Al asirlo, oyó el tintineo de las monedas en su interior. Pesaba más de lo que esperaba y notó que el hombro le crujía y la muñeca se le doblaba como si se le fuera a romper. Lo sacó a la calle y lo soltó en el asiento del copiloto de la camioneta de Mark.

—La hucha de papá —le dijo, jadeando un poco de lo que pesaba.

—¿Qué me quieres decir con esto? —preguntó su hermano sentado al volante.

—Parece bastante llena.

—Yupi —contestó Mark sin entusiasmo.

—Habrá entre quince y veinte dólares ahí dentro —le dijo ella—. ¿Sabes lo que significa eso?

—Que tenemos entre quince y veinte dólares —respondió el otro.

—Significa pizza-chino —dijo Louise, porque sabía que ningún Joyner podía resistirse a esa tradición familiar—. Vaaa… Papá no querría que todo este dinerito se echara a perder. Quédate a cenar. Nos hacemos un pizza-chino y nos despedimos de mamá y papá como está mandado.

Su madre les había mentido para evitar que tuvieran mascota. Louise le mentía a Poppy para que no viera *La patrulla canina* los domingos porque «ese es el día en el que duermen los personajes». Y ella le iba a mentir a su hermano para conseguir que vendiera la casa.

—Yo tampoco quiero echar de aquí a los espíritus de nuestros padres —le dijo tirando de todo lo que había visto en las películas—. Vamos a hacernos un último pizza-chino en nuestra antigua casa y a pedirles de buenas, con mucho cariño, que se vayan al otro barrio. Podemos ayudarles a entender que ha llegado el momento de soltar amarras e ir hacia la luz. —Mark contempló el perrito caliente, luego miró la casa, después a su hermana otra vez. Louise siguió hablando, procurando recordar un artículo que había leído sobre la pena y el duelo—. El pizza-chino es un ritual familiar tan poderoso como cualquier purificación de tía Gail. Compartimos con ellos nuestros recuerdos, les decimos lo mucho que los queremos y luego les hacemos ver que ya no hace falta que sigan ligados a este plano, que nos las apañamos sin ellos, que es hora de que se despidan y crucen al otro lado.

Mark jugueteó con las llaves un minuto, pasándose el mando del coche con fuerza por los nudillos; luego paró.

—Se supone que el idiota soy yo —dijo por fin—, pero hasta yo sé que tú no entras ni loca en una casa encantada de noche.

—Es la casa en la que nos criamos —contestó ella—. Lo único que hay ahí son recuerdos, y esos no nos pueden hacer daño.

—Yo no estaría tan seguro —repuso él.

Pero no giró la llave de contacto ni arrancó la camioneta ni se fue en ella, y Louise lo vio claro: lo había convencido.

16

Para su madre, nada superaba aquellos días festivos que empezaban con Halloween y alcanzaban su punto álgido en Nochevieja con un pizza-chino. Esa última noche del año, los Joyner hacían fiesta en todas las habitaciones de la casa. Por una vez, su madre no cocinaba; en su lugar, pedían comida china y pizza (las favoritas de todos) en cantidades ingentes. Y aquello terminó convirtiéndose en el pizza-chino.

La casa se llenaba de gente que deambulaba de un cuarto a otro con la porción de pizza en una mano y el plato de poliestireno rebosante de cerdo agridulce en la otra. Iban el departamento entero de su padre, los amigos titiriteros de su madre, gente de la parroquia... Mark y Louise invitaban a sus amigos y organizaban sus propias fiestas, cada uno en su cuarto. Aguantaban despiertos hasta las tres de la madrugada, bebiendo champán del súper, que hacía que su padre se achispara y hablara con un ridículo acento francés.

Era la mejor noche del año: toda la diversión de Navidad, Año Nuevo y los cumpleaños en una sola fiesta enorme en torno a dos de las mejores comidas del mundo. No había Joyner que pudiera resistirse a aquella tentación. Mark tampoco. Menos aún como despedida definitiva de los espíritus de sus padres.

Mark fue a por el pedido mientras Louise preparaba el comedor e intentaba que la casa pareciera lo menos encantada posible. Encendió las lámparas del salón. Dos de las bombillas estaban fundidas y no encontró ninguna de repuesto, así que las mangó del cuarto de su hermano.

El fluorescente del techo de la cocina había empezado a parpadear, así que lo dejó apagado y encendió la luz de la campana extractora. Encendió también la lámpara de araña que colgaba sobre la mesa del comedor, pero solo funcionaban tres bombillas y no encontraba otras de repuesto, así que agarró la lámpara de escritorio de su cuarto y la puso en la encimera, con lo que solucionó el problema de la penumbra, pero hizo que las sombras del comedor espeluznaran bastante. Sin saber cómo, había conseguido que la casa pareciera aún más encantada.

Se abrió de golpe la puerta de la calle y apareció Mark con cuatro bolsas de comida china en las manos, cajas de pizza en equilibrio sobre los brazos y un *pack* de cuatro latas de cerveza de medio litro colgado de un dedo.

—¿Una manita?

Louise tomó las pizzas.

—¿Por qué dan tanto yuyu las luces? —preguntó él soltando las bolsas en la encimera de la cocina.

—Porque casi todas las bombillas están fundidas —contestó ella mientras empezaba a sacar la comida—. No pasa nada.

Entraron los dos en esa dinámica que habían repetido cientos de veces en aquella cocina: Mark asiendo los platos, Louise, los cubiertos, pasando el uno el brazo por encima del otro, esquivándose, esperando a que uno cerrara un cajón para poder abrir el otro un armarito…

Por último, Louise agarró un rollo de papel de cocina mientras Mark se colaba por detrás de la mesa del comedor y se dejaba caer en su silla, que crujió cuando él se echó hacia atrás, balanceándose sobre las dos patas traseras hasta apoyarse en la pared. Louise se sentó y observó que se habían colocado automáticamente en los sitios que habían ocupado toda la vida: ella de espaldas a la cocina y él de espaldas a la pared. Si sus padres aún vivieran, su madre se habría sentado a su derecha, en el extremo de la mesa más próximo al teléfono, y su padre, de espaldas a las puertas correderas del patio.

Sobre la mesa, un montón de pizza y comida china. En el centro, una caja de la pizzería Luna Rossa que contenía una pizza pequeña de aceitunas negras, cebolla y pimiento verde con extra de queso (de Louise). Debajo, otra caja con una hawaiana con pollo y salsa barbacoa (de Mark). Debajo de esa, otra caja con una pizza pequeña de salchicha, chuleta de sajonia y salsa búfalo (también de Mark). Las cajas estaban apiladas porque no quedaba sitio en la mesa con tanto envase blanco con cerdo agridulce, gambas fritas, rollitos de huevo, wantún de cangrejo, pollo General Tao, cerdo *lo mein*, gambas con brócoli, alitas de pollo y costillas barbacoa. Habían pedido tantas cosas que los del restaurante les habían dado servilletas y palillos para doce.

—Bueno… —dijo Mark levantando la cerveza y la voz como si se dirigiera a un auditorio—. Mamá, papá…, va por vosotros. Hemos venido aquí a hacer un último pizza-chino. Os invitamos a asistir porque os queremos y queremos que disfrutéis de la noche y recordéis todas las cosas maravillosas que ocurrieron aquí.

Louise esperó a que continuara, hasta que entendió que era su turno y levantó la cerveza para brindar.

—Os queremos —comunicó a regañadientes a la casa vacía.

—Sois bienvenidos a esta mesa, que también es la vuestra —prosiguió Mark como si declamara en un teatro—. Compartamos estos últimos momentos antes de que saltéis a vuestra siguiente reencarnación. ¡Salud!

Bebió un sorbo y Louise lo imitó. Se oyó un golpetazo en el suelo del desván, justo encima de ellos. Mark, aterrado y emocionado a la vez, se limpió la cerveza de la barbilla.

—¡Eso es lo que ha oído la prima! —exclamó mirando a Louise—. ¿A que sí? ¿Eso es lo que ha oído Mercy en el desván?

Louise estaba a punto de decir que eran ardillas y que ella las había visto en el dormitorio de sus padres y que había tenido que atizarles con la raqueta de bádminton, pero pensó en el futuro de Poppy.

—Supongo que les ha gustado tu brindis —se obligó a decir.

Mark levantó la cerveza a la parte del techo donde se había oído el golpe.

—Bienvenidos —dijo, bajó la vista a la mesa que tenía delante y, con el falso acento francés de su padre, añadió—: El pupu tiene un aspecto particularmente tentador esta noche.

La lámpara de escritorio de la encimera arrojaba la misma luz rara y despiadada sobre Mark que sobre la pared que tenía a su espalda. Le colgaba la piel del cuello y tenía los pómulos y la mandíbula enterrados bajo un exceso de grasa mal afeitado. Su pelo ralo salía disparado en todas direcciones. Las dos cerezas de máquina tragaperras que llevaba tatuadas en un lado del cuello parecían cansadas.

La comida tenía pinta de barata y grasienta. Como estaban allí solos, la casa se notaba fría y vacía, y Louise cayó en la cuenta de que aquella sería la última vez que comería en esa mesa. Seguramente también la última vez que comiera con su hermano. Cuando todo aquello terminara, se distanciarían y la familia Joyner se extinguiría. Pero la suya no. Ella siempre tendría a Poppy.

—¿Y ahora qué? —preguntó Louise.

Mark sacó su pizza hawaiana del centro de la pila, la abrió y tomó una porción.

—Ya nos dirán mamá y papá —contestó, poniéndose cerdo *lo mein* con los palillos encima de la pizza—. Nuestro cometido es estar abiertos a cualquier cosa.

Dobló la porción de pizza con el cerdo *lo mein* en el centro como si fuera un taco y se la llevó a la boca. Por el extremo colgaban unos fideos que brillaban de grasa. Serpenteaban como gusanos mientras le daba un bocado enorme a la pizza.

—¡Riquísssima! —comentó con la boca llena.

Haciendo un esfuerzo, Louise probó un pedazo de cerdo agridulce de color naranja chillón. De niña, se le hacía la boca agua con aquello. Ahora le sabía a rebozado revenido en salsa de bote. Se lo tragó lo más rápido que pudo, pero le dejó una película cerosa en el interior de la boca.

—¿Y cómo vamos a saber si las almas de mamá y papá abandonan la casa esta noche? —preguntó Louise—. ¿Con qué parámetros medimos el éxito de la misión?

Mark empezó a comerse con los dedos las tiras de pollo con salsa barbacoa de su porción de pizza.

—El encantamiento de la casa no implica necesariamente la supervivencia del alma humana tras la muerte corporal —dijo masticando—. Según la teoría de «la cinta de piedra», una experiencia sensorial potente deja un rastro permanente. Luego está la termodinámica elemental: la energía no se crea ni se destruye. Entonces, ¿qué pasa con la energía generada por vivencias intensas? A algún sitio tiene que ir a parar. Eso es ciencia pura.

Cuando alguien usaba las palabras «ciencia» y «magia» como si fueran sinónimos, a Louise se le erizaba el vello, no lo podía evitar.

—¿Qué clase de energía es esa? —preguntó—. ¿Magnética, eléctrica, cinética…? ¿O una especie de energía californiana que nunca se ha estudiado en un laboratorio, pero que llevamos todos dentro, incluidos los bosques de secuoyas y todas las formas de vida de la madre naturaleza?

—Te sientes muy amenazada por cualquier idea nueva —le replicó Mark dándole un trago a la cerveza—. Pero, cuando morimos, dejamos aquí restos de nosotros: colecciones de manualidades, porquerías que hay que sacar de las casas, conflictos emocionales que proyectamos en nuestros hijos… ¿Por qué no vamos a dejar también energía? Tú y yo nos criamos aquí, mamá se crio aquí, esta casa ha sido depósito de la energía emocional de nuestra familia durante decenios…

Louise vio que iban a terminar discutiendo, así que cambió el chip. Tenía que mantenerse serena y convencerlo de que habían conseguido que sus padres descansaran en paz. Pero antes de que pudiera abordar un nuevo enfoque, él añadió:

—Sabes que te ha perdonado.

—¿Quién? —preguntó ella, porque el comentario la pilló desprevenida.

—Esta casa podría estar encantada, entre otras razones, por toda la rabia que acumulaste contra mamá.

—Un momento... —respondió ella, más brusca de lo que pretendía—. ¿Me estás echando la culpa de esto?

—A ver, es así de toda la vida —dijo Mark—. Los fenómenos sobrenaturales suelen materializarse en torno a mujeres reprimidas sexualmente: *Carrie*, *La maldición de Hill House*...

—Yo no soy una reprimida sexual —repuso Louise—. Ni me apetece hablar de mi vida privada contigo.

—Porque eres una reprimida —replicó él—. He accedido a quedarme esta noche porque he pensado que te vendría bien. Confío en que esto te ayude a pasar página.

Antes de que a Louise le diera tiempo a reaccionar, le sonó una alarma en el móvil. Las siete en punto: hora de llamar a Poppy. Se levantó a regañadientes. ¿Reprimida sexual? ¿Rabia acumulada? Debía mantener la calma.

—Tengo que llamar a mi hija —le dijo, dirigiéndose a la puerta.

Salió al porche. Casi hacía mejor temperatura fuera que dentro. Le mandó un mensaje a Ian.

¿Poppy querrá que hablemos por FaceTime?
¿Cómo está?

Debía encontrar el modo de quitarle de la cabeza a su hermano la obsesión de que la casa estaba encantada y reemplazarla por recuerdos familiares bonitos. Él sí que necesitaba «pasar página». No era cuestión de «ciencia»; se trataba de que consiguiera desprenderse del pasado.

Se empezó a oscurecer la pantalla y luego volvió a iluminarse. Ian contestaba:

No es buen momento. Ahora mismo no le apetece hablar contigo y no la voy a obligar.

Louise respondió enseguida, dejando huellas de grasa en la pantalla.

> *¿Qué ha pasado? ¿Está bien? ¿Por qué no quiere hablar?*

Aparecieron los tres puntitos y Louise esperó, limpiándose los dedos en los vaqueros.

> *Tienes que aprender a cumplir tus promesas... Está disgustada porque le has dicho que venías y luego has cambiado de opinión. Poppy necesita una madre coherente y responsable.*

Una pausa. Tres puntitos. Luego:

> *Esta noche se ha vuelto a hacer pis en la cama.*

Louise agarró tan fuerte el teléfono que casi le salió disparado de los dedos escurridizos como una pastilla de jabón. No le apetecía estar allí. Quería estar en California. Necesitaba estar con su hija, no atrapada en Carolina del Sur satisfaciendo los caprichos de los chiflados de su hermano y su prima. Inspiró hondo.

«Que los demás hagan lo que les dé la gana, digan lo que les dé la gana, vendan la casa cuando les dé la gana, me hablen cuando les dé la gana, no me hablen cuando les dé la gana…, pero yo me tengo que centrar. Alguien tiene que demostrar madurez.»

Soltó un suspiro hondo y pensó en el futuro de Poppy. Inspiró de nuevo y contuvo la respiración hasta que le dolieron los pulmones; luego espiró de golpe.

«Tengo que conseguir que Mark venda la casa».

El resto daba igual.

Louise dedicó treinta segundos a relajarse y volvió adentro. La casa tenía cierto aire sombrío y anodino. Lo que fuera que había pretendido con las luces no lo había conseguido.

Apestaba a comida china y a queso fundido. Estaba por darse una ducha y marcharse a casa, acabar con aquello.

—¿Todo bien? —preguntó Mark, masticando y sosteniendo delicadamente medio rollito de huevo con dos dedos.

«Mi hija está sufriendo otra regresión porque me he quedado aquí después de haberle dicho que volvía a casa, no quiere hablar conmigo y se ha hecho pis en la cama, y yo tengo que estar aquí satisfaciendo tus caprichos para poder irme a casa a verla, así que no; todo bien, no».

—Fenomenal —contestó ella y se sentó.

Mark fue a por otra cerveza.

—¿Por qué saliste corriendo de aquí ayer? —le preguntó desde la cocina.

Louise no sabía qué hacer con las manos. Buscó algo que pareciera verdura y tomó con los palillos un trocito correoso de brócoli.

—Organizar las pertenencias de mamá me sobrepasó —contestó—. No estaba preparada. Me trae muchos recuerdos.

Sintió la presión de aquella montaña de títeres del taller, al fondo del pasillo, con esos ojos siempre abiertos, a oscuras, oyéndolos hablar a los dos; a los muñecos del garaje revolviéndose en el interior de las bolsas de basura; a las ardillas del belén desplazándose con sigilo entre las sombras.

Mark cerró la nevera y volvió al comedor.

—Tía Honey me ha contado que mamá la llamó la noche del accidente —dijo él rodeando la mesa para acceder a su sitio—. Dice que se llevaba a papá al hospital porque lo habían «atacado».

—Porque le había dado un ataque —lo corrigió ella haciéndose con una gamba y quitándole el rebozado.

—Y tú te fías del oído de una anciana de noventa y seis años en plena noche… —le reprochó Mark, dejándose caer en la silla, que crujió de forma alarmante—. Pero, si mamá dijo que lo habían atacado, la siguiente pregunta es: «¿quién lo atacó?», y eso nos lleva a la pregunta que hemos estado evitando: ¿por qué sellaron la trampilla del desván?

Louise terminó de quitarle el rebozado a la gamba. La gambita rosada que tenía entre los dedos parecía una cucaracha albina. La tiró al plato y se limpió con un trozo de papel de cocina.

—Ayer vi ardillas en el dormitorio de mamá y papá —dijo—. Les aticé con la raqueta de bádminton y aturdí a un par de ellas, pero probablemente hayan hecho nido en el desván.

—Pensaba que esta noche íbamos a sincerarnos el uno con el otro —repuso él.

A Louise le pareció que la conversación tomaba un rumbo que no le gustaba nada. Procuró reencauzarla.

—Por eso me fui —dijo—. Las ardillas me acojonaron. Creo que maté a una.

Mark suspiró con dramatismo.

—Nuestros padres no van a poder seguir su camino hasta que la mala energía de esta casa se disipe —le soltó Mark—. Y eso significa que tienes que ser sincera.

—¿Sobre qué? —preguntó ella.

—Sobre lo que hiciste.

—¿Cuándo?

—Cuando éramos pequeños —contestó él—. Lo que me hiciste a mí.

Y, sin más, el asunto se le fue de las manos.

«No, esto no es justo. No me puede hacer esto».

—Y lo que nos hiciste tú a todos, ¿qué? —replicó ella, porque alguien tenía que pararle los pies con sus chorradas—. Cuando volviste de aquella excursión a la nieve y empezaste a aterrorizarnos a todos a todas horas, gritando, chillando, rompiéndome mis cosas, abriendo boquetes a patadas en el cuarto de mamá y papá.

¿Cuántas veces la habría llamado su madre a Berkeley, al borde del llanto? Louise sabía que era por Mark, pero su madre siempre lo defendía. La familia entera lo defendía.

—Eras un niño malcriado al que se lo daban todo hecho mientras los demás teníamos que buscarnos la vida —le reprochó Louise con escaso acierto—. ¿Y me echas la culpa a mí?

—¿No te acuerdas de lo que pasó cuando éramos pequeños? —le preguntó Mark asombrado.

—Me acuerdo de que tenías aterrada a la familia —contestó ella—. Me acuerdo de que no parabas de romperme mis cosas. Me acuerdo de que discutías con papá y que se gastó un dineral en pagarte la universidad para que luego lo dejaras en el primer semestre y volvieras aquí a vivir del cuento.

—¡Has bloqueado ese recuerdo! —exclamó Mark, y a ella le fastidió la cara de pena con la que se lo dijo.

—¿Bloqueado el qué? —preguntó ella, porque no había nada que bloquear—. ¿Que vivías en un apartamento en el centro que pagaban ellos? ¿Que me encontraba a mamá llorando y hablando con Pupkin porque tú la tratabas tan mal que pensaba que él era su único amigo? ¿De qué crees que no me acuerdo?

—¿Por qué estás tan rabiosa conmigo? —le dijo él en un tono tan sereno y razonable que le dieron ganas de darle un puñetazo—. ¿Es porque te sientes culpable?

—¿Culpable? —inquirió ella—. ¿Culpable de qué?

—De lo que me hiciste —contestó Mark.

—Yo no te hice nada.

—Louise…

—¡Que no! —dijo ella casi a gritos.

—Me…

—¡No es verdad! ¡Te lo estás inventando!

—Me quisiste matar —soltó él.

No era cierto. Mentía. Ella no había querido matarlo.

Había sido Pupkin.

17

Durante la infancia se van acumulando muñecos, pero hacia los cinco años ya se tienen los esenciales. Por su primer día de Pascua, tía Honey le regaló a Louise a Rojito, un conejo áspero y pesado de arpillera granate. A Buffalo Jones, un bisonte blanco inmenso con un montón de pelo suave y fino alrededor del cuello, se lo trajo su padre de un congreso de política monetaria en Oklahoma. A Dumbo, una hucha de goma dura de color azulón a la que se le podía quitar la cabeza, que era como la del protagonista de la película de Disney, Louise lo vio en una tienda benéfica a los tres años y se empeñó en que era suyo. Espinete, un adorno de Navidad de peluche en forma de erizo, había sido un obsequio especial de la cajera del súper, que había observado que a Louise le encantaba y hablaba siempre con él mientras hacían cola.

Pero Pupkin era el jefe. Lo que le atrajo de Pupkin fue la atención constante que su madre le prestaba. Ella lo había tenido desde que era de la edad de Louise y parecía hacerle ilusión que su hija lo hubiera convertido en su mejor amigo. Louise se lo calzaba en la mano y Pupkin cobraba vida. Lo llevaba consigo cuando iban en coche; Pupkin se asomaba por la ventanilla y se maravillaba del mundo que iban viendo. Otras veces se sentaban juntos en el suelo del salón y se contaban cosas, o se lo llevaba a la biblioteca y él la ayudaba a elegir libros. Su madre incluía a Pupkin en todas las conversaciones. «¿Qué ha hecho Pupkin hoy?», le preguntaba, y escuchaba atentamente la respuesta de Louise. «¿A Pupkin le hace ilusión?», inquiría cuando su padre les decía que iban a ir a la playa o a Alhambra Hall.

Louise siempre le hacía de intérprete a Pupkin, traducía sus pensamientos para los adultos, pero eran los pensamientos de él. Ella nunca se hizo pasar por Pupkin, ni se comportaba como él; lo que él pensaba aparecía siempre perfectamente definido en la cabeza de la niña y, si se equivocaba, Pupkin la corregía.

Un sábado lluvioso por la noche todo se estropeó. No había parado de llover en toda la semana y el ambiente en el interior de la casa era húmedo y pegajoso. Su padre había pasado la tarde intentando trabajar mientras su madre improvisaba una clase de música en el salón y, seguramente, las tablas de importaciones de grano soviético no le estaban quedando muy bien con Louise sacudiendo una lata de café llena de monedas y cantando a voz en grito «Itsy Bitsy Araña» y Mark aporreando con una cuchara de palo la base de una cazuela.

Cenaron temprano, a la luz mortecina de la lámpara de araña de JCPenney y, por primera vez, Mark cenó con ellos en vez de antes. A Louise no le gustó aquel cambio porque hizo pelear a sus padres. Mark escupió un trozo de pollo al suelo y discutieron sobre la regla de los cinco segundos. Su padre preguntó por qué Louise tenía que comer quesadillas, que estaba claro que no le gustaban, en vez de lágrimas de pollo como Mark. No dejaban de picarse, hasta que a Louise empezó a dolerle la cabeza.

Más tarde, cuando ya estaba arropada en la cama, Pupkin dijo:

—«Pupkin no gusta esto. No, no, no. Bebé no es bueno. Cambia todo. Enfada a Pupkin».

—Calla ya —le susurró Louise en la oscuridad, porque no se le permitía decir que no le gustaba su hermanito.

—«Enfada mucho a Pupkin».

—Me estás asustando —dijo Louise.

—«A veces enfada tanto a Pupkin que quiere hacer cosas malas».

—No digas eso, Pupkin —le pidió ella notando que se le amontonaban las lágrimas en el rabillo de los ojos y le rodaban después por las mejillas—. Te quiero, Pupkin. No quiero que te enfades. Mark ya es mayor y puede comer en la mesa. Mamá dice que no pasa nada.

Pupkin guardó silencio el resto de la noche, pero Louise sabía que estaba enfadado. Al principio pensó que era por su culpa. Todas las mañanas, cuando se levantaba, se encontraba a sus amigos tirados por el suelo, bocabajo, y una mano enfundada en el títere. Cuando Louise se disculpó y preguntó qué había pasado, Buffalo Jones, Rojito, Espinete y Dumbo guardaron silencio, pero fue un silencio incómodo, como si tuvieran demasiado miedo de hablar. Pupkin les daba miedo. En vez de enfadarse con él, ella se enfureció con los muñecos porque también empezaba a tenerle miedo al títere.

—¿Por qué has dejado que te tirara de la cama, conejo estúpido? —preguntó Louise zarandeando a Rojito con cada palabra—. Tendrías que haberte quedado metido en la cama. Eres un conejo malo. Un conejo muy malo.

Luego lo castigó mirando a la pared.

Pupkin la despertaba por las noches pegándose a su cara como una lapa, retorciéndose contra su cuerpo toda la noche, desvelándola con tanto trajín. Al final, un lunes por la noche, cansada y malhumorada, tomó medidas. Como Dumbo era el más duro de abrazar, a Louise le gustaba más que los otros y, cuando volvió de lavarse los dientes y se lo encontró tirado en el suelo, descabezado, y a Pupkin sentado en la almohada, en el sitio del elefante, le dio tanta rabia que le echó valor.

—¡El malo eres tú! —le reprobó furiosa agarrando a Pupkin y acercándose al armario—. ¡Nadie más! Acaparas la cama y echas a todos los demás, Pupkin malo. Necesitas un castigo.

Lo metió en una caja de plástico al fondo del armario, cerró la puerta plegable de rejilla y, haciendo un gran esfuerzo, pasó una goma elástica entre los tiradores de las dos hojas para que no pudiera abrirse. Luego volvió a encajarle la cabeza a Dumbo y se metió con cuidado en la cama, abrazada al elefante.

Despertó en plena noche. La luz anaranjada de la farola de la calle formaba un charco en el centro de su cuarto. Volvió a oírlo, el ruido que la había despertado: un suave chasquido de plástico hueco, el traqueteo sordo de juguetes en el armario. Algo golpeteaba suavemente la parte inferior de las puertas. La oscuridad le impedía ver bien y apenas distinguía la rejilla en medio de aquella bruma negra, pero le pareció que una de las hojas de la puerta cedía poniendo a prueba la resistencia de la goma elástica. «Que aguante, por favor, que aguante», se decía sin parar, porque sabía que era Pupkin y que estaba furioso. Notaba su rabia desde el otro extremo de la habitación.

Apartó la vista de la puerta del armario y miró enseguida a sus amigos, los únicos que podían ayudarla, y entonces se le secó la boca entera y se le quedó como un estropajo: miraban todos a la pared. Le habían dado la espalda. Ninguno de ellos quería enfrentarse a Pupkin. Louise estaba sola.

Al otro lado de la habitación, reventó la goma y la puerta del armario se abrió con un ruido sordo. No quería mirar. No quería ver a Pupkin. Si lo veía, se moría.

«Puedo salir corriendo de aquí —se dijo—. Soy más rápida que él, que no tiene huesos; sus piernas son demasiado blandas».

Se destapó y se incorporó, pero ya era demasiado tarde. Rápido como un rayo, Pupkin se lanzó por el hueco negro que formaban las dos hojas de la puerta, con el cuerpo de tela pegado al suelo, y, ayudándose de aquellos brazos y piernas regordetes, correteó directamente hacia la cama. Luego desapareció, y ella oyó un crujido lento a los pies de la cama y las mantas se movieron, se deslizaron y empezaron a pesar, la coronilla de la cabeza puntiaguda de Pupkin asomó por el borde de la cama y, de pronto, el títere le había puesto una de aquellas manos suaves en forma de muñón en el tobillo y trepaba por su cuerpo, mirándola fijamente con aquellos ojos perfilados de negro.

Su cuerpecito avanzaba por el de ella con un repugnante serpenteo y le pesaba. Louise cerró los ojos muy fuerte al notárselo en los muslos, arrastrándose después por el regazo, por el vientre y por las costillas huesudas. Por fin se detuvo y ella notó que se le instalaba justo debajo de la barbilla apretándole la garganta, impidiéndole tragar.

—Por favor..., por favor..., por favor... —susurró Louise—. Por favor..., por favor..., por favor...

No le quedaba alternativa. Abrió los ojos. Tenía la cara de Pupkin, con su sonrisa de psicópata, a escasos centímetros de la suya, con la misma lengua negra de siempre, la misma nariz respingona, el mismo rostro blanquecino..., pero algo más la miraba desde aquellos ojos perfilados de negro. Algo que ella no podía controlar. Y entonces supo que estaba sola en su cuarto con un ser verdaderamente peligroso.

El rostro de Pupkin se desfiguró, se plegó desde dentro y emitió un sonido terrible, entre aullido y crujido, y su boquita se abrió más de lo que Louise la había visto abrirse jamás. Ella se había llevado las manos a la barbilla para apartarlas de Pupkin, pero de repente él le agarró los dedos de la mano derecha con aquellos bracitos romos y le acercó la boca abierta a la yema de uno de ellos. Tenía la boca helada por dentro. Louise quiso zafarse de él, pero Pupkin le mordió. Fuerte.

El borde de aquella boca le aplicó en la yema del dedo una presión constante y cada vez mayor, mayor de lo que Louise se veía capaz de soportar, pero sabía que sería mucho peor si rechistaba. Notó que Pupkin le oprimía el dedo como si se lo fuera a partir y luego paró. Louise llenó de aire los pulmones vacíos y sollozó de alivio. Pupkin levantó la cabeza y dejó escapar el dedo que le había atrapado con la boca y que le latía de dolor.

—«Harás lo que Pupkin diga si no quieres que te haga daño» —le ordenó.

Louise ya iba a preescolar. Sabía que, cuando un adulto te habla en ese tono, solo espera una respuesta.

—Sí, Pupkin —susurró.

Pupkin se retorció de gozo y se revolcó por la mano dolorida de Louise engulléndola con el interior hueco de su cuerpecito voraz y ella notó que le cubría el antebrazo, se aferraba a él y apretaba fuerte. Luego se alojó bajo su barbilla y se le acurrucó en el cuello.

—«Pupkin lo va a pasar muy bien» —ronroneó.

Al principio, a Louise le daba miedo lo que pudiera pedirle que hiciese, pero enseguida se dio cuenta de que las cosas que Pupkin le ordenaba eran divertidas. Por ejemplo, empujaba a Mark por la espalda cuando iba andando torpemente hacia el coche y lo hacía caer de bruces en el césped; entonces tenía que levantarlo. A sus padres les gustaba que hiciera eso. Le decían que ayudaba mucho y que era muy buena hermana. Un día Pupkin le ordenó que metiera las llaves del coche de su madre en el pañal de Mark. Otro día le pidió que echara sal en el hule de la mesa del comedor y le dijera a su hermano que era azúcar. El niño la chupó y de inmediato abrió la boca y de ella salió un vómito denso y amarillo que le cayó por la barbilla y por la ropita.

Para su sorpresa, cuantas más cosas divertidas le hacía a Mark, más cariño le tomaba su hermano. La seguía a todas partes. Le llevaba sus juguetes. Quería que jugaran sin hablar. Lo llevaba todo el día pegado como una lapa. Puede que ella fuera esclava de Pupkin, pero Mark era esclavo de ella.

Las Navidades siempre eran la época del año favorita de Louise. Su padre preparaba sus *stollen* y, aunque nunca hacía frío suficiente para que nevara, las chimeneas estaban encendidas las veinticuatro horas del día y la gente apilaba con rastrillos las hojas muertas y las quemaba en montones en el jardín. Las guirnaldas de Navidad, de un verde intenso, destacaban sobre las puertas rojas de las casas y se veían árboles con lucecitas por las ventanas de los salones. Los días grises y nublados con olor a leña y a hojas quemadas alternaban con otros luminosos y despejados en los que olía a árboles de hoja perenne.

A Louise le encantaba ir de visita en Navidades. La gente encendía velas a rayas rojiblancas y fuegos y hacía galletas y las casas olían a leña fresca, ladrillo caliente, agujas de pino y mantequilla tibia. Le regalaban cosas increíbles: bomboncitos de Hershey's Kisses y arbolitos de pan de jengibre, bastoncitos de caramelo envueltos en celofán y *christmas* con el Niño Jesús en los que sonaba *What Child Is This?* cuando los abrías. Nunca pensaba que en la siguiente casa también le darían algo, pero no paraban de regalarle cosas y, como Mark no sabía lo que hacer con las suyas, a ella le tocaba el doble.

Los de los Calvin eran los mejores regalos. Los Calvin eran muy mayores y no tenían hijos, y a ella la conocían desde que era un bebé, así que siempre le regalaban algo que su madre decía que era demasiado bonito. Aquel año fueron a verlos la víspera de Nochebuena, la última visita de la temporada. Esa noche iban a cenar tostadas de queso gratinadas y sopa de tomate porque su madre estaba descansando para Nochebuena, en que pasaría el día en la cocina preparando la cena y luego, a medianoche, asistirían al servicio especial en la parroquia. Después se acostarían y vendría Santa y después sería Navidad y habría regalos y vendrían todos sus primos y pasarían el día entero allí hasta por la noche y llegarían cargados de bandejas tapadas y a ella la dejarían comer todo lo que quisiera. Los Calvin representaban el fin de las visitas y el comienzo de dos días de diversión.

Patricia y Martin Calvin vivían en un bungaló al final de Pitt Street, junto al viejo puente en ruinas, en una parcela grande con un acceso largo. Para Louise, ir a su casa era como salir del país, aunque vivieran a menos de dos kilómetros de distancia. Su madre aparcó delante de la vivienda y se giró en el asiento para asegurarse de que llevaban los gorros y los guantes puestos y los abrigos abrochados; luego los dejó bajar del coche y cruzaron el césped helado y tocaron el timbre de los Calvin.

Martin Calvin abrió la puerta y los hizo pasar. Dentro hacía calor y olía a árboles de Navidad, tenían lámparas encendidas y un fuego y todo era tenue y anaranjado y resplandecía. El señor

Calvin sacó dos cajas de debajo del árbol de luces verdes, amarillas y rojas intermitentes. Louise dejó a Pupkin cerca y, al retirar con cuidado el envoltorio, se encontró con un espirógrafo. Repasó con un dedo las letras grandes y redondeadas de la tapa de la caja, la abrió y vio el blíster de color fucsia con la regla amarilla en la que se insertaban las espirales de distintos tamaños y los rotuladores azules de diferentes grosores, cada cosa en su huequito. El aire de los pulmones le ascendió por fin a la garganta.

—Gracias, señor Calvin —dijo—. Gracias, señora Calvin.

—Marty, es demasiado —espetó su madre.

—¿Te gusta, cielo? —le preguntó a Louise el señor Calvin.

—Es precioso —contestó ella.

No quería sacarlo de la caja hasta que estuviera en casa y pudiera hacerlo con cuidado para no perder ninguna pieza, así que, en su lugar, se pasó el rato abriéndola para comprobar que estaba todo en su sitio y acariciar cada pieza, pasando las yemas de los dedos por los bordes suaves. A Mark le regalaron uno de esos camioncitos de juguete tan realistas que se adquirían en la gasolinera a cambio de un número equis de repostajes y cinco dólares. Se dejó caer como un saco de patatas y empezó a pasear el camioncito por el suelo. Su madre comenzó a cuchichear con la señora Calvin sobre su salud.

—Dicen que lo han sacado todo —comentó la señora Calvin—. Es solo por asegurarnos.

—¿Sabéis que esta noche se nos ha helado el jardín trasero? —les dijo el señor Calvin a Louise y a Mark—. Parece el país de las hadas. ¿Habéis estado alguna vez en el país de las hadas?

Louise negó con la cabeza.

—¿Por qué no sales a verlo con tu hermanito? —le propuso a Louise su madre desde el sofá—. Llévalo de la manita y no lo sueltes.

—Sí, señora —contestó la niña.

—Luego vuelves a entrar y nos haces un dibujo.

Eso significaba que iban a estar allí un buen rato y a Louise le gustaba la sensación de quedarse en un sitio sin tener que ir a otra parte. Se levantó y Mark dejó de inmediato de jugar con el camioncito, se puso en pie como pudo y la agarró de la mano.

—Adora a su hermana mayor —comentó la señora Calvin—. Cuando volváis, os hago un chocolate caliente del de verdad.

Louise no tenía claro cuál era «el de verdad», pero sonaba interesante y, si era chocolate caliente, seguro que estaba bueno. Ayudó a Mark a ponerse su particular abriguito espacial de color plateado y luego se puso el suyo; Pupkin los acompañó, claro, montado en su mano derecha.

Salieron por la puerta de la cocina al país de las hadas. Más adelante, Louise se enteraría de que el señor Calvin había dejado encendidos los aspersores la noche entera para que se congelara todo, pero, en aquel momento, a ella le pareció que estaba en otro mundo. Caían estalactitas de las ramas desnudas de los árboles y el hielo cubría la hierba. Los troncos de los árboles estaban forrados de hielo y las capas de hielo que envolvían las hojas les daban el aspecto de joyas verdes congeladas.

Mark y ella cruzaron con cuidado el jardín helado haciendo crujir la hierba, rompiendo carámbanos y chupando las puntas, que sabían a metal, como el agua que salía de las mangueras de todas las casas de Mount Pleasant. Reventaron todo el hielo del césped y entonces Pupkin dijo:

—«Quiero más hielo».

Louise sabía dónde había más.

—«Trae al bebé» —le ordenó el títere.

Y Louise alargó el brazo, agarró a Mark de la mano y emprendió la marcha, camino de los árboles del final de la finca, y no tardaron en perder de vista la casa. Surcaron el terreno helado e irregular de entre los troncos de árbol desnudos hasta llegar al fondo de la pequeña hondonada forrada de hierba alta y seca que bordeaba el estanque helado de los Calvin. Louise nunca había visto nada tan grande congelado. Desprendía ráfagas de frío y le tensaba la piel de la cara. Mark, Pupkin y ella lo miraban pasmados.

La superficie se había helado en pleno movimiento del agua, era irregular y el centro no se había llegado a congelar. Se veía un trozo dentado de densa agua negra que parecía tan fría y oscura como el espacio exterior. El hielo sucio cubría el estanque en una capa difusa con ramas y hojas petrificadas en los bordes.

—«Soy patinador» —dijo Pupkin y, sin dudarlo, Louise se subió al hielo.

Notó que el frío le atravesaba la suela de los zapatos. Oyó crujir el hielo bajo sus pies.

—Soy patinadora —lo imitó y patinó un poco.

Perdió un segundo el equilibrio, pero no llegó a caerse. Dobló las rodillas y patinó otra vez. El hielo la hizo deslizarse y creyó que perdía el control, pese a haberse desplazado solo unos centímetros.

Mark la observaba agachándose e irguiéndose una y otra vez de la emoción. Entonces subió al hielo también. El borde se resquebrajó con su peso y el talón de una de sus zapatillas azul marino heredadas se hundió en el agua y se oscureció. Louise bajó del hielo a la hierba alta y quebradiza y le tendió la mano.

—Sube —le dijo, y lo ayudó a subir.

El niño patinó un poco, pero ella lo mantuvo en pie asiéndolo de un brazo y logró estabilizarlo.

—Estás hecho un patinador olímpico —le dijo, y lo soltó. Mark sonrió tanto que parecía que se le fueran a abrir los mofletes—. Ve donde está liso —lo animó ella.

Mark fue dando tumbos con sus pasitos minúsculos hacia la estrella negra del centro del hielo. Se detuvo y se volvió hacia su hermana.

—«Sigue, sigue» —dijo Pupkin.

—Sigue, sigue —repitió Louise sonriente.

El pequeño avanzó unos pasos más y se giró de nuevo, indeciso, temiendo alejarse demasiado.

—«Un poquito más» —espetó Pupkin.

—Un poquito más —repitió Louise.

Mark dio un par de pasos más arrastrando los pies, se giró y sonrió sin ganas. Louise le devolvió la sonrisa para animarlo.

—«A la pata coja» —propuso Pupkin.

—A la pata coja, como los patinadores de verdad —le gritó su hermana levantando una pierna a modo de demostración.

El crío levantó una pierna un par de centímetros y, con un chasquido agudo, casi metálico, su piernecita derecha perforó el hielo y lo atravesó. El agua negra lo engulló y Mark desapareció. Louise bajó la pierna y levantó a Pupkin un poco más para que pudiera ver.

Asomó a la superficie la cabeza de Mark, que agitaba los brazos con desesperación, pero el agua fría le llenó el abrigo espacial plateado, lo arrastraba al fondo y se lo llevaba. Abrió la boca para llorar y el agua negrísima se le coló dentro y se la llenó. Mientras Pupkin observaba a Mark, Louise se volvió hacia la casa. No la veía desde donde estaba, con lo que ellos tampoco la veían a ella.

Mark se agitaba y pataleaba en el centro del estanque como un animal que intenta mantener la nariz fuera del agua; luego las olas le treparon por encima de la cabeza levantada al cielo y el estanque se lo tragó. Louise siguió mirando, pero no lo vio asomar otra vez. Juntos, Pupkin y ella se quedaron mirando el estanque hasta que las aguas se calmaron.

—«Pupkin tiene frío» —dijo el títere.

Louise dio media vuelta y, abriéndose paso entre los árboles, por el jardín trasero helado, llegó al país de las hadas y a la casa. No se giró a mirar el estanque ni una sola vez. Abrió la puerta de la cocina y entró en la casa calentita. La cara se le empezó a descongelar de inmediato.

Los adultos seguían en el salón hablando de la salud de la señora Calvin. Louise se coló con sigilo detrás de ellos y se sentó entre su espirógrafo y el fuego. Con un dedo, volvió a repasar las letras de la tapa. Al cabo de un rato, la señora Calvin reparó en ella.

—¿Preparada para entrar en calor con un poco de chocolate? —le preguntó.

—Sí, por favor —dijo Louise—. ¿Puede tomar Pupkin una taza también?

—No veo por qué no —respondió la señora Calvin—. Mientras no lo ponga todo perdido…

—Ah, no —repuso la niña—. Es muy cuidadoso.

Su madre se volvió a mirar.

—¿Dónde está Mark? —preguntó.

Pupkin la tranquilizó. Él le echaría una mano.

—«Ha ido al baño» —dijo.

—Ha ido al baño —repitió Louise.

—¿Él solo? —se extrañó su madre.

—«No sé» —sugirió el títere.

—No sé —dijo Louise encogiéndose de hombros.

—¿Mark…? —lo llamó a voces su madre mirando hacia la cocina. Entonces se levantó—. ¿Mark…? —gritó en dirección al recibidor.

Salió al pasillo y lo volvió a llamar.

—«Pregunta si el chocolate lleva nubes de azúcar de las pequeñitas» —le dijo Pupkin a Louise.

—¿Señora Calvin…? —terció Louise—. ¿El chocolate caliente de verdad lleva nubecitas de azúcar?

Pero, para entonces, ya nadie le prestaba atención.

La señora Calvin se quedó con ella y juntas vieron, desde la puerta de la cocina, cómo el señor Calvin volvía por el jardín, empapado hasta la cintura, con Mark en brazos y un montón de agua escurriéndole del abrigo espacial en chorros plateados. Su madre trotó a su lado y empezó a gritarle al niño a la cara. Louise nunca había visto a una persona ponerse azul.

El señor Calvin y su madre se llevaron a Mark al hospital mientras la señora Calvin se quedaba con Louise. No habló mucho. Louise le preguntó por el chocolate caliente, pero la señora Calvin parecía haber olvidado su promesa. Al cabo de un rato, vino tía Honey, la llevó a casa y se quedó con ella dos noches. Cuando sus padres volvieron del hospital con Mark, le prohibieron a Louise entrar en la habitación de su hermano.

Esa primera noche, se sentó a la puerta de su cuarto, con Pupkin, y oyó hablar a sus padres, encerrados en su dormitorio.

—Ha visto a su hermano caerse al hielo —dijo su padre—. Está conmocionada.

—¿Por qué ha mentido? —preguntó su madre.

—A lo mejor no ha entendido lo que ha pasado —contestó él.

—¿No ha entendido la diferencia entre que su hermano esté en el baño o en el fondo de un estanque?

Después de eso, ya no los oyó más, pero le pareció que su madre lloraba. Pupkin, en cambio, estaba muy contento de que le hubiera obedecido, y eso la puso contenta a ella también, aunque ese año no celebraran la Navidad.

—Nos daremos los regalos en enero, cuando tu hermano esté mejor —le explicó su padre.

Al día siguiente la llevaron al cuarto de Mark; su madre se quedó plantada en la puerta como un carcelero, con los brazos cruzados, sin quitarle ojo de encima, mientras su padre, poniéndole una mano en el hombro, la acompañaba hasta la cama de su hermano. En la mesilla tenía el humidificador, que soltaba una gran nube blanca de vapor. En la cama estaba Mark, pequeño y pálido bajo las sábanas circenses. El niño sacó un bracito y apoyó la mano en las sábanas, con la palma hacia arriba. Su padre le dio un empujoncito a Louise y ella se aproximó y oyó la respiración de Mark, agitada y congestionada, a través de la garganta atascada de flemas. Alargó el brazo y le tomó la manita. La tenía sudorosa y febril. Lo oyó respirar un rato. Luego apartó su mano fría de la mano caliente de su hermano y preguntó si podía irse a jugar a su cuarto.

—Está asustada —le susurró su padre a su madre cuando Louise salió de allí colándose por un hueco entre su progenitora y el marco de la puerta.

Pupkin quería ir al salón y empezó a retorcerse en su mano. Ella lo ignoró. De repente, cuanto más se retorcía él menos le importaba a ella. Necesitaba a Dumbo, que siempre era bueno y cariñoso, pero en cuanto lo acarició con las puntas de los dedos se le desmontó la cabeza y cayó con un ruido sordo a la colcha. Fue en busca de Rojito, pero el conejo se puso mirando a la pared. Angustiada, probó entonces con Buffalo Jones, pero el bisonte se apartó de ella muerto de miedo. Espinete se replegó sobre sí mismo y gimoteó.

—Solo obedecí a Pupkin —les susurró a todos—. No he hecho nada malo.

No le contestaron. Louise no sabía que uno se podía sentir tan solo. Se hizo un ovillo en la cama alrededor de la cabeza seccionada de Dumbo.

—«Llévame al salón» —le exigió Pupkin aún en su mano.

Louise era mala.

—«No seas tonta —le dijo Pupkin—. No pasa nada».

Louise era tan mala que hasta sus muñecos la odiaban. Jamás volverían a confiar en ella. Ya no le hablarían nunca más. Solo Pupkin sería su amigo y la pellizcaría, le mordería, le haría daño y la obligaría a hacer lo que él quisiera. En la vida volvería a ser Louise. Él se apoderaría de ella y la obligaría a ser Pupkin todo el tiempo.

—«Menudo rollo» —espetó el títere, empezando a sonar enfadado.

Louise se levantó de la cama y llevó a Pupkin al salón, donde estaba su padre corrigiendo exámenes en el sofá y escuchando un concierto por la radio.

—Pupkin quiere oír el concierto —dijo, y su padre asintió con la cabeza sin apartar la vista de los papeles que tenía en el regazo.

—Claro, cielo —contestó.

Dejó a Pupkin en el sofá y fue al garaje. En uno de los estantes vio un desplantador. Se lo llevó al jardín trasero, al que no iba nadie casi nunca, se acercó al árbol que crecía en el centro y cavó un hoyo. Al principio la tierra estaba dura y helada, pero siguió cavando y escondió muy bien sus pensamientos para que Pupkin no supiera lo que estaba haciendo. Cuando consiguió hacer un agujero en el que le cabía el brazo entero, volvió adentro y agarró a Pupkin del sofá. Se lo llevó al jardín y, cuando él vio el hoyo, se olió lo que pretendía. Empezó a dar zarpazos, a retorcerse y a arañarla, pero ella lo agarró fuerte con las dos manos.

«¡No, Louise! —lloriqueó—. Eres una niña mala. Eres mala, mala, mala y nadie va a querer jugar contigo nunca más. Te van a dejar sola y van a seguir a lo suyo; no contarán contigo y se olvidarán de ti».

Lo ignoró. Sabía lo que tenía que hacer, dejó a un lado sus sentimientos y se obligó a hacerlo. Las lágrimas le caían por las mejillas. Pupkin aullaba y chillaba mientras lo embutía en el agujero. Quiso escaparse, pero ella le echó tierra a la cara. Al ver que no iba a poder salir, Pupkin rompió a llorar. Ella le echó la tierra encima más rápido, hasta llenarle la boca, porque el llanto era peor que los gritos. Se levantó y pisoteó el montículo de su tumba una y otra vez hasta dejarla plana y compacta.

Aun entonces, lo oía sollozar penosamente para sí: «Por favor, Louise..., ¿por qué? ¿Por qué? Por favor, no dejes solo a Pupkin. Por favor. Esto está muy oscuro y hace frío y Pupkin tiene miedo... Por favor...».

Todavía lo oía mientras cruzaba el jardín. Hizo un esfuerzo por obviar su llanto, que se fue apagando. En el garaje, volvió a dejar con cuidado el desplantador en su sitio y el llanto del títere se perdió aún más cuando entró en la casa calentita y lo dejó fuera. Hasta que desapareció del todo.

Se sentó en el sofá al lado de su padre y, abatida, se puso a mirar por la ventana los coches que pasaban hasta que fue la hora de cenar. No se permitió pensar en lo que había hecho. No pensó en nada.

Esa noche, colocó los muñecos en la estantería y se metió en la cama. Jamás volvieron a hablar con ella.

18

—Yo ni siquiera estaba allí —dijo Louise convirtiéndolo en broma, otra anécdota divertida entre hermanos—. No fue como lo recuerdas.

«¡Eres mala! —le gritó Pupkin en su interior—. Eres mala, mala, mala y nadie va a querer jugar contigo nunca más».

—¿Y cómo fue, entonces? —preguntó Mark.

Estaban sentados el uno enfrente del otro a la luz mortecina de la lámpara de escritorio. El aire de la casa era frío y se había chupado todo el calor de la comida: la pizza parecía seca y tiesa; la comida china, solidificada en los envases blancos.

—Estábamos jugando en el jardín trasero con el hielo que se había hecho de los aspersores —respondió ella aferrándose a su versión—. Y tú te fuiste hacia el estanque y te caíste dentro. Yo ni siquiera sabía dónde estabas.

—No fue así —replicó él con rotundidad.

«Eres mala, mala, mala, mala…».

—Tenías dos años —dijo ella—. No tenía ni idea de que aún te acordaras.

—Nunca me lo has preguntado. Os convenía que se me olvidara. Nadie hablaba de eso porque preferíais hacer como que no había pasado.

—Éramos unos críos —espetó Louise—. Fue un terrible accidente, pero de pequeño te pasan cosas.

—He esperado toda la vida a que alguien dijera algo al respecto —contestó él—. A que alguno de vosotros reconociera lo que había pasado. Nada.

—¿Que reconociéramos qué? ¿Qué quieres?, ¿una comisión de la verdad por aquella vez que me partí un diente o a ti te empezó a sangrar la nariz de tanto hurgártela? Te alejaste, te caíste en el estanque y nos diste un susto, pero esas cosas pasan.

—Te vi darme la espalda y largarte —replicó él—. Seguro que pensabas que no te había visto, pero sí.

«No tienes ni idea de lo frágil que es esto —se dijo Louise—. Un día se te pira la pinza y caes al abismo y los títeres te hablan y te dicen lo que tienes que hacer y, cuando entras en ese mundo, es porque el cerebro no te va bien y de ahí no sales».

—Siento que lo recuerdes así —contestó tensa—, porque eso debe de ser terrible, pero no fue así como ocurrió.

—¡Deja de decirme lo que recuerdo! —gritó Mark, y su voz resonó en las paredes y adquirió un timbre áspero, metálico.

—Mark… —quiso tranquilizarlo ella poniendo en su voz toda la compasión de que era capaz—, la memoria es traicionera…

—Recuerdo que me pesaba todo, que el agua me atrapaba, que tenía tanto frío que me ardía la piel. En mi vida he tenido más frío. Recuerdo que abrí la boca para respirar y que el agua del estanque sabía a cobre. Recuerdo un destello de cielo gris y ver el borde del hielo y a ti mirando cómo me ahogaba, y que luego diste media vuelta y te fuiste. Ese es mi primer recuerdo, el de mi hermana largándose mientras me ahogaba.

—No… —empezó ella antes de que él terminara la frase—. Eso no fue así.

Se sentía como el coyote de los dibujos animados cuando se le acababa el terreno al final del precipicio y seguía corriendo en el aire; lo único que le impedía caer era la creencia de que aún pisaba tierra firme.

—Pensabais que no me acordaría —dijo Mark—. Mamá, papá y tú pensasteis que, si no se hablaba de ello, se esfumaría, pero ¡me acuerdo!

—Al ver que no te encontraba, entré en la casa a por mamá y el señor Calvin —respondió ella recordando que se había sentado junto al fuego mientras los mayores cuchicheaban tranquilamente en el sofá. Había abierto su espirógrafo y le había encantado lo limpio y lo útil que parecía.

«—¿Dónde está Mark?».

«—En el baño».

«Eres mala, mala, mala, mala…».

—Tú tenías cinco años —insistió Mark—. Y me dijiste que me metiera en el hielo y, cuando me caí al agua, me dejaste allí para que me ahogara. Tendrían que haberte llevado al psicólogo por intentar asesinarme, pero, en vez de eso, todo el mundo hizo como si no hubiera pasado nada porque Louise era perfecta.

El miedo la puso furiosa.

—¿Y tú que eres, el defensor de la verdad? —replicó ella—. ¡Nadie recuerda nada de cuando tenía dos años!

Mark le arrancó el queso tieso a una porción de pizza.

—A los catorce, hice una excursión a la nieve con la parroquia —continuó Mark haciendo un rulo con el queso—. Fuimos a patinar sobre hielo y nada más pisar aquel lago helado me dio un ataque de pánico Y ME ACORDÉ DE TODO. Se lo conté a Amanda Fox porque se lo tenía que contar a alguien. Ella es la única que me ha creído en todos estos años. Al volver a casa, le pregunté a mamá y esperaba que me dijera «Lo siento mucho» y que fuera a buscarte para que me pidieras perdón y se arreglara todo, pero me dijo que no había sido eso lo que había ocurrido.

—Porque no ocurrió —repuso ella.

—Papá me dijo lo mismo —prosiguió Mark—. Pero yo sé lo que pasó. Lo recuerdo todo.

—¿Tú te estás oyendo? —le soltó ella exagerando su incredulidad—. ¿Recobraste tus recuerdos traumáticos reprimidos en una excursión a la nieve y te dieron permiso para hacer de las tuyas? ¿Así es como justificas haber sido un capullo: porque empecé yo?

—Tú misma lo has dicho antes —le gritó Mark desde el otro lado de los restos del pizza-chino—. ¡Hay cosas que son verdad y otras que no lo son, y yo sé que lo que recuerdo es verdad.

Cuando su voz dejó de resonar en las paredes, se hizo un silencio largo. Louise habló por fin:

—Y entonces te mandaron a una de las universidades más caras del país y no duraste ni un año.

No lo iba a dejar hacerse la víctima.

Mark miró a otro lado, hacia el salón.

—Lo pasé mal en mi primer año —masculló.

—Sí, debió de ser duro ir de fiesta en fiesta —dijo ella.

Mark aplastó con fuerza la lata de cerveza.

—No tienes ni idea —respondió, y su voz sonó como el gruñido de un perro—. No sabes nada de mí. Hay montones de cosas en nuestra familia de las que nunca se habla. Mamá no habla de los suyos, papá no habla de los suyos, y tú y yo ni nos hablamos.

«Qué locura, menudo disparate, no se acuerda bien, miente, típico de Mark, exagera, todo lo magnifica, lo convierte en un drama en el que él es la víctima».

Louise inspiró hondo, inhaló toda la grasa solidificada, fría y pesada dejando que le inundara las sienes hasta que se le tensaron los pulmones y, luego, soltó todo el aire de golpe.

—Mamá y papá están muertos, Mark —dijo—. Mamá estuvo triste toda su vida porque sus padres la culpaban de la muerte de tío Freddie. A papá lo odiaban sus padres por haberse casado con mamá. Tú y yo no hablamos porque somos muy distintos. No hay secretos oscuros, ni grandes conspiraciones, ni casas encantadas. Nadie intentó asesinarte… —«No hay ningún títere enterrado en el jardín trasero»—. Lo que pasa es que estás triste y no quieres enfrentarte a la realidad de que ya no están y no tuviste ocasión de resolver tus diferencias con ellos.

—¿Soy yo el que tiene que resolver diferencias? —preguntó Mark—. Cuando te abrumaban los sentimientos, te encerrabas en tu cuarto. Te aferrabas a papá porque él tampoco sabía gestionar los suyos. Te mudaste a la otra punta del país, no me hablabas, no venías a las reuniones familiares... No venías en Navidad...

—¡Dejé de venir porque te emborrachabas y nos hacías ir al chino a cenar después de que mamá se hubiera pasado el día cocinando, pedías la carta entera y te quedabas traspuesto en la mesa!

—A ti nadie te ha negado nunca nada, Louise, porque a todos nos daba miedo que perdieras los nervios —le reprochó él—. Todo el mundo estaba deseando contar con tu aprobación: mamá, papá... Llevo desde los catorce esperando a que me pidas perdón por querer asesinarme de niño. La familia entera me ha hecho luz de gas durante años por no contrariarte y, aun así, nos has tratado como si no fuéramos lo bastante buenos para ti. Hasta me sorprende que hayas vuelto a casa para el funeral de nuestros padres. Por eso lo organicé yo. No sabía si te molestarías en aparecer.

Se hizo el silencio. Mark apartó la silla, que chocó con la pared de su espalda, y se levantó de la mesa.

—Me hago pis —dijo, y salió furioso del comedor.

Louise oyó activarse el extractor del baño. De pronto se sentía muy consciente de la presencia de la tumba de Pupkin en el jardín trasero. Se recordaba cavándola, metiendo el cuerpo chillón del títere en ella; se notaba los arañazos en las manos, el mordisco en la yema del dedo.

—¡Louise! —gritó Mark desde el baño.

Parecía asustado, tanto que Louise salió disparada del asiento y enfiló el pasillo a toda velocidad. Mark estaba plantado en el umbral de la puerta, mirando fijamente los baldosines. Rodeándolo, se coló dentro, y lo que vio la dejó de piedra.

Los muñecos Mark y Louise estaban tiesos como cadáveres a un lado del inodoro, con los ojos clavados en la puerta. En el trozo de pared que había entre los dos, alguien había escrito con carmín rojo y pulso temblón:

MARK BETE A KASA

Louise vio manchas de carmín rojo en las manos de la muñeca y el lápiz de labios abierto aplastado en el suelo, el extremo del papel higiénico mecido por el aire del extractor, los ojos brillantes e inexpresivos de los dos muñecones, el pecho de su hermano alborotado a su lado. Oyó girar el extractor.

—¿Has sido tú? —le preguntó Mark con la voz quebrada de pánico y de rabia.

Ella se percató de pronto de lo pequeñita que era a su lado. Lo miró a los ojos y le pareció sincero, pero entonces pensó en el traslado de los muñecos y en el lapso transcurrido desde que su hermano había encendido la luz hasta que la había llamado a voces y lo entendió todo.

—¡Anda y que te den! —le dijo, y se apartó meneando la cabeza—. Muy gracioso, Mark, pero que te den.

Él enarcó las cejas, visiblemente confundido, y entonces cayó en la cuenta de a qué se refería.

—¿Crees que he sido yo? —le preguntó terminando la frase con voz de pito.

—¿Quién va a ser sino? ¿Los fantasmas de mamá y papá? —replicó ella, furiosa por haber caído en la trampa.

Se acordó de su autorretrato pegado al espejo del baño, de los muñecones en la butaca viendo la tele, de todo eso, de todas las cosas que le había hecho su hermano, y ahí estaba, empeñado en vacilarle como siempre.

—¡Que no he sido yo! —protestó él, acercándose.

—Quédate donde estabas —le ordenó Louise, y lo dijo en serio. Ya había visto a su hermano perder los papeles otras veces.

Mark se detuvo, sorprendido por el tono de Louise, cerró los ojos y ella lo oyó respirar hondo por la nariz.

—Me largo de aquí —dijo abriendo los ojos—. Y te aconsejo que hagas lo mismo.

—Uuuyyy, qué miedo —replicó ella.

—No seas cría —le soltó—. A pesar de lo que hiciste, no quiero que te pase nada malo.

—¡Madre mía, mira que eres dramas! —espetó ella y añadió, haciéndole burla—: «Me quisiste asesinar, ¿por qué no me quiere nadie?, ¿que tengo que trabajar para ir a la universidad?, nuestra casa está encantada». ¡Eres clavadito a mamá! Todo tiene que ser una gran producción y tú la estrella. Solo porque no eres capaz de digerir el hecho de que tu vida es triste y solitaria. Mamá está muerta. Papá está muerto. La casa está vacía. Estás completamente solo.

Mark parpadeó como si acabara de darle un bofetón en la cara; luego se irguió.

—¿Eso es lo que piensas? —preguntó—. ¿Que soy un fracasado?

—Yo no he dicho que… —empezó Louise.

—Da igual —la interrumpió él, desestimando sus palabras con un manotazo al aire—. No soy tan listo como tú, pero sé que, cuando unos putos muñecos embrujados que dan yuyu empiezan a dejarte mensajitos en las paredes, hay que salir cagando leches.

—Ya es tarde para hacer de hermano atento —dijo ella—. Jamás te has acordado del cumpleaños de mi hija. No escribes, no llamas; cuando te veo, te portas como un cerdo y me acusas de intentar asesinarte; celebras el testamento en el funeral de tus padres… Además, me las he apañado muy bien sin ti durante años, así que es un poquito tarde para que empieces a portarte como un hermano.

Sin mediar palabra, sin ofrecerse a limpiar, sin nada, Mark dio media vuelta y se dirigió a la puerta de la calle. Louise no podía creer que fuera a dejarla tirada, pero lo estaba haciendo, claro, porque Mark era así.

—¿Tengo que pensar que los muñecones malignos vienen a por mí? —preguntó ella saliendo al jardín detrás de él—. ¿Que están…, qué…, poseídos por los espíritus de mamá y papá? —Lo siguió a la camioneta—. Ya no tengo once años. No me puedes asustar con gilipolleces sobre ardillas disecadas embrujadas. No te vale porque ahora soy una mujer madura.

Mark se detuvo, se giró hacia ella y sonrió.

—¿Sabes lo que me tengo que estar recordando todo el

tiempo? Aquel verano que nos escapamos de casa, cuando yo
tenía diez años.

—No me acuerdo —terció ella.

—Mamá no paraba de ir a congresos de titiriteros y nos
cuidaba papá —le explicó él—. Creo que estábamos en julio.

—Me suena —dijo Louise preguntándose como tergiversa-
ría aquello su hermano en su propio beneficio.

—Me preguntaste si me apetecía hacer algo guay y nadie
me había ofrecido nunca hacer algo guay —continuó Mark—.
Papá se había acostado ya y nosotros estábamos viendo *Socios y
sabuesos* y, cuando se acabó, te levantaste y me soltaste «¡Vamos!», saliste por la puerta trasera y saltaste la valla. En plena
noche, joder, y esto fue después de aquella oleada de pánico
satánico durante la que habían secuestrado a aquellas tías de
Albemarle y estaba todo el mundo paranoico y no nos dejaban
salir de noche. Me dejaste alucinado. El barrio entero me parecía distinto. Me sentí como si fuéramos los dos únicos supervi-
vientes del mundo.

»Nos asomamos a las ventanas de los Mitchell, descoloca-
mos los adornos del jardín de los Everett, y luego me preguntaste si me daban miedo los fantasmas y yo te dije «¡Qué va!»,
aunque era mentira, y me llevaste al cementerio. La Luna brillaba muchísimo, las sombras eran muy oscuras y las lápidas
eran como de un blanco resplandeciente. Me desafiaste a que lo
cruzáramos corriendo de un extremo al otro y yo te desafié a ti,
entonces empezamos cada uno en una punta, lo recorrimos
corriendo y nos encontramos en el centro. Fue lo más aterrador
que he hecho en mi vida. Nunca te lo he dicho, pero estuve a
punto de rajarme. La única razón por la que no lo hice fue que
no quería dejarte sola en un camposanto con los fantasmas.

Al fondo de la calle, ladró un perro, una sola vez.

—Cuando empezamos a correr, no nos veíamos —continuó Mark— y pensé que, a lo mejor, los fantasmas se te habían
llevado, así que, en cuanto te vi, me sentí aliviado, luego tú
tropezaste con aquella lápida y, mientras te limpiabas, te tiraste
un pedo y no podíamos parar de reírnos.

Louise lo recordó. Se vio con su hermano, sentados los dos en el suelo, clavándose las bellotas y las ramas en el trasero, el olor a pedo suspendido en el aire húmedo, a Mark agitando la mano delante de su cara riéndose tanto que hasta botaba. Entonces ella, que estaba tan muerta de risa que no podía ni respirar, se tapó la boca con la mano y se le escapó otro pedo, y aún rieron más.

—Hablo con esa hermana ahora cuando te digo que no te quedes a dormir aquí —le dijo Mark—. A pesar de todo, no te quiero dejar aquí tirada con un puñado de fantasmas. Pásate por la mañana a por tus cosas y vuelve con tu hija. No voy a vender la casa, al menos hasta dentro de mucho. La energía que hay ahí dentro, sea lo que sea, va a tardar años en disiparse.

Casi parecía que a Mark le importara de verdad, y Louise vio su Kia aparcado delante de la casa y supo que podía pedirle a su hermano que la esperara mientras entraba a apagar las luces y a por su bolso y las llaves, y ya se quitaría el olor a rollitos de huevo con salsa de tomate en la ducha del hotel.

«No».

No iba a permitir que aquella casa estuviera encantada.

No iba a dejar que Mark fuera el héroe de aquella historia inventada.

Ningún títere le había ordenado que matara a su hermano de pequeño.

Ella no había intentado asesinar a Mark.

Había sido él quien había puesto a los puñeteros muñecones en el baño.

Había cosas que eran verdad y otras que no lo eran, y los fantasmas no existían.

—Tráeme un té verde del Starbucks por la mañana —le dijo—. Después reconocerás que la casa no está encantada y llamaremos a un agente inmobiliario para ponerla a la venta.

Mark meneó la cabeza con tristeza y subió a la camioneta, que se meció con su peso. Cerró de un portazo que retumbó por toda la calle silenciosa. Bajó la ventanilla del asiento del copiloto.

—Intento ayudar —dijo.

Parecía uno de los actores malos de alguna de aquellas obras de pacotilla que hacía en Dock Street.

—¡Lárgate, anda! —contestó ella. Rugió el motor de la camioneta y Mark subió la ventanilla. Louise se apartó—. ¡No te olvides de mi té! —gritó, pero ya se había ido.

Las luces de freno brillaron cuando llegó a la esquina; luego desapareció y el ruido del motor fue extinguiéndose hasta convertirse en un silencio absoluto. No se oían grillos ni ladridos de perros a lo lejos. Tampoco había luces encendidas en las casas de los vecinos. Louise miró su Kia. No le costaba nada esperar unos minutos, cerrar la casa y marcharse al hotel, darse una ducha y regresar a primera hora de la mañana. Mark ni se enteraría de que se había marchado. Así podría decirle que toda aquella fantasía suya era un disparate, una bobada de críos, que se equivocaba en todo; llamarían a un agente inmobiliario en sus cabales, pondrían la casa en venta, y ella podría volver a San Francisco y ver a Poppy.

Pero Louise no era como Mark. No buscaba atajos. Louise hacía las cosas como había que hacerlas.

19

Desde la puerta del comedor, Louise no oía más que el extractor del baño del pasillo, funcionando para la nada. El olor a comida china y a pizza frías la hacía sentirse grasienta, así que agarró los envases y empezó a vaciarlos en la pila. No merecía la pena guardar algo tan malo. Echó la comida por el sumidero y accionó el triturador; luego tiró las cajas de pizza y los envases a un saco de basura negro. Le hizo un nudo a la bolsa, la sacó al garaje y la dejó al lado del cubo al que había tirado el belén de ardillas. Pensó en levantar la tapa para asegurarse de que seguían allí, pero no fue capaz. En su lugar, agarró el saco y lo plantó encima. Por si acaso. Volvió adentro y fregó la encimera con lejía. Fregó también la pila. Fregó la cocina. Fregó el hule.

Había perdido el control y lo había estropeado todo. No sabía cómo iba a hacer ahora para convencer a Mark de que vendiera la casa. Se habían dicho demasiadas cosas horribles el uno al otro. Había dejado que la casa volviera a convertirla en una cría. Y Mark ni siquiera sabía lo peor de todo.

Fregó bien la mesa, la misma en la que hacía los deberes en primero mientras su madre preparaba la cena y que olía a hígado. Fue a su cuarto a por las revistas que necesitaba para hacer un *collage* de su familia y, de camino, pasó por la puerta abierta del dormitorio de sus padres. Pupkin estaba sentado en la cama, recostado en los almohadones, sonriendo de oreja a oreja a la luz del atardecer, con su mirada torcida.

Todo parecía contener la respiración mientras Louise lo observaba. ¿Cómo había escapado del hoyo en el que lo había enterrado? ¿Cómo se había subido a la cama? Pensó que a lo mejor se lo estaba imaginando, así que, con cautela, se fue acercando, consciente de que no debía entrar en el dormitorio de sus padres, pero incapaz de contenerse. Llegó a los pies de la cama. No quería acercarse más.

Pupkin parecía nuevo. La barriga amarilla tan dorada, el capuchón del color de una crujiente manzana de caramelo, la cara requetelimpia. Louise reparó en el desgaste del contorno negro de los ojos y la boca, y de la punta de la nariz; por eso supo que se trataba del mismo títere, pero no parecía haberse descosido por ningún sitio al escapar de su sepultura, ni tenía tierra por ninguna parte.

El cerebro le hizo clic y Louise se vio dividida en dos niñas, plantadas en dos dormitorios idénticos, vestidas las dos con el mismo vestidito vaquero de mariquitas. En uno de los dormitorios Pupkin había vuelto de la tumba. Había vuelto y estaba furioso porque ella lo había enterrado y lo había dejado completamente solo. El enfado le irradiaba del cuerpo como calor. En el otro dormitorio estaba Pupkin, sano y salvo, sin una sola mota de porquería encima, y eso era imposible, porque ella lo había enterrado y eso querría decir que, en realidad, no lo había hecho. No lo había enterrado porque, para empezar, él no la había obligado a hacer nada malo. Nunca había hecho nada malo porque no le había dicho a Mark que se subiera al hielo. No le había dicho a Mark que se subiera al hielo porque quería a su hermano y jamás le haría daño. Además, los títeres no hablan y no pueden obligarte a hacer nada.

Louise miró a las dos niñas de los dos dormitorios, cada una de un mundo distinto, tomó una decisión y la Louise cuerda dio media vuelta y salió del dormitorio de sus padres a un mundo que tenía sentido, en el que los títeres no estaban vivos y nadie hacía daño a sus hermanos y a veces te acordabas de cosas un poco divertidas. Dejó atrás a la otra niña, sola en el dormitorio de sus padres. Y le cerró la puerta y no volvió a pensar en ella. Hasta esa noche mientras restregaba la mesa donde hacía los deberes en primero.

Después de aquel día, Louise dejó de interesarse por las historias de su madre sobre títeres. Quería centrarse en las cosas reales que veía todo el mundo y con las que todo el mundo estaba de acuerdo, como los números y las matemáticas, los camiones volquete y las grúas. Solo dibujaba cosas que existían, como esquemas, planos alzados y mapas. En la universidad, no probó los hongos ni las microdosis de ácido, solo disfrutaba de alguna copa de vino de vez en cuando, y si veía algún enfermo mental por la calle se distanciaba y buscaba un recorrido alternativo para la próxima vez.

Se lavó las manos en el fregadero con lavavajillas, se las secó con papel de cocina y apagó la lámpara de escritorio. Las sombras se amontonaban en los rincones. Luego apagó la luz de la campana extractora, encendió la del pasillo y, armándose de valor, se acercó a la puerta del baño, metió la mano sin mirar y apagó también la luz y el extractor. Cerró la puerta. De lo que hubiera allí dentro ya se encargaría por la mañana. Después se encerró en su cuarto.

Suspiró. «A salvo». Se quitó los vaqueros, los dobló y los puso en el sillón de despacho de su padre; acto seguido, encajó el respaldo debajo del pomo de la puerta, apagó la luz y, a oscuras, fue corriendo hasta la cama, con la carne de gallina. Hacía mucho frío en aquella casa. Se metió en la cama y puso el despertador a las seis. Cuanto antes se durmiera, antes se despertaría. Tendría que haberse traído un cepillo de dientes. Tendría que haberse dado una ducha.

Tendría que haber vuelto al hotel.

Louise despertó agitada y volvió a dormirse. Su sueño era un continuo vaivén, como el de un barco azotado por la tormenta.

Se notó un pie frío y, al despertarse, vio que lo había sacado de la cama. Se tapó otra vez sin llegar a desvelarse.

Poppy estaba sentada en el suelo, en el centro del dormitorio, bajo el resplandor de la farola, jugando con Pupkin. «No Poppy eso no está limpio es una porquería suéltalo Poppy dáselo a mamá». El interior del guante de Pupkin chorreaba *lo mein* y arroz blanco, pero el arroz palpitaba porque eran gusanos y los fideos marrones serpenteaban y, aunque tenía que decirle a Poppy que no, no se podía mover y evitar que su hija metiera el bracito en el guante húmedo y podrido, y de pronto se despertó sola en la oscuridad y oyó el eco de su grito de «¡Suéltalo!».

Se había incorporado en la cama, con los brazos apoyados a la espalda, y su voz aún resonaba en las paredes de su cuarto, los labios aún le vibraban, la garganta le picaba. Le entró el pánico, no reconocía las sombras de aquella habitación; entonces recordó que estaba en su antigua habitación. Estaba bien. Estaba a salvo. Nada podía hacerle daño. No había sido más que un sueño.

La puerta del dormitorio estaba abierta.

Se le tensaron todos los músculos del cuerpo. No se movió. Exploró la estancia y, al intentar desentrañar las sombras, se le inundó la visión de puntitos negros. Al otro lado de la habitación, por el suelo, se oía una respiración lenta y entrecortada.

Había algo vivo en aquel cuarto con ella.

«He puesto un saco de basura encima del cubo, las ardillas no han podido salir, he cerrado la puerta del baño, he encajado la silla debajo del pomo».

Louise se tumbó despacio, ideando un plan de actuación. Necesitaba los vaqueros y el móvil. Luego podía tomar las llaves y llegar al coche. Los zapatos no le hacían falta. Tenía que salir de aquella casa. No tendría que haberse quedado allí sola. Con todo el sigilo posible, alargó el brazo para dar con el móvil y algo le agarró la mano.

—¡Ay! —gritó, e intentó zafarse, pero aquella cosa la retenía, fría, húmeda y viva, tirándole del brazo, enroscándose en su muñeca. Le envolvió la mano y apretó tan fuerte que se notó el pulso en las yemas de los dedos.

Louise se levantó de un brinco y aquella cosa se fue con ella, un bulto pesado colgado de su brazo, vivito y coleando. Con un solo movimiento muscular, la cosa ascendió unos centímetros por su muñeca. Ella tomó impulso y sacudió la mano hacia delante, con fuerza; se notó el brazo más ligero y aquella cosa salió disparada por la habitación, se estampó contra la pared y cayó en el charco de luz de la farola, en el centro del cuarto.

Pupkin.

«Me dejaste solo, me dejaste aquí, intentaste olvidarte de mí, me dejaste a oscuras».

Aunque pareciera imposible, sin que nadie lo moviera, el títere se inclinó hacia delante y se alzó con dificultad sobre los muñoncitos que tenía por piernas. El guante vacío que era su cuerpo le colgaba a la espalda como una cola. Se impulsó sobre su pecho y levantó la cabeza hacia ella. Se miraron.

Pupkin había vuelto. Y la odiaba.

Estirando la carita de plástico y arrugando la barbilla, abrió de par en par la boca minúscula y le bufó. Entonces empezó a avanzar aprisa hacia ella, estrechando y estirando el cuerpo, más rápido que las ardillas, abandonando el charco de luz de la farola y adentrándose en las sombras, cerca de los pies de ella.

«No, no, no, no, no, no, no, no, no».

Louise se tiró a la cama y subió enseguida las piernas, pero Pupkin trepó por las mantas que colgaban por el suelo. No podía permitir que la tocara; como la tocara, se moría. No podía dejar que la tocara. El corazón le aporreaba las costillas. Vio asomar la punta del capuchón por el borde de la cama, como cuando era una cría, y gimoteó igual que si lo fuera.

«No soy una niña pequeña».

La idea le produjo un escalofrío. Saltó en dirección a la puerta abierta. Se le torció un tobillo y se escoró hacia la derecha, casi perdiendo el equilibrio, pero no paró. Oyó un bufido rabioso a su espalda y a Pupkin caer a la moqueta. Echó a correr y, por el camino, agarró el sillón de ruedas de su padre y lo empujó hacia atrás con la esperanza de aplastar al títere. Lo oyó chocar contra la pared y volcar con gran estruendo. Salió al pasillo. Entre la calle y ella, solo oscuridad. Dejó atrás la puerta cerrada del baño, el taller, vio luz en la moqueta, procedente del patio, y algo le rasgó las espinillas.

Cayó al suelo y puso las manos para amortiguar el golpe; tocó primero barrotes de madera, luego moqueta y finalmente se enredó en una maraña de cantos de madera afilados. Quiso rodar, pero tenía las piernas atrapadas. Entonces lo entendió: era una de las sillas del comedor, tumbada de lado. ¿Cómo había...?

Pupkin la había arrastrado al pasillo. Por si ella intentaba huir.

El miedo le dio la fuerza necesaria para sacar las piernas de aquel enredo de travesaños de madera. A oscuras, se levantó, pero los pies magullados la hicieron tropezar. Dio un paso más para guardar el equilibrio y metió el pie en otra trampa de travesaños de madera y cantos duros. Cayó con fuerza, de espaldas. Antes de que le diera tiempo a levantarse, oyó que algo pesado galopaba por la moqueta del pasillo hacia ella y, con mucho esfuerzo, sacó las piernas de la silla y se impulsó hacia atrás con los talones y las palmas de las manos; luego se hizo el silencio y, acto seguido, algo le golpeó el pecho con la fuerza de un cañonazo.

—¡Ufff! —chilló mientras le estallaba el aire de los pulmones.

Agarró el cuerpo pesado de Pupkin con la mano izquierda y lo apartó, manteniéndolo alejado de su rostro, pero él se le enganchó a la camiseta. Lo atrapó con la mano derecha, pero se notó un picotazo en la base del pulgar y apartó la mano. Perdió la fuerza en los músculos del vientre y, sin una mano con la que protegerse, el peso de Pupkin la tiró de espaldas hasta dejarla completamente tendida en el suelo.

Con la luz de luna que entraba por las puertas correderas del patio, pudo ver a Pupkin subido a su pecho, sonriendo con malicia, de oreja a oreja, una sonrisa cómplice, y el cerebro le hizo clic: «Alucinaciones auditivas. Alucinaciones visuales. Alucinaciones táctiles. Muy Louise».

Quiso darle un manotazo para quitárselo de encima, pero el títere se le coló por debajo del brazo y monopolizó su campo de visión. Louise vio brillar un objeto plateado en el guante y, en el preciso instante en que Pupkin se lo clavaba en el ojo izquierdo, su cerebro procesó que se trataba de una aguja de coser.

Pestañeó instintivamente y el párpado se le dobló en dos de una forma que no había experimentado jamás, como si tuviera un obstáculo en el centro que le impidiera cerrarlo del todo. «Ay, Dios mío, que tengo una aguja en el ojo. Pupkin me ha clavado una aguja en el ojo». Le entró el pánico y sacudió un brazo, notándose el cuerpo blando del títere en la mano, y apretó y tiró y sintió que se le desgarraba el cuello de la camiseta, al que él se aferraba, y entonces lo lanzó hacia delante y oyó que se estampaba en la pared de entre el comedor y el salón y aterrizaba después en la moqueta.

Louise se levantó, parpadeando convulsivamente, y se parapetó detrás de las sillas, colocándolas entre ella y el sitio donde lo había oído aterrizar. Lo vio por un ojo; con el otro veía borroso, lo tenía inundado de lágrimas. Quería cerrarlo, pero el párpado tropezaba con la aguja, y ella se notaba la fina pieza metálica entrando y saliendo del globo ocular. Le caía líquido por la cara. «Por favor, que sean lágrimas, que no sea sangre, que no sea algo gelatinoso, que sean lágrimas».

Pupkin estaba plantado en el charco de luz de luna formado al pie de las puertas correderas del patio, meciéndose, desplazando el peso de un lado a otro. A Louise empezó a parpadearle el ojo como aletearía una polilla atrapada, y no conseguía pararlo. Notó un deslizamiento y entendió que el párpado estaba empujando la aguja hacia el interior del globo ocular.

Empezó a fallarle la visión; el pasillo a oscuras y la luz de luna se emborronaron. A regañadientes, introdujo dos dedos entre las pestañas agitadas, pellizcó la afilada espinita que asomaba por la superficie suave y resbaladiza y la atrapó justo cuando estaba a punto de hundirse por completo en el ojo; la apretó con las uñas a modo de pinzas y la extrajo.

El párpado, libre al fin, se cerró de golpe mientras ella tiraba la aguja por ahí, y entonces fue cuando Pupkin fue a por ella saliendo como una bala del charco de luz de luna. Louise tendría que haber saltado por encima de él y corrido hacia la puerta de la calle, tendría que haber hecho cualquier otra cosa, pero le flaquearon las fuerzas y dio media vuelta, corrió hacia el dormitorio y cerró de un portazo, solo que Pupkin logró colarse antes de que cerrara.

«Alucinaciones auditivas. Alucinaciones visuales. Alucinaciones táctiles. Muy Louise».

«Lo juro por mi vida, clávame una aguja si es mentira».

Pupkin fue a por Louise como una bala. A la luz de la farola, ella vio las puertas del armario, las otras únicas puertas de la habitación, y corrió hacia ellas rezando para que le diera tiempo a alcanzarlas. Se tiró en plancha haciéndolas rebotar en los laterales y, golpeando con el hombro la pared del fondo, aterrizó en la moqueta del interior del armario. Al volverse de lado, vio que Pupkin corría hacia ella con sus muñoncitos de brazos y piernas y cara de odio, e intentó cerrar el armario, aun sabiendo que esa vez no tenía adónde ir, no había escapatoria. Con las puntas de los dedos, arañó la rejilla de las puertas, doblándose las uñas, y logró cerrarlas. Pupkin se estampó en ellas, haciéndolas vibrar en los rieles.

Por un segundo pensó que se lo había cargado, al ver deslizarse sus muñoncitos por las rendijas, pero entonces otra aguja de coser se le clavó en la yema de un dedo, le salió sangre y ella apartó la mano enseguida. Como ya nada se lo impedía, Pupkin deslizó la puerta a un lado, furibundo. Louise la oyó resbalar por el raíl con gran estruendo y vio al títere lanzarse de cabeza sobre ella. Entonces algo tiró de Pupkin hacia atrás y el muñeco salió despedido por la habitación, hacia las sombras.

Una sombra mayor se alzó sobre Pupkin, se oyó en el cuarto un petardazo que fue como una puñalada para sus oídos y le llenó las fosas nasales de un hedor metálico a humo. Luego hubo otro petardazo y, con el destello, Louise vio a Mark en la otra punta del dormitorio de su infancia, sujetando con ambas manos una horrible pistola negra, apuntando a Pupkin, tirado en el suelo, y apretando el gatillo una y otra vez mientras el tejido deshilachado del títere inundaba la habitación oscura.

20

Louise seguía acurrucada en el suelo del armario, cegada por los fogonazos, tapándose con la mano el ojo izquierdo e inhalando humo de pólvora al hiperventilar. Mark le dijo algo, pero no lo oía.

—¡Mi ojo! —se oía decir muy lejos.

Se encendió una linterna con un clic. Alumbró toda la estancia atrapando con su luz las sinuosas columnas de humo y cegándole el ojo derecho. La luz se acercó. Louise se levantó apoyándose en la pared del fondo del armario, salió de él dando tumbos y se llevó por delante a su hermano. Tenía que ir al hospital. Se lo oyó decir a alguien en otra habitación, quizás fuera ella misma, y llegó al pasillo, encendió la luz, pero todo seguía a oscuras.

Mark salió detrás de ella y la luz de su linterna le permitió ver dos sillas volcadas en medio del pasillo. Louise las rodeó, se dirigió a la puerta de la calle, la abrió de un empujón y, sintiendo un bofetón de aire gélido que fue como tirarse a un lago alpino, fue hacia la camioneta de Mark, empapándose los pies con la hierba áspera.

Abrió de un tirón la puerta y se acomodó dentro como pudo. Mark se sentó al volante y, por primera vez en su vida, Louise no se puso el cinturón de seguridad. Enfilaron la calle a toda velocidad y, al llegar a la esquina, Mark pisó el freno demasiado fuerte sin acordarse de encender los intermitentes. Giró hacia Coleman, a setenta por hora en una zona de cuarenta, y Louise se oyó decir:

—¡Para!

—¿Qué? —oyó gritar a Mark a lo lejos.

—¡Que pares! —repitió ella, pero no le quedó claro si lo había dicho en voz alta o no.

Mark dio un volantazo, entraron derrapando en el recinto del centro comercial Sea Island y Louise rodó del asiento del copiloto y aterrizó en el frío asfalto. Ya estaba llorando cuando se le revolvió el estómago y vomitó la cena del pizza-chino por toda la franja amarilla de aparcamiento que tenía entre los pies. El hedor acre de la pizza a medio digerir le llegó a las fosas nasales y vomitó otra vez.

—Urgencias —jadeó, y su voz le sonó más cerca esta vez—. Necesito ir a Urgencias.

—¿Qué ha pasado? —oyó la voz de Mark como por una tubería.

—El ojo —dijo ella en el suelo tapándose el ojo izquierdo para sujetárselo en la cuenca—. Me ha clavado una aguja en el ojo.

—Déjame ver —le pidió su hermano, pero ella no quiso apartar la mano y acto seguido se inclinó bruscamente hacia delante y volvió a vomitar.

Un enjambre de luciérnagas le nubló la visión del ojo derecho. Se sintió ingrávida, como si fuera de plástico. Tenía el estómago anudado en un retortijón permanente. Algo pesado se le posó en un hombro y se sacudió para quitárselo de encima, pero entonces vio que era la mano de Mark.

Él la atrajo hacia sí y, con delicadeza, le apartó la mano del ojo.

—Estoy ciega —le dijo ella.

Mark le alumbró el ojo izquierdo con la linterna. Ella se estremeció y trató de apartarse del resplandor, pero él la retuvo agarrándola de la barbilla.

—Está bien —la tranquilizó—. Tienes un poquito de sangre en la parte blanca, pero reaccionas a la luz y la pupila está dilatada. ¿Cuántos dedos ves aquí?

—Tres —contestó ella.

—Perfecto —le dijo Mark—. Estás bien.

Louise procuró poner en orden sus pensamientos, pero no encajaban. Vio que no llevaba pantalones. Tampoco zapatos.

—Necesito ir a Urgencias —insistió ella—. Necesito un médico, que me miren el ojo. Un cirujano.

—Sé exactamente lo que necesitas —le dijo él.

—Bienvenidos a Waffle House —los recibió la camarera, que se acercó al cubículo del rincón en el que se habían sentado—. ¿Todo bien?

Louise estaba acurrucada en su asiento, tapándose otra vez el ojo izquierdo con la mano y mirando fijamente la mesa. Mark había encontrado unos pantalones de chándal y unas chanclas en la camioneta, pero le quedaban demasiado grandes y llevaba la camiseta sucia con el cuello desgarrado. Su hermano iba más limpio, pero tenía, sin duda, el aspecto del típico tío que va a un Waffle House a las tres de la mañana después de matar a tiros a un títere embrujado.

—Estupendamente —contestó Mark—. ¿Louise?

—Estoy ciega —graznó ella.

—¿Ya sabéis lo que vais a querer? —preguntó la camarera.

—¿Louise? —la instó su hermano.

Louise seguía mirando fijamente la mesa.

—Ella va a tomar una tortilla de queso —contestó Mark—, tostadas de trigo integral y *hash browns* con cebolla picada y queso fundido. —Era lo que pedía siempre desde los nueve años—. Para mí, un filete con huevos; el filete poco hecho.

—¿Café? —preguntó la camarera.

—Dos —contestó Mark.

—Me da miedo mirar —le dijo Louise a la camarera quitándose la mano del ojo. Intentó levantar el párpado izquierdo, pero no se vio capaz de hacerlo—. ¿Tengo el globo ocular ahí todavía?

—Para ya —le pidió Mark.

La camarera estuvo a punto de decir algo, pero se lo pensó mejor y volvió a la cocina. En el Waffle House no compensaba hacer preguntas pasada la una de la madrugada.

—Necesito un médico —repitió Louise.

—Déjalo ya, ¿vale? —le pidió él—. Según Google, a la gente le inyectan cosas en los ojos constantemente y no le pasa nada.

—A mí sí me pasa —dijo ella.

Mark se inclinó hacia delante y le abrió con los dedos el ojo izquierdo.

—¿Qué ves? —Louise lo cerró para que no se le escapara nada—. Abre el puñetero ojo y dime qué ves —insistió Mark.

Louise abrió el ojo. Le entró la luz. Pestañeó sin querer y se notó el párpado magullado. Vio la mesa de madera laminada, la carta de plástico con dibujos vistosos de comida apetecible y sus cubiertos. Unas manchitas oscuras le inundaban la visión, llenando todo el local, deslizándose por las paredes, pero no estaba ciega. Levantó con cuidado la cabeza y miró alrededor; no quería que se le soltara el globo ocultar y notar cómo le rodaba por la mejilla.

El establecimiento tenía un aspecto alegre y estaba bien iluminado, todo amarillo y negro, y olía a plancha caliente y a solución de limpieza todo en uno. Aparte de ellos, no había nadie más que dos hombres negros de mediana edad que tenían pinta de haber salido a pescar. Todo le parecía muy presente y muy lejano a la vez, como si hubiera sintonizado el canal Normal en la programación de madrugada de la tele por cable.

—Lo que necesitas ahora mismo es hacerme caso por una vez en tu vida —le dijo Mark.

Louise vio a la camarera pasarle el pedido al tío de la plancha y se sintió como una alienígena observando la conducta humana. Estaba sufriendo un ataque de nervios en un Waffle House. Tenía el cerebro tan frito como los *hash browns*.

Se echó a reír como una boba. No lo pudo evitar. Aquel restaurante tan limpio y tan bonito, todo el mundo actuando con normalidad, Mark actuando con normalidad… Pero un títere había intentado asesinarla y ella ya no era normal. Rio más fuerte.

—Lulu… —le dijo Mark inclinándose sobre la mesa—, te estás riendo de una forma que da mucho mucho miedo.

—¿Nos cuentas el chiste? —terció la camarera dejando en la mesa con gran estrépito dos tazas de café—. Llevo aquí desde las cinco de la tarde y no me vendrían mal unas risas.

—Nada de esto es real —le soltó Louise.

La camarera dejó en la mesa un cuenquito de loza con sucedáneo de crema de leche.

—Eso espero —contestó la otra sirviéndoles el café.

—No quiero estar aquí —le dijo Louise—. Quiero ir al hospital.

La camarera guardó silencio. Escudriñó a Mark, barajando distintas opciones: ¿proxeneta?, ¿novio maltratador?, ¿camello?…

—Mi hermana no está teniendo una buena noche —dijo él—. Nuestros padres acaban de morir.

El rostro hasta entonces acartonado de la camarera perdió algo de rigidez.

—Lo siento —contestó aliviada de que aquello tuviera explicación—. Si queréis, todas las mañanas, hacia las cuatro y media, pasa por aquí un pastor metodista que reza casi con cualquiera.

—Gracias —dijo Mark.

La camarera se fue y Louise la vio contarle a la otra camarera lo que Mark acababa de decirle.

—Cuando nacemos, no somos de verdad —espetó Louise—. No te vuelves de verdad hasta que un niño te quiere mucho mucho. —Le dio la risita otra vez. Mark frunció el ceño—. ¿Te suena? —le preguntó a su hermano—. Es de *El conejo de felpa*, mi cuento favorito. —No pudo evitarlo, empezó a reír a carcajadas—. Apuesto a que es el favorito de Pupkin también.

Los dos pescadores los miraron. Louise sonrió y saludó con la mano. Los otros siguieron a lo suyo. Lo que ella hiciera daba igual. Ya no importaba nada. El mundo se había roto.

Mark le acercó el café.

—Bebe, anda —le dijo—, y deja de asustarme.

Louise bebió un sorbo y, aunque no era más que agua sucia caliente, la devolvió a la realidad. Dejó de reír. Miró a su hermano entre aquel enjambre de manchitas negras.

—Creo que no estoy bien —confesó en voz baja—. Me parece que tengo algo muy turbio por dentro, algo que quizás haya heredado de mamá. Así que necesito que te quedes a mi lado y me mantengas a salvo y, por la mañana, vamos a un médico para que me hagan unas pruebas. Hablo del ojo, pero igual también podrían hacerme pruebas genéticas para detectar marcadores farmacogenéticos y plantearle seriamente al especialista la posibilidad de esquizofrenia o trastorno bipolar. Habría que hacer una lista.

—No es que tengas una enfermedad mental —le dijo Mark—. Esto es cosa de todos, de cómo es nuestra familia. Creo que ya he entendido lo que pasa.

—Aquí tenéis —dijo la camarera poniéndole delante la tortilla a Louise y luego a Mark su plato—. Filete con huevos, poco hecho. ¿Algo más?

—Eso es todo de momento —contestó él—. Muchas gracias.

El olor de la tortilla y de las patatas fritas con cebolla frita cubiertas de queso americano fundido no le dieron ganas de vomitar a Louise. De hecho, le rugió el estómago. Tomó un bocado. La comida la envalentonó. Sintió que podía hacer frente a la verdad, aunque Mark no pudiera.

—Es genético —dijo—, con lo que probablemente tú también deberías hacerte las pruebas.

Mark dio un golpe tan fuerte en la mesa que saltaron los cubiertos. Louise lo miró sobresaltada.

—¿Qué tengo que hacer para que alguien de esta familia me haga caso? —masculló.

Louise sintió una súbita oleada de afecto por él.

—Tienes razón —concedió—. Todo lo que has dicho esta noche es cierto. Nuestra familia no se enfrenta a las cosas, nos escondemos del pasado, escondemos la realidad cuando no nos conviene y por eso nos pasaron inadvertidos los síntomas de mamá, sus cambios de humor, su obsesión con las manualidades. Probablemente lidió con trastornos mentales importantes toda su vida.

Su madre seguramente tuviera una depresión grave tras la muerte de Freddie, y esas cosas se convierten en traumas generacionales.

Mark se la quedó mirando y ella se preguntó si habría dicho lo que quería decir o le había salido otra cosa. A partir de entonces, habría de tener cuidado cuando hablara.

—Esto no tiene nada que ver con mamá ni con papá —espetó Mark—. Yo pensaba que eran sus fantasmas, pero ahora veo que es todo cosa de Pupkin. Lo he visto moverse. Ha intentado matarte. Los muñecos del baño escribieron la nota de la pared, pero el que estaba detrás de todo esto es ese títere pequeñajo y espeluznante.

A Louise de repente le hizo muchísima gracia. Mark le levantó un dedo a modo de advertencia.

—Ni se te ocurra reírte de mí —le dijo—. Por primera vez en mi vida, todo tiene sentido.

Louise inspiró hondo y soltó el aire.

—No me río de ti —contestó ella—, pero esto es grave. Es hereditario y me preocupa que afecte a Poppy también.

Mordió la tostada, y no vomitó.

—¿Quién te ha clavado la aguja en el ojo? —le preguntó Mark, y a Louise le escoció el ojo izquierdo. Dejó de masticar—. ¿Te lo has hecho tú? ¿Quién ha hecho la pintada del baño? ¿Crees que he sido yo? ¿En serio piensas que me apetece vacilarte así?

Louise hizo un esfuerzo por tragarse la bola de pan seco que llevaba en la boca.

—Yo ya no sé qué es real y qué no —contestó ella.

—Yo sí —repuso su hermano—. Por eso me tienes que hacer caso. Tienes suerte de que me haya dejado llevar por la intuición, haya decidido que no me hacía gracia dejarte sola en esa casa después de lo de los muñecones y, al final, haya aparcado a la vuelta de la esquina. Tienes suerte de que me cueste conciliar el sueño cuando me he bebido unas cervezas, de que me haya dejado la ventanilla bajada y de que crea en el derecho estipulado en la Segunda Enmienda a tener armas de fuego, porque te he oído gritar, he entrado en la casa y no te he encontrado sola queriendo clavarte una aguja en el ojo, sino escondida en el armario mientras Pupkin intentaba arrancar de cuajo las puñeteras puertas. Lo he visto. Y tú también. Así que, ahora que estamos a salvo, no finjas que tú no lo has visto también.

—Siempre hay una explicación —dijo ella—. Eso decía papá.

Mark se recostó en el asiento.

—¿Qué te parece esta? Durante años, mamá colmó a Pupkin de atenciones, de afecto y de tiempo y, como en *El conejo de felpa*, el amor hace que las cosas cobren vida. Ella volcó toda su energía emocional en el títere y parte de esa energía se transmitió a los otros y, como dijo en una ocasión un hombre de ciencia, si no recuerdo mal, la energía no se crea ni se destruye.

—*El conejo de felpa* no es un marco teórico fiable sobre la física del universo —espetó Louise—. Es un cuento infantil.

—Pues igual que la Biblia —replicó Mark—, pero tienes a la gente haciendo leyes y matándose unos a otros por su causa a diario.

—No es comparable —dijo ella—. No suscribo tu teoría del universo basada en *El conejo de felpa*.

Mark frunció el ceño.

—No me hagas parecer imbécil. Y menos aún después de que te haya sacado de esa casa y te haya salvado de ese títere. ¿Quieres suscribir algo? A ver qué te parece esto… La gente deja toda clase de mierdas al morir: ropa, revistas, manualidades con caracolitas, comida en la nevera, recuerdos, sentimientos, emociones, traumas… Y, como estamos viendo, para puñetera desgracia infinita nuestra, lo que dejó mamá es Pupkin. Fingió que era real tanto tiempo, invirtió tanto de sí misma en él, nos hizo creer que era real durante tantísimos años, que ahora se muere y a ver quién es el guapo que le dice a ese bicho que ya no puede existir más. ¿Quién le explica ahora a Pupkin que no es real? ¿Qué me dices, lo suscribes? ¿Cuento contigo?

—Lo único que nos ha dejado mamá es una especie de desorden genético —contestó ella.

—¿Que te ha dejado una enfermedad mental? —preguntó Mark—. Vale, métela en un frasco y enséñamela. Dame tu enfermedad mental en una placa de Petri.

—No funciona así —repuso ella—. La enfermedad mental es una serie compleja de vectores que se superponen. En parte es orgánica, en parte cultural, en parte psicológica.

—Hummm —le soltó su hermano—. Cero «me gustas». Una estrella de cinco. No pienso volver a leer ni un ejemplar de tu revista.

—Mi explicación tiene lógica y es coherente. La tuya es todo energía mágica.

Mark rechazó sus palabras con un manotazo al aire.

—Louise, estás pasando por alto lo más importante de todo: la prueba de tus sentidos. Has oído cosas en el desván. Has visto a los muñecones. Has visto a Pupkin. Yo he visto a Pupkin. Tú lo has tocado. Te ha clavado una aguja en el ojo. ¿Me estás pidiendo que ignore todo eso en favor de tu idea preconcebida de lo que puede ser y lo que no?

Louise se notó el peso de Pupkin en el pecho, lo vio abalanzarse sobre su ojo, sintió como el párpado intentaba cerrarse y tropezaba con la aguja, notó la vibración de la raqueta de bádminton que le recorrió el antebrazo desde la palma de la mano derecha, sintió los zarpazos de la ardilla muerta bajo su cordaje.

—No sé tú —continuó Mark—, pero yo me debato entre tener una enfermedad muy grave y encontrarme en unas circunstancias raras de cojones, así que opto por lo segundo, pero, si tú prefieres tomar el caminito de la enfermedad mental, piénsatelo muy bien. ¿Qué crees que tienes, un brote psicótico? Vas a tener que cederle la custodia de Poppy a Ian por un tiempo, internarte en un psiquiátrico. Tendrás que hacérselo saber a los profesores de Poppy. A la familia de Ian, desde luego. ¿Crees que no querrán quitártela para siempre?

Louise se tapó la cara con las manos.

—No puedo… —dijo, y fue incapaz de acabar la frase.

—Más te vale —replicó él—, porque lo que ha pasado con Pupkin ha sido de verdad, Mercy piensa que hay algo raro en la casa y yo también tengo malas noticias.

«Eres mala, mala, mala, y nadie va a querer jugar contigo nunca más».

—¿Cuáles? —gimoteó ella.

—Has pasado mucho tiempo ignorando lo que ocurre en esta familia, pero seguir haciéndolo ya no es seguro —contestó él—. Te digo lo que vamos a hacer. Voy a pedirme otro café y luego te cuento la auténtica razón por la que dejé la universidad. Por fin vas a saber la verdad sobre Pupkin.

Mark le hizo una seña a la camarera, que se acercó y les rellenó las tazas.

—¿Todo bien? —preguntó.

—Fenomenal —contestó Mark.

La camarera miró a Mark y luego a Louise y descubrió que solo se miraban el uno al otro. Se encogió de hombros y se fue. Louise vio a Mark darle un sorbo al café, dejar la taza en la mesa y recostarse en el asiento.

—Cuando fui a la Universidad de Boston, lo primero que hice fue meterme en un colectivo radical de titiriteros.

NEGOCIACIÓN

21

El 11-S me despertó.

Antes de que se estrellaran aquellos aviones en las Torres Gemelas me iba genial. Al principio me pusieron a hacer obras para críos, como *Blancanieves y los siete enanitos* y *El ratón de cuerda*, luego hice aquellas obras religiosas para mamá y después pasé a las obras para adultos en las que necesitaban niños, como *Doce en casa*. Y luego ya fueron todo musicales, todo el tiempo; vas haciendo papeles según tu edad dentro del mismo ciclo de espectáculos: *¡Oliver!*, *Vivir de ilusión*, *Joseph and the Amazing Technicolor Dreamcoat...* Empiezas haciendo de hermano pequeño y terminas con el joven protagonista.

Entonces llegó aquella mañana y todos los que tenían tele en la residencia la encendieron y vimos caer las Torres en medio de inmensas nubes de polvo, como si fuera un mal truco de magia. Nos mandaron a casa porque no sabían qué decirnos. Hablamos por teléfono esa noche, ¿te acuerdas? Después de colgar, me quedé despierto hasta el amanecer, pensando: «Ahora todo es distinto».

Pero no era así. No tardaron en empezar a hacernos creer que aquella guerra nueva no era más que una repetición de la Segunda Guerra Mundial en la que nosotros éramos los buenos, ellos eran los malos y los íbamos a bombardear hasta que el mundo dejara de cambiar. Luego me llamaron de Dock

Street para decirme que iban a hacer *1776* como tributo a las tropas y dije: «Sí, contad conmigo para la audición», pero no me presenté.

Nada tenía sentido, así que Marcus, Leana Banks y yo empezamos a hacer espectáculos disparatados que volvían loco a todo el mundo. Hicimos *El zoo de róbalos* y *Explosión breakdance*, y luego en aquella competición de teatro del instituto nos prohibieron que nos registráramos porque en *Explosión breakdance* teníamos a Bonzo y a Payasa Abortadora, así que actuábamos a la puerta del Marriott, donde se alojaba todo el mundo, y no se hablaba de otra cosa. Nos dieron un premio especial por aquello.

Discutí una barbaridad con papá por lo de ir a la Universidad de Boston, pero tenía que ser esa porque era la única en la que había un grado combinado de teatro con interpretación, dirección, guion y diseño, y necesitaba todo eso para montar mi propia compañía, salir de Charleston y marcharme a algún sitio donde pudiera ser alguien. Sabía que papá terminaría cediendo porque detestaba el conflicto. Solo tenía que aguantar el pulso más que él.

Al principio, la Universidad de Boston parecía todo lo que yo quería que fuera. En las primeras semanas es difícil hacer amigos, salvo si estudias Teatro. Cuando empezaron las clases, ya ocupábamos mesas enteras del comedor y nos reuníamos en el cuarto de alguno del grupo. Todos habíamos leído los mismos libros, visto las mismas películas, interpretado los mismos papeles y todos éramos extrovertidos. Dábamos asco.

Derrick Andrews era mi profesor de Interpretación, un pelirrojo menudo y nervioso que estaba deseando sacar su voz shakespeariana y enseñarnos cómo debía interpretarse de verdad una escena. Derrick no quería cuestionar lo que significaba estar en un escenario, al fondo de una sala, haciéndote pasar por Macbeth cuando todo el mundo veía perfectamente que estabas en un escenario, al fondo de una sala, haciéndote pasar por Macbeth. No quería cuestionar el lenguaje ni convertir *Muerte de un viajante* en una bufonada. Para él, el teatro era un trabajo de oficina que casualmente tenía lugar en escena. Lo triste era que todos los alumnos ansiaban convertirse en él.

Encontré a algunas personas como yo, sobre todo en clase de Dramaturgia. Creamos nuestra propia compañía y nuestra primera producción fue *La casa del maíz*, una comedia costumbrista parcialmente improvisada y ambientada en el casoplón del mayor productor de maíz de Kansas, aunque ninguno de nosotros tuviera ni idea de dónde estaba Kansas. Hacíamos un episodio por semana y al primero vinieron doce personas. Cuando llegamos al sexto, teníamos ya un público de cuatrocientas personas. A los profesores les fastidiaba lo que estábamos haciendo, pero todos los demás lo pasaban en grande. Había escenas de sexo, de lucha, dobles, sangre..., tenía vida.

Y a la mañana siguiente de aquella última función, me desperté con la terrible certeza de que no podía seguir así. Papá se estaba gastando un dineral en mandarme a la universidad, pero el único espectáculo al que le encontraba alma era el que yo mismo había escrito y dirigido, y eso lo podía hacer en la Universidad de Charleston por la mitad de dinero.

No sabía cómo decirles a mamá y a papá que, después de solo dos meses, aquello por lo que tanto había luchado, aquello por lo que me había pasado un año gritándoles, ya no era lo que quería hacer. No sabía cómo explicarles que dejándolo me comprometía más con mi formación que quedándome. Ya no volverían a fiarse de mí.

En la universidad, a nadie le importa si vas a clase o no mientras sigan llegando los cheques, así que pasé unos días encerrado en mi cuarto; luego el sábado crucé el río hasta Harvard Square por cambiar de aires, pero resultó ser tan deprimente como el resto de Boston. Entonces oí un redoble de tambores, lo único nítido de aquel día gris y nublado.

Lo seguí y me los encontré en una plaza de ladrillo cerca del ART: dos artistas callejeros con americana de mezclilla y jersey de cuello alto negro y unos tamborcitos militares colgados del cuello que tocaban su fajina. Lo que me dejó clavado a la acera fueron sus máscaras: estaban hechas de papel maché y no tenían cortes ni para la boca ni para los ojos, de forma que los privaban de humanidad, pero, al mismo tiempo, los hacían más humanos. Flanqueaban un guiñol decorado a rayas blancas y amarillas con un cartel apoyado en el cubo de plástico de rigor que rezaba: «Organ presenta: El hombre que volaba».

Los dos tamborileros hacían caso omiso de mí o de cualquiera de las personas que se detenían a mirar; muy tiesos, interpretaban su fajina completamente sincronizados. Pararon justo a la vez, dieron media vuelta como soldados y marcharon hacia bambalinas. A los pocos segundos, se abrió el telón y quedó al descubierto un salón minúsculo en el que estaba sentada una marioneta. Uno de los enmascarados volvió al lateral del teatrillo con un acordeón y tocó una melodía festiva de aire francés que hizo que la marioneta aleteara con los brazos, se elevara despacio del sofá y volara. Voló por el escenario, subiendo y bajando con la elegancia de una mariposa.

Nos habíamos parado a verlo unas quince personas y los padres señalaban la marioneta a sus hijos.

—¿Ves cómo vuela el hombre? —le dijo una madre a su bebé—. ¿Ves cómo vuela?

La marioneta era pequeñísima, pero estaba pintada de rojo, con lo que se veía fácilmente y parecía viva de verdad. De pronto, cesó la música de acordeón con un bocinazo y el que tocaba sacó unas tijeras y le cortó los hilos de las piernas a la marioneta, que cayó al suelo. Los padres que me rodeaban se pusieron nerviosos. Yo, en cambio, me interesé más.

Volvió a sonar la música de acordeón, animando a la marioneta a que se elevara y volara, algo que tranquilizó a los papás, que decidieron quedarse. La marioneta aleteó, se retorció e hizo un esfuerzo; luego volvió a alzarse, esa vez con las piernas colgando, pero, aun así, voló, y, al cabo de un minuto, ya te habías olvidado de las piernas.

Hasta que la música de acordeón cesó bruscamente una vez más y el enmascarado sacó las tijeras y le cortó a la marioneta los hilos de un brazo. Esa vez pareció que la música alegre del acordeón se burlaba de la marioneta, desmoronada en el suelo, empeñada en elevarse. Corrió un murmullo entre la pequeña multitud y las personas que iban con niños empezaron a dispersarse. La marioneta se sacudía como un pez destripado, traqueteando igual que un montón de huesos secos sobre el suelo de cartón. Se lanzó al aire, alzando patética un brazo al cielo, y volvió a caer. Comenzó a agitarse y sacudirse y, entonces, en contra de todo pronóstico, se elevó de nuevo, impulsándose con el brazo que le quedaba mientras las otras extremidades le colgaban como un peso muerto. ¡Pero voló! ¡Aún volaba!

Sonó otro bocinazo del acordeón y ya sabíamos lo que iba a pasar. Los padres que quedaban se llevaron a sus hijos, pero, mirando por encima del hombro, los críos vieron cómo el enmascarado cortaba los últimos hilos que sostenían a la marioneta y esta se derrumbaba. Volvió a oírse la música de acordeón y, aunque era la misma tonada, de pronto sonaba maligna. La marioneta yacía inmóvil en el suelo. Me pregunté qué pasaría a continuación. ¿Entraría en escena la marioneta de un pájaro y la levantaría? ¿O unos hilos hechos de esperanza caerían del cielo y se le engancharían a las extremidades? Pero la marioneta se quedó allí tirada mientras seguía sonando la música.

Al final, se cerró el telón. El público salió escopeteado. Todos los espectadores percibieron el tufo deprimente a Europa del Este que desprendían aquellas marionetas y se alejaron enseguida. Todos menos yo. Vi las cinco siguientes funciones. Los títeres de mamá siempre decían: «¡Quiéreme! ¡Mírame!». Aquellos tíos hacían marionetas que querían que las odiaran.

Cuando terminó la última función, yo era el único público que les quedaba. Hasta los mendigos se habían largado. Aquel tío inmenso, calvo, con perilla pelirroja, salió de detrás del telón y empezó a desmontar el teatrillo mientras su acompañante, una chica a la que llamaba Sadie, iba a buscar el coche. Sadie no era guapa, ¿vale? Tenía el pelo rizado, dientecillos de rata, ojos de zorro y un cuerpo que no se veía en las revistas, pero se conducía como si escondiera algún secreto y no me avergüenza reconocer que me quedé prendado de ella desde el instante en que el tío alto le tiró las llaves y ella las alcanzó al vuelo con una sola mano.

Entablé conversación con el tiarrón de la única forma que sé: diciéndole que eran lo más grande que había visto en mi vida y dándole todo el dinero que llevaba. No eran más que seis dólares, pero recordé las enseñanzas de mamá y me ofrecí a ayudarles a cargar las cosas en el coche.

Sadie dobló la esquina con una vieja ranchera inmensa de color amarillo y no quiero sonar irreverente, pero una chica sexi en una tartana como aquella es lo más hermoso que ha creado Dios. Me enamoré más de ella en cinco minutos de lo que he estado enamorado de nadie en toda mi vida.

Les ayudé a cargar, parloteando todo el rato, y estoy seguro de que pensaron que no decía más que chorradas, pero debió de gustarles que me ofreciera a ayudar, porque, cuando les pregunté si podía trabajar para ellos, el grandullón me contestó: «Pásate por Medford mañana a las tres y probamos».

Me dio la dirección, se fueron y me dejaron allí plantado en medio de una gran nube azulada de gases de escape, en plena llovizna a las seis de la tarde en Harvard Square, con la sensación de que por fin me había pasado algo de verdad.

El 523 de Wheeler tenía el mismo aspecto que el resto de las casas de alrededor de Davis Square, salvo porque no había Virgen María en el jardín ni tenía un lazo amarillo atado a la valla. Cuando Sadie abrió la puerta, no sonrió ni nada; se limitó a decirme:

—Pasa. Están todos en la parte de atrás haciendo penes.

Resultó que el grandullón de la perilla se llamaba Richard y estaba trabajando con otro tío llamado Clark, que tenía cuerpo de lombriz (larguísimo y palidísimo), con el rostro anguloso de un actor alemán de cine mudo coronado por una explosión vertical de pelo nervudo y negrísimo. Llevaba unos zapatos remendados tantas veces que parecían hechos de cinta americana y olía a genio como el que huele a choto. Si te digo Wittgenstein, Clark era como el tío que te viene a la cabeza.

Y Sadie no mentía: estaban haciendo pollas. Grandes, como

de un metro de largo, y luego otras más pequeñas que parecían hechas con el rulo de un rollo de papel de cocina. Las tenían colgadas del tejadillo del porche trasero a modo de móviles de campanillas y las cubrían de papel maché como si fueran chorizos hechos de periódicos, un alivio, la verdad, porque no sé si habría podido con la idea de que los pintaran como pollas de verdad. Yo no era tan guay. Me enseñaron cómo se hacía y estuve haciendo penes con ellos el resto del día. Hablaban entre ellos y a mí me valía con escucharlos y empaparme de todo. Era una maravilla que me trataran como a un igual.

Los penes resultaron ser misiles fálicos y había que hacer treinta y cinco para la manifestación en contra de la guerra de ese fin de semana, donde los portarían miembros de Radical Fairies. Los Fairies se habían visto sobrepasados con la confección de los disfraces y habían encargado la fabricación de los misiles fálicos a Organ porque conocían a Clark. Cada uno de ellos llevaría un misil fálico a modo de varita mágica y cinco de ellos serían los portapancartas que cargarían con el superpene de casi dos metros.

Los secamos con secadores y los pintamos de blanco para que los periódicos no transparentaran con la capa final de color rosa. Richard hizo los relieves y las venas, y luego Sadie escribió ADM o SCUD en los lados con pintura negra.

Me dijeron que no hacía falta que me presentase al día siguiente porque salían a las cinco de la mañana y el trayecto en tren desde mi residencia era larguísimo, pero, cuando llegué a mi cuarto, mi compañero y su pareja de escena estaban allí, bebiéndose unas litronas de cerveza Colt 45 y deconstruyendo canciones de Britney Spears. El país iba de cabeza a una guerra prefabricada en la que a personas de verdad, de nuestra edad, les iban a volar los brazos y las piernas en un desierto que no sabían ni situar en el mapa, y nuestra reacción era enterrar la cabeza en la cultura pop. Me puse el despertador a las cuatro de la madrugada.

Nuestros misiles fálicos fueron lo más sonado de la manifestación. Al terminar la jornada, me dolían los pies y tenía la garganta destrozada de tanto berrear, pero me había ganado mi sitio en el grupo. De vuelta en el 523, pidieron comida china y estuve sentado con ellos en el salón, oyéndolos quejarse de Linda, a la que habían visto en la manifestación. Por lo que pude deducir, antes colaboraba con ellos, pero habían discutido y ella se había largado y había creado su propio colectivo radical de titiriteros.

Les pregunté qué era lo siguiente y resultó ser otra manifestación. En esa haríamos teatro callejero. Después tocaríamos en otra protesta como parte de la Gran Banda Marchante Anarquista de los Futuros Muertos Estadounidenses por la Guerra. Luego una comedia en Copley Square titulada *¿Dónde tengo las ADM?*.

Y así, sin más, me sumé a la causa.

La gente se ríe de nosotros porque al final no conseguimos nada, pero al menos intentamos salvar el barco. Millones de nosotros por todo el mundo, medio millón solo en la ciudad de Nueva York, aporreando los tambores, marchando por las calles, gritando «¡Despertad!». Menos de un veinte por ciento de los estadounidenses estaba a favor de la guerra. Nadie quería mandar a sus hijos y sus hijas a morir en el desierto, pero los generales se salieron con la suya, ¿verdad? Y mira en qué se ha convertido el mundo. Veinte años de matanzas, ocho mil muertos y allí…, bueno, sé que se supone que a esos no hay que contarlos porque no son del color ni del país correcto, pero allí murió un millón de personas. Un millón de tús, de yos, de papás, de mamás. ¿Y para qué?

Ya, no éramos más que un puñado de críos con marionetas, pero podríamos haberlo parado, Lulu. De verdad creo que podríamos haberlo logrado, y si por eso soy imbécil o ingenuo, si crees que me vendieron la moto, tienes razón. Aunque prefiero pensar que lo intentamos y no lo conseguimos a creer que no teníamos ninguna posibilidad.

Pero ¿sabes lo que me gustaría de verdad? Poder deshacerlo todo. Ojalá nunca me hubiera implicado, porque aquellas putas marionetas me arruinaron la vida.

22

El hombre que volaba era genial, pero yo prefería la comedia y el teatro callejero. Me enseñaron a trabajar con máscaras, a hacer malabarismos, a comer fuego y a mantener en equilibrio una escalera sobre la barbilla, y estaba mucho en la calle, así que cada día era mejor, pero no me apetecía tener nada que ver con sus marionetas, por mamá. Entonces me enseñaron a Palos.

Llevaba unas tres semanas con ellos y, para entonces, había hecho unas siete u ocho funciones, pero no quería hacer *El hombre que volaba*. No quería hacer nada con marionetas. Una noche, estábamos sentados en el porche del 523, comiendo un pan negro casero con alioli que había preparado Richard, y terminamos hablando de por qué no me gustaban las marionetas. Les conté lo del guiñol de mamá y empezaron a preguntarme por sus espectáculos y yo les hablé de *Un perrete en el pesebre* y de *El gigante egoísta* y Clark, tía, me abrió los ojos.

—Los títeres de tu madre son copias de copias rebajadas —me dijo—. Son Teleñecos de marca blanca. Si metes títeres de verdad en una iglesia, te la queman. Los títeres desatan la anarquía. Punch, de *Punch y Judy*, pega a su mujer, mata a su bebé y, cuando intentan ejecutarlo, engaña al verdugo para que se cuelgue él. Los títeres son violencia. No dan lecciones de vida, no les va eso del amor.

Y yo dije algo así como: «Sí, los guiñoles de mi madre son tontorrones de la hostia», porque eso es lo que haces cuando quieres impresionar a alguien en la universidad, ¿no? Traicionas a tus padres.

—Los titiriteros respetan a sus títeres —dijo Clark—. Seguramente tu madre también. Todos los titiriteros saben que, cuando se calzan el guante, el títere cobra vida; es como quitarle la anilla a una granada de mano.

—Enséñale a Palos —propuso Sadie.

No vi a Clark negar con la cabeza. Tomó otro trozo de pan negro.

—Debería ver a Palos —terció Richard.

—¿Qué es Palos? —pregunté yo.

Noté un no sé qué en el aire, como si hubiéramos estado todos esperando a que empezara aquella conversación importante. Clark dejó la rebanada de pan y entró en la casa con tal parsimonia que bien podía haber ido al baño. A los pocos minutos, traqueteó la puerta trasera y salió Clark con una bolsa de papel. Tiró al suelo un montón de piezas de madera enmarañadas en hilos negros que parecía alguna cosa rescatada de la basura y empezó a desenmarañarlo, tirando de un hilo por aquí y de otro por allá, ajustando alguna pieza de madera. Luego, con la mano izquierda, agarró la cruceta de madera con la que se maneja una marioneta y el montón de maderitas e hilos de repente empezó a asemejarse a una figura humana apenas esculpida a partir de un puñado de palos desiguales unidos con vueltas de hilo negro. Su cara era un conato de rectángulo con unas hendiduras por ojos. No tenía boca. Clark sostuvo la cruceta con una mano, se pasó por el pulgar un anillo conectado a un hilo y, al retorcer las manos, se tensaron los hilos y Palos levantó la cabeza.

La mayoría de las marionetas son torponas y ruidosas. Aquella parecía viva.

Palos titubeó, giró la cabeza a un lado, alzó el semblante mudo y olisqueó el aire. Luego se puso en pie y se quedó plantado en el porche, entre nosotros. Clark se volvió invisible. Yo

238

dejé de ver los hilos de Palos. No colgaba como una marioneta cuyos pies apenas rozan el suelo. Palos se encontraba perfectamente erguido en el porche; su centro de gravedad no estaba en los hilos, sino en el vientre. Pensativo, se frotó la cara con una mano. Entonces pareció percibir un olor y giró su rostro mudo hacia mí. Me estudió y yo me sentí observado, no por Clark, sino por la criatura que estaba en el porche con nosotros. La pierna de Sadie se interponía entre los dos y Palos le hizo una seña para que la apartara; luego caminó por el suelo y se detuvo al llegar a mí, se inclinó y me olfateó los vaqueros. Recuerdo que pensé: «Se está acostumbrando a mi olor», aunque no fuera más que un puñado de palos atados con hilos.

Alargó su manita de madera y me la puso en el muslo. No fue Clark manipulando un hilo quien me tocó con un trozo de madera; fue Palos. Se me cortó la respiración. Volvió su rostro mudo hacia mí y, aunque no tenía más que un par de ranuras por ojos, no sé cómo, estableció contacto visual conmigo. Palos vibraba entre nosotros, lleno de vida, y entonces me puso la otra mano en la pierna, después un pie y luego, con cuidado, el otro, y me lo encontré trepando a mi gemelo, sujetándose con una mano a mi rodilla. Pesaba menos que un grillo. Y oí a Clark decir:

—Un títere es una posesión que posee al poseedor.

Y entonces Palos salió volando por el aire y perdió la vida, se esfumó la tensión del porche y volvimos a quedar solo los cuatro. Clark situó a Palos sobre la bolsa de papel abierta y lo dejó caer dentro. Observaron todos mi reacción.

—¿Me enseñas a hacer eso? —le dije.

Clark sonrió y supe que había hecho la pregunta correcta.

Al día siguiente no oí el despertador, me perdí la clase de Interpretación del lunes y Derrick me echó la bronca por no mostrar el debido respeto hacia mis compañeros de reparto, así que decidí saltarme la del jueves. De hecho, decidí no volver a su clase. En su lugar, me fui a la biblioteca y leí todo lo que pude encontrar sobre marionetas.

Leí sobre Bread and Puppet, en Vermont, y su teatro de marionetas antibélico que terminaba con el reparto de pan casero entre el público; sobre *La noche desenfrenada de las brujas* del Little Angel, sobre el Handspan Theatre y *La esposa del ventrílocuo* de Charles Ludlam y el teatro sagrado de sombras chinescas javanés, hecho con marionetas de varillas, y de que, en la Inglaterra del siglo XVI, los teatrillos de marionetas se consideraban tan peligrosos que en algunas ciudades los prohibían y en otras pagaban a los titiriteros para que no se acercaran.

Llegado el sábado, quería dedicar mi vida a las marionetas.

Boston es una ciudad parda de cielos grises, y todo el mundo anda por ahí como si se hubiera tomado unas copas de más, con ganas de bronca, pero, si abres la puerta adecuada, entras en titerilandia: criptas de iglesias en Somerville, trastiendas en Cambridge, casas okupadas en el South End, sótanos con el suelo de tierra en un adosado de Malden... Aterricé en un mundo de bares con mesas de juego y entradas a cinco dólares donde se pasaba la gorra al final de cada noche. Se conocían todos y todos habían trabajado en Bread and Puppet en algún momento, luego en Big Fun Puppets, en Boston, antes de que reventara, sus restos se esparcieran por toda la ciudad y se reagruparan, se disolvieran y volvieran a reagruparse a toda velocidad como organismos unicelulares.

Linda, de la que tanto había oído hablar, había estado en Organ antes de separarse y formar un colectivo de titiriteras feministas, Raw Sharks, con su mejor amiga, Chauncy; luego Chauncy salió del armario y dejó Raw Sharks para formar un colectivo de titiriteras lesbianas comprometido con la acción directa llamado Smash Face, pero corría el rumor de que estaban a punto de disolverse por la guerra. El hecho de que Organ hubiera engendrado uno, y luego dos, colectivos de titiriteros más nos hacía sentir que teníamos un linaje, nos hacía parecer importantes.

Trabajábamos sin parar. Montábamos números callejeros sobre la venta de heroína comprada a los talibanes por la CIA, hacíamos comedia en locales nocturnos, donde Arlequín les buscaba las ADM** en el sujetador y en el trasero a las parroquianas,

** N. de la T. Armas de Destrucción Masiva

y en Boston nadie se manifestaba contra la guerra sin que una de nuestras marionetas tomara parte en la protesta. Y, lo más importante de todo, Clark, Richard y Sadie me enseñaron a trabajar la calle.

Nadie te tira una moneda porque le eleves el espíritu. Te la tiran porque estás tocando *Pompa y circunstancia* con un pito de carnaval mientras haces el pino balanceando la cabeza y quieren saber qué va a pasar luego. Lo que hacíamos tenía un poquito de carnaval, un poquito de circo y otro poquito de vodevil del de antes. Un poco de todo. Derrick nos estaba enseñando a sentirnos muertos. ¿Cómo iba a respetar a un profesor que no era capaz de retener a una multitud en la calle ni de lidiar con un borracho?

El trabajo con títeres y con máscaras es básicamente lo mismo y cuesta explicar lo que es llevar una máscara a alguien que no se la ha puesto nunca, pero, en cuanto lo haces, dejas de ser tú para siempre. Con los títeres pasa lo mismo. Te enfundas uno y te cambia la postura, se te altera la voz y notas lo que quiere, lo que le asusta, sabes lo que necesita. No llevas tú el títere; el títere te lleva a ti.

—El títere es un instrumento con el que sacar la personalidad del cuerpo y permitir que un espíritu tome el control —decía Clark—. Los títeres no tienen libertad, pero se la proporcionan al titiritero. No tienen vida, pero viven eternamente.

A mí me liberaron. Me sentí como Pinocho convirtiéndose por fin en un niño de verdad. No sé por qué le mentí a mamá sobre esto. Bueno, a ver, mentí porque me había puesto muy farruco con que quería ir a la Universidad de Boston y ellos estaban pagando un pastizal por unas clases a las que yo no iba.

Pero le podría haber hablado de Organ. ¿Tú sabías que mamá se manifestó en contra de la guerra de Vietnam? Fue a un montón de protestas cuando estaba en Nueva York. Hasta la atacaron con gas lacrimógeno en Washington, DC. Podría haberle contado lo de Organ y haber omitido que no iba a clase, pero no la quería en mi vida. Ya sabes cómo era mamá: se entusiasmaba de repente, te invadía tu espacio y no te dejaba ni respirar.

Así que me inventé clases, ensayos y notas. Me inventé amigos y audiciones y le dije que me habían seleccionado para el protagonista en una producción de *Descalzos por el parque*, y papá y ella llegaron a pensar en tomar un avión para venir en febrero a ver a la estrella en que me había convertido. No sé cómo pensaba arreglar aquello. Supongo que imaginé que me perdonarían cuando les dijera que quería pedir el traslado de expediente a una universidad más barata y más cerca de casa.

Todos los miembros de Organ tenían un títere particular con el que hacían números en solitario: el de Clark era Palos, Sadie tenía una rata que se llamaba Dustin con la que hacía un número de ventriloquía, Richard tenía un rapero político con superabdominales que se llamaba Marxist Mark... y supongo que pensé que yo podía usar a Pupkin para mi número en solitario. A ver, sabía lo espantoso que era y los payasos terroríficos estaban de moda entonces, ya sabes. A mamá debió de entusiasmarle que, de pronto, volviera a interesarme por Pupkin, porque, cuando se lo pedí, me lo envió de un día para otro. Hasta que no abrí la caja, no recordé el miedo que daba. Aquellos ojos grandes perfilados de negro, que te miraban desde ese rostro cadavérico, y esa sonrisa inquietante. Parecía que estuviera total y absolutamente loco. Era como quitarle la anilla a una granada de mano.

Cuando lo saqué en el 523, fliparon todos. Sadie me dijo que, cuando el demonio tenía pesadillas, soñaba con Pupkin; Richard, que él no dormiría en la misma habitación que Pupkin; pero Clark quiso probarlo. En cuanto se enfundó el guante, soltó:

—«Me llamo Pupkin. Hola, ¿qué tal? Si os veo contentos, yo estoy genial».

Y lo hizo con la misma voz de pito que usaba mamá para Pupkin cuando éramos pequeños. Fue la primera vez en mi vida que se me puso la carne de gallina. Clark tenía razón, los títeres te manejan tanto como tú a ellos. Te pones el guante y te dicen quiénes son. Y Pupkin le dijo a Clark quién era y entonces fue cuando todo empezó a torcerse.

Nos habían contratado para una función escolar en un colegio de Worcester donde la madre de Clark conocía a la directora. El trato era que impartíamos un taller de marionetas para los críos por la mañana y hacíamos la función nada más comer, que era cuando estaban más obedientes. Nos entusiasmó la posibilidad de demostrar el poder primitivo del arte del titiritero, y más aún los ochocientos dólares que nos iban a pagar.

Pasamos las semanas previas a la función construyendo unas marionetas enormes: un hombre volador de dos metros que manejábamos desde una escalera; una cabeza de la muerte inmensa; un general de más de dos metros de altura, montado con la hechura de una gabardina vieja y con una torreta por cabeza... Hicimos treinta y cinco máscaras de víctima, marionetas de drones, de proyectiles cinéticos... Hicimos el Consejo de Seguridad Nacional entero con marionetas, a las que se les descolgaba la mandíbula cuando accionabas un mecanismo, y solo puedo explicar nuestro vergonzante exceso de entusiasmo diciendo que nadie nos había pagado nunca ochocientos dólares por hacer nada.

En la ranchera de Sadie casi no había sitio para seres humanos, con todas las marionetas, las máscaras, el atrezo, los acordeones y los zancos que metimos dentro. Clark iba de copiloto y Pupkin le iba dando indicaciones desde la mano derecha. Me lo había pedido prestado y, que yo supiera, no se lo había llegado a quitar.

Los padres de Clark tenían una casa de alquiler a las afueras de Worcester, en una ruta rural, y paramos allí a dejar las cosas antes de salir para el colegio. Cuesta explicar lo deprimente que era aquel sitio, pero basta con decir que todas las luces eran fluorescentes y solo parecía soportable porque no pensábamos quedarnos más que una noche.

Nos fuimos al colegio y dimos el taller en el patio, que tenía más pinta de aparcamiento que de otra cosa, pero, ya sabes, si Boston te parecía deprimente, Worcester le gana por goleada. Clark enseñó a los críos con Pupkin en una mano y el títere les chifló.

—Están nerviosísimos —dijo la señora Marsten, la directora—. Nunca han conocido a actores de verdad.

Me consideraban un «actor de verdad». A mamá le habría encantado.

La señora Marsten se mostró algo reacia cuando enseñamos a los niños las máscaras de víctima. Eran máscaras en papel maché de caras gritando cosidas a una especie de petos de arpillera que habíamos hecho con sacos de veinte kilos de café en grano que comprábamos en una tienda *gourmet* a un pavo el saco. Cuando te ponías la máscara, el peto de arpillera te cubría el cuerpo y desaparecías en aquella máscara trágica de aullido de dolor.

—Pensaba que harían de girasoles —nos dijo la directora—. O de patitos. Les encantan los patitos.

Pero a los críos les encantó hacer de víctimas, esconderse detrás de aquellas máscaras, encorvados, caminando como si tuvieran las piernas rotas y hubieran perdido todo lo que les importaba en el mundo. Les encantó llorar y aullar y rodar por el suelo, con libertad absoluta para representar la tristeza desde el anonimato de las máscaras.

Justo antes de que los niños se pusieran en fila para el almuerzo, les hicimos meter las manos en pintura roja y llenar la gabardina del general de huellas de sangre. Tengo la sensación de que, si la señora Marsten hubiera prestado más atención entonces, podríamos haber evitado muchos momentos desagradables después, pero ya se había ido adentro y nos había dejado con una ayudante que no paraba de escaparse a fumar.

Nuestro teatro era el gimnasio, con un telón que lo dividía por la mitad. Andábamos todos como locos preparándonos y, de pronto, ya era la una y media y se abrieron las puertas y fueron entrando los niños y la señora Marsten nos trajo a bambalinas a las treinta víctimas. Les pusimos las máscaras, Sadie tocó un enérgico redoble de tambor y la directora nos presentó.

—Buenas tardes, niños —dijo al micro, y a mí me pareció una muestra de debilidad el que no pudiera controlar a los críos sin amplificación electrónica—. Esta tarde tenemos la suerte de que Organ Puppet Theater, de Boston, ha venido a vernos. Van a representar una obra…

—Función —masculló yo.

—… y creo que ninguno de nosotros ha visto nunca un teatro con marionetas tan grandes. Después, tendréis ocasión de conocer a las personas que las han hecho y hacerles preguntas. Sé que todas las clases han preparado una pregunta y estoy deseando oír las respuestas. Pero, antes que nada, ¿qué hacemos cuando tenemos visita?

—Escuchar y estar callados —canturreó un ejército de niños.

Fue entonces cuando supe que habíamos elegido el número adecuado. A aquellos críos les habían lavado el cerebro. Necesitaban un toque de atención.

—Así que ¡demos una bienvenida muy cariñosa a Organ Puppet Theater! —los arengó la directora.

Aún estaban dando palmas cuando nos bajamos las máscaras y sacamos rodando al hombre volador. Sadie sostenía un cartel que rezaba «EL HOMBRE QUE VOLABA» e hizo sonar las palabras con un pito de carnaval. Clark salió a escena con los zancos de dos metros para manejar la inmensa marioneta y se oyó un murmullo entre el público. Abrí el telón del diminuto escenario y empezó el espectáculo. Los pobres críos no tenían escapatoria. Cuando cortamos la última cuerda y el hombre cayó estrepitosamente al suelo como un saco de huesos, aquellos niños de tercero supieron que íbamos en serio.

Luego entramos en el meollo de la función: un relato de la Guerra del Terror, ideada y orquestada por la CIA y el complejo industrial militar estadounidense. Aquellos niños recibían a diario su dosis de propaganda imperialista americana en todo, desde los dibujitos animados que veían los sábados por la mañana hasta los cereales azucarados del desayuno, así que cuarenta minutos de contraprogramación eran lo mínimo que podíamos hacer para liberarles la mente.

Lo cierto es que pensamos que los profesores nos lo agradecerían.

Los críos estaban absortos, pero cuando llegamos a la retirada soviética y el resurgir de los talibanes con la ayuda de las armas suministradas por Estados Unidos, hasta con la máscara puesta, reparé en que los profesores, nerviosos, se apiñaban alrededor de la directora junto a la puerta del fondo del gimnasio. Parecían bastante disgustados.

En nuestra defensa, debo decir que los niños que hacían de víctimas se lo estaban pasando cañón, pero cuando llegamos a la invasión de Afganistán por parte de Estados Unidos y los mataron a todos con un ataque por dron, lo mismo nos pasamos de intensos. En el momento álgido, Sadie tocó el himno nacional a ritmo de marcha fúnebre mientras que Clark hacía su entrada con los zancos de dos metros, vestido de Muerte, agachándose sobre los cadáveres de las víctimas esparcidas por el escenario. La de Muerte era la marioneta más grande que habíamos hecho nunca y era absolutamente aterradora. En nuestro último cuadro vivo, parecíamos bestias espantosas plantadas sobre un campo de cadáveres mientras la inmensa calavera sonriente de la Muerte se alzaba sobre nosotros como una luna malévola.

Fue entonces cuando uno de los críos empezó a llorar. ¿Cómo íbamos a saber nosotros que buena parte de ellos tenían a algún progenitor destinado en el extranjero? Me da la impresión, además, de que la primera niña que se echó a llorar buscaba llamar la atención quizás. El caso es que se produjo una reacción en cadena y de pronto había niños llorando por todas partes. Por los orificios de la máscara vi a los profesores sacando a los niños por la puerta de atrás como si el edificio estuviera en llamas, mientras la señora Marsten enfilaba furibunda el pasillo hacia nosotros.

—Bajad del escenario —espetó—. ¡DE INMEDIATO!

Hicimos una reverencia y, por lo visto, no fue nada oportuna, porque la directora me arrancó la máscara de la cara, se me enganchó la goma en el pelo y perdí un mechón. Estaba cabreadísima. Sadie y yo levantamos al general por un lado, Richard salió de debajo y juntos vimos a los últimos niños desvanecerse por las puertas del gimnasio. Hacía una hora nos

habían tratado como a celebridades y de pronto se comportaban como si hubiéramos matado a Elmo. La verdad, yo creo
que la culpa fue de los profesores por no prepararlos mejor.

La directora desapareció y nos dimos cuenta de que la mayoría de los profesores se habían ido, así que paramos la función
y cargamos las cosas en la ranchera. Nosotros estábamos contentos y ¿lo de los niños que se habían puesto a llorar...?
Cuando haces arte de verdad, no siempre le gusta a todo el
mundo. A la mañana siguiente ni se acordarían de por qué
lloraban y puede que algunos de ellos empezaran a hacerse preguntas sobre la hegemonía de Estados Unidos. Clark entró a
buscar nuestro cheque. Se puso el sol y empezó a hacer frío.
Salió al cabo de un buen rato.

—No nos pagan —sentenció.

—¿Qué quieres decir? —preguntó Richard.

—Que no hay cheque a nuestro nombre —contestó
Clark—. Dicen que hemos traumatizado a los niños y probablemente vulnerado la Ley Patriótica.

—¿La ley qué? —espetó Richard.

—Me he gastado cuarenta dólares en gasolina —protestó
Sadie.

—Pues te vas a tener que fastidiar —repuso Clark—. Están
bastante cabreados.

—Y en comida —añadió ella.

—Es injusto de cojones —tercié yo, porque me pareció que
la situación justificaba el uso de palabras malsonantes.

—Yo me he gastado trescientos setenta y cinco pavos en
materiales para este espectáculo —dijo Richard—. Tengo los
recibos. Les guste o no, lo mínimo que pueden hacer es cubrir-
nos los gastos.

El colegio se negó. Terminamos teniendo un debate público
bastante acalorado con la señora Marsten y un puñado de sus
soldados de asalto en el aparcamiento. Nosotros procuramos
mantener el foco en la libertad de expresión y en la resiliencia de
los críos y ellos nos replicaron con términos incendiarios como
«pervertidos» y «abuso». Al final, alguien llamó a la policía.

Cuando la directora terminó de explicarles que la disputa giraba en torno al pago por un espectáculo de marionetas ejecutado ante unos niños de tercero sobre la culpabilidad de Estados Unidos en el 11-S, los polis ya habían dejado de prestar atención a nuestra versión de los hechos. Nos obligaron a descargar la ranchera. El general, desde luego, iba a necesitar otra mano de pintura si queríamos volver a usarlo.

Richard quiso explicarles la diferencia entre glorificar el uso de las drogas y protestar por el uso del narcotráfico de la CIA para financiar ilegalmente la intervención de Estados Unidos en guerras extranjeras, pero los polis ya habían tomado su decisión. Después de «registrarnos» el vehículo, quedaban pocas marionetas que pudiéramos salvar. Por un lado, demostró el poder del arte del titiritero; por otro, resultó humillante de la hostia.

Cuando nos dejaron marchar, los críos ya se habían ido a casa hacía rato y el colegio estaba vacío. Teníamos hambre y estábamos aturdidos. El coche patrulla nos siguió todo el camino hasta el límite del municipio para asegurarse de que nos íbamos, algo que me pareció una exageración. Miré a Clark, sentado en el asiento del copiloto, y estaba blanco, con los labios muy apretados. Le temblaba la mano izquierda de las emociones que estuviera reprimiendo y llevaba la derecha enfundada en el guante de Pupkin, al que sujetaba en el regazo.

En Massachusetts, anochece temprano en invierno y, cuando llegamos a la casa de sus padres, a las afueras de la ciudad, ya estaba oscuro. Entramos y empezamos a encender fluorescentes, pero la casa estaba helada. La calefacción apenas funcionaba. Clark no le dijo ni una palabra a nadie; subió al dormitorio grande y se encerró allí. Ninguno de nosotros habló mucho. Nos comimos unos macarrones con queso precocinados y nos acostamos. Yo dormí en el sofá del salón y no había pasado tanto frío en mi vida.

En mitad de la noche, me levanté a hacer pis y, al volver del baño, detecté una especie de luz anaranjada y pulsátil en la cocina. Me asomé por la ventana y vi a Clark en el jardín trasero con Pupkin enfundado en la mano. Habían prendido fuego al general y lo estaban viendo arder; sus rostros pálidos refulgían en la oscuridad.

A la mañana siguiente, Clark nos dijo que ya sabía qué había salido mal.

—Lo que ha salido mal es que nuestro mensaje es político y tú nos has contratado una función en un colegio —espetó Richard.

—Lo que ha salido mal es que hemos perdido el rumbo —repuso Clark—. Nos hemos vuelto perezosos. Hay que profundizar más, esforzarse. He convivido mucho con Pupkin y tiene una profundidad que hace que nuestras marionetas parezcan muertas. Quiero que nos quedemos aquí, que volvamos a comprometernos con nuestros principios fundamentales, que exploremos las ideas que me está dando este títere. —Vivíamos de aquello: a ninguno de nosotros le extrañó lo de prestar atención a lo que un títere tuviera que decir—. La política va y viene —continuó Clark—. Somos titiriteros porque sabemos que Punch y Petrushka y Guignol albergan fuerzas primitivas, desestabilizadoras, anárquicas, que podemos desatar y que ponen en jaque las estructuras de poder que pretenden convertirnos en superpatriotas para propagar la *Pax Americana* por el mundo. Tenemos que estar por encima del teletipo de la CNN. Hay que escuchar a Pupkin. Este es nuestro momento. Si nos quedamos aquí y nos esforzamos, podemos volver con algo salvaje, poderoso y auténtico. La pregunta es: ¿estáis los tres dispuestos a ceder una semana de vuestra vida al arte?

Pues claro. Juramos quedarnos allí toda la semana y hacer un taller intensivo. Ellos ya habían hecho retiros allí antes, así que había víveres en el sótano. Prepararíamos máscaras y marionetas nuevas y montaríamos otro espectáculo. Uno fiel a nuestras ideas. Uno dictado por el poder primitivo desatado por Pupkin.

—Yo ya empecé anoche —nos dijo Clark.

Bajó al sótano y volvió cargado con tres máscaras terminadas. Tenían los ojos perfilados de negro, la boca sonriente y mofletes blancos. Aquella sonrisa prometía travesuras y diversión. Eran Pupkins. En aquel rostro de tamaño natural, Pupkin parecía más violento, más peligroso, como quitarle la anilla a una granada de mano.

—Creo que ha llegado la hora de que nos tomemos en serio nuestro trabajo —sentenció Clark.

Cuando trabajas con una máscara, tu rostro se adapta a ella. Te olvidas del tipo de espectáculo que quieres hacer. Con tu cuerpo, tomas esto, tumbas aquello y haces cosas que no entiendes; lo importante es rendirse a su voluntad. No te resistes; dejas que su personalidad te suplante. Lo bueno es que no eres responsable de tus actos porque tú solo sirves de vehículo a la máscara y la única regla que hay que respetar es que cuando el jefe del taller te dice «¡Quítate la máscara!», te la quitas de inmediato.

Lo malo es que Clark nunca nos pedía que nos quitáramos las máscaras.

En nuestra primera sesión con los Pupkins, nos dijo que había puesto una alarma para dentro de cinco horas. Eso es mucho tiempo para que tres máscaras hagan de las suyas en una casa. Cuando por fin nos ayudó a quitárnoslas, yo tenía la cara empapada en sudor y fue un alivio poder respirar algo que no apestara tanto como mi aliento. A Sadie se le había empapado la camiseta. Richard tenía una raya de rojo intenso en la frente y los ojos irritados.

Cuesta explicar lo que se siente al llevar una máscara. Eres consciente de lo que sucede a tu alrededor, pero lo sientes muy lejano. Cuanto más rato la llevas, más lejos ves el mundo a través de los orificios oculares. El paso del tiempo se difumina porque la máscara está activa y te sumerges en un estado de semisomnolencia, pero mola porque tú no estás al mando. Nada es culpa tuya. Eres una marioneta. Como decía Clark: «Un títere es una posesión que posee al poseedor». Y la máscara convierte a la persona en marioneta.

250

Yo tenía un vago recuerdo de aquella sesión y, si me hubieras pedido que escribiera en un papel lo que habíamos hecho, habría puesto «jugar». Lo que hicimos en realidad fue destrozar la casa. Los Pupkins reventaron los cojines del sofá y encontramos relleno hasta al borde del jardín trasero. Uno agarró los víveres y los pisoteó por el suelo de la cocina. Otro arrancó hasta la última hoja del listín telefónico y atascó con ellas el váter de la planta baja.

—Mis padres van a reformar la casa de todas formas —dijo Clark—. No os preocupéis. Lo importante es que tengo un cuaderno entero de ideas. Habéis caído en algunos arquetipos poderosos. Este es el comienzo de un espectáculo muy vital. Me he sentido como si estuviera solo en casa con un puñado de monstruos. Ha sido absolutamente aterrador.

Luego rio. Nunca lo había visto tan contento.

Clark jamás se quitaba el guante de Pupkin, y nos hacía llevar las máscaras de Pupkin cada vez más rato. Nuestra vida se convirtió en un sueño brumoso salpicado de momentos de vigilia en los que teníamos frío, nos encontrábamos mal y nos sentíamos raros e incómodos. Cada vez nos apetecía más perdernos en las fantasías de Pupkin.

Al despertar, nos encontrábamos la casa plagada de envoltorios de bollería industrial, bolsas de chuches vacías, cajas de dónuts y galletas aplastadas. Nos despertábamos con el estómago revuelto y una costra de glaseado adherida al orificio bucal de la máscara. Por lo visto, a Pupkin le chiflaban los dulces. Llenamos el sótano de títeres que había hecho Pupkin y todos eran Pupkins. De las paredes colgaba una máscara de Pupkin detrás de otra, de distintos tamaños, desde las que eran tan pequeñas como el tapón de una botella hasta las del tamaño de la tapa del cubo de la basura. Despertábamos cubiertos de papel maché.

Al cabo de unos días, empezamos a despertar desnudos y pringados de mierda, con cortes y moratones por todo el cuerpo. En las paredes había palabras escritas en la jerga de

Pupkin, como «¡PIPICACA!», su grito de victoria. Cuando estábamos despiertos, nos duchábamos y comíamos en silencio y Clark siempre nos decía: «Estamos consiguiendo muy buen material». Luego nos volvíamos a poner las máscaras y nos convertíamos en Pupkin otra vez.

Perdíamos la noción del tiempo. Empezaron a aparecer boquetes en la pared y a mí me dolía el pie izquierdo como si me hubiera roto los dedos. Había ventanas reventadas, pero solo en la parte de atrás, las que no se veían desde la calle. Una vez, al despertar, nos encontramos media pared de pladur del salón arrancada de cuajo y el material aislante esparcido por toda la casa. Uno de los Pupkins rompió la caldera y tuvimos que empezar a ducharnos con agua fría. Con el tiempo, nos quedamos hasta sin agua.

Visto con perspectiva, parece una estupidez, porque está claro que se nos fue la olla, pero entonces no lo veíamos así. Era como si hiciéramos magia, como si nos poseyera una fuerza superior a nosotros. Nos sentíamos poderosos. Ahora sé que nos escondíamos. Nos escondíamos de la cagada del Worcester Elementary, de la imposibilidad de parar la guerra, de la inviabilidad de cambiar el mundo con nuestro minúsculo talento. Todos nos damos cuenta de eso en algún momento, ¿no? Forma parte de la madurez. Entiendes que no vas a ser la estrella de la función. Ves que, con suerte, medio saldrás adelante y podrás pagar el alquiler. Entonces es cuando un montón de estudiantes de Teatro se pasan a Medicina. O se casan. O deciden que darle a la cachimba a primera hora de la mañana es buena idea. Nosotros no caímos tan bajo. Solo íbamos al Bosque de Tiquitú.

Despierto, me sentía perdido y nostálgico, pero entonces me ponía la máscara y volvía a casa. Con la máscara de Pupkin, me despertaba bajo el Árbol del Tictac, en el Bosque de Tiquitú, y era justo como nos lo describía mamá. Conseguí vivir en uno de sus cuentos de antes de dormir, donde podías jugar todo el día porque eras Pupkin y tu única responsabilidad era divertirte a todas horas. Pasé días de verano enteros en el Huerto de los Huesos o visitando la Playa de Vámonos para ver pasar en su barco a los pollos piratas soñolientos. La luz era dorada y anaranjada y el aire olía a pino. Perseguía a los Murciélagos de Azúcar. Hablaba con Gorriona. Me escondía del Hombre del Revés, que vivía en los árboles. Ese invierno no lo pasé en una porquería de casa de alquiler sin calefacción en Worcester, sino en el Bosque de Tiquitú, y no quería salir de allí.

Estar despierto empezó a ser como soñar, mientras que el Bosque de Tiquitú me parecía más real. Despertar se me hacía raro y desagradable y, como no sabíamos qué decirnos unos a otros, al final los tres éramos Pupkin casi todo el tiempo. Parecía más fácil, nada más.

Perdimos la noción del tiempo. Se nos escaparon los días. Recuerdo que Clark dijo: «Este material es alucinante». Recuerdo que llevaba el guante de Pupkin, que no me quitaba ojo. Recuerdo el frío que tenía cuando no estaba en el Bosque de Tiquitú. Recuerdo pequeños fragmentos de una existencia que interrumpía un sueño que yo quería que durara eternamente.

Recuerdo que llamé a mamá desde una cabina mientras Clark me vigilaba desde el coche. Le dije que iba a pasar la Navidad en casa de la familia de Ashley. Ashley era mi compañero de escena imaginario de mi taller imaginario de Shakespeare. Describí su casa como si fuera un paraíso de Norman Rockwell de chimeneas crepitantes y encanto WASP cubierto de nieve. Mamá, claro, se lo tragó.

—Acuérdate de llevarte a Pupkin —me dijo—. Ya sabes que no le gusta pasar las fiestas solito.

Con la llegada de enero, empecé a encontrarme huesitos grasientos en la encimera de la cocina. Al principio pensé que estábamos saliendo de caza cuando éramos Pupkin, atrapando mapaches o conejos, puede que incluso ardillas. Después de unos cuantos viajes a la tienda de ultramarinos a por víveres, me percaté de la cantidad de carteles que había de mascotas desaparecidas.

Fui a hablar con Clark.

—¿Qué estamos haciendo? —le pregunté.

Tenía frío y el estómago revuelto, como siempre que no era Pupkin, pero entonces, además, sentía náuseas, una especie de bolo en el estómago.

—Estamos consiguiendo un material excelente —me contestó.

—¿Por qué hay huesos en la cocina? —quise saber—. ¿Qué estamos comiendo?

—No te preocupes por eso —dijo.

Pero sí me preocupaba. El cuerpo me pedía que me convirtiera en Pupkin otra vez y huyera al Bosque de Tiquitú, pero me obligué a salir descalzo al jardín y registrar la fogata que habíamos hecho con la mesa y las sillas de la cocina la noche anterior. Hurgué en las cenizas. Encontré un collar de perro. Tendría que haberme ido entonces, pero habíamos llegado demasiado lejos y no podía digerir lo que habíamos hecho. Lo que yo había hecho. Fui a por mi máscara y me escondí otra vez en el Bosque de Tiquitú. Pensé que la cosa no podía ir a peor.

Tengo un recuerdo fragmentado de lo que ocurrió después. Ruido y caos, gritos y cosas que se rompían. Pupkin en la oscuridad y unos platos que se estrellaban contra el suelo de resplandecientes baldosas. Una mujer llorando y chillando a la vez. Mi brazo arrancando un teléfono de una pared. Pupkin tirando una puerta de una patada mientras una mujer se alejaba de él como una bola de *pinball* y luego volvía corriendo, perseguida por otro Pupkin, aferrada a un niño pequeño que chillaba de miedo; y un tercer Pupkin estampando un televisor contra una pared. Pupkin con la puerta de una nevera abierta, tirando al suelo todo lo que había dentro. Huevos que chorreaban desde el techo; leche, zumo de naranja y sucedáneo de crema de leche formando charcos en los elegantes baldosines. La mujer, con la espalda pegada a la pared, deslizándose hasta el suelo, llorando; el crío, lánguido, apretado contra el pecho; los dos sentados al aire frío que entraba por la puerta abierta de la calle, con los ojos tan vacíos como los de un muñeco.

Al despertar esa vez, noté que algo pringoso se me había secado en los brazos. Lo probé: era zumo de naranja. Tenía yema de huevo reseca en el cuero cabelludo. Los pies descalzos estaban sucios y llenos de cortes, entonces supe quién era aquella mujer. La había visto antes. Era la señora Marsten. No quería pensar en ello. No había sido yo, sino Pupkin. Volví a ponerme la máscara y me escondí en el Bosque de Tiquitú. Pero al final tuve que salir.

La siguiente vez me encontraba en el sótano, llevaba unos vaqueros grasientos y estaba rodeado de caras de Pupkin en la pared y se reían todas de mí. Él era más fuerte que nosotros. Le habíamos dado demasiado. Nunca le habíamos negado nada. No tenía límites. Lo que viniera a continuación iba a ser terrible.

Debía hacer algo mientras aún fuera yo, porque, en esos momentos, ser yo era como perseguir una pastilla de jabón por la bañera y, por más que me empeñara en huir y esconderme, en aquel preciso instante, en el sótano frío, supe que no podría volver a ser Mark. Agarré el mechero sin pensarlo. Lo encendí, acerqué la llama a la barbilla de una máscara grande de Pupkin que colgaba de la pared y la mantuve ahí hasta que noté que me quemaba el pulgar. Fui imbécil. El papel maché arde rápido y la máscara estaba junto a las escaleras de madera, con lo que casi nada más encender el mechero las llamas empezaron a propagarse por la pared, de máscara en máscara, de Pupkin en Pupkin, lamiendo la base de las escaleras de salida.

Me puse corriendo la camiseta y di un salto hasta la puerta. Ya me notaba la espalda como si estuviera pegado a un horno abierto. Pensé que podría rodear el edificio y avisar a Sadie, a Richard y a Clark. Tenía los pies hinchados y cubiertos de heridas infectadas y, cuando conseguí llegar cojeando a la puerta principal, ya sabía que la había cagado pero bien.

Desde el jardín delantero no se veía el fuego aún, solo humo que salía por las ventanas rotas de la parte de atrás y unos demonios anaranjados que danzaban al otro lado de los cristales. Subí a trompicones los escalones de entrada y noté que me quemaban los pies. Llamé a voces a Richard y a Sadie. Quizás a Clark. Quisiera pensar que lo llamé a él también.

Debía hacer algo, pero el fuego era demasiado voraz y yo estaba demasiado débil y no iba a poder salvarlos. A ninguno de ellos. Apenas tenía energías para salvarme yo. Había querido poner fin a lo que estábamos haciendo, pero no lo había pensado bien. Mi solución había sido una solución propia de Pupkin, todo instinto y emoción. Había prendido fuego a mis amigos.

Sabía que iba a empezar a llegar gente y no me veía capaz de encarar lo que había hecho porque era un cobarde y, como todas las máscaras de Pupkin habían ardido, ni siquiera podía huir al Bosque de Tiquitú, así que di media vuelta y enfilé la calle dando tumbos, con la camiseta desgarrada y los vaqueros sucios, cojeando descalzo y con los pies ensangrentados. Volví la vista atrás y vi una columna de humo que se alzaba al cielo frío y azul. Se me clavaban las chinas en la planta de los pies, pero agradecí el aire fresco. Dejé que me recorriera como un río, que me quitara la mugre, me vaciara el cerebro, se llevara todos mis pensamientos. Al cabo de un rato, oí sirenas. A mi espalda, crujieron unos neumáticos que fueron aminorando la marcha y un monovolumen azul marino se detuvo a mi lado.

—Hijo, ¿te has hecho daño? —me preguntó un tiarrón con corte de pelo militar.

Al oír a alguien llamarme «hijo», casi se me saltaron las lágrimas, pero conseguí graznar:

—¿La estación de autobuses, por favor? Tengo que volver a casa.

Como iba tan sucio, me hizo sentarme en una hoja de periódico en la parte de atrás, pero en cuanto el vehículo tomó velocidad empecé a notar que la casa, Clark, Organ, Richard, Sadie, Pupkin, el fuego y todas las cosas horribles e imperdonables que había hecho quedaban atrás y me libraba de ellas. Pasó por nuestro lado un camión de bomberos en la dirección contraria.

Al llegar a la estación de autobuses, me bajé del vehículo sin despedirme siquiera. Debía seguir avanzando mientras me quedaran fuerzas. Me acerqué a la primera mujer que vi vendiendo billetes y le dije:

—No tengo dinero, pero tengo que volver a casa, a Boston. Necesito volver con mi madre.

Frunció los labios y echó un vistazo a la sala.

—¿Te has metido en algún lío? —me preguntó.

—En uno muy gordo —contesté.

Hizo algo en el ordenador y me pasó un billete por la ranura de debajo de la ventanilla.

—Sale un bus dentro de cuarenta y cinco minutos —me dijo.

Entonces me eché a llorar.

Cuando llegó el bus, le susurró algo al conductor y el hombre me dejó subir el primero y sentarme al fondo. Solo había otros doce pasajeros. Al pasar el peaje, yo ya estaba revolviéndome por dentro. Cada vez que cerraba los ojos veía el rostro lloroso de la señora Marsten, oía el crepitar del fuego, me despertaba sobresaltado y, a los pocos minutos, el runrún del bus me volvía a adormilar, bajaba la guardia y oía de nuevo el fuego y me despertaba otra vez.

No quería seguir siendo yo. Había abandonado a mis amigos. No podía vivir así. Quería volver a ser Pupkin para esconderme en el Bosque de Tiquitú y no tener responsabilidades. Sentía que no cabía en mi propio pellejo. Cuando vi el rótulo de «BOSTON 25 KM», lloré porque entendí que tendría que seguir siendo Mark toda la vida. Tendría que vivir con lo que había hecho.

Me bajé del bus en South Station. A la entrada había un mapa y localicé la universidad. Estaba lejos, pero no me quedaba alternativa, así que empecé a andar. Hacia medianoche empecé a reconocer mi entorno. Una hora después, pasé el control de seguridad y entré en mi residencia. Nadie me pidió el carné de estudiante, una suerte, porque me lo había dejado en la casa de la sierra. Pedí la llave de reserva en recepción, entré en mi cuarto y me di una larga ducha caliente. Cada vez que cerraba los ojos oía alaridos: los de la señora Marsten, los del fuego, los de Sadie y Richard…

Me tiré en la cama y desconecté del mundo. Tengo un vago recuerdo de las entradas y salidas de mi compañero de cuarto durante los días siguientes y de que a veces la habitación estaba iluminada y otras a oscuras, y unas veces estaba solo y otras no. Recuerdo que bebí agua fría del grifo y pillé unas monedas del suelo para comprarme patatas fritas barbacoa en la máquina expendedora. Se hizo de noche, de día, de noche, de día otra vez, y se me pasó el hambre y me quedé tirado en la cama sin más, dejando que el mundo me diera vueltas alrededor. Luego un día abrí los ojos y vi a mamá sentada al borde de la cama.

—Me tenías preocupada —dijo.

Le conté que tenía mononucleosis y que quería volver a casa. Creo que ella sabía que había algo más, pero no me preguntó y yo tampoco se lo expliqué. Los dos estábamos más a gusto así. Me dio de comer crema de champiñón y ordenó mi cuarto. La tarde siguiente cancelé oficialmente mi matrícula en la Universidad de Boston.

Entonces por fin me hizo la pregunta.

—¿Dónde está Pupkin?

Yo había temido aquel momento. ¿Qué le iba a decir? ¿Que había ardido en Worcester cuando yo había asesinado a la gente del colectivo radical de titiriteros? Hice lo único que podía hacer: mentir.

—Me lo he dejado olvidado en la casa de mi compañero de escena —dije—. Ya me lo mandará por correo.

Al menos así ganaría un poco de tiempo. No la convencí.

—Pues llama a ver si lo acerca al hotel —contestó—. No podemos vivir sin él.

Le prometí que lo haría, pero no fue así. Le dije que no me respondían, pero que había dejado un mensaje y me lo mandarían por correo.

Salimos del hotel a las seis de la tarde para tomar el vuelo de las diez. Pensé que a mamá se le había pegado algo de papá con eso de ir al aeropuerto con tanto tiempo, pero, al subirnos al taxi, me preguntó dónde vivía mi compañero de escena. La mentira se había hecho tan grande que no veía la forma de escapar de ella. Tenía el cerebro demasiado perjudicado para inventarme una dirección, así que le di la única que sabía.

El 523 de Wheeler estaba a oscuras cuando llegamos y eso me alivió. No andaban por allí. Llamaría a la puerta, no me abrirían, le diría a mamá que ya me mandarían a Pupkin por correo, nos iríamos a casa y lo solucionaría después. Yo solo quería volver a casa.

—Albert y yo te esperamos aquí mientras vas a por Pupkin —me dijo, porque, claro, se había enterado del nombre del taxista y de que era químico, nigeriano y tenía una hermana monja.

No había escapatoria. Bajé del coche y mamá me vigiló mientras cruzaba la calle. Con cada paso sentía un terror infinito. Subí los escalones del portal pensando todo el rato que, en cualquier momento, se iban a encender un montón de reflectores, iban a salir polis de todos los rincones y me iban a esposar y a detenerme por provocar un incendio.

Pero simplemente me vi plantado delante de la puerta otra vez. Como no me quedaba otra, toqué el timbre y esperé. No oí ningún ruido dentro durante un buen rato y ya empezaba a pensar que me había librado cuando se abrió con un traqueteo la puerta del apartamento y la luz del interior iluminó el rellano. A través del cristal, no pude ver quién era, solo una sombra que se acercaba. Entonces se abrió la puerta y vi a Clark mirándome. Llevaba los mismos zapatos, las mismas gafas, tenía el pelo igual, pero ninguna quemadura ni vendajes ni cicatrices. A lo mejor nunca habíamos estado en Worcester. Quizás había sido todo un sueño.

—Hola —dijo.

Por encima de mi hombro vio el taxi esperando y yo lo vi a él deducir lo ocurrido en un segundo.

—¿Estáis todos bien? —pregunté en voz baja—. ¿La casa de tus padres está bien?

—¿Qué quieres?

Era como si no nos conociéramos.

—El títere de Pupkin que era de mi madre —contesté—. Lo necesito.

Estuvo un segundo sin moverse y pensé que lo mismo el títere se había quemado en el incendio. Le podía decir a mamá que mi compañero había perdido a Pupkin y ella se entristecería muchísimo, pero yo sería libre. Al cabo de un momento, dio media vuelta y entró en la casa; yo podría haberlo seguido, ver si Sadie y Richard estaban bien, aclararlo todo, pero, en aquel momento, ya me costaba sostenerme de pie, así que esperé.

Un minuto después volvió con Pupkin en la mano y me lo tendió.

—¿Os…? —empecé, se me hizo un nudo en la garganta, lo intenté otra vez—. ¿Richard y Sadie están bien?

No cambió de expresión. Tiró a Pupkin a la calle y me dio con la puerta en las narices. Por el cristal, lo vi volver a su apartamento; luego di media vuelta y crucé la calle con Pupkin en una mano.

No podía con aquella situación. Ya no era alguien especial. Me habían echado del grupo. No era más que Mark, que había matado a dos personas porque era un imbécil y un egoísta y eso era lo que sería toda la vida. A la luz de la farola, bajé la vista y vi a Pupkin sonreírme y me dieron ganas de calzarme el guante y huir de nuevo al Bosque de Tiquitú. Pero me obligué a mover las piernas y volví al taxi.

—Ese hombre parece muy mayor para ser estudiante —me espetó mamá en cuanto cerré la puerta. Antes de que me diera tiempo a contestar, asió a Pupkin y se lo puso en el regazo—. Hola, chiquitín —le dijo.

—Era el profesor adjunto —respondí.

Siguió hablando con Pupkin y con el taxista todo el trayecto hasta el aeropuerto. No sé qué le contó a papá, pero ninguno de los dos me dijo nunca nada de Boston y yo tampoco a ellos, es como si aquellos seis meses de mi vida jamás hubieran existido.

23

Por respeto, Louise dejó que el silencio se prolongara todo lo posible, pero llegó un momento en que no pudo aguantar más. Mark llevaba muchísimo rato hablando.

—Como no vaya al baño ahora mismo, me voy a hacer pis encima —dijo.

Nada más decir «encima», salió disparada al baño y echó el pestillo. Volvió al cabo de un minuto, sintiéndose mucho mejor. A la luz intensa del Waffle House, Mark parecía perdido.

—Mírame —le dijo él y, al inclinarse hacia delante, la tripa se le amontonó en el regazo—. No estás loca. Ha ocurrido de verdad. Te ha atacado el títere de la infancia de mamá. Es real. Yo he visto lo que es capaz de hacer. Esa cosa es la culpable de todo esto. Pero le he pegado un tiro. Esta vez está muerto de verdad.

Se miraron. Louise asintió con la cabeza.

—Un tiro, no, lo has cosido a balazos —dijo ella.

Vio que Mark fruncía los ojos y soltó una carcajada.

—No bromees con eso —le pidió él, pero ya era demasiado tarde.

Se echaron a reír los dos, pero no como dos chiflados, sino de verdad. Les sentó bien. Restó importancia a Pupkin. Como si las cosas que les habían pasado fueran anécdotas de familia, por fin compartidas. Como si hubieran pasado página de una vez.

«Debería decírselo ahora —pensó Louise—. Debería contarle lo del estanque».

Iba a hacerlo cuando la camarera pasó por su mesa.

—¿Qué tal todo? —preguntó.

—Uy, estupendo —contestó Mark—. Estamos conectando de verdad.

A la camarera le daba exactamente igual. Se esfumó antes de que Mark terminara siquiera la frase. Poco a poco, se iban serenando.

—Todo lo que has visto esta noche, lo he visto yo también —le dijo Mark con calma y con franqueza—. No es cosa tuya, es de familia. Es por Pupkin.

Louise no reconocía a aquel hombre que tenía sentado enfrente. No había dejado la universidad el primer año porque fuera de fiesta en fiesta. No había vuelto a casa y se había puesto a lloriquear por ahí como un niño consentido. Lo había mordido el mismo bicho que a ella, solo que peor. Merecía saberlo.

Pero otra idea irrumpió en su pensamiento e hizo que le hirviera la sangre de rabia. «¿Qué nos hizo nuestra madre?». Había metido a Pupkin en la vida de sus hijos. Se lo había dado a Louise y se lo había dado a Mark, y esa cosa había estado a punto de matar a Mark dos veces y casi la había matado a ella. Su madre debió de verla enterrar a Pupkin aquel día, lo desenterró, lo lavó hasta dejarlo como nuevo y volvió a ponerlo en su cama, pero, en vez de intentar averiguar por qué lo había enterrado Louise, había hecho como si no pasara nada. Cuando Pupkin le había arruinado la vida a Mark en la Universidad de Boston, su madre no había hecho preguntas porque no quería saber la respuesta. Los había sacrificado por Pupkin.

—Lo siento —dijo Louise—. Necesito que sepas que lo siento. Siento haber pensado que eras alguien que no eras. Siento haberte odiado por eso durante años. Pero ¿por qué no dijiste nada? Podías habérmelo contado.

—¿Cuándo? —preguntó Mark pasando el tenedor de canto por el plato y sacando con los dientes la grasa solidificada—. ¿En alguno de nuestros múltiples momentos fraternales? ¿En alguna de aquellas charlas divertidas de madrugada mientras nos pintábamos las uñas de los pies y bebíamos vino blanco? Mamá era la única que sabía que había pasado algo, pero nunca me preguntó. Yo estaba avergonzado y me daba miedo. Aún me da. ¿Sabes cuántos años he vivido con miedo? Le destrozamos la casa a aquella mujer. Incendié la vivienda de los padres de Clark. No sé qué fue de Sadie ni de Richard. Cualquiera de los dos podría aparecer un día, de repente, y arruinarme la vida. O no. No sé qué es peor. Vivo con un miedo constante y soy demasiado cobarde para hacer algo tan sencillo como buscarlos en Google y averiguar la verdad.

—¿Cómo has podido ignorarlo tanto tiempo? —le preguntó ella.

—Somos así —contestó Mark—. La familia entera guarda secretos.

Louise le dio un sorbo al café. Le supo frío y de verdad. Las chanclas y los pantalones de chándal prestados eran de verdad, las luces demasiado intensas del Waffle House eran de verdad, la camarera era de verdad. Debía ligar de algún modo aquella realidad a la realidad en la que unos títeres cabreados querían matarlos.

Vio cómo Mark se echaba azúcar en el café frío y, tal vez por un efecto óptico o por la forma en que le caía el flequillo por la frente, durante un segundo le pareció su hermano pequeño. Estuvo a punto de no decirle nada, pero entonces se habría parecido aún más a su madre.

—Mark… Pupkin me ordenó que te matara aquella Navidad en casa de los Calvin. Todo lo que recuerdas ocurrió de verdad: te hice subirte al hielo, vi que te caías dentro, me fui, y al volver a la casa no dije nada. Porque me lo dijo Pupkin.

—¿Qué? —dijo su hermano alzando la vista espantado.

Louise se lo contó todo. Cuando terminó, Mark tenía los ojos rojos. Se frotó ambas mejillas con la base de las manos.

—¿Os traigo algo más? —preguntó la camarera plantándose junto a la mesa.

—La cuenta, por favor —pidió Louise.

—Ni siquiera recordaba que tuvieras a Pupkin por entonces —dijo Mark cuando se fue la camarera—. Había olvidado que lo llevabas siempre contigo. ¿Y te hablaba?

—Todo el rato —contestó ella—. En mi cabeza. Y me mordía, me pellizcaba y me hacía daño si no le obedecía.

—Por eso te odiaba tanto —dijo él—. Porque lo enterraste. Lo dejaste solo. Y a mí me odiaba porque me tenía celos. Como el pequeñín de la casa cuando llega otro pequeñín, que piensa que lo va a reemplazar. Joder, Louise, como nunca hablábamos entre nosotros, pensábamos que estos eran nuestros secretitos, pero esta es la historia de toda nuestra familia.

—Algo así —contestó ella.

—¿Algo así? —preguntó él asustado—. ¿Qué crees que les pasó a mamá y papá? ¿No te has preguntado qué ocurriría esa noche? Pupkin me tenía celos porque pensaba que iba a ocupar su lugar y por eso intentó ahogarme. Se cabreó contigo porque lo enterraste y te la ha estado guardando hasta que te ha pillado sola. ¿Cómo crees que se sentiría cuando papá se rompió el tobillo y mamá se convirtió en su enfermera a tiempo completo?

Apareció la camarera con la cuenta en una mano, esperando un buen momento para dejarla en la mesa.

—¿A qué te refieres? —inquirió Louise.

—Durante todo su matrimonio, papá cuidó de mamá y mamá de sus títeres —contestó Mark—. De pronto cambian las tornas y mamá cuida de papá y no le hace ni caso a Pupkin. ¿Y si Pupkin empezó a tenerle celos a papá como me los tenía a mí?

Todo encajaba tan bien que Louise no pudo decir más que:

—Ah.

—¿Y si el «ataque» no fue un ictus o algo así? —dijo Mark—. ¿Y si Pupkin atacó a papá como te ha atacado a ti y mamá de pronto se dio cuenta de que la cosa había ido demasiado lejos? A lo mejor por eso se llevó a papá al hospital en plena noche… Y mamá se sentía tan culpable que iba distraída y se empotró en el semáforo y así estamos, con los dos muertos y todo por culpa de Pupkin.

Louise se acordó del martillo que había en el suelo del salón, del trocito de madera que le faltaba a la mesa de centro, del bastón tirado delante de la tele.

—Pupkin estaba primero —dijo Mark—. Llegó aquí antes que todos nosotros. Es de cuando mamá era una cría. A Pupkin la única persona que le importaba era mamá. A ver, ¿por qué crees tú que sellaron el desván? Ahí arriba no hay ardillas.

Louise estaba harta de que la camarera anduviera rondando su mesa, así que alzó la vista y le preguntó:

—¿Te podemos ayudar en algo?

—Solo quería deciros que el pastor metodista del que os he hablado antes ya está aquí. Igual os viene bien…

Mark y Louise cruzaron con aire cansino el aparcamiento del Waffle House, al amanecer de aquel día gris y sin vida, en dirección a la camioneta de Mark. Su hermano llevaba las manos metidas en los bolsillos y sus pasos eran plomizos.

—¿Mark…? —lo llamó. Él se giró. Tenía cara de agotamiento y a Louise le entristeció ver asomar su carita de crío tras aquellos ojos llorosos e irritados—. Lo siento —le dijo—. Siento no haber sido más fuerte. Siento no habérselo contado nunca a nadie.

—Eras una cría —dijo él.

Una grúa inmensa pasó por delante del aparcamiento, con sus luces amarillas intermitentes y un monovolumen colgando de las cadenas traseras.

—Fue más que eso —contestó ella cuando desapareció el vehículo—. Tenía miedo de que mamá y papá me vieran de otra forma, que me mandaran a un montón de médicos y ya nunca más volviera a ser yo. Y estaba avergonzada. Y era más fácil fingir que no había pasado nada. Pero todo este tiempo, toda mi vida he sabido que me pasaba algo. Me he pasado la vida entera temiendo que, si no lo hacía todo perfecto, la realidad se desplegaría a mi alrededor y volvería a perderme otra vez. Pasaba tanto miedo en esa casa…

—Ahora sabes cómo me he sentido yo los últimos veinte años —dijo Mark.

Miró a su hermano pequeño, allí de pie, con su camiseta de Dead Milkmen, sus bermudas militares y sus sandalias deportivas Teva, aquel hombre de barriga cervecera al que conocía desde que era más bajito que ella, la única persona del mundo que conocía a sus padres como los conocía ella, el único que sabía lo que había ocurrido de verdad aquellas Navidades en casa de los Calvin, el único que sabía también lo de Pupkin, que lo sabía todo, desde el principio. Le dieron ganas de abrazarlo, de hacerle saber que no había cambiado de opinión sobre él ahora que sabía lo peor que había hecho, ahora que él sabía lo peor que había hecho ella.

No sabía muy bien cómo hacerlo, así que, de pronto, se acercó, superando años de mantener las distancias con su hermano, extendió los brazos, le rodeó los hombros y estrechó aquel cuerpo tieso contra el suyo para darle un abrazo. A los cinco segundos, ya estaba deseando soltarlo, pero se obligó a seguir abrazándolo y, al cabo de un momento, notó que él la rodeaba con los suyos también y la estrujaba, algo más de lo que ella habría querido, aunque no le importó. Él necesitaba a su hermana mayor y ella podía aguantar así el tiempo que hiciera falta.

Lo estrujó ella también, para que supiera que todo se iba a arreglar.

—Todo se va a arreglar —balbució él en susurros echándole el aliento caliente en la oreja y dándole palmaditas en la espalda.

—Eso es —dijo ella suponiendo que la había interpretado mal—. Todo se va a arreglar, Mark.

Le dio otro achuchón y él otro a ella.

—Te perdono —le soltó él al oído.

Ella frunció el ceño. ¿Se pensaba que la estaba consolando él a ella? Mark empezó a mecerla de un lado a otro, así que ella empezó a mecerlo a él también, dejándole bien clarito que era ella la que ofrecía consuelo. Él hizo un ruidito como para calmarla. ¡Que no estaba llorando! Debía poner fin a aquello antes de que se le fuera de las manos. Le dio a Mark un último achuchón rápido y se apartó. Su hermano la soltó y se quedaron los dos mirándose en el aparcamiento vacío, de nuevo a una distancia prudencial.

—¿Estás mejor? —le preguntó él.

—Espero que estés mejor tú —replicó ella—. Yo estoy estupendamente.

—Yo genial —dijo él, y entonces cayó en la cuenta de que aquello no era lo que él pensaba. Entornó los ojos—. ¿Te has pensado que me estabas…?

Ella lo interrumpió.

—¿Y qué hacemos ahora? —preguntó—. Con la casa, digo. A ver, está claro que no son mamá y papá los que están ahí dentro. Las malas vibraciones que notabas y todo ese rollo eran de Pupkin. Y te lo has cargado.

—¡Ya te digo! —contestó Mark—. Le he pegado un buen tiro a ese cabronazo.

—Le has pegado unos cuantos —coincidió Louise—. Pero ¿y lo otro? Esta vez no lo podemos ignorar. Es responsabilidad nuestra.

—Lo de los muñecones… —dijo Mark.

—Sí —contestó ella—. Eso mismo.

No sabía cómo confesar que le había estado ocultando lo del belén de ardillas.

—Tienes razón —dijo él pasándose la mano por la cara de arriba abajo—. Habrá que ocuparse del resto. Seguramente tendríamos que quemar la casa entera. Es lo que hacen con las casas encantadas y las mierdas malditas en las pelis de terror, ¿no? El fuego purifica.

—¿Todo lo arreglas igual? —preguntó Louise.

A Mark se le agarrotó el cuello.

—No tiene gracia —dijo.

—Perdona —se disculpó ella, avergonzada, pero Mark ya estaba hablando, sonriente.

—Es muy gracioso. No te tenía por chisposa.

Por la carretera iban pasando vehículos, un coche, luego tres, aumentando poco a poco a medida que iba haciéndose de día a su alrededor.

—Sería una estupidez volver a entrar en la casa —dijo Mark—. De todas formas, lo que tiene valor es el solar. Quien la compre la va a tirar para construir algo más grande.

—Eso le dije yo a Mercy, y me contestó que la casa tiene mucho valor porque la distribución es muy buena. Cree que se la podemos vender a una familia por mucho más de lo que nos pagaría una constructora por el solar.

—Joooder —espetó Mark, y empezó a dar vueltas en círculos agitando los brazos—. ¡JOOODER!

—Ya —dijo ella.

—El capitalismo nos tiene contra las cuerdas —protestó Mark.

—No nos queda otra que hacerlo nosotros.

—¿Llamamos a Agutter? —propuso Mark—. Él nos lo hace en una hora. —Louise negó con la cabeza—. Mierda. Es que no quiero hacerlo.

—¡Si te lo has cargado! —le soltó Louise—. Lo has destrozado. Lo quemamos y el resto es pan comido. No van a poder con los dos a la vez. Basta con que no nos separemos.

24

Sentados en el interior de la camioneta de Mark, miraban fijamente la casa a oscuras intentando reunir el valor necesario para entrar.

—A ver —dijo Mark—, entramos, lo agarramos, lo sacamos al patio y lo echamos a la parrilla.

—Eso mismo —confirmó Louise—. Entrar y salir.

—Lo he dejado hecho jirones cuando le he disparado. No debe de quedar prácticamente nada de él.

—Retales —coincidió ella.

No se movió ninguno de los dos. Siguieron mirando la casa. Pasó por allí un corredor y Louise se preguntó qué pensaría de ellos: dos personas sucísimas con pinta de haber pasado la noche en vela sentadas en una camioneta y mirando fijamente una casa a oscuras.

—Además, solo has visto moverse a Pupkin, ¿no? —preguntó Mark—. No me estás ocultando nada.

—Y a los muñecos Mark y Louise —dijo ella—. Y puede que al belén de ardillas. Digamos que me atacaron antes. Perdona.

—¡Mierda! —exclamó Mark dejándose caer sobre el respaldo, derrotado.

—Pero creo que me las cargué.

Louise escuchó atentamente el chasquido del motor mientras se enfriaba. Contempló la sencilla fachada de ladrillo, las contraventanas pintadas, las ventanas oscuras. Era como una máscara que llevaba su familia para ocultar su verdadero rostro.

—¿Crees que se moverán todos? —preguntó Louise.

—Sí, bueno…, no —contestó él—. Para eso tengo mi pipa —añadió levantando la pistola que tenía apoyada en el muslo. A Louise le dieron ganas de decirle que la guardara antes de que alguien llamara a la policía, pero su hermano le había salvado la vida. Aún le dolía el ojo izquierdo que Pupkin le había atravesado con la aguja—. Este es el plan: primero Pupkin, lo agarramos y lo freímos, luego vamos a por los muñecones para asegurarnos, y después a por el belén de ardillas.

—Hay que cargarse a todos los muñecos —dijo ella—. Por si acaso.

—Joder, son un montón —protestó él.

—Vamos —espetó Louise, y antes de que le diera tiempo a cambiar de opinión, bajó de la camioneta de Mark y cruzó en chanclas el césped sujetándose los pantalones de chándal con una mano.

Las sombras desdibujaban los arbustos. El aire frío le ponía la carne de gallina. No oía a Mark a su espalda, pero no podía girarse a mirar porque, en cuanto lo hiciera, perdería los arrestos y, después de eso, ya no habría manera de hacerla entrar en la casa. Volvió a latirle el corazón cuando oyó los pasos rápidos de su hermano a su espalda. Llevaba la pistola en una mano, escondida detrás del muslo. Por lo menos estaba haciendo un esfuerzo. Mark abrió la puerta mosquitera; Louise agarró el pomo de la puerta, lo giró y se colaron los dos dentro.

Ella se quedó junto a la puerta aguzando el oído. Mark cerró con cautela, rodeó a su hermana y enfiló sigiloso el pasillo sosteniendo el arma en alto con ambas manos. Louise se ajustó aún más los pantalones a la cintura y lo siguió.

Se lo encontró plantado en medio de su cuarto, escudriñando la moqueta carbonizada. La luz grisácea de la mañana rezumaba por las cortinas, lo suficiente como para ver que Pupkin había desaparecido. El relleno estaba por todas partes. Louise notó que la piel fría se le ponía tersa.

—Joooder —susurró Mark. Empezó a registrar la habitación, debajo de la cama, dentro del armario… Salió al pasillo y se detuvo—. Lulu… —la llamó en voz baja.

Señalaba el boquete de ventilación abierto en la pared. En el borde metálico afilado del conducto había un pedacito de la tela de color amarillo chillón de Pupkin. Louise sacó el móvil y se acuclilló junto al respiradero. Alumbró con la linterna del teléfono el conducto de ventilación. En un borde metálico dentado, un poco más adentro, unas cuantas fibras de Pupkin ondeaban suavemente movidas por la corriente.

Arriba, en el desván, algo pequeño cayó al suelo y rodó por él. Los ojos de Louise y de Mark se encontraron, muy abiertos y blancos en la penumbra. Ella señaló al techo y él asintió con la cabeza.

Louise se puso los vaqueros y los zapatos para poder moverse con mayor libertad; luego asió el martillo de la encimera de la cocina y se lo dio a Mark, que se subió a una de las sillas de la cocina que Pupkin había usado para atraparla y, haciendo palanca, empezó a levantar los tablones que sellaban la trampilla del desván con todo el sigilo de que fue capaz. Fue dándole a su hermana los tablones uno por uno, salpicados de clavos torcidos y tornillos rotos. Ella los apoyó con cuidado en la pared. Cuando Mark quitó el último, le pasó el martillo y ella lo dejó junto al montoncito de maderas. Él metió los dedos por el borde de la trampilla y miró a Louise a los ojos.

Ella dio una cabezada de aprobación. Mark tiró de la trampilla con ambas manos y los muelles chirriaron, resonando por el desván vacío. Se detuvo a medio camino; luego tiró del todo, haciendo sonar los muelles ruidosamente, una sola vez. Después se bajó de la silla de un salto y el impacto hizo vibrar las fotos enmarcadas que aún colgaban de las paredes. Louise desplegó los escalones de madera sin pulir y miraron los dos al rectángulo hueco y oscuro del techo.

Una bocanada de aire frío brotó de aquel hueco, rodó por los escalones e hizo que a Louise le temblaran los brazos descontroladamente. No se movía nada. Sonó de pronto el váter del pasillo y Louise dio un respingo. Corrió el agua un segundo y luego paró. El silencio de la casa era atronador. Aguzaron el oído todo lo posible, pero no oyeron nada.

Mark encendió la linterna, con la pistola en la otra mano, y puso un pie en el primer escalón, el otro en el segundo. Chirriaron los muelles y crujió la madera mientras subía por la trampilla del desván. A regañadientes, Louise lo siguió. La escalera botaba y crujía con el peso de los dos.

El desván a oscuras olía a savia, a pino sin pulir y a cosas olvidadas. Louise encendió la linterna del móvil. Si la planta baja estaba sobrecargada, el desván era un auténtico caos. Alumbró con el móvil unas torres de amarillo intenso de ejemplares de *National Geographic*, que nadie había sido capaz de tirar por las fotos, apiladas encima de maletas viejas que casi nunca usaban. Un palo de *lacrosse*, de la trayectoria profesional de tres meses de su hermano, colgaba de un perchero y, en una caja abierta de programas estropeados por el agua de antiguas funciones de teatro de Mark, había unos patines en línea Rollerblade que a Louise le encantaban. A la luz de la linterna pudo ver las minúsculas telarañas que se habían hecho en las ruedas volviéndolas plateadas. Algo le rebotó en el dorso de la mano y Louise se apartó de inmediato.

Mark le ofreció una raqueta de tenis. Ella la asió, la empuñó y se sintió más segura. Si le había funcionado con la ardilla, le funcionaría con Pupkin. Alumbraron los dos las montañas de porquerías, el paisaje caótico del pasado de los Joyner, y buscaron a Pupkin.

—Vamos a empezar por el fondo —susurró Louise señalando con la raqueta el extremo más alejado del desván, donde un ventanuco con rejilla de persiana dejaba pasar la luz cada vez más intensa del sol de la mañana. En la oscuridad, parecía tan luminoso como un reflector.

Blandiendo la pistola y la linterna con las muñecas cruzadas, como un poli televisivo, Mark empezó a abrirse paso por el atestado desván, con cuidado de no pisar el hospital de los clicks de Playmobil ni las bolsas de plástico llenas de pósteres enrollados.

No paraba de girar la cabeza, a su espalda, al frente, a los lados, a la espalda otra vez.

Mark se detuvo en seco y ella se empotró en su espalda. Alumbraba con la linterna un claro en el que los rayos iluminaban directamente el suelo. Los tablones de madera estaban barridos y, en el centro, había un cuartito minúsculo. Junto a una botella de agua y un jarroncito de vidrio tallado, se veía una lámpara de acampada. Al lado había una pelotita de goma de esas que botan tanto, una lata de canicas abierta, una caja de ceras nueva y un bloc. Junto a ellos, una caja de zapatos pintada de forma que pareciera una camita y, dentro, una almohada pequeñísima hecha a mano y una colchita de punto, y debajo estaba Pupkin.

Se lo quedaron mirando los dos y él miró al techo, sonriente. Tenía el cuerpo hecho jirones por los disparos de Mark, pero la cabeza estaba intacta y conservaba su forma original.

—Mamá le hizo un dormitorio —susurró Mark.

Louise lo entendió todo. Por muchas maldades que hiciera Pupkin, a su madre le fastidiaba dejar a su viejo amigo solo y a oscuras, así que había procurado que estuviera cómodo, ofrecerle cosas que hacer, juguetes con los que entretenerse, una cama en la que dormir. Pero a Pupkin no le gustaba estar a oscuras, odiaba estar solo, y por eso había buscado una forma de bajar por los conductos de ventilación, furioso al verse encerrado.

Nadie se movió.

—Agárralo —le dijo Louise en voz baja.

—¿Por qué yo?

—Porque llevas la pistola —susurró furiosa.

Mark estaba demasiado asustado para quitarle los ojos de encima a Pupkin.

—¿Y luego…? —preguntó él susurrando furioso también.

—A la pe-a-erre-erre-i-ele-ele-a —contestó ella en el mismo tono.

Se quedaron allí plantados mirando a Pupkin, que no apartaba la vista del techo.

—Vale —contestó Mark sin mover apenas los labios—. Voy a pe-i-ele-ele-a-erre el Pe-u-pe-ka y salimos escopeteados. Tú ve a la pe-a-erre-erre-i-ele-ele-a, que yo te sigo.

—Mark… —empezó a decir ella.

—Uno… —susurró él.

A Louise no le gustaba nada el plan, pero se preparó para salir corriendo.

—Dos…

Empuñó con fuerza la raqueta, preparada para atizarle a cualquier ardilla.

—¡Y tres! —gritó Mark, y Louise se abalanzó sobre la moqueta enrollada a sus pies, saltando cajas, y corrió a toda velocidad hacia la trampilla.

Desde demasiado lejos, oyó a Mark decir:

—¡No!

Louise se detuvo en seco, a medio camino de la salida, y se giró. Mark estaba plantado junto al pequeño dormitorio, alumbrándolo con la linterna, apuntando aún con la pistola, pero parecía que los brazos empezaban a flojearle.

—¡No quiero! —decía, pero no era a ella.

Le hablaba a Pupkin.

—¿Mark…? —lo llamó Louise.

Su hermano ni se inmutó. Alumbró los alrededores para asegurarse de que no salía ninguna ardilla de algún escondrijo y luego iluminó a Mark.

—¡Vamos! —le gritó.

Mark no reaccionó. Bajó el arma del todo y se hincó de rodillas. El suelo se sacudió. Louise puso cara de dolor.

—No me voy a enfundar tu guante —le dijo Mark a Pupkin. Luego escuchó lo que el títere le decía y contestó—: porque quieres hacerle daño a ella.

«"A ella" —cayó en la cuenta Louise—. Ha dicho "a ella", no "a nosotros"». Pupkin no quería hacerle daño a Mark, sino a ella.

Mark negaba con la cabeza mientras hablaba, con los brazos colgando entre los muslos, encorvado. Parecía débil, derrotado.

—Mark… —le dijo Louise acercándose un poco.

—¡Sal de aquí! —voceó él.

—Venga, vámonos, anda —contestó ella—. Pe-i-ele-ele-a al Pe-u-pe-ka y nos vamos juntos.

Se acercó un poco más. Tenía que sacar a su hermano de allí. Aquello no pintaba bien.

—Todo lo que hice... —dijo él con voz apagada, vencido—, lo quiero olvidar. Quiero volver a ser Pupkin.

—¡Mark! —exclamó Louise acercándose un poco más.

—¡Para! —le chilló él, de pronto histérico. Louise se detuvo en seco. No sabía si se lo decía a ella o a Pupkin, pero iba armado, así que no se movió—. ¡No me voy a poner tu guante! —Se le tensaron los nervios del cuello mientras le gritaba al títere—. ¡No lo voy a hacer! ¡No pienso volver a hacerlo! —bramó. Louise no se atrevía a moverse ni a decir ni hacer nada que pudiera precipitarlo al abismo—. Ay, no —gimoteó como si le hubiera dado una mala noticia—. Ay, no, no, no. ¡NO! ¡No hagas eso! —le rogó con inmensa tristeza.

—¿Mark...? —lo llamó ella.

—Baja inmediatamente, Louise —le ordenó su hermano hablando rápido como si fuera su última oportunidad—. Sal de aquí ahora mismo. Tiene algo. Tiene una cosa escondida aquí de la que yo no me acordaba y la va a usar para hacerte daño si no me calzo su guante.

—No te lo pongas, Mark —le gritó ella—. No tienes que obedecerle. Pe-i-ele-ele-á-ele-o y vámonos.

—Sal de aquí ahora mismo —le dijo él muy rápido sin quitarle la vista de encima a Pupkin—. A mí no me va a hacer daño, pero a ti sí. Te tienes que ir, Louise, ¡YA!

—¡MARK! —le gritó ella con la voz quebrada y los ojos llenos de lágrimas de frustración—. No nos puede hacer daño. No es más que un títere.

—No es por él —contestó Mark, derrotado—. Es por Araña.

Louise se quedó en blanco.

Cuando Louise tenía nueve años y Mark seis, a ella le ilusionaba tanto tener un perro que no podía aguantar ni un día más sin uno. Pasaría el día abrazada a él, lo dejaría dormir en su cama, se lo llevaría a Alhambra Hall y jugaría a la pelota con él todo el fin de semana. Convenció a Mark de que él también lo quería y su hermano no tardó en tener fiebre de perro.

Si en una película salía un perro, la veían en bucle hasta que había que devolverla al videoclub: *Perros y sabuesos, Bingo, Todos los perros van al cielo*... La obsesión era tal que su padre les prohibió alquilar más de una peli de perros a la semana.

Todas las noches, durante la cena, terminaban hablando de perros.

—El perro de Vicky, *Beaux*, duerme dentro de casa —decía Louise.

—Los Papadopoulos tienen dos perros —añadía Mark.

—No se habla de perros en la mesa —sentenciaba su padre.

Pero eso no los disuadió. Hicieron una campaña implacable porque suponían que sus padres acabarían cediendo en algún momento. El argumento de su padre era que, al final, le tocaría cuidarlo a él y procuraba hacerles ver que, por mucho que prometieran entonces, luego se cansarían de sacarlo y de ponerle la comida.

—Eso no va a pasar —contestaba Louise.

—Que te lo crees tú —decía su padre mientras les ayudaba a cargar el lavaplatos—. Les ha pasado a compañeros míos de trabajo. Al final lo tendré que sacar yo todas las noches.

—¿No se pondrá celoso Miau Miau? —preguntó su madre con el guante de su títere favorito de gatito puesto y haciéndolo parecer tristón cuando Louise la acorraló en su taller.

—No —contestó la niña—. No creo que se vaya a poner celoso. No es más que un títere.

Su madre hizo que Miau Miau se tapase la cara con las patitas.

—Se ha ofendido —dijo.

—No —protestó Louise—. Eres tú la que le obliga a hacer eso.

—Buuuaaa —fingió el llanto su madre con la voz del gatito Miau Miau—. ¿Por qué todo el mundo odia al pobre Miau Miau?

Louise y Mark se reunieron en el cuarto de Louise. Ella se tiró a la cama; él al suelo.

—En la vida vamos a tener un perro —dijo la niña.

Sentados en silencio, meditaron aquella triste realidad. A través de la pared, oían el traqueteo constante de la máquina de coser de su madre, que seguía haciendo títeres.

—¿Y una araña? —preguntó Mark—. Clay Estes me enseñó una que tienen en su clase y era peluda como un perro. A las arañas no hay que sacarlas.

—Yo no quiero una tarántula —repuso ella—. ¡Quiero un perro!

La necesidad de tener un perro la había estado reconcomiendo por dentro, pero la llantina de esa noche resultó catártica y, cuando despertó a la mañana siguiente, se le había pasado el antojo. Seguía queriendo un perro, pero con menos desesperación. A la hora del desayuno ya se le había olvidado lo del perro. Fue entonces cuando Mark apareció con Araña.

—Es mi perro, pero es imaginario —les dijo a todos—. Así nadie se ofende si soy el único que lo tiene que cuidar.

Fue una genialidad. Su madre siempre los alentaba a usar la imaginación y, de pronto, Mark se había inventado un perro. No le quedó otra que aceptarlo. Y, como era de esperar, su madre no solo aceptó a Araña, sino que lo acogió. Le preguntó a Mark qué comida le gustaba a Araña y, durante meses, le estuvo poniendo un cuenco de pienso todas las mañanas. Cuando iban a por perritos calientes, su padre abría la puerta trasera del coche para que Araña subiera de un salto. Al volver de clase, su madre informaba a Mark de todo lo que Araña había hecho en casa ese día.

Siempre que le preguntaban a Mark qué aspecto tenía Araña contestaba una cosa distinta. Unas veces era de color pardo, otras negro, otras tenía el pelo azul, y hubo un tiempo en que era de todos los colores a la vez.

Araña y Mark pasaban horas jugando en el jardín trasero: él le tiraba cosas y Araña iba a buscarlas. Louise lo veía tirarle el frisbi, llamarlo y, luego, cuando el frisbi aterrizaba, Mark se acercaba corriendo a asirlo y vuelta a empezar. La escena la entristecía. Por mucho que fingiera, un perro imaginario jamás iba a jugar con él.

Cuando se acabó el saco de pienso, ya no compraron más, y en cuanto empezaron de nuevo las clases después de las vacaciones de Navidad, Louise observó que Araña cada vez los acompañaba menos veces si salían en coche. Al cabo de un tiempo, pasaron meses sin que Mark lo mencionara. El primer verano que volvió a casa desde Berkeley, Louise, que echaba mucho de menos su infancia, le preguntó a un Mark ya mayor y más cabreado dónde andaba Araña.

—¿Quién? —le dijo él.

Se había hecho mayor y había dejado atrás a su compañero de juegos imaginario. Con los años, se olvidaron por completo de Araña. Pupkin no.

—¡Vete ya! —le gritó Mark en el desván.

Louise no sabía en qué dirección ir. A Mark se le estaba yendo la olla e iba armado. Podía hacerse daño. O hacérselo a ella. Se le pasó por la cabeza acercarse corriendo y agarrar a Pupkin, pero no sabía cómo iba a reaccionar su hermano.

—¡Mark…! —le voceó decidida a intentarlo una última vez—. ¡Vente, vamos!

Mark se volvió hacia ella con el rostro empapado en sudor, las cejas medio enarcadas y la frente arrugada de desesperación.

—¡No, no! —dijo el otro—. ¡Araña está aquí!

A Louise se le revolvió el estómago.

—Mark… —insistió—. Por favor…

—Lo siento.

Ella lo oyó antes de registrarlo siquiera: un aullido grave y prolongado, cargado de flema, justo detrás de su oreja izquierda. Venía de la parte alta de la pared, casi por encima de su hombro.

Se le obstruyeron las venas y el corazón se le quedó reducido a una pelota dura.

Tuvo que hacer uso de todas sus fuerzas para volverse despacio hacia la izquierda, mientras el gruñido seguía sonando. A la luz tenue del desván lo vio y recordó que Araña era, primero, imaginario y, segundo, un perro. Toda la vida lo había considerado un perro, pero, claro, era fruto de la imaginación de su hermano. Araña podía tener todas las patas que un niño de seis años quisiera ponerle. Podía ser verde, rojo o incluso azul. Podía andar por las paredes, colgarse del techo. Hasta podía tener una boca atestada de filas de dientes blancos y afilados, todos ellos cubiertos de saliva.

25

Aunque Louise levantó enseguida los brazos, no llegó a tiempo de protegerse la cara de aquellos dientes que la asaltaban, del aliento que le abrasaba la frente, de la cabeza enorme y greñuda, contundente y terrible, que se abalanzaba sobre ella como un tiburón peludo. Sus dedos toparon con la parte inferior de la mandíbula musculosa y velluda de Araña y cayó en la cuenta de que, de pronto, tenía la cabeza en las fauces de aquella bestia, que su dentadura se cerraba alrededor de ella, notó el roce de los dientes de la mandíbula inferior en la piel suave de debajo de la barbilla y los de la superior acariciándole el flequillo, y supo que le iba a arrancar la cara del cráneo. El tiempo se ralentizó y todo sucedió en cuestión de medio segundo.

Desde un lado, Louise le atizó en la boca con la raqueta, que topó con los dientes, y estos astillaron la madera, que le salpicó a ella las mejillas; luego, dejando las piernas muertas, se tiró de espaldas, lo más rápido que pudo, y aterrizó en la torre de ejemplares de *National Geographic* con tanta fuerza que estuvo a punto de perder el sentido. La pila de revistas se derrumbó y ella fue deslizándose y, un milisegundo después, se dio con la cabeza en el suelo de madera y se oyó un golpe seco y estremecedor que Louise pudo oler. Perdió la visión un instante.

—¡Araña, no! —gritó Mark desde el otro extremo del desván.

Algo pesado le aterrizó a Louise en el pecho, aplastándola contra el suelo, obligándola a expulsar el poquísimo aire que le quedaba en los pulmones, y se encontró a Araña plantado encima de ella (ni siquiera lo había visto saltar) queriendo comérsele la cara a dentelladas. Louise le aporreó con todas sus fuerzas el pecho de pelo azul y le clavó las uñas intentando apartarlo, como si hiciera pesas con un automóvil. Apenas consiguió moverlo, pero fue suficiente. Sus fauces se cerraron de golpe a una molécula de la punta de la nariz de ella.

Volvió la cara de lado, empujando con los brazos hacia arriba y hacia fuera, y, desesperado, Araña dio una dentellada a escasa distancia de la carne tierna de sus mejillas, emitiendo un aullido lastimero, voraz e incoherente. Luego desapareció, pero ella aún se lo notaba en las manos, y reapareció casi al instante atacándola con las fauces abiertas como salido de la nada, con unas babas de saliva caliente y pegajosas emergiéndole de la boca y azotándole los labios y la nariz. Le daba zarpazos en los hombros y el cuello, pero lo tenía a cuatro patas encima de ella y Louise recordaba que tenía seis y, de pronto, con las otras dos, la escarbaba como si buscara algo en el jardín, destrozándole la blusa, los pechos y la piel desprotegida del cuello. Los dedos de Louise empezaron a deslizarse por el pelo lustroso del animal. Notó que los codos se le iban doblando poco a poco.

Se le clavó algo duro en la cadera izquierda y aprovechó la oportunidad. Mientras Araña echaba la cabeza hacia atrás para volver a atacar, ella soltó la mano derecha, se la pasó por la cadera izquierda, agarró lo que se le estaba clavando y atizó a la bestia con todas sus fuerzas.

Le ardieron los músculos del hombro cuando le arreó en el hocico con uno de los patines en línea de color rosa. Como no tenía buen ángulo, el golpe no fue muy fuerte, pero le hizo cerrar la boca. Araña soltó un alarido atronador y le hincó las seis patas en el cuerpo blando haciéndole sangre en el abdomen, las caderas y el pecho y, de repente, ya no tenía nada encima.

Aterrada, tomó impulso y, apartando cajas y bolsas, se levantó del suelo con dificultad. Ya no veía a Araña. Miró a un lado y otro del desván y vislumbró a Mark al fondo.

—¡CORRE! —le gritó él.

Ella buscó a Araña, pero había desaparecido. Oyó su gruñido gutural, como de sierra eléctrica, procedente de la oscuridad y lo vio en la penumbra de debajo de los aleros del tejado, agazapado donde el suelo revelaba el aislamiento de color rosa, preparado para dar otro salto, con el trasero en pompa, el pecho bajo, haciéndose visible un segundo e invisible al otro, como si formara parte de una realidad intermitente.

—¡Que no! —gritó Mark desde el otro extremo del desván, no sabía si a ella o a Pupkin.

Louise se notaba el pecho magullado. Le latía la cabeza por la parte con la que se había dado contra el suelo. Le vinieron a la boca restos de café ácido y de huevo, y tragó fuerte para evitar el vómito. Tenía que salir de allí.

Miró de reojo a la derecha y vio la trampilla cerca. Giró la cabeza justo a tiempo para percatarse de que Araña reaparecía y se ponía enseguida en movimiento. Juntó y amontonó las seis patas debajo de su cuerpo pesado tensando los músculos que cubría aquel pelo azul, una parte de él siempre en movimiento. Louise no quería volver a tocarlo, solo mantenerlo alejado.

Instintivamente, agarró una bolsa del súper llena de cómics de Mark y se la tiró a Araña. La bolsa le acertó en las patas delanteras mientras embestía, y reventó; no le hizo daño, pero lo desestabilizó y las patas se le enredaron unas con otras. Volcó y se dio fuerte con el viejo triciclo de Louise. Cuando cayó al suelo, absorbió unos segundos todo el aire del desván. Como si fuera una cucaracha patas arriba, las patas enmarañadas azotaron el aire y lo incapacitaron un momento; luego recuperó su posición original.

—¡No me obligues! —chillaba Mark desde la otra punta del desván.

Louise ya había salido disparada hacia la trampilla. Araña profirió un horrible gruñido *in crescendo*, cada vez más agudo, como si pretendiera llegar al aullido. Ella saltó cajas, rodó por un banco de abdominales que su madre le había regalado a Mark unas Navidades, aterrizó de pie y quiso llegar al borde de la trampilla con la idea de descolgarse y caer al pasillo, girarse y cerrar la trampilla en las narices a Araña, pero algo la golpeó entre los omóplatos y la catapultó hacia delante invirtiendo su centro de gravedad.

Salió del desván de cabeza, se golpeó fuerte con la escalerilla, se notó el sabor a sangre en la boca y entonces las piernas le pasaron por encima de la cabeza al tiempo que la escalerilla la impulsaba hacia delante, y cayó a la moqueta del pasillo. Perdió la visión por un segundo. Algo inmenso le pasó volando por encima y vio a Araña aterrizar en el pasillo haciendo resonar el edificio entero y, con un movimiento suave, dar media vuelta para plantarle cara colocándose sobre sus seis patas entre Louise y la puerta de la calle. La bestia se relamió los dientes chorreantes, haciéndose visible de forma intermitente. Estaba atrapada en el interior de la casa. En el otro extremo de la escalerilla del desván, se oía a Mark discutir con Pupkin.

Louise no podía apartar la vista de Araña, pero, mirando de reojo, vio a su espalda la puerta abierta del dormitorio de sus padres. Si conseguía llegar allí, podría encerrarse y volcar el colchón para mantener la puerta cerrada.

Se deslizó ligeramente hacia delante como si fuera a huir hacia la puerta de la calle y vio que Araña seguía sus movimientos y movía las patas traseras; entonces retrocedió y se coló entre la escalerilla del desván y la pared, provocando a su paso una lluvia de fotos enmarcadas y tropezando con la silla del comedor. Y, en cuanto dejó atrás la escalerilla, salió corriendo como pudo en dirección al dormitorio de sus padres.

Confiaba en que la escalerilla del desván lo retuviera, pero entonces vio combarse la pared de su derecha y la oyó resonar como un tambor cuando la bestia trepó por ella a zarpazos y, al mirar un segundo, vio que Araña iba a por ella trotando por el tercio superior de la pared como si fuera el suelo y abalanzándose sobre su presa.

284

Louise se encaminó hacia el umbral del dormitorio de sus padres, pero, por encima de ella, presintió, más que ver, que la figura de Araña abandonaba la pared, y se lanzó a por su objetivo como una velocista olímpica impulsándose con fuerza en la moqueta, arrojándose hacia el dormitorio justo cuando Araña aterrizaba en sus hombros.

La velocidad de aquella fiera la tumbó. Ni siquiera le dio tiempo a sacar los brazos para parar la caída. Tuvo una décima de segundo para agradecer a su madre que nunca hubiera reemplazado la moqueta por un suelo de madera, y luego notó que la boca se le cerraba de golpe al morderla. Unos alfilerazos de luz blanca le nublaron el campo visual.

No le dio a Araña ni una oportunidad. Poniéndose a gatas, escapó de debajo de la fiera. Aún podía llegar hasta la puerta del dormitorio, cerrarla de golpe, hacer presión con las piernas para que no se abriera. Notó que Araña la flanqueaba con cuatro patas, dos a cada lado, atrapándola bajo su cuerpo; luego bajó las otras dos y la retuvo con ellas contra el suelo. Louise se puso bocarriba, subió las rodillas y empezó a darle patadas en la cara, apuntando al hocico, moviéndolas demasiado rápido como para que él pudiera morderle. Le pateó la cara una y otra vez hasta que Araña se retiró protegiéndose el hocico sensible. Por un instante, creyó que lo iba a conseguir y se le escapó un sollozo de alivio, pero entonces él atacó y le atrapó el tobillo derecho con sus fauces.

Louise gritó. Un anillo de dientes le comprimía el tobillo por todas partes, clavándosele en el hueso, y Araña empezó a sacudir la cabeza. Ella notó que estaba a punto de dislocarle la rodilla y la cadera. Gruñendo, Araña empezó a retroceder arrastrándola consigo, obligándola a cargar sobre su pierna herida el peso de todo su cuerpo, y Louise chilló e intentó incorporarse, pero no conseguía nada. Le aporreó la cabeza con el otro pie hincándole el talón en el hocico sin parar, pero la bestia agachó la cabeza y se dejó patear la frente huesuda.

Ella clavó las uñas en la moqueta, pero no logró detenerlo. El dolor del tobillo empeoró y ella boqueó con fuerza, pero no consiguió que le entrara aire suficiente para gritar, así que se limitó a hiperventilar. Se quedó sin fuerzas. La columna dejó de enviar señales al resto del cuerpo. Los brazos y las piernas se le quedaron lacios. Se acabó. El perro imaginario de su hermano la iba a matar. Ya no podía seguir defendiéndose de él.

Al principio ni siquiera notó que Araña le había soltado el tobillo, y luego sus patas le pisotearon el pecho, las costillas, los hombros, y una le pisó la cara, resbaló y se le enganchó en el labio. Ella se volvió de lado para evitar que se lo arrancara de cuajo.

Araña describió un círculo sobre su cuerpo hasta situarse mirando hacia el otro lado del pasillo y, en medio de la sordera que le producía el bombeo de la sangre, lo oyó aullar, pero esta vez sonaba distinto, frenético y rápido, como espasmódico, el sonido inconfundible del miedo. Con aquellos gemidos agudos y discordantes que se amontonaban unos sobre otros, ya no la atacaba: estaba subido encima de ella para alejarse todo lo posible de lo que fuera que se encontraba en el pasillo.

Se alejó al galope obligándose a trepar por la pared de la izquierda de Louise, que lo vio extinguirse mientras aún oía tronar sus patas por la pared, más allá de la escalerilla del desván, y perdiendo la tracción al doblar la esquina del fondo del pasillo. Su cuerpo cayó como un plomo al suelo, tembló la casa entera y Louise oyó zarpazos en el linóleo, oyó reventar madera y cristal cuando atravesó la puerta del garaje. Luego, silencio.

No se atrevía a moverse. En su vida se había sentido tan agotada, pero alzó su cuerpo lacerado sobre los codos, miró al fondo y vio la silueta apenas perfilada de un hombre en mitad del pasillo. Mark.

Tenía el brazo derecho en alto y en la mano parecía que algo le bailaba y se retorcía. El resto de su cuerpo estaba inmóvil. El brazo levantado se movió, exploró el pasillo buscando algo y entonces Mark salió de las sombras a la escasa luz del día procedente del comedor. Su rostro carecía de expresión. En la mano derecha llevaba a Pupkin.

Pupkin la saludó.

La miraba malicioso dando brincos, tan alegre y animado como Mark inmóvil y muerto.

—«¡Pipicaca!» —saludó con su voz chillona, que, aunque salía de la boca de Mark, era la de Pupkin.

Louise se retrotrajo a su infancia.

—No —dijo.

Pupkin empezó a cantar y a bailar de un lado a otro.

—«¡Pupkin ha llegado! ¡Pupkin está aquí! Hola, ¿qué tal? ¡Pupkin está aquí!»

Rígido y tambaleándose, Mark dio un paso hacia Louise, luego otro, dirigido por el títere.

—«¡Pupkin ha llegado! ¡Pupkin está aquí! Tralaralarín. ¡Pupkin está aquí!» —chillaba como un crío trastornado.

Louise reculó por la moqueta apoyándose en las palmas despellejadas de las manos hasta que su espalda topó con el respiradero reventado.

—¿Mark...? —le dijo, y luego le imprimió carácter a su voz—. ¡Mark! —Su hermano se detuvo—. Mark —continuó con la voz ronca por la garganta magullada—. ¡Quítate eso!

—«Mark no está, ahora está Pupkin» —chilló el títere.

—¡Cállate! —le espetó Louise y, al darse cuenta de que le estaba hablando a un muñeco, se puso furiosa—. Te lo quitas tú o te lo quito yo. No estoy para chorradas ahora mismo.

Cuando quiso apoyar la pierna izquierda le pareció que llevaba la rodilla inflada de cristales rotos. Al levantarse, la columna le crujió y le chascó. Parecía que la pelvis se le hubiera partido en dos.

—«¡Uyuyuy!» —dijo Pupkin—. «¡Aaaaúpa!».

—Para ya —gimió Louise sosteniéndose contra la pared e intentando enderezarse.

—«¡Pupkin lo arregla todo! Yo espanto a Araña. ¡Ahora, a jugar y jugar!».

Pupkin le dio la espalda a Louise y el cuerpo de Mark lo siguió. Avanzó como un robot hasta el final del pasillo y dobló la esquina en dirección a la puerta de la calle. Louise quiso dar un paso. Podía salir por la cocina. Debía darse prisa. El tobillo derecho le flojeaba, pero las rodillas la aguantaban bien. Empezó a moverse.

Al doblar la esquina, oyó el chasquido inconfundible del cerrojo de la puerta de la calle y eso la detuvo. Pupkin asomó la cabeza.

—«La gente mala encerró a Pupkin —dijo cabeceando mientras hablaba—, pero ¡Pupkin ha vuelto para quedarse!».

Bailando, enfiló el pasillo hacia Louise, seguido del cuerpo rígido de Mark. Louise debía conectar con su hermano.

—Mark, no le dejes hacerte esto —le dijo—. No dejes que se apodere de ti.

—«Louise mala —graznó Pupkin—. Louise cruel. Encierra a Pupkin. Hace daño a Pupkin. Enfada mucho mucho a Pupkin».

—Yo no te encerré —contestó ella acercándose a ellos un paso más. Si conseguía esquivarlos y llegar a la cocina, podría salir por el garaje. Mark parecía prácticamente dormido. Pupkin estaba destrozado y hecho jirones. Podía darles un buen empujón y echar a correr—. Nancy te metió en el desván porque le hiciste daño a Eric. La enfadaste, Pupkin.

—«Nancy no juega con Pupkin —respondió el títere por boca de Mark—. Pupkin encerrado. Pupkin solo. Pupkin enterrado. ¡Todos abandonan a Pupkin!».

Ya los tenía cerca. Se preparó para darle un empujón a Mark y echar a correr.

—Porque eras malo —dijo Louise—. ¿Vas a ser bueno ahora?

—«Pupkin siempre bueno —ronroneó el otro—. ¡Todos los demás malos!».

Mark se acuclilló junto al montón de maderas que habían arrancado de la trampilla del desván y Pupkin hurgó en ellas. Cuando se incorporó, Pupkin sostenía algo con sus bracitos regordetes de títere. Empezó a cantar su cancioncita.

> *«¡Pupkin llega! ¡Pupkin llega!*
> *¡Reíd todos! ¡Que empiece la juerga!*

¡Fuera baño! ¡Fuera mayores!
¡Fuera profes! ¡Fuera coles!
¡Todo el día a cantar y bailar!
¡Pupkin ha venido a jugar y jugar
Y JUGAR Y JUGAR!».

Pupkin llevaba el martillo en la mano. Mark atizó a Louise con él y ella no pudo apartarse porque la escalerilla del desván se lo impedía, así que giró la cabeza y le dio en la parte izquierda de la coronilla, rozándole el cráneo, arrancándole un pedacito y clavándole una de las puntas en el lado izquierdo de la cara, por toda la mandíbula, lo que la lanzó como una peonza contra la pared.

Mark se acercó rodeando la escalerilla y volvió a levantar a Pupkin y el martillo por encima de su cabeza.

—¡Y JUGAR Y JUGAR Y JUGAR Y JUGAR! —chillaba el títere sin parar mientras Mark atizaba a su hermana en la cabeza con Pupkin y el martillo.

26

Louise alzó la mirada y vio dos imágenes de Mark sosteniendo a Pupkin, una al lado de la otra.

«¡Me ha pegado! —se dijo una y otra vez; el cerebro le entró en bucle—. ¡Me ha pegado! ¡Me ha pegado!».

—¡Mark, no! —le gritó.

Pero, como se le había bloqueado la mandíbula y tenía el lado izquierdo de la cara entumecido e inflamado, sonó más bien a «¡Bo, mo!».

—«¡Pipicaca!» —graznó Pupkin, y se retorció de gusto detrás del martillo.

Mark se alzaba sobre Louise tapando la luz, llenando el pasillo como si fuera el ogro de un cuento de hadas. El martillo de Pupkin descendió de nuevo desde muy arriba y Louise levantó enseguida los brazos y notó que el mango de la herramienta le acertaba en la palma de la mano derecha con un golpe seco y fuerte. El brazo se le quedó muerto a la altura del hombro, en medio de un hervidero de alfilerazos y pinchazos. Le llovieron por la cara pelotillas del relleno de espuma dura de Pupkin. Intentó asir el martillo para que Mark no volviera a pegarle, pero ya no tenía una mano, sino una zarpa.

—¡Soy Louise! —probó—. ¡Tu hermana!

Sonó a «¡Do duid! ¡Du ebada!».

—«¡Es hora de cantar y bailar todo el día! —chilló Pupkin—. ¡Pupkin ya está aquí para jugar y jugar!».

El títere le dio la vuelta al martillo con una hábil sacudida de los bracitos regordetes y lo atrapó con la uña mirando hacia Louise. Aquella parte de la herramienta tenía pinta de poder clavársele en el cráneo sin problema. Louise se notaba las articulaciones rotas y los músculos débiles. No quedaba nadie que pudiera ayudarla. Mamá y papá ya no iban a acudir en su auxilio. Estaba completamente sola.

«Te va a matar. Como no hagas algo, te mata».

—¡Ufpudr! ¡Munudi, sibo! —gritó, queriendo decir: «¡Araña! ¡Ven aquí, chico!».

Pupkin miró también. Lo más horrible de todo fue que miró Pupkin, no Mark. El títere se giró bruscamente, abrazado al enorme martillo, y miró hacia donde miraba ella, pero Mark no dejó de mirar a su hermana con aquel semblante vacío y falto de expresión. Era justo lo que Louise necesitaba.

Enfiló el pasillo y se alejó todo lo que pudo tirando a su paso la última foto enmarcada que aún colgaba de la pared. Corrió hacia el comedor; la cabeza le reventaba con cada paso y las vértebras le chascaban como el papel burbuja al apretarlo. No sabía si estaba yendo lo bastante rápido, pero no podía arriesgarse a mirar atrás. Fue avanzando de puntillas, hincando los dedos en la moqueta, apretando fuerte.

Recibió un golpe en la nalga izquierda y se derrumbó. No podía parar, así que siguió moviendo los brazos en dirección al linóleo, estirándose, hasta que Pupkin le dio otro martillazo y le reventó la zona lumbar. «Ay, Dios, ya estoy pensando que es Pupkin quien me está atacando». Reptó y llegó al linóleo justo cuando el martillo le golpeaba la parte posterior del muslo derecho produciéndole la sensación de que le había arrancado un trozo de carne.

Se arrastró del todo hasta el linóleo y se arriesgó a echar la vista atrás: los tenía demasiado cerca; iban a por ella. Cruzó como pudo el umbral de la puerta sin perder de vista a Pupkin y el martillo. El títere farfullaba y canturreaba para sí:

—«¡Mark vuelve a casa! ¡Louise se va!».

Mark dio un paso enorme hacia delante, tomando impulso con Pupkin al mismo tiempo, y Louise se soltó del marco de la puerta y cayó de espaldas. La uña del martillo hizo un boquete en el pladur, a la altura de donde ella tenía la cabeza antes de caer y le regó de yeso la cara, cegándola. Ella giró instintivamente, impulsándose hacia la cocina se le fue aclarando la vista y vio a Pupkin intentando con desesperación desencajar de la pared el martillo, que salió disparado con un estallido de yeso por todo el linóleo mientras Louise avanzaba tambaleándose, apoyándose en la encimera de la cocina, y empezaba a correr dando tumbos hacia la puerta reventada de acceso al garaje. Si conseguía llegar al jardín trasero, podría acudir a algún vecino, escapar de ellos, salvarse, librarse, vivir.

Parecía que tenía la puerta justo delante, pero entonces la gravedad se hizo mayor en el lado derecho de la habitación y Louise perdió el equilibrio virando hacia el fregadero, y volvió a clavarse la encimera en la cadera, lo que hizo que su cuerpo empezara a dar vueltas.

Mientras ejecutaba un giro de trescientos sesenta grados, vio una imagen en movimiento, como de tiovivo, de Mark cruzando la entrada del comedor, con el suelo de linóleo combándose bajo sus pies; luego pasó por su lado girando, se estampó contra las puertas de rejilla de la despensa con el hombro izquierdo, y oyó que se astillaban y crujían, y que rebotaba con fuerza en ellas, casi alcanzando el garaje. Le faltó poco.

—«Fifífofum —chilló Pupkin—. ¡Me huele a Louisesum ensangrentada!».

Louise cayó hacia delante y se agarró al marco de la puerta astillado para no rodar por los tres peldaños de ladrillo y, con la intensa luz del sol que entraba por los ventanucos de la puerta del garaje, pudo ver que la puerta trasera estaba abierta de par en par y conducía al exterior soleado y a su salvación.

A su espalda, Pupkin entendió que se iba a escapar y profirió un alarido que le perforó los oídos como un picahielo. Gritaba Mark, pero, en realidad, era Pupkin quien lo hacía, porque

Louise jamás había oído a una garganta humana emitir un sonido así. Solo podía venir de un títere.

Tambaleándose en el umbral de la puerta del garaje, Louise se permitió una macabra sonrisa de triunfo. «¡Que te den, cabronazo!». Dio un paso adelante y, de pronto, le estalló algo en la zona lumbar, justo por encima del riñón izquierdo. El golpe la catapultó hacia delante obligándola a dar un paso mayor y más largo y, mientras oía caer con gran estruendo el martillo al linóleo, se precipitó al garaje saltándose los tres escalones de golpe. Aterrizó con la pierna izquierda y el dolor del martillazo que acababa de recibir en el riñón le debilitó todo aquel lado del cuerpo y tuvo que avanzar de lado, a trompicones, dispersa, dando pasos arrastrados de gigante por el garaje, enganchando con el pie el alargador que Mark había dejado allí para la sierra. Terminó estampándose contra las estanterías del otro lado.

Jadeando, se volvió y vio que era demasiado tarde. Mark llenaba el umbral de la puerta, plantado en lo alto de los escalones. Pero entonces lo entendió: aquel no era Mark, sino Pupkin. Y blandía el martillo otra vez. Bajó despacio los tres escalones y se detuvo. Para llegar a la puerta que conducía al jardín, Louise tendría que pasar a escasa distancia de él. Demasiado cerca. Había ganado Pupkin. No era justo.

«¡No es justo!».

Louise sabía que no podía conseguirlo sola. Aunque le dolía la mandíbula, le dio igual: se obligó a hablar.

—Mark… —dijo, y se notó tan tensa la sangre del lado izquierdo que le pareció que le iban a reventar las venas—. Para, por favor, y ayúdame. —«Bo…, baba dofadó y adú badé».

Mark cruzó despacio el garaje. Pisó el alargador y ella notó que el lazo que le rodeaba el pie se tensaba. Así de cerca estaba: tocaba algo que la estaba tocando a ella.

Louise se echó a llorar.

—«¡Llora, nena, llora!» —canturreó Pupkin meneando el martillo de un lado a otro como si dirigiera un desfile.

—Ya lo has hecho antes, Mark —le dijo ella—. En Boston. Puedes volver a hacerlo.

294

Pero la mandíbula inflamada distorsionaba sus palabras.

—«¡Se acabó la hora del baño! ¡Se acabaron las normas!» —canturreó Pupkin, que estaba ya tan cerca que su sombra empezaba a cubrir a Louise.

—Por favor, Mark, ¡ayúdame!

Mark se detuvo y vaciló un instante, pero Pupkin se dio cuenta.

—«¡No, no, noni, no!» —farfulló temblando de rabia.

El títere reculó, sin soltarse de la mano de Mark, aferrado al martillo, y siguió reculando; el brazo de Mark continuó moviéndose y el martillo salió disparado hacia atrás, topó con el techo y cayó a plomo, casi rozándole la cabeza a su hermano y aterrizando ruidosamente en el suelo duro de hormigón.

—¡Louise! —gritó Mark con su propia voz, y ella supo lo que quería.

Pupkin gruñó furioso al ver que Louise se abalanzaba sobre él con los brazos estirados para arrancarlo del brazo de Mark. Agarró al títere por la cintura y él se defendió sacudiéndose, retorciéndose como una serpiente.

Mark no la detuvo, pero tampoco ayudó a Pupkin. Louise se arrojó sobre su cuerpo y su hermano, sobresaltado, dio un paso atrás, se le enredaron los tobillos en el alargador y cayó de espaldas al suelo. Louise aterrizó en su regazo.

Pupkin farfulló, aulló y le saltó a la cara a Louise. Ella lo agarró por las axilas y no tuvo la sensación de que fuera un títere acoplado a la mano de Mark, sino más bien un apéndice vivo de su brazo.

—«¡Es hora de cantar y bailar todo el día! ¡Pupkin ya está aquí para jugar y jugar y jugar y jugar!» —chilló y, poniendo los brazos en forma de gancho, se tiró a la cara de Louise.

Ella notó que algo afilado se le clavaba en la mejilla («los dientes») e intentó taparse la cara. De pronto estaba por todas partes, moviéndose en demasiadas direcciones distintas. Sus zarpas afiladas le arañaban los ojos; le apretó el globo ocular izquierdo hasta que vio manchitas y le pareció que se le hundía ligeramente en la cuenca. Entonces entendió que Pupkin le estaba empujando hacia el interior del cráneo el globo ocular herido.

Louise se negaba a soltarlo. Asió con fuerza el cuerpo hecho jirones del títere y se echó hacia atrás apoyando los pies en la caja torácica de su hermano y tirando fuerte. Unos músculos que ignoraba que tuviera se distendieron y se rasgaron. Le ardían los hombros. Siguió tirando, intentando soltar a Pupkin del brazo de Mark.

El títere no cedió. Volvió a atacarla atizándole fuerte y rápido con la cabeza de plástico duro en la nariz, y ella notó que la sangre salada, húmeda y caliente le caía por los labios y le rodaba por la barbilla. Pupkin se apartó y contempló su obra.

—«¡Pipicaca!» —chilló contentísimo, y volvió a lanzarse sobre la nariz hinchada de Louise.

Perdió el conocimiento un instante. Se le escapó un pedazo de tiempo y, de pronto, Pupkin reptaba por el suelo, arrastrando consigo a Mark, en busca del martillo. Su hermano intentaba aferrarse a los *collages*, agarrarse a un montón de latas de pintura, pero no le quedaban fuerzas y Pupkin seguía reptando, tirando de él como si fuera un peso muerto.

Louise sacudió la cabeza igual que lo haría un boxeador, pero entonces empezó a darle vueltas. Se sintió débil y vacía, y oyó otro ruido por debajo del zumbido interior: las súplicas y el llanto simultáneos de su hermano.

—¡No me obligues! ¡No me obligues! ¡Por favor, Pupkin, no me obligues!

Ella sabía a lo que se refería: «No me obligues. No me obligues a matar a golpes a mi hermana en el suelo del garaje de nuestros padres muertos».

Un chirrido fuerte perforó el aire y la sacó de su atolondramiento. Mark había agarrado lo primero que había pillado para evitar que Pupkin siguiera arrastrándolo: la sierra circular. Estaba en el suelo, conectada al alargador, y Mark había pulsado brevemente el gatillo. Miró a Louise con aquellos ojos de desesperación. Estaban los dos aterrados y, por primera vez desde que eran niños, se entendieron perfectamente.

—¡Hazlo! —le gritó él.

Pupkin atrapó el martillo con sus bracitos.

—«¡Pipicaca!» —chilló, se alzó en el aire como una cobra y descendió sobre la mano de Mark con un ruido de lápices rotos.

A Mark se le agarrotó la mano y se le puso roja. Soltó enseguida la sierra.

—¡Louise! —bramó con un alarido gutural que le salió de lo más hondo de la garganta.

Ella echó los hombros hacia delante, se impulsó con las piernas magulladas y aterrizó encima de Mark y, agarrando a Pupkin con la mano izquierda, le arrebató el martillo. El títere se resistió, pero el factor sorpresa favoreció a Louise, que lo lanzó todo lo lejos que pudo, o sea, como a un metro de distancia, pero con eso bastaba.

Con un gruñido de esfuerzo, Louise echó la mano derecha por encima del hombro de Mark y atrapó la sierra circular. Como pesaba, soltó a Pupkin y, ayudándose de la mano izquierda, se puso de rodillas encima de Mark, sin preocuparle ya el cuerpo de su hermano, tratándolo como si fuera el suelo. Echó hacia delante el pie izquierdo y retuvo con él la muñeca de su hermano. Pupkin vio lo que Louise llevaba en la mano y empezó a chillar y a dar palmas.

—«¡Uyuyuyuyuy!» —gritó.

—¡Date prisa! —voceó Mark, y Louise accionó el gatillo de la sierra, que se puso en marcha.

La notó voraz entre sus manos, se le iba hacia delante, quería cortar. Hacía mucho ruido y Louise no tenía claro que fuera a poder hacerlo, pero, por encima de aquel chirrido horrible, oyó y vio a su hermano gritar, con la boca tan abierta que parecía que se le hubiera desencajado la mandíbula, la cara roja y sudorosa, y apuntó al tatuaje del infinito que tenía en el antebrazo derecho y, cuando quiso darse cuenta, estaba cortando el arco del infinito por la mitad.

La hoja entró rápido, como si no hubiera nada allí, como si estuviera cortando el aire, y a su alrededor todo se llenó de una fina lluvia roja y la cara se le encendió. Entonces la sierra tocó hueso («el radio», le dijo su cerebro de exploradora) y el insufrible chirrido subió una octava hasta convertirse en un aullido ensordecedor, como el del torno del dentista.

La sierra trepidaba y se sacudía en sus manos, y la quemazón de aquella vibración amenazaba con abrirle las manos, obligarla a soltarla, mientras penetraba con la hoja giratoria el radio de Mark. Unas gotas gordas de grasa le salpicaron la cara y los nudillos y, al gritar, los granos duros del polvillo del hueso se le adhirieron a la lengua; cuando cerró la boca, se notó el sabor de la sangre de su hermano. Mark chillaba y Pupkin reía a carcajadas y bailaba en el extremo de su brazo medio seccionado. Y entonces la hoja sobrepasó el hueso y Louise, vencida la resistencia, se precipitó hacia delante.

La sierra topó con el hormigón y empezó a soltar una lluvia de chispas; Louise olió que algo se quemaba y supo que era el hueso de su hermano, y luego la sierra se encontró con el segundo hueso del antebrazo («el cúbito», le recordó su cerebro de exploradora), pero aquel apenas ralentizó la hoja.

Se inclinó hacia delante descargando todo el peso del cuerpo en la sierra mientras le saltaban chispas a la cara, la sangre le rociaba el rostro a Pupkin y el garaje se llenaba de las carcajadas del títere y de los gritos de su hermano y, entonces, terminó de cortar y Pupkin cayó en un ángulo extraño, y la sierra salió disparada hacia delante chirriando por el suelo de hormigón; ella soltó el gatillo y se hizo el silencio, salvo por los alaridos de Mark.

Louise miró a Pupkin, que seguía retorciéndose, y se dijo que era solo un acto reflejo de la mano seccionada de su hermano que aún llevaba en su interior, pero lo vio reptar lentamente hacia el martillo arrastrando consigo el muñón dentado y ensangrentado del brazo de Mark. Se levantó y lo agarró, con las manos aún entumecidas de la sierra, y lo arrancó de la mano de Mark; salió corriendo, lo tiró al cubo de la basura y bajó la tapa de golpe. Miró a su hermano, hecho un ovillo y cubriéndose el muñón, que no paraba de chorrear sangre por todo el suelo como un géiser, al ritmo de los latidos de su corazón. La arteria radial salpicaba el hormigón de rojo como la manguera de un bombero.

Louise soltó la mano cercenada, cuyos dedos se plegaron sobre sí mismos al tocar el suelo, y se arrodilló al lado de su hermano. Su cuerpo maltratado protestó, le chascaron las rodillas, se le exacerbaron los hematomas. Agarró el alargador y se lo enroscó en los nudillos para anudarlo fuerte alrededor del muñón de Mark, que le soltó un chorro de sangre en la cara mientras los músculos de Louise recordaban cómo hacer una lazada con el cable y retorcer los extremos para conseguir el torniquete perfecto según el manual de las Girl Scouts.

Disponía de unos minutos para pedir una ambulancia antes de que Mark se desangrara, y no podía hacer la llamada y apretar el torniquete a la vez. Pisó uno de los extremos del cable y tiró, y con la otra mano se sacó el móvil del bolsillo de los vaqueros y pulsó el botón de Emergencias.

Mark intentó levantarse mascullando no sé qué con los labios morados, y ella le clavó una rodilla en el pecho y lo retuvo en el suelo mientras hablaba con la operadora.

—Mi hermano se ha cortado la mano con la sierra. Estamos en el garaje.

Le dio las señas, dejó caer el móvil al suelo y apretó el torniquete.

Mark quiso incorporarse, pero ella lo empujó con fuerza sujetando el torniquete con ambas manos. Lo notó frío bajo la camiseta; su cuerpo convulsionaba tan fuerte que quizás le estuviera dando un ataque. Iba a entrar en *shock* por la pérdida repentina de sangre. Con una pierna, Louise se acercó una bolsa de basura llena de muñecos y le subió los pies encima para elevarle las piernas.

Le apretaba tan fuerte el torniquete que se notaba el pulso de él en los dedos y le vibraban los nudillos del esfuerzo. No paraba de repetirse lo mismo: «No te voy a dejar morir. No te voy a dejar morir. No te voy a dejar morir».

27

¿Qué dices después de haberle cortado el brazo a tu hermano?

A los sanitarios, Louise les dijo que había sido un accidente, que Mark estaba cortando maderas en el garaje y había perdido el control de la sierra. Resultó que el equipo de Urgencias venía de un Walmart en el que un policía se había arrancado un dedo de un disparo mientras probaba una pistola del calibre 22 y después le había disparado sin querer a un empleado en la espinilla al levantar el arma del suelo, así que estaban preparados para creer cualquier cosa.

A los médicos de Urgencias que le dieron puntos en el cuero cabelludo, le hicieron unas placas del cráneo, le limpiaron el ojo izquierdo y le dijeron que no veían daños permanentes, les contó que, con la confusión, se había tirado encima una estantería del garaje.

A los agentes que la acompañaron al hospital, les dio más detalles sobre el «accidente» de Mark, como su preocupación por la ausencia de precauciones de seguridad de su hermano, la sospecha de que se había bebido unas cuantas cervezas para desayunar y, al ver que aún recelaban, añadió el dato incriminatorio de que, en un momento crucial del serrado, puede que ella hubiera distraído a su hermano tirándose sin querer una estantería encima.

A Poppy, a la que llamó desde el aparcamiento subterráneo del hospital universitario al que habían trasladado a Mark porque estaba mejor equipado para atender lesiones de ese tipo, Louise no le dijo nada. Solo quería oír su voz. Sorprendentemente, sonaba normal.

—Los koalas —le dijo Poppy—, los osos polares, los osos panda, los osos pardos, los koalas asesinos… Hay un montón de tipos de oso.

—No creo que el último exista de verdad, cariño —contestó ella.

—Sí que existen —replicó la niña—. En Australia. Tío Devin me ha dicho que se tiraban a la cabeza de la gente.

—Me parece que te está tomando el pelo.

—Me ha enseñado una foto —le dijo Poppy.

Louise no quería que su hija dejara de hablar. Agradecía que le contara lo que fuera en vez de suplicarle que volviera a casa, así que no se lo discutió.

—Ya me la dejarás ver —contestó.

—¿Cuándo? —preguntó la cría.

—No sé, pero dentro de muy poco. Muy muy poco. Nos vamos a ver muy pronto. ¿Y qué más has aprendido sobre los osos? —Louise dejó que el parloteo de Poppy sobre los osos la inundara un minuto—. Oye una cosa, chiquitina —le dijo mientras se dirigía al ascensor del aparcamiento—: que te quiero.

—Vale —contestó Poppy.

—¿Va todo bien? —le preguntó Ian cuando volvió a ponerse él al teléfono—. Es temprano.

—Poppy parece contenta —dijo ella evitando la pregunta—. Vuelve a sonar normal.

—Sí —respondió él—. Igual le ha ido bien hablar con la psicóloga. No sé. Mi madre está pasando mucho tiempo con ella y esta noche no se ha hecho pis en la cama. ¿Cómo van las cosas por allí?

—Voy a entrar en el ascensor —se excusó Louise, porque no le apetecía nada contarle lo del brazo de Mark—. Luego te llamo.

Louise terminó en una sala de espera de la quinta planta.

Fueron entrando en la sala personas citadas para cirugía a primera hora de la mañana y una enfermera muy eficiente las registraba, hablando a voces para que se la oyera por encima del volumen de la tele de pantalla plana en la que estaban puestas las noticias matinales y en las que no se decía nada de nada de un hombre que se había cortado el brazo en Mount Pleasant. Louise pasó por el mostrador y luego se instaló en una silla y se sintió muy sola.

Se le habían agarrotado las articulaciones desde ¿el accidente?, ¿el incidente?, ¿la amputación?... Y cada vez que cerraba los ojos veía el símbolo de infinito en la cara interna del antebrazo de Mark, al borde del guante de Pupkin, yendo y viniendo, y luego un chorro de sangre lo cubría todo y ella abría los ojos sobresaltada. Lo que fuera que le habían inyectado en el cuero cabelludo para anestesiárselo había dejado de hacerle efecto y se notaba la piel del lado izquierdo de la cara demasiado tensa. Le picaba todo. No pensó que se fuera a dormir, pero sí.

Despertó de un respingo. Tenía a una enfermera jovencísima delante.

—Su hermano ha salido de quirófano —le dijo.

—Vale —contestó Louise con la lengua dormida y la boca seca—. ¿Qué...? Vale.

—¿Se lava la cara y la acompaño a verlo? —le propuso la enfermera.

Louise cometió el error de mirarse en el espejo. En el East Cooper Medical le habían dado toallitas, pero se había dejado unas salpicaduras de sangre por el cuello, algunos puntitos ya resecos debajo de la barbilla y otros tantos hechos costra en las fosas nasales. Tenía sangre seca en la oreja izquierda y sangre negra en el nacimiento del pelo. El lado izquierdo de la mandíbula parecía inflamado y tenía derrames en ambos ojos.

Se dobló sobre el lavabo y se lavó la cara con agua abundante. Sintió una punzada de dolor en la cabeza y se le nubló la visión. Se incorporó enseguida y le crujió la columna maltrecha. Agarrándose fuerte al borde del lavabo, procuró recobrar el aliento.

¿Qué le dices a la gente después de haberle cortado el brazo a tu hermano?

¿Qué le dices a tu hermano?

Una vez más o menos aseada, Louise cruzó la puerta de doble hoja detrás de la enfermera, que llevaba una manta de microfibra sujeta a la cintura como si fuera un pareo, algo que Louise no entendió hasta que entró en la sala de recuperación posoperatoria y un aire gélido la envolvió. La tenían a la temperatura de una cámara frigorífica y tenía su lógica, se dijo Louise recordando el muñón irregular de color rojo vivo de su hermano, que parecía carne de hamburguesa. Los sonidos parecían silenciados. Las luces estaban atenuadas en algunos de los boxes, y las pocas personas a las que vio pululando por allí se movían despacio y con sigilo, como si fueran a la deriva bajo el agua.

La enfermera la llevó hasta un box en penumbra y se coló entre las cortinas a medio correr. Louise la siguió. La cama estaba colocada debajo de un cabecero repleto de máquinas, tubos, tanques y una pantalla digital inmensa en la que se hacía un seguimiento con números rojos y verdes y que ocupaban casi todo el espacio. A los pies de la cama se había metido a presión un sillón reclinable de polipiel crema.

Mark parecía hinchado y gris entre aquellas sábanas blanquísimas. Con los ojos entornados, seguía a la enfermera mientras esta tomaba nota de las lecturas de los monitores y pulsaba con insistencia unos botones en la pantalla con el pulgar. Como no había mucho espacio, Louise rodeó el sillón y se quedó de pie, más cerca. Su hermano recorrió con la mirada la estancia entera y posó los ojos en ella, pero su expresión no cambió. No le quedó claro si la veía o no.

Tenía los dos brazos por encima de la sábana, algo que le hacía parecer descompensado: uno de ellos terminaba en mano y el otro se acababa por debajo del codo en un lío apretado de vendajes de un blanco nuclear.

—Algunas personas se recuperan enseguida de la anestesia y otras no —le dijo la enfermera a Louise hablando alto y claro. Mark volvió los ojos hacia el lugar del que provenía la voz—.

Pero parece que él lo lleva bien. Puede que esté algo aturdido. La doctora Daresh vendrá enseguida a contarle cómo ha ido todo, pero, de momento, parece que está todo bien.

—Vale —contestó Louise, consciente de que Mark iba mirándolas alternativamente.

—Si necesitan algo, estamos ahí mismo —dijo la enfermera, y luego bajó la voz al nivel de un inválido y se dirigió a Mark—: ¿Cómo se encuentra, señor Joyner?

Louise nunca había oído llamar señor Joyner más que a su padre.

—Ajá —contestó Mark.

—Bien —dijo la enfermera. Sonrió, se escapó por la cortina y los dejó a solas.

Mark se quedó mirando el sitio por el que había salido. Louise se sentó en el sillón reclinable, que la succionó hacia atrás. Atraído por el movimiento, los ojos de su hermano se desplazaron hasta ella. Louise se sentía como la única cosa sucia de todo aquel rincón impoluto del hospital.

—¿Mark…? —le dijo.

Él la miró fijamente, con los ojos brillantes, y ella tuvo un súbito pensamiento disparatado: «¿Y si sigue siendo Pupkin? ¿Y si se lo he quitado del brazo demasiado tarde?». Ya no se sentía tan segura allí dentro.

—¿Estás…? —graznó Mark.

Ella esperó a que continuara. No lo hizo. Al cabo de un minuto le preguntó:

—¿Qué…?

Mark levantó los ojos por encima del hombro de su hermana, espantado.

—Araña —farfulló.

«Araña».

Louise miró detrás de la silla, al techo, por todo el box. Ni rastro de Araña.

—No lo veo, Mark —le dijo sin mucha convicción.

Mark se centró en las cortinas que tenía a los pies de la cama.

—Araña —farfulló de nuevo con los labios pegajosos.

Cerró los ojos, relajó el gesto y su respiración se hizo lenta y uniforme. Según el reloj grande que tenía sobre el cabecero de la cama, eran las 12:14.

Como no veía a Araña, Louise supuso que era una alucinación producida por la anestesia. Poco después empezaron a pesarle los párpados, se le cerraron los ojos y notó cómo el martillo le abollaba el cráneo, le latieron los puntos, oyó el sonido de coco hueco del metal rascando el hueso y abrió los ojos de golpe. Mark la observaba.

Se miraron los dos fijamente. Louise no sintió la necesidad de sonreír ni de parecer preocupada o poner una cara concreta. Se miraron sin más.

Mark tenía la barba más gris que rubia. El camisón que le habían puesto le dejaba buena parte del cuello y los hombros al descubierto, y los tenía forrados de un vello fino e incoloro. Parecía atrapado entre la vida y la muerte.

—¿Cómo te encuentras? —le preguntó al cabo de un minuto.

—Como… —Las palabras se le atascaron en el interior de la garganta seca. Carraspeó, miró alrededor en busca de un sitio donde escupir y, al no encontrar uno, tragó—. Como tú.

Su voz sonaba más firme de lo que ella esperaba.

—¿Qué ha pasado? —le preguntó. Necesitaba algo de cordura. Ansiaba realidad—. ¿Por qué lo has hecho? —Mark la miró extrañado. Ella bajó la voz y se inclinó hacia delante. Las articulaciones le dolieron de formas nuevas—. ¿Por qué te has puesto a Pupkin?

—Porque me ha dicho que, si no lo hacía, dejaría que Araña te matara —contestó él.

Bajó la vista a la cama y reparó en su muñón. Los músculos del antebrazo derecho se contrajeron y él puso cara de pena.

—¡Eh! —le dijo Louise acercándose todo lo posible. Mark la miró. Sus ojos eran lo único vivo de aquel rostro de muerto—. Gracias.

Mark casi sonrió al oírlo; luego lo vio preocupado otra vez.

—Vete —le pidió, y ella no estaba segura de haberlo oído bien.

—¿Que me vaya? —preguntó.

—Quémalo —le dijo—. Quémalo como habíamos planeado.

Louise recordó el rostro sin expresión de Mark mientras llevaba puesto a Pupkin. Recordó lo que él le había contado de la Universidad de Boston y pensó en lo mucho que debía de haberle costado volver a ponérselo. Recordó a Pupkin pidiéndole a ella que hiciera subir a su hermano al estanque helado.

—Quémalo —le repitió Mark.

Era lo único sensato que se podía hacer.

—Sí —contestó ella y, aunque por un momento habría preferido quedarse sentada en aquel sillón blando y cómodo, se levantó.

Con paso cansino, se acercó a las cortinas y se asomó afuera. La enfermera que la había llevado hasta allí estaba sentada al mostrador, entre otras dos. Mark suspiró a su espalda y Louise se volvió.

—¡Con lo bien que estaba! —dijo, y la miró a los ojos—. ¡Con lo bien que estaba yo sin ser responsable de nada!

Louise se coló por la cortina, muerta de vergüenza. Al pasar cojeando por el mostrador, la enfermera la miró.

—La doctora Daresh viene de camino para hacer la ronda posoperatoria —le dijo.

Louise sonrió, pero no se detuvo. Si lo hacía, dudaba que pudiera volver a arrancar.

—Voy al baño —dijo.

—Dese prisa —le aconsejó la enfermera, y siguió con lo que estuviera haciendo en el ordenador.

Louise salió cojeando de la unidad de recuperación y cruzó la sala de espera, pasó por delante del baño y se dirigió al ascensor sintiéndose como una presa a la fuga. Mientras esperaba el ascensor, se preguntó si la gente creería que era una esposa maltratada o una víctima de tráfico. Cuando llegó al vestíbulo, le daba ya igual lo que pensaran los demás, y al subirse al pequeño Kia, no sentía más que dolor. Le dolía la piel. Todos los hematomas parecían conectados entre sí.

No recordaba haberse abierto paso entre otros coches para llegar a Crosstown, ni haber cruzado el puente ni girado en McCants, pero, cuando quiso darse cuenta, estaba aparcando delante de la casa. Los sanitarios se habían dejado la puerta del garaje abierta. Bajó del coche, entró directa en la boca del lobo y pulsó el interruptor de la luz. No miró las manchas inmensas de sangre del suelo. Le dio una palmada al pulsador de cierre de la puerta y esta se cerró con un ronquido, topó en el suelo de la entrada con un estruendo metálico y todo lo del interior quedó en penumbra.

Asió las pinzas de la barbacoa y una botella de plástico blanca de gel de encendido para barbacoas que había al lado y salió al jardín trasero. Apartó de la fachada de la casa la barbacoa oxidada de color verde que habrían usado una vez en toda su vida, la abrió y, con las pinzas, apartó las cenizas antiguas; luego hizo un montoncito de leña con palitos que encontró por el jardín. Cuanto más se movía, menos rígidas se notaba las articulaciones. Roció los palitos de gel de encendido hasta que brillaron.

En la estantería donde había encontrado el gel, vio un encendedor eléctrico para barbacoa. Retiró la bolsa de basura de encima del cubo y levantó la tapa. Pupkin estaba tirado bocarriba, sonriéndole, ensangrentado y feliz, con su mirada de soslayo, maliciosa y taimada. La sangre de Mark le había manchado una mitad de la cara de plástico blanco.

«¡Pupkin quiere divertirse!», lo oyó decir en el interior de su cabeza.

Lo agarró con las pinzas.

«¡Yuuupiiii!».

Lo sacó al jardín sin mirarlo y se dirigió a la barbacoa. Cuando se acercaban, le pareció notar que las pinzas se retorcían. Bajó la mirada un segundo y lo vio revolverse mientras ella avanzaba. Cada vez se revolvía más. El títere puso uno de sus brazos nudosos en el extremo de las pinzas y la miró.

—«¡NOOO! —dijo con la voz pastosa de miedo—. ¡Pupkin no! ¡Pupkin te quiere!».

Ella levantó las pinzas y lo soltó encima del montón de palitos.

—«Dónde está Nancy, Nancy ayuda, ayuda a Pupkin, por favor, por favor, Pupkin te quiere…».

Louise accionó el encendedor y lo acercó a la madera. Las llamas se veían claras a la luz del sol de mediodía. En su cabeza, oyó a Pupkin gritar con aquel chillido agudo que parecía no tener fin, pero eran solo cosas de su cabeza. Podía ignorar lo que tenía en la cabeza.

Asió el gel de encendido y le roció el cuerpo. El fuego estalló en una columna que le pareció que le asaba las cejas. Louise soltó la botella, que hizo un ruido como de succión húmeda. Pupkin se retorcía sobre la espalda y chillaba en el fuego. Sus gritos resonaban uno tras otro en el interior del cráneo de Louise. Tendría que haber bajado la tapa de la barbacoa. Pero no lo hizo. Se obligó a quedarse allí plantada, viéndolo arder.

Los alaridos alcanzaron un nivel febril, lo bastante agudo como para reventar un cristal, mientras los tentáculos de las llamas le lamían la cara de plástico y las mejillas se le llenaban de ampollas y de burbujas. Temiendo que el fuego no llegara a consumirlo del todo, Louise le roció la cara de gel de encendido hasta la botella empezó a espurrear aire. Los chillidos de Pupkin se coagularon y se licuaron. Al tiempo que la cara se le derretía como si fuera de cera, a Louise le pareció oír en su cabeza: «Nancy, por favor, por favor, Nancy, Nancy promete que nunca deja solo a Pupkin, duele, duele, duele, dónde Nancy, Nancy ayuda a Pupkin, Nancy ayuda».

Luego la cabeza de Pupkin se derritió y dejó ver la oquedad de su interior a través de un boquete que se fue expandiendo y le borró la boca, y su cuerpo de tela se convirtió en copos de ceniza blanca que la corriente de aire se llevó por todo el jardín. Cesaron los gritos. Crepitó un palito incandescente. Pupkin se había ido para siempre.

Louise observó las cenizas un buen rato; luego bajó la tapa de la barbacoa y volvió sin ganas al garaje. Tiró a la basura la botella vacía de plástico, que hizo un ruido de plástico contra plástico. Después cerró el cubo de la basura y se obligó a entrar en la casa, que le produjo una sensación de quietud y vacío. Se acercó al pasillo preguntándose si Araña aún andaría por allí. O las ardillas. Cayó en la cuenta de que le daba igual. Ahora podía con ellos. Plegó la escalerilla de acceso al desván. Los agujeros que habían dejado en el techo los tornillos quedaban fatal. Tendrían que arreglarlo antes de poner la casa a la venta.

A regañadientes, abrió la puerta del baño del pasillo. Los muñecones seguían donde los habían dejado. Le parecieron huecos, muertos. Enfiló el pasillo hasta el dormitorio de sus padres. Se plantó en el centro de la habitación y cerró los ojos. Aguzó el oído. Se quedó así un buen rato y, al final, abrió los ojos.

La casa parecía vacía. No había presencias. Nadie en las habitaciones. Nada en el desván. Ninguna carga del pasado. Ni la sensación de que sus padres siguieran allí. Era como si alguien hubiera agarrado el edificio, lo hubiera sacudido y se hubiera deshecho de todas las personas y toda la historia que contenía y lo hubiera dejado vacío. Ya no era una casa, sino un montón de cajones conectados por una moqueta y sin nada dentro.

La casa de su infancia ya no parecía encantada.

DEPRESIÓN

28

Cuando volvía al centro, Louise procuró concentrarse en lo que tenía delante: los semáforos, el desvío al puente, la salida hacia Rutledge Avenue, una plaza de aparcamiento cerca del hospital... Sin saber cómo, llegó a la quinta planta y localizó la sala de espera.

—No había camas en planta —le dijo la enfermera del mostrador— y lo hemos dejado en la sala de recuperación posoperatoria.

Louise volvió con Mark. La enfermera de esa mañana se levantó al verla pasar.

—La doctora Daresh no la encontraba —le dijo—. Quería contarle cómo había ido la cirugía e informarla de los cuidados posoperatorios. No sé cuándo volverá a estar disponible.

Louise se disculpó hasta que la enfermera perdió interés; entonces cruzó las cortinas del box de Mark. Se había subido la cabecera de la cama y estaba sentado, mirándose fijamente el brazo amputado. Cuando ella entró, levantó la cabeza.

—Ya está —le dijo.

Mark no cambió de expresión.

—Lo he quemado —añadió ella—. No queda nada. Pupkin ya no existe.

Mark soltó un suspiro inmenso y las líneas del monitor digital que tenía junto a la cama experimentaron varios picos.

—Necesito una cerveza —dijo.

Louise estaba tristísima. Aún tenían una casa que vender, pero ya no era la de sus padres, no era más que una casa. Se acabó. Todo había terminado. Mark quiso levantar el muñón, pero puso cara de dolor.

—Por esto —le dijo, señalándoselo— quería contratar a Agutter.

—¿Me estás echando la culpa? —preguntó ella.

—No estaría de más que te disculparas —espetó él.

—¿Por qué? —inquirió ella, que no podía creer que estuvieran discutiendo otra vez, pero entrando al trapo sin pensárselo.

—No me lo pueden injertar —contestó Mark.

—Me pediste que...

No podía decirlo en alto porque aquellas enfermeras lo oían todo, así que hizo el gesto de serrar con una mano.

—Pensé que me lo injertarían —dijo él—. ¿Cómo me has podido hacer algo así? Yo no habría sido capaz de hacértelo a ti.

—Estabas intentando matarme a martillazos —susurró ella con la esperanza de que su hermano bajara la voz también.

—Tú quisiste ahogarme en casa de los Calvin —replicó él.

—Habíamos quedado en que eso era cosa de Pupkin —le dijo ella.

—Pues, entonces, el que intentaba matarte a martillazos era Pupkin —repuso Mark—, pero tú me has serrado el brazo.

—¿Te importaría bajar la voz? —susurró Louise—. He tenido que mentir a un montón de gente sobre lo ocurrido.

—Claro, porque si se enteran de lo que has hecho, te meten en la cárcel.

—Mark... —susurró furiosa—, ¿en serio te has cabreado conmigo por salvarte la vida o esto es alguna disfunción posoperatoria provocada por todo lo que te están metiendo en vena?

Se abrió de pronto la cortina y entró un crío que no parecía lo bastante mayor para ir siquiera a la universidad. Llevaba un pijama quirúrgico de color ciruela y lucía una barba muy poco poblada bajo la mascarilla de Araña-Man.

—Hola, hola —saludó—. Soy el cirujano en prácticas. Están buscando a la doctora Daresh para que pueda hablar con ella, pero quería adelantarle lo que le va a decir.

—Continuará… —le dijo Mark a Louise.

—Hola —le dijo ella al joven residente.

—Usted es la… —el residente echó un vistazo a sus notas— hermana. Vaya, tiene mala pinta. ¿Cómo se ha hecho todo eso?

—Se me ha caído encima una estantería —contestó ella.

—¿Eso es lo que estás contando? —espetó Mark con incredulidad.

Louise le puso cara de «cierra la boca». El residente ni pestañeó.

—Una estantería muy pesada —comentó—. Soy el doctor Santos. Vamos a echarle un vistazo a esa amputación. —Examinó la herida de Mark—. Un corte limpio —dijo, y Louise estuvo a punto de darle las gracias, pero logró contenerse. —Mientras volvía a vendarle el brazo a Mark, el doctor Santos le soltó el discurso a Louise—. Bueno…, esto ya lo he hablado con el hermano, pero se lo voy a repetir a la hermana. No es posible injertar el miembro amputado. No se ha mantenido todo lo frío que sería deseable y la posibilidad de daños neuronales era mayor de lo que habríamos querido, pero, siendo optimistas, con un corte tan limpio como este, siempre se le puede poner una buena prótesis y, dentro de nada, la sentirá como propia.

—Lo dudo —dijo Mark.

—El East Cooper ha hecho un trabajo excelente con el desbridamiento de la herida —dijo el doctor Santos— y casi todas las vías que tiene puestas ahora mismo son de antibióticos, pero aún podría infectarse. Vamos a mantener el drenaje quirúrgico unas semanas y, dentro de unos minutos, una de las enfermeras le enseñará a la hermana cómo vaciarlo, algo que tendrá que hacer dos veces al día. Podemos darle el alta esta misma tarde, creo, pero le vamos a recetar un antibiótico por vía oral y es necesario que tenga vigilado el muñón. Si detecta inflamación, hinchazón, flacidez, fiebre…, nos llama. Por lo demás, puede recuperarse en casa. Perder una extremidad siempre requiere adaptación, pero, sin duda, dentro de lo malo, ha tenido usted mucha suerte. Voy a ver si la doctora Daresh viene ya.

El doctor Santos salió del box y se hizo un silencio largo. Louise sabía que aquello sería una montaña rusa para Mark, llena de altibajos, así que intentó bromear.

—Te voy a tener que vaciar el drenaje —dijo—. Eso ya es castigo suficiente.

Mark la miró espantado, fastidiado de que se hubiera atrevido a decirle eso.

—Tengo un brazo, Louise.

No habló con ella el resto del día.

En realidad, estuvo sin hablarle los cinco días siguientes. De vez en cuando, hacía algún comentario, por lo general desagradable, pero nada más. Lo llevó a su casa y él se dejó caer en el sofá, sacó el móvil, quiso echar un vistazo al Facebook, descubrió que era difícil con una sola mano y tiró el móvil a los cojines. Después de eso, hizo poco más que dormir.

Llevada por el remordimiento, Louise se dedicó a cuidarlo. Le compró la cantidad ingente de cosas que necesitaba para adaptarse a su nueva vida: anillas para las cremalleras, hidratante para el muñón, una picadora para la cocina, aunque, después de ver el estado en que se encontraba su nevera, sospechó que no cocinaba mucho.

Intentó obligarlo a que hiciera rehabilitación. Le pidió cita con un fisio en remoto y se plantaba en su casa para seguir las sesiones con él en el iPad, pero Mark siempre tenía una excusa: que el muñón le dolía mucho, que estaba muy cansado o que ese día no le apetecía.

—Tienes que intentarlo porque, si no, no te pondrán la prótesis —le dijo ella después de que se rindiera en medio de una sesión, avergonzada de su comportamiento delante de un desconocido que no quería más que ayudarlo.

—No quiero prótesis —repuso él—. Quiero mi brazo.

—Y yo, pero eso no va a pasar. Tienes que aceptar la realidad.

Mark se plantó en el centro de su salón atestado de cachivaches y la miró con aquella cara triste e inexpresiva que parecía acompañarlo a todas horas últimamente.

—Déjame en paz —le dijo.

Luego dio media vuelta y se metió otra vez en la cama. Era la una menos cuarto de la tarde.

Louise buscó en Google «depresión posamputación» e intentó hablar con Mark, procuró escucharlo con paciencia, animarlo a que hiciera unas clases de meditación que había encontrado en YouTube.

—Sé que a ti te gustan esas cursiladas —le dijo, plantada en el umbral de la puerta de su cuarto a las diez de la mañana, hablando con él en medio de aquel hedor a humanidad y a ropa sucia que emanaba de la caverna en la que dormía—. Así que te he contratado a un especialista en energía que dice que te puede ayudar con el dolor del miembro fantasma. Pero, si quieres llegar a tiempo, te tienes que dar una ducha ya. Luego te invito a comer.

—Claro —contestó él, dio media vuelta en la cama, poniéndose de espaldas a ella, y al cabo de un minuto lo oyó roncar.

Los pocos ratos que conseguía hacerlo hablar, se dedicaba básicamente a reprocharle que le hubiera cortado por la mitad el tatuaje del símbolo de infinito.

—Habría bastado con que subieras ocho centímetros o bajaras doce —le dijo a Louise—, y así lo habría conservado o lo habría perdido del todo.

—La integridad estética de tu tatuaje no era una de mis prioridades —repuso ella.

—¿Qué voy a hacer con medio símbolo de infinito? —gruñó Mark.

—Te has vuelto un cascarrabias.

—Es lo que tiene que te sierren un brazo.

Mercy y Constance fueron a verlo un día y decidieron sentarse en el trocillo de césped que había a la entrada de su apartamento para que les diera un poco el sol. Louise sacó unas sillas y preparó té helado. Mark protestó, pero terminó claudicando.

—No quiero verlas —le dijo—. Yo no he pedido que venga nadie.

—Están preocupadas —contestó ella—. Les importas. Son de la familia.

Al final, accedió a salir.

—¡Madre de Dios! —exclamó Mercy al verle el brazo—. Si es que las sierras son muy peligrosas…

Louise sabía que aquella era la parte que más fastidiaba a Mark: tener que fingir que el accidente había sido fruto de un descuido suyo.

—Depende de quién la maneje —replicó, dejándose caer en una de las sillas de jardín que su hermana había comprado para la visita porque él no tenía—. Voy a demandar al East Cooper Medical.

En realidad, no iba a demandar a nadie, pero no paraba de investigarlo. Lo había llamado de pronto un abogado para decirle que el hospital había almacenado de forma incorrecta su brazo y que por eso no se lo podían injertar. Mark imprimía artículos sobre mala praxis. Hasta hablaba con algunos abogados, pero luego siempre se negaba a continuar porque no tenían «mentalidad de gladiadores», o sea, que no pensaba que le fueran a conseguir la indemnización que pensaba que merecía.

—Voy a por una cerveza —dijo levantándose y entrando en el apartamento.

Louise habría preferido que no bebiera, porque se había tomado una pastilla justo antes de que llegaran sus primas. De hecho, a ella se le había «olvidado» adquirir cervezas cuando había ido a la compra el día anterior, pero él había pedido que se las llevaran a casa pagando once dólares de gastos de envío.

—Bueno, ¿qué pasó de verdad? —preguntó Mercy en voz baja en cuanto Mark se fue.

—Se distrajo —mintió Louise.

Mercy se la quedó mirando. Constance enarcó las cejas.

—La última vez que os vi fue cuando pasé a echar un vistazo a la casa —dijo—. Al día siguiente de comentaros lo… complicada que era la venta, Mark se corta el brazo con una sierra y a ti parece que te haya atropellado un camión. ¿Qué ha pasado?

—¿Lo complicada que era la venta…? —preguntó Constance.

—Luego te lo cuento —le dijo su hermana sin mirarla, centrada en sonsacarle la verdad a Louise.

—Mark se tomó unas cervezas para desayunar y estaba cortando madera —insistió Louise—. Yo me subí a una de las baldas de la estantería para agarrar no sé qué, venció y se me cayó encima. Creo que eso fue lo que le distrajo.

Mercy escudriñó a Louise un minuto largo y luego negó con la cabeza.

—Somos familia —le dijo con convicción.

Louise quería contárselo, pero había familia y familia. Lo de Pupkin, lo de Araña y lo que le había tenido que hacer a su hermano…, eso era cosa de los Joyner.

—Ya has visto esa estantería —contestó Louise sintiéndose mal—. Es muy inestable.

—Si en algún momento quieres hablar, aquí me tienes —le respondió su prima en voz baja—. ¿Qué vais a hacer con la casa? —añadió en tono normal.

—Hemos decidido no venderla enseguida —contestó Louise en tono normal también—. De ahí no se va a mover. Seguramente lo volveremos a intentar cuando validen el testamento.

—Bueno, al menos la yaya se pondrá contenta.

Como Mark no salía, Louise entró a buscarlo y se lo encontró sentado en el sofá mirando el móvil, con una cerveza entre los muslos.

—¿No vas a salir? —le preguntó.

Él se encogió de hombros.

—No me encuentro bien.

Ella se lo quedó mirando un rato y decidió que no tenía sentido discutir. No era su madre. Salió a decírselo a sus primas.

Mientras volvían a los coches, vio a Constance interrogando a Mercy.

—¿Qué es eso de la venta complicada? —le preguntó en lo que, para Constance, era un susurro discreto.

Tampoco era para tanto. Louise no tenía más que aguantar la semana. Mark no era su hijo; era un hombre adulto responsable de sus decisiones. Además, cada día que tachaba en el calendario era un día que estaba más cerca de volver a casa. Sabía que aquello era el principio del fin para los dos. Mark mejoraría, o no. Aún tenían pendiente un papeleo con Brody y luego venderían la casa al cabo de un año o así, pero ya no era la casa de sus padres, no era más que una casa a secas, y Louise sabía que después de que se repartieran el dinero se llamarían un poco más de lo habitual, luego un poco menos, luego se mandarían solo mensajes, luego los mensajes serían cada vez más espaciados y después ya no los habría.

Mark y ella eran muy distintos. Sin algo que los uniera (vivir en la misma ciudad, sus padres, hijos de la misma edad…), se distanciarían. Ella intentaría ir a Charleston más a menudo para ver a tía Honey y a las primas y, claro, cenaría con Mark cuando estuviera por allí, pero algo que había empezado con la muerte de sus padres había terminado con la quema de Pupkin y cualquier otra conexión que pensaran que existía entre ellos no era ya más que una bombilla fundida.

No le entristecía tanto como esperaba. Estaba bien. Las cosas habían cambiado. Lo único que quería ya era volver a casa. Necesitaba ver a su familia de verdad.

Mark ni siquiera fue al aeropuerto a despedirse. Le mandó un mensaje.

Perdona. Malo.

En el fondo, le impresionaba que hubiera conseguido mandarle dos palabras. Además, él ya no le debía nada. Todo lo que había ocurrido entre ellos parecía ya muy lejano, se estaba convirtiendo en una historieta que algún día le contaría a alguien, tumbada a su lado en la oscuridad, o a Poppy cuando terminara la universidad. Se tomarían una copa de vino juntas y le hablaría de su madre, de Pupkin y de Mark, le darían vueltas a lo ocurrido y se preguntarían qué podría significar todo aquello; luego la volverían a guardar, como se hace con las fotos familiares.

Había reservado un vuelo para primera hora de la tarde, había abonado la disparatada factura del hotel, devuelto el coche de alquiler, abonado el coste también disparatado, y ahora estaba sentada junto a la puerta de embarque con la sensación de haber cumplido con su hermano, con su madre y, sobre todo, con su padre. Él estaría orgulloso de cómo había manejado todo aquello: directa, práctica y al grano. Había visto lo que había que hacer y no había dudado en hacerlo.

Estaba nerviosa por volver a ver a Poppy. Quería llegar a casa. Quería aterrizar ya. Esa mañana no había tomado café porque quería dormir todo el vuelo y así llegar a casa antes. La necesidad imperiosa de ver a su hija le producía una quemazón física. No podía parar quieta.

Había decidido no contarle a Poppy lo del brazo de Mark. Al menos hasta dentro de un tiempo. ¿Para qué se lo iba a decir? Cuando había hablado con Ian para hacerle saber que volvía a casa, había temido el momento de tener que contarle lo del brazo de Mark, pero luego se le había encendido una lucecita: no tenía por qué contárselo. ¿Cuándo iba a volver a ver Ian a Mark? Optar por lo fácil le producía la sensación de estar mintiendo, un poco como Mark, pero también un alivio enorme. A lo mejor ser un poco como Mark tampoco era tan malo. Un poco de Mark no era malo. Lo malo de Mark era que nunca era un poco: siempre era o nada en absoluto o demasiado.

Durmió todo el vuelo y, cuando aterrizaron, sintió que todo encajaba. Le mandó un mensaje a Ian con un montón de admiraciones y, para que el trayecto se le hiciera más corto, hasta le preguntó al conductor del Uber de dónde era y cuánto tiempo llevaba en San Francisco. Volvió a escribir a Ian cuando estaba a unas manzanas de la casa y ni siquiera tuvo miedo de verlo; solo tenía que deshacerse de él cuanto antes sin resultar grosera.

Al abrir con llave el portal del edificio tuvo la extraña sensación de que era la primera vez que lo hacía. Reparó en todos y cada uno de los desconchones de la escalera, en todos los arañazos de la alfombra del vestíbulo. Subió la maleta por los peldaños, que crujían más de lo que recordaba, cruzó la puerta de su piso y gritó: «¡Poppy! ¡Ya estoy en casa!» como si fuera a arrancarse con una canción.

Esperaba encontrarse a su hija sentada en el suelo, cruzada de piernas, dibujando, o que le hubiera hecho un cartel de «Bienvenida a casa», o que cruzara corriendo la estancia con los brazos abiertos para abrazarla, pero no vio más que a Ian sentado en el sofá.

—Hola —dijo él levantando la vista del móvil—. ¡Dios!, ¿qué te ha pasado en la cara?

—Se me cayó una estantería encima —contestó ella soltando la maleta y dejando el bolso encima—. ¿Poppy está bien?

—¿Tú estás bien? —preguntó él acercándose con los brazos extendidos a la altura de la cintura para darle un abrazo, como lo haría una pareja preocupada.

Louise no tenía tiempo para aquello.

—Estoy perfectamente, de verdad —contestó evitando el abrazo que él le proponía—. ¿Dónde está Poppy?

—En su cuarto —respondió él—. Para, para. Que está bien.

Ella lo esquivó y recorrió medio corriendo el pequeño pasillo de suelo de madera que la separaba del cuarto de Poppy y llamó dos veces seguidas a la puerta.

—¡Pooopyyy! —canturreó mientras abría la puerta.

Poppy la esperaba plantada en el centro de su vistosa alfombrilla roja.

—«¡Pipicaca! —chilló la niña con una voz de pito que Louise conocía bien—. Hola, ¿qué tal?».

Pupkin saludó a Louise, bailando de un lado a otro en el brazo de Poppy.

29

A Louise se le heló la piel. Le brotó el sudor por los poros. Le dio un vuelco el corazón. Se le volvió el cuerpo del revés. Había cruzado el país para terminar dando vueltas en círculo.

—«¡Pipicaca! —chilló Pupkin hablando por boca de su hija—. ¡Pupkin en casa! ¡Pupkin en casa! ¡Pupkin en casa para siempre!».

Louise oyó el chirrido de la sierra, vio la estela de chispas anaranjadas y blancas cayendo sobre el suelo de hormigón. La palabra «NO» se le quedó atascada en los labios, convertida en un simple gemido. Le flojearon las piernas. Los pies se le entumecieron. El chirrido de la sierra subió una octava en su cabeza mientras la hoja cortaba el hueso de su hermano.

—Lo han hecho mi madre y ella —dijo Ian a su espalda—. Se le ha ocurrido todo a Popster. Tuvo toda una visión.

—«¡Pupkin está aquí! —dijo el títere por boca de su hija—. ¡Pupkin está aquí! Hola, ¿qué tal? ¡Pupkin está aquí!».

Louise sostuvo el brazo de Mark con el pie apretándolo contra el suelo mientras los dientes de acero mordían el símbolo de infinito. Se notó la sangre de su hermano en la boca. Empezó a hiperventilar.

—Al principio da un poco de yuyu —comentó Ian—, pero luego le tomas cariño—. Y Popster lo adora.

—«¡Pupkin en casa! ¡Pupkin en casa!».

El títere bailaba de un lado a otro, canturreando sin parar con una voz aún más aguda porque las cuerdas vocales de Poppy aún no estaban desarrolladas del todo, sus pulmones eran pequeños y su paladar más blando. Louise oyó a Pupkin gritar a través de la garganta de Mark, lo vio atizarla con el martillo en la cabeza. Sintió una fuerte oleada de dolor en el lado izquierdo de la frente. Perdió el control de la parte inferior de su cuerpo y una orina caliente empezó a correrle entre los muslos.

—«¡Pupkin en casa! ¡Pupkin en casa!».

Desde el extremo del bracito de Poppy, el títere se acercó bailando a Louise y luego se apartó, como provocándola.

—¿Lou? —la llamó Ian.

Ella quería parar, pero no pudo. El pis, caliente y pringoso, le corrió por las piernas y le empapó los calcetines, formando un charco en el talón de sus zapatos.

—¡Lou! —insistió Ian.

—«¡Pupkin quiere un besibesi!» —dijo el títere pegándose a la boca de Louise, malicioso, contaminando a su hija, corrompiendo a su hija, a la misma que ella había jurado proteger, la misma a la que había fallado.

—¡No! —gritó Louise demasiado alto notando ya el frío de los pantalones mojados—. ¡No!

Agarró a Pupkin y notó el brazo de su hija dentro del guante. Pupkin tenía otro tacto, más áspero, hecho de peor tejido. Tiró fuerte, arrastrando con ella el brazo de Poppy.

—¡Lou! —le espetó Ian a su espalda.

—¡Aaay! —chilló la niña.

Louise tiró del brazo de Poppy, sin parar, allí plantada, con los pantalones empapados, sin importarle su aspecto, empeñada en quitarle a Pupkin del brazo a su hija, sacudiéndolo como un pitbull a su presa. Poppy apretó el puño dentro del guante y se aferró a él. Louise agarró a la niña del codo, clavándole los dedos, y tiró hacia atrás de la cabeza del títere con la otra mano, sin importarle si hacía daño a su hija, pensando solo en sacar a aquella marioneta de su casa, apartarla de su familia.

—¡Para, Lou, por Dios! —le dijo Ian—. ¿Qué mosca te ha picado?

Poppy empezó a gritar, una sola nota aguda, sostenida, inquebrantable, que llenó la habitación y resonó en las paredes. Louise canturreaba «no» con cada tirón:

—¡No! ¡No! ¡No!

Le hincó aún más los dedos en el hombro a Poppy; no podía permitirse mostrar ni una pizca de compasión por Pupkin. Por imposible que pareciera, el grito de Poppy se hizo aún más agudo y Louise notó que le vibraban los dientes. La niña cayó al suelo como un peso muerto, con la boca muy abierta, como en un bostezo. Louise notó que Pupkin se relajaba y se soltaba. Ya casi lo tenía. De pronto, algo le apretó el bíceps tan fuerte que tuvo que abrir la mano izquierda. Agarrándola por los dos brazos, Ian la apartó y la volvió hacia sí.

—¿Qué coño te pasa? —le gritó en la cara. Los alaridos de la niña se convirtieron en sollozos e Ian bajó la voz—. ¿Quieres dejarle moratones? ¡Por Dios!

La empujó hacia la puerta, interponiéndose entre la niña y ella. Poppy se hizo un ovillo en su puf verde, con Pupkin pegado al pecho y el cuerpo entero plegado sobre él. Ian se acuclilló a su lado para tranquilizarla, acariciándole la espalda con una mano, completamente centrado en su hija como debería estarlo cualquier progenitor, y dejó a Louise plantada en el pasillo, con los pantalones mojados, de pronto convertida en una extraña en su propia familia.

Pupkin, olvidado por Ian y la niña, sonrió con malicia a Louise desde el brazo de su hija.

—Le van a salir moratones —le dijo Ian—. Pero creo que la podemos dejar en casa hasta que se le curen. Diremos que tiene un virus estomacal. Solo nos faltaba que la señora Li llame a servicios sociales.

Estaba de pie en el centro del salón, con una taza de té verde entre las manos. Louise estaba sentada en el sofá, con un pantalón limpio, los codos hincados en las rodillas, las manos juntas, las mismas que le habían dejado moratones a su hija, las que le habían serrado el brazo a su hermano. Imaginó la piel joven e inmaculada de su hija con cardenales alrededor de la parte superior del brazo en forma de dedos y supo que, si abría la boca, iba a vomitar.

Ian se sentó a su lado y dejó la taza en la mesita de centro con un golpe suave.

—¿Qué ha pasado ahí dentro? —le preguntó arrimándose a ella como hacía antes—. Nunca te había visto así.

En cuanto abriera la boca, toda la podredumbre que llevaba dentro inundaría el suelo. No podía decir ni una palabra. Le pareció que le llegaba una ráfaga del hedor salobre de su propia orina. Le escocían las piernas.

—Tienes desfase horario —le explicó él—. Y supongo que necesitabas ir al baño con urgencia.

Le dio un retortijón, que se le pasó enseguida. Inspiró entrecortadamente e Ian se volvió hacia ella expectante, creyendo que iba a hablar. No se lo podía contar. No lo entendería. Entonces cayó en la cuenta de que no tenía por qué contárselo. Se irguió.

—¿De dónde ha salido? —le preguntó ella.

—No, primero dime qué bicho te ha picado —respondió él—. Ahora mismo me preocupa dejar a nuestra hija aquí porque no tengo claro que te puedas controlar.

Así que aquel era el precio que iba a tener que pagar: una especie de intimidad emocional forzada para demostrar que podía controlarse, que la podía dejar a solas con su propia hija. Que ella hubiera perdido el control le había dado a Ian demasiado poder. No podía volver a ocurrir.

—Es un títere asqueroso que mi madre tuvo toda la vida —se obligó a decir Louise, contándole la historia sin contársela—. Estaba obsesionada con él. No lo quiero aquí.

—Está claro que Poppy echa de menos a su abuela y el títere le recuerda a ella —contestó él—. Es muy tierno.

—Poppy no lo había visto nunca —espetó ella.

«¿Nunca? Le dije a mamá que no quería ver a Pupkin cerca de Poppy, que los otros títeres, bueno, pero Pupkin no. La protegí, ¿no?».

—Seguro que sí —replicó Ian—. Por FaceTime o en alguna visita o algo así, porque ella lo recordaba con detalle. Mi madre la ayudó con la cabeza y lo cosió, pero Poppy le fue diciendo exactamente el aspecto que debía tener.

—No se lo puede quedar.

—Por supuesto que puede —dijo él—. No te lo tomes a mal, pero tú le soltaste de sopetón la idea de la muerte y me dejaste el marrón a mí. No ayudó nada que dijeras que volvías antes de tiempo y luego cambiaras de opinión. La psicóloga le vino muy bien y luego mi madre empezó a hacer manualidades con ella. Eso fue lo que quiso hacer y todo ha ido como la seda desde entonces. Así que sí, claro que se puede quedar con ese muñeco payaso tan raro y no te puedes enfadar por ello.

«No he protegido a Poppy».

—¿Insinúas que esto es culpa mía? —preguntó Louise deseando enfadarse con otra persona—. ¿Que soy mala madre?

—Joder, Lou… —empezó él.

—¡No soy mala madre! —dijo ella levantando la voz—. ¡Esto no es culpa mía!

—¡Louise! —saltó él—. No sé qué recuerdos te trae ese títere, pero vas a tener que superarlo porque tu hija le tiene mucho cariño. Sé madura.

«Sé madura».

Pues por eso se lo tenía que quitar. A Poppy se le pasaría. Le tomaría cariño a otra cosa. Los críos eran resilientes. Debía encontrar un modo de quitárselo de la mano a su hija y destruirlo. ¿Podría drogar a Poppy? Bueno, drogarla, no, que eso no sonaba bien, pero a lo mejor darle un poco de jarabe para la tos… Y tenerle preparado otro títere… O un perrito. Un perrito le haría olvidarse de Pupkin.

Antes que nada, tenía que conseguir que Ian se fuera y quedarse a solas con Pupkin.

—Tengo desfase horario —dijo ella con toda la sinceridad

de que fue capaz—. Y me estaba haciendo mucho pis. Tendría que haber ido al baño nada más entrar en casa, pero estaba deseando verla.

Esperó a ver si Ian se lo tragaba.

—No sé qué haría yo si murieran mis padres —contestó él, y Louise se notó su mano en la espalda acariciándole los omóplatos, y se estremeció.

—Perdona —dijo al verle la cara de cachorrito dolido—. Se me ha caído una estantería encima mientras limpiaba el garaje.

Ian le tomó la mano derecha y le acarició los nudillos con el pulgar.

—Perder a tus padres de golpe, tener que lidiar con tu hermano… Estás procesando muchos traumas. Pero no lo puedes pagar con Poppy, Lou.

Le repateaba que la llamara «Lou».

—Ya —contestó—. Lo siento.

—No hace falta que te disculpes —dijo él como un rey magnánimo—. ¿Sabes?, me preguntaba a qué objeto terminaría tomándole cariño Poppy y, por lo menos, no es una princesita de Disney que la vaya a hacer sentirse acomplejada de su cuerpo.

Hasta aquel preciso instante, a Louise la atormentaba tener que fingir que lloraba para ofrecerle a Ian la catarsis que necesitaba, pero no fue necesario. Las lágrimas le brotaron solas.

«¿Cuándo va a terminar todo esto?».

Louise tuvo que hacer un esfuerzo sobrehumano para no arrancarle a Ian la cabeza de un mordisco cuando se ofreció por enésima vez a pasar la noche allí.

—¿Seguro? —insistió—. Puede que Poppy se sienta más segura si estamos los dos aquí cuando despierte.

—Los dos necesitamos dormir —contestó ella. Ian llevaba allí todo el día y ya era noche cerrada—. Créeme, por favor. Llevo tres semanas durmiendo en un hotel. Necesito estar en mi casa.

—He pedido un montón de sopa y la he congelado —dijo él—. La tienes etiquetada en el congelador.

Louise odiaba la sopa.

—Muchísimas gracias —respondió con la esperanza de que aquello bastara para que Ian bajase la escalera y saliera del edificio.

Para su sobresalto, Ian se arrimó a ella.

—Ojalá dejaras que alguien cuide de ti —le dijo con voz suave e íntima—. Una pérdida siempre es difícil.

«Ay, Dios —se dijo ella—. Es su voz de follar».

—Me las arreglaré. Gracias por estar aquí.

—No estás sola —insistió él.

Se sentía atrapada, como si representara una de aquellas terribles obras de teatro de Mark.

—Gracias por todo —contestó.

Él hizo ademán de besarla.

«¡Madre mía! Tengo a Pupkin en casa, en el brazo de mi hija, y mi ex está intentando darse el lote conmigo».

Louise le pegó la cabeza al hombro e Ian se comió un montón de pelo. Ella se puso de puntillas procurando mantener el abdomen apartado de la entrepierna de él, evitar que sus pechos rozaran el de él, y lo abrazó fuerte para que le pareciera una expresión sincera de afecto y, a la vez, retenerle los brazos y evitar que paseara las manos por su cuerpo. Contó hasta diez y se apartó, relajándose de nuevo sobre la planta de los pies porque, con aquello, Ian se iría.

—Eso ha estado bien —le dijo él mirándola muy serio a los ojos. Luego le asió la barbilla con una mano—. Vamos a tomárnoslo con calma.

Ella hizo un esfuerzo por no gritar. Se notaba el pecho lleno de pájaros que le aporreaban las costillas. Menos mal que Ian se fue enseguida; bajó las escaleras con brío y salió por la puerta. Louise se sentó en el sofá, se pegó un cojín a la cara y gritó, amortiguando el sonido, percibiendo su propio aliento caliente.

Al cabo de un rato, ya recompuesta, miró el móvil: las

22:35. Debía encargarse de Pupkin. Deshacerse de él. Sacarlo de su casa.

Fue a la cocina y preparó una bolsa de basura blanca. Iba a hacer demasiado ruido si la llevaba al cuarto de Poppy, así que la dejó abierta en la encimera. Se colaría dentro, se lo arrancaría del brazo y, cuando lo tuviera, lo… ¿Qué? ¿Cómo lo iba a destruir? Exploró la cocina.

No tenía barbacoa. Ni gel de encendido. Miró debajo de la pila, pero no vio nada con lo que destruir un títere maligno. Plantada en el centro de la cocina, miró el horno, los fogones, el taco de los cuchillos, el robot de cocina… Y entonces vio la Vitamix. La había comprado después de leer un artículo sobre zumos de frutas y verduras, y la había usado exactamente tres veces, pero sabía que podía triturar cualquier cosa. Metería a Pupkin en la Vitamix, añadiría agua para suavizarlo y luego la pondría a máxima potencia para hacerlo puré.

Pensó en aquel Pupkin. Su cabeza parecía más ligera y con más protuberancias, y le daba la impresión de que estaba hecho de papel maché. La tela le había parecido barata. La Vitamix lo haría pedazos.

Dobló la bolsa de basura y la guardó. No la necesitaba: iba a ir directo a la Vitamix. Cuando terminara, lo tiraría al váter. Después tiraría a la basura la jarra de plástico de la Vitamix y compraría una de repuesto. No quería nada en su casa que hubiera estado en contacto con Pupkin. Salvo a Poppy, claro.

Ya al borde del pasillito que llevaba al cuarto de Poppy, inspiró hondo y avanzó despacio pegada a la pared para que el suelo no crujiera. Al quinto paso, chascó una tablilla, tan fuerte como un disparo. Paró en seco. Aguzó el oído por si Poppy se movía. Nada se inmutó en el cuarto de la niña. Dio otro paso y el suelo aguantó bien; luego un último paso, y le pareció que se mareaba.

La puerta se abrió suavemente. Poppy estaba acostada en su cama, mirando hacia la puerta, con los ojos cerrados, con cara de angelote prerrafaelista bajo el resplandor dorado de su lamparita de noche en forma de oca. Aún llevaba puesto a Pupkin, que estaba sentado, con las piernas colgando, mirando directamente a Louise con la cabeza ladeada, esperándola.

Poppy tenía cerrados los ojos, que le vibraban bajo los párpados, los labios separados, la respiración profunda y regular. Pupkin parecía alerta. Se habría quedado dormida sosteniéndolo así.

Louise lo miró. Pupkin la miró a ella. El títere no se movía, pero ella tenía aquel cosquilleo en el estómago, aquel presentimiento de que, si alargaba la mano para encender la luz, él seguiría sus movimientos con la cabeza.

No tenía más que dar tres pasos y podría quitarle a Pupkin de la mano a Poppy antes de que la niña se despertara siquiera. Aquella era la cara que ponía su hija cuando estaba profundamente dormida, el ruidito que hacía cuando podían asirla en brazos, subir las escaleras con ella y meterla en la cama sin que se despertara. Le habría quitado a Pupkin del brazo y lo habría metido en la batidora antes de que Poppy abriera siquiera los ojos.

Cerraría la puerta con llave al salir. Dejaría a Poppy allí dentro aunque aporreara la puerta y gritara. A veces había que ser cruel, pero ese era el precio que había que pagar por ser adulto. Tomabas las decisiones difíciles y confiabas en que algún día tus hijos entendieran que todo lo que habías hecho era por su bien.

Inspiró hondo, reunió todas sus fuerzas en el centro del estómago, espiró y transmitió aquella fortaleza a los brazos, las piernas y la columna. Levantó la pierna izquierda y dio un paso. Pupkin se movió. Ella se detuvo. El títere levantó uno de sus bracitos regordetes y luego lo bajó, lo levantó y lo bajó, despidiéndose de Louise, arriba y abajo, arriba y abajo, una y otra vez, con aquella sonrisa maligna permanente.

«Adiós», decía el brazo.

«Adiós».

«Adiós».

Poppy ni se inmutó. Seguía dormida, inexpresiva, respirando profundamente, con los ojos cerrados.

Pupkin meneaba la cabeza de un lado a otro. Agitaba ambos brazos. Aquello le parecía un juego divertido.

A Louise se le escapó toda la energía de las piernas al suelo. Lentamente, con sigilo, salió de espaldas de la habitación. Cerró con cuidado la puerta hasta que encajó. Luego se sentó en el sofá y esperó a que dejaran de temblarle las manos.

30

Un pitido agudo y constante: PI, PI, PI, PI, PI.

Louise, medio dormida, se incorporó en la cama y miró alrededor, aterrada.

PI, PI, PI, PI, PI, PI, PI, PI.

Los rayos de sol salpicaban la pared de enfrente, como de costumbre. Por el ángulo en que entraba la luz, serían las seis de la mañana, como de costumbre. Jamás había oído aquel pitido. Olía raro.

Lo meditó un instante.

«Pitido…, alarma de incendio. Olor…, humo».

«Fuego».

«Ve a por Poppy».

Apartó de golpe el edredón y salió corriendo, sin notar siquiera el suelo de madera frío bajo sus pies. La puerta del cuarto de Poppy estaba abierta; la cama, vacía. Louise no se detuvo, pasó por el baño, vacío, y entró en el salón, donde el olor a quemado era más fuerte y había una bruma gris suspendida en el aire.

—¡Poppy! —gritó.

Oyó un chisporroteo y el sonido sibilante del fregadero y lo siguió hasta la cocina, donde una columna de humo se alzaba de una sartén en el fogón, sobre una llama azul, con el grifo abierto y el humo gris ahogando la estancia, y Poppy de pie en una silla, junto a la encimera, con los armaritos abiertos, cajas destrozadas por todas partes y el guante de Pupkin puesto. Louise se acercó a apagar el fogón, resbaló con el pringue de un huevo roto, cayó de espaldas y, con el impacto, le chocaron los dientes de arriba con los de abajo.

Poppy rio a carcajadas con la voz de pito de Pupkin, y eso la enfureció. Se notó fría, con la parte posterior de los muslos pringada de yema. Se levantó del suelo y apagó indignada el fogón. Luego se volvió hacia su hija.

—¿Qué estás haciendo? —bramó. Poppy estaba removiendo algo en un cuenco con la mano en la que llevaba a Pupkin y el títere soltó la cuchara y se volvió hacia ella—. Los fogones no son un juguete —le dijo Louise con la sensación de que la rabia que sentía le daba ventaja—. No se juega con ellos. NUN-CA.

Había harina tirada por la encimera, cáscaras de huevo pisoteadas en el suelo. Aplastado, esparcido, vertido y estrujado por toda la encimera, de un extremo a otro, había mantequilla, leche, pan, crema de almendra, un aguacate..., todo lo que Poppy había visto a su madre sacar para el desayuno alguna vez.

—«¡Hora de desayunar!» —chilló Pupkin bailando de un lado a otro.

Poppy se tambaleó en la silla y estaba a punto de caerse de lado cuando su madre la agarró y la dejó en el suelo.

—«Pupkin quiere...» —empezó el títere, tirándose entre las dos.

Louise se abalanzó sobre él.

—Dámelo ahora mismo, jovencita, o te vas a meter en un lío muy gordo.

No le dio tiempo a decidir: alargó la mano y le arrancó el guante del brazo.

«¡Qué fácil ha sido! —se dijo».

Poppy mordió a su madre. Ni siquiera le vio mover la cabeza. La boca de la niña le atrapó la mano al vuelo y le hincó los dientes en el hueso. No conocía un dolor semejante, como de punzada y opresión al mismo tiempo, que le recorrió el brazo entero igual que una corriente eléctrica. Louise abrió la mano de golpe y soltó a Pupkin, que cayó al suelo de baldosas. Poppy soltó a su madre y agarró el títere del suelo. Louise notó un gran alivio cuando cesó el dolor, un alivio tan intenso que no siguió a su hija, que salió corriendo de la cocina y entró en el salón poniéndose a Pupkin por el camino.

Tenía mucho que hacer: abrir las ventanas para que se fuera el humo, limpiar la cocina, quitar la sartén del fuego… Debía curarse el mordisco de Poppy, arreglar el estropicio que había hecho, y apagar la alarma de incendios antes de que despertara a los vecinos, meter la mano debajo del chorro de agua fría, sacar a Pupkin de su casa… Y lo tenía que hacer todo ya.

Agarró la sartén por el mango. La proximidad del calor le produjo una angustiosa punzada de dolor en el mordisco amoratado que la obligó a soltar la sartén en la pila con el grifo aún abierto. Silbó como una serpiente furiosa. Aporreó la alarma de incendios con la punta del palo de la escoba hasta que se hizo el bendito silencio. Se la quedó mirando un momento, como desafiándola a que volviera a activarse, pero la alarma permaneció en silencio, pegada al techo.

Metió la mano dolorida debajo del agua fría y se la envolvió en un trapo de cocina. Luego fue al cuarto de Poppy. Se detuvo delante de la puerta cerrada, inspiró hondo y entró en aquel dormitorio que olía a pegatinas de fresa y a niña pequeña, dispuesta a ser una madre paciente y comprensiva.

—Poppy… —empezó, y se topó con un muro de ruido.

—¡NOOOOOOOOOOOOOOOOOOOOOOOOOOOOO
OOOOOOOOOOOOOOOOOOOOOOOOOOOOOOOOOO
OOOOOOOOOOOOOOOOOOOOOOOOOOOOOOOOOO
OOOOOOOOOOOOOOOOOOOOOOOOOOOOOOOOOO
OOOOOOOOOOOOOOOOOOOOOOOOOOOOOOOOOO
OOOOOOOOOOOOOOOOOOOOOOOOOOOOOOOOOO
OOOOOOOOOOOOOOOOOOOOOOOOOOOOOOOOOO
OOOOOOO!

Los gemidos, gritos y aullidos de Poppy no dejaban hueco para Louise. Poppy, sacudiendo brazos y piernas, se deshacía en alaridos y, transformada en un violento tornado, destrozaba su habitación. Louise intentó abrazarla, estrecharla contra su cuerpo, pero la niña no paraba de dar patadas agitando las piernas demasiado rápido, con la boca rojísima, expulsando tanto aire de los pulmones que debía de estar haciéndole pedazos las cuerdas vocales. Le dolía el muslo izquierdo de la patada que le había dado Poppy, así que decidió que lo mejor que podía hacer era dejarla gritar hasta que se cansara.

Salió de la habitación y cerró la puerta. Apoyada en ella, notó cómo vibraba la madera con los gritos. El corazón se le encogía y se le expandía una y otra vez al otro lado del esternón como si fuera un puño hecho de músculo. Apenas podía respirar. Necesitaba calmarse.

Ordenó la cocina. Cuando cerró el último armarito, el ruido del cuarto de Poppy se había reducido a sollozos y un solo grito de «¡Nooo!». A las diez de la mañana terminó por fin de limpiar la encimera y en el cuarto de Poppy no se oía más que silencio. Se acercó con sigilo por el pasillo y entornó la puerta. Su hija estaba tumbada bocabajo, dormida, con la cara colorada y sudorosa, el pelo pegado a las mejillas, chupándose el pulgar. Entonces Pupkin levantó la cabeza y la miró, y Louise cerró la puerta. Se sentía solísima.

¡Con la de tiempo que había conseguido mantener a Poppy a salvo de todo! La había protegido de todo lo sucedido entre Ian y ella, de Mark, de Pupkin y de su madre, de la mala relación con su suegra… Había pasado años protegiéndola de todos esos adultos y del mundo real, de la maldad que había ahí fuera, pero no podía protegerla de aquel títere.

Necesitaba ayuda.

—Ha estado a punto de quemar la casa —le dijo a Ian al teléfono, hablando nerviosa y en voz baja desde el recibidor, acurrucada contra la puerta de la calle, lo más lejos posible de Poppy.

—¿Dónde está ahora? —preguntó él.

—En la cama, con ese títere, chupándose el pulgar —contestó Louise.

—Uf, eso no me gusta nada —dijo él—. Mira, has estado fuera tres semanas. La niña está lidiando con la idea de la muerte. Le va a costar adaptarse.

—No quiero que tenga ese títere.

—Me parece que su comportamiento tiene más que ver con la falta de estabilidad en su vida que con un títere que ha hecho con su abuela.

Louise intentó explicárselo a Ian de forma que se pusiera de su parte.

—Sé que piensas que me estoy obsesionando con ese títere —le dijo—, pero Mark tuvo el mismo de niño y estableció un vínculo muy destructivo con él. Me trae muy malos recuerdos porque es el mismo títere. Creo que me importaría menos si fuera otro.

Se hizo el silencio, y eso era bueno: significaba que Ian se lo estaba pensando.

—¿Qué hacía Mark con él? —quiso saber.

—Portarse fatal —contestó Louise—. Buscar pelea. Abrió un boquete en la pared del dormitorio de mis padres de una patada.

«Le he tenido que cortar el brazo…».

—No tengo nada en contra de tu hermano —dijo Ian—, pero lo que cuentas es típico de él, con títere o sin él. Mira, entiendo que la muerte de tus padres es difícil de digerir, pero ahora te toca hacer de madre.

—Ian… —empezó ella.

—Para que la cosa salga bien, tienes que conseguir que te lo dé ella.

Ya no la estaba escuchando. Le había cerrado la puerta. Louise se pasó los cinco minutos siguientes diciéndole que sí a todo para poder colgar.

Fingiendo normalidad, llamó a la puerta del cuarto de Poppy y le preguntó si quería almorzar. Le hizo crema de almendras con gelatina y palitos de zanahoria con humus y, por lo menos, consiguió que se sentara a la mesa de la cocina. Louise ni siquiera mencionó a Pupkin. Poppy parecía agotada y apagada y, encorvada sobre el plato, masticaba sumisa, como una autómata. Estaba pálida y el pelo le caía lacio y sudado alrededor de la cara. Pupkin vigilaba a Louise por encima del hombro de su hija y no le quitó ojo mientras cargaba el lavaplatos. Poppy, que estaba de espaldas a ella, no podía ver adónde iba, pero, de algún modo, el títere la seguía a todas horas.

Después del almuerzo, le preguntó a Poppy si quería ver *La patrulla canina* en el iPad y la sentó con Pupkin en el sofá. Luego se fue a su dormitorio y entornó la puerta.

No le apetecía nada hacer aquella llamada, pero tenía que hablar con alguien que la entendiera, alguien que supiera de lo que era capaz ese títere. Necesitaba dejar de sentirse sola en eso.

Mark respondió al octavo tono.

—¿Qué? —preguntó con voz pastosa. Seguramente se había tomado el analgésico de la tarde.

—Pupkin está aquí —susurró.

Se hizo un silencio largo.

—No.

Era una simple aserción.

—Está aquí —insistió ella susurrando nerviosa con un ojo puesto en la puerta entornada—. Poppy lo hizo con su abuela…

—Espera, espera…, ¿qué? —dijo Mark, y Louise notó que intentaba procesar lo que le estaba diciendo a pesar del aturdimiento de la pastilla—. ¿Con mamá?

—No, con su otra abuela, la madre de Ian. Hicieron juntas un títere y resulta que es Pupkin, y ahora no se lo quiere quitar. Ha estado a punto de quemar la casa.

La pausa fue tan larga que Louise pensó que su hermano le había colgado, pero, cuando por fin habló, no hubo discusión ni explicación alternativa ni exigencia de prueba. Mark y ella habían pasado por aquello juntos. Él lo sabía.

—Tienes que deshacerte de él —le dijo.

—¿Tú nunca le hablaste de Pupkin? —preguntó ella.

—No —contestó él, más despejado, más centrado—. Yo solo he visto a Poppy unas cuatro veces. ¿Por qué le iba a hablar de Pupkin?

Louise aguzó el oído. En la otra habitación seguía sonando *La patrulla canina*.

—¿Qué hago?

Era la primera vez en su vida que le decía algo así a su hermano.

—Déjame que… —Mark titubeó, hizo una pausa, volvió a intentarlo—. Déjame que lo piense. Necesito digerirlo. Tú no hagas nada, ¿vale? Luego te llamo.

—Vale —dijo ella y, por una vez, confió en él.

—Louise… —añadió Mark—. No… no le cortes el brazo para arrancárselo.

Se imaginó con un pie en el bracito de su hija sujetándolo al suelo de la cocina, con el cuchillo bueno en la mano. Una arcada le produjo un sudor frío en el cuero cabelludo.

—Nunca.

—Ya, bueno…, nunca digas «de esta agua no beberé» —repuso él—. Luego te llamo.

Durante las siguientes horas, se anduvo con pies de plomo con su hija. La oía susurrarle a Pupkin. Y a él susurrarle a ella. Procuró no establecer contacto visual con el títere. Al final convenció a la niña para que durmiera la siesta en su cama. Antes de salir de la habitación, se arrodilló al lado de los dos y, como Poppy ya tenía los ojos medio cerrados, aprovechó para hablarle al oído a Pupkin.

—Ya te he matado dos veces —le dijo en voz muy baja, casi inaudible—. Y lo volveré a hacer.

Se sentó en el sofá con un té negro y procuró mantenerse despierta. No podía dormirse. Si lo hacía, quizás Poppy incendiara la casa de verdad. Tal vez encontrara el martillo. Dudaba que su hija fuera a hacerle daño, pero Pupkin sí.

Louise bebió a sorbitos el té medio frío. Sabía amargo. Intentó leer, pero no conseguía concentrarse. No paraba de mirar la hora. ¿Por qué no la llamaba Mark? ¿Se habría tomado otra pastilla? ¿O abierto un par de cervezas? ¿O decidido que todo aquello era demasiado y vuelto a la cama?

Trasteó con el móvil, repasó los mensajes de Slack, miró el correo sin prestar mucha atención, siempre atenta al más mínimo ruido al otro lado de la puerta entornada del cuarto de Poppy.

Debió de quedarse traspuesta, porque se le descolgó de pronto la cabeza hacia delante y entonces oyó un murmullo de voces en la cocina. La puerta del cuarto de Poppy estaba abierta. Louise se levantó enseguida; la espalda le dio un chasquido, los puntos de la cabeza se le tensaron. Llegó a la cocina antes de que el cerebro se le pusiera en marcha siquiera. Poppy estaba sentada en el suelo, de espaldas a la puerta, y Louise la rodeó para ver qué hacía.

—Poppy... —empezó.

—«... jugarJUGARjugarJUGARjugar...» —canturreaba Pupkin por boca de Poppy.

El títere sostenía el cuchillo bueno de cocina con sus bracitos regordetes y le estaba clavando la punta en la cara interna del antebrazo izquierdo a su hija. La niña no tenía fuerza para apretar mucho, pero se había hecho unos arañazos desde la muñeca hasta el codo por los que brotaban despacio las gotas de sangre. En la cocina en silencio, la hoja del cuchillo desgarraba la piel suave de Poppy con un ruido de carne rasgada. Una gotita de sangre cayó al suelo.

—No me duele —dijo la niña con su voz, contemplándose admirada el brazo ensangrentado. Luego miró a Louise desde el suelo—. No me duele nada nada.

Louise fue tan rápida que le arrebató el cuchillo a Pupkin sin problema y lo tiró, con gran estrépito metálico, al fregadero. Ni Pupkin ni Poppy se resistieron cuando se los llevó corriendo al baño y los sentó en el váter. Pupkin lo había dejado claro: no era lo bastante fuerte para hacerle daño a Louise, pero podía hacer daño a Poppy.

El títere la observó mientras le limpiaba el brazo a su hija y le examinaba los cortes. Louise vio el anillo de moratones del bíceps. Si la llevaba a Urgencias, llamarían a la policía, a los de servicios sociales y le harían preguntas, y si se lo contaba a Ian, pensaría que se lo había hecho ella y le quitaría a su hija, así que le desinfectó las heridas y, al contrario que otras veces, Poppy ni se inmutó. Mientras su madre le vendaba los peores arañazos, se miraba fijamente el brazo como si no fuera suyo.

Llevó a Poppy a la cama e intentó tumbarse con ella.

—«¡No!» —chilló Pupkin.

Louise reculó y se sentó en el suelo, apoyada en la puerta.

«¿Qué estoy haciendo? ¿Enfrentarme a un títere maligno para salvarle la vida a mi hija? Esto no es normal». Luego se dijo: «Esto es culpa de mi familia. Mi madre hizo a Pupkin. Le contagió su enfermedad a Mark y ahora se la ha contagiado a mi hija. A través de mí. Yo soy la culpable». Pensó en todas aquellas otras madres a las que había visto tachar de «locas» en internet y en los periódicos. «Igual solo querían proteger a sus hijos también».

El bulto de la cama se movió y la cabeza de Pupkin asomó por encima del edredón sonriendo a Louise.

¿Qué era Pupkin? ¿Qué quería de ella?

«¿Por qué no se lo preguntas?».

Louise tuvo que hacer un esfuerzo sobrehumano para obligarse a decir la primera palabra. Le pareció que abandonaba la tierra de la cordura para entrar en otro mundo. «Vamos al Bosque de Tiquitú».

—¿Quién eres? —susurró. Pupkin ladeó la cabeza—. ¿Qué quieres? —Le pareció que la sonrisa se ensanchaba. Según cómo le caían las sombras en la cara, parecía que se le estiraran las mejillas—. ¿Qué quieres? —repitió ella en un susurro apenas audible.

Louise dio un respingo cuando el títere respondió.

—«¿Dónde Nancy?» —dijo con su voz de pito.

Debía de haberlo dicho Poppy. Que estaba dormida. Era la voz aguda de siempre, pero más pastosa, como si el aire de los pulmones pasara por unas cuerdas vocales cubiertas de flemas, unos labios dormidos.

—Nancy se ha ido —se obligó a decir Louise.

—«¿Adónde?» —preguntó Pupkin inclinándose hacia delante.

—Se ha ido para siempre —dijo ella, de pronto mareada.

—«No» —chilló Pupkin, pero su voz sonó más cruda esa vez, más animada.

—Ha muerto —respondió Louise, y le dieron ganas de añadir «La has matado tú», pero esperó a ver cómo reaccionaba.

—«Pupkin quiere a Nancy» —dijo él.

—¿Sabes lo que significa «morir»?

—«No muere —contestó el títere—. Pupkin siempre Pupkin».

—Todo el mundo muere —dijo ella.

—«No —sentenció Pupkin—. Nancy escondite».

Louise intentó encontrar una forma de explicarle la muerte a un títere.

—Nancy se hizo mucho dañ…

Pupkin la interrumpió.

—«¡Nancy promete! —dijo furioso—. Nunca solo. Pupkin bueno, nunca solo. —El títere empezó a temblar y a contonearse. Se acarició a sí mismo con los bracitos—. Pupkin bueno».

—Eres bueno —respondió Louise—, pero te tienes que ir ya.

Pupkin dejó de acariciarse y la miró con la cabeza ladeada. Luego empezó a reír.

—«Ji, ji, ji, ji, ji, ji, ji… —Y volvió a frotarse la tripa con los muñoncitos—. Pupkin en casa. —Levantó uno de los brazos regordetes y se acarició la cara—. Ji, ji, ji, ji, ji, ji, ji…».

Luego se hundió despacio entre las sábanas, sin dejar de mirar a Louise acariciándose un lado de la cara para tranquilizarse. Ella se levantó, sin quitarle los ojos de encima, y salió de la habitación. Desde el recibidor, llamó a Mark.

Contestó al primer tono.

—Estaba a punto de llamarte —le dijo él precipitadamente y le sonó despejado, más rotundo—. Ya sé qué hacer.

—Quiere saber dónde está mamá —terció ella—. Cree que está jugando al escondite con él.

—Habla —dijo Mark—. Eso es bueno. Anota todo lo que diga. Podría ser importante.

—No quiero que Poppy lo lleve puesto ni un minuto más —susurró ella furiosa—. Le ha hecho daño, Mark. Le ha hecho unos cortes con un cuchillo y, si intento quitárselo de la mano, lo volverá a hacer.

—Ven a casa —le propuso su hermano.

Ella se quedó pasmada.

—¿Qué?

—Tienes que venir a casa —repitió él—. Solo podemos lidiar con él aquí.

—No —contestó ella negando con la cabeza, aunque él no lo viera. No era buena idea. Pensó en la casa, el desván, Araña, las ardillas, los muñecos Mark y Louise... No iba a volver a acercarse a ellos en la vida—. «Uy, no. No pienso meterme en la boca del lobo».

—Esto nos queda grande —dijo él—. Necesitamos un experto. Eso es lo que te iba a decir. He llamado a Mercy.

La conversación no paraba de dar giros inesperados.

—¿Qué? —preguntó de nuevo—. Mark, estamos hablando de mi hija. Mercy vende casas. Tómatelo en serio, por favor.

—Me lo tomo en serio —contestó Mark—. No sé nada de títeres que hablan ni de posesiones ni de fantasmas ni de apariciones, pero ¿tía Gail? Esto es lo suyo. Además, la familia nunca dice que no. Tienes que volver a casa.

31

La diversión empezó en el control de seguridad.

—La niña se tiene que quitar el muñeco del brazo —sentenció el tío de seguridad.

—«Nooo —chilló Pupkin—. ¡No! ¡No! ¡No!».

—Tranquila, Poppy, no pasa nada —le dijo Louise con cariño; luego bajó la voz a esa frecuencia especial que solo los adultos podían oír—. ¿No podría hacer una excepción?

El agente de seguridad le lanzó una mirada de «madres melindrosas, niños malcriados».

—Se tiene que quitar el muñeco para pasar el escáner —repitió el agente.

—Si me pudiera echar una mano… —suplicó Louise—. Ha tenido un día difícil.

—Señora, ¿me va a dar problemas?

—¿Y si la cachea? —preguntó ella.

—«¡Noo! —chilló Pupkin—. ¡Pupkin no va! ¡Pupkin no va!».

La gente se asomaba a mirar lo que aquella madre horrible le estaba haciendo a su pequeña. Louise notó que se fijaban en los vendajes que Poppy llevaba en el brazo izquierdo, los arañazos y moratones que llevaba ella en la cara, el mordisco del dorso de la mano.

—Si no me obliga a quitárselo, nos haría un favor que ni se imagina —le dijo Louise.

—Voy a tener que pedirle que salga de la fila —espetó el agente de seguridad.

«¿Qué haría Mark?».

De pronto le vino la inspiración.

«Mark mentiría».

—Por favor —le dijo bajando la voz a un susurro—. Su padre acaba de fallecer y el títere se lo hizo él. Vamos al funeral.

El agente se recolocó en el asiento. Volvió a mirar el documento de identidad de Louise.

—¿Me podéis buscar asistencia femenina inmediata? —dijo sin levantar la vista.

La diversión continuó en el avión. Poppy no paraba de dar patadas al asiento de delante. Agarró de la falda a la azafata cuando pasó por su lado; la mujer perdió el equilibrio y tiró por el pasillo la bandeja de agua que llevaba. Poppy gritaba «Pipicaca» cuando le venía en gana. A la tercera, Louise vio que los otros pasajeros empezaban a pulsar el botón de llamada y hacían gestos a las azafatas, señalando el sitio en el que iban sentadas ellas.

Al final, la sobrecargo se acuclilló en el extremo de la fila y susurró con una sonrisa de oreja a oreja:

—Como no controle a su hija, el piloto va a aterrizar en Salt Lake City y las va a bajar del avión a las dos.

—Lo siento mucho —contestó Louise—. Muchísimo, de verdad.

Le hervía la sangre de vergüenza. Se volvió hacia Poppy.

—¡Me estás poniendo en evidencia! —le soltó sin pensarlo.

Sonó exactamente igual que su madre.

—«¡Pipicaca!» —chilló Pupkin.

Sintió que se había quedado sin opciones. Entonces cayó en la cuenta de que, si sonaba como su madre, bien podía hacer de ella.

—Pupkin —dijo mirando a los ojos al títere y sin importarle lo que pensara la azafata—. Si no paras ya, nos van a bajar del avión, no podremos volver a Charleston y no volverás a ver a Nancy.

Pupkin paró y se la quedó mirando con la cabeza ladeada.

—¿Nancy? —preguntó Poppy con la voz de Pupkin.

—¿No la echas de menos? —dijo Louise—. Si no eres bueno, no volverás a verla.

—«Nancy...» —ronroneó Pupkin.

Se portó bien el resto del vuelo. A Louise le fastidió. Aquello eran los cuentos tristes de la biblioteca otra vez, la promesa de un perro que nunca tendrían, pedirle a Mark que se hiciera un pizza-chino con ella para despedirse de sus padres... Maternidad, manipulación..., a veces no había diferencia. Eso lo había aprendido de su madre.

Después de aguantar las miradas asesinas de todo el pasaje, bajar sin ayuda su equipaje y el de Poppy del compartimento superior y soportar una patada dolorosísima de la niña en la espinilla izquierda cuando salían del avión, Louise escribió a Mark.

Ya estamos aquí.

Su hermano había prometido ir a buscarlas y ella le había dado cinco minutos antes de ver si podía alquilar un coche. Para su sorpresa, la pantalla del móvil se iluminó de inmediato:

Llego enseguida.

Cruzó con Poppy las puertas automáticas y salió a la tarde cálida de Charleston, convencida de que tendrían que esperar al menos veinte minutos, pero la inmensa camioneta roja de Mark se detuvo delante de ellas antes de que le diera tiempo a soltar siquiera el equipaje. Iba a abrir la puerta del copiloto, pero Mark ya había bajado de la cabina.

—Hola —dijo rodeando aprisa el capó con el muñón del brazo derecho apartado del cuerpo como si fuera la aleta de un pingüino—. Con un par de vídeos de YouTube, ya conduzco como un campe…

Se quedó helado cuando vio a Pupkin, que lo miraba fijamente a él. Poppy tenía la cabeza ladeada y el pelo lacio le ocultaba la cara.

Mark soltó un «Joooder…» largo y grave.

Louise agarró su bolso de viaje con ruedas e intentó subirlo a la zona de carga de la camioneta de Mark. Había que ponerse en marcha.

—¿Irá bien aquí atrás? —preguntó subiéndolo con dificultad por el lateral de la camioneta.

—«¡Con un chaschás aquí y un chaschás allá —cantó Pupkin—, chaschás aquí, chaschás allá, chaschás por doquier!».

—Louise… —dijo Mark con voz apagada, al borde del ataque de pánico.

—«Chaschás aquí —siguió el títere—, chaschás allá, chaschás por todo Marky».

—¡Pupkin! —lo reprendió Louise, y al títere le sorprendió que le hiciera caso—. O cierras el pico o no hay Nancy. —Pupkin paró—. Échame una mano —le ordenó a Mark en el mismo tono, y su hermano hizo un esfuerzo por apartar la vista del títere.

—Claro, claro —contestó él rodeando la camioneta por el otro lado para no tener que acercarse a Pupkin.

Ya en la camioneta, lejos de la mirada de desconocidos, Louise se relajó. Se sentó en el centro, entre Poppy y Mark, porque no quería que Pupkin estuviera cerca del volante. Se sentía superculpable, no solo por llevar a Poppy en el asiento delantero, sino también por no tener sillita para el vehículo. Lo añadió a la lista de taras de mala madre. La forma en que conducía Mark tampoco ayudaba, claro.

—¿No necesitas un carné especial o algo así? —le preguntó.

Poppy empezó a patear la guantera.

—No es muy distinto de conducir con dos brazos —contestó él derivando hacia el arcén. Louise oyó bramar los neumáticos al pisar la gravilla suelta. Mark corrigió el rumbo en exceso hacia el otro lado—. Se puede comprar esa especie de pelota para el volante que te ayuda en los giros, pero se me da genial.

Cambió de carril demasiado rápido y a Louise le dio un vuelco el corazón. Instintivamente, le puso un brazo por delante a Poppy.

—¿Has hablado con tía Gail? —le preguntó, porque no quería hablar más claro delante de Pupkin. Luego, sin poder evitarlo, añadió—. Aminora.

—No empieces a mangonearme —le dijo Mark mientras Poppy empezaba a aporrear más fuerte la guantera con los pies—. ¿Le puedes pedir que pare?

En vez de dejar de patear la guantera, Poppy le echó a Pupkin a la cara a Mark, pasando por delante de Louise, y le soltó un gruñido sibilante.

—¡Eso no es ser bueno! —lo reprendió Louise—. ¿Quieres volver a ver a Nancy o no?

Pupkin se retiró.

—¿Eso te funciona? —comentó Mark maravillado.

—Sí, pero, ya sabes… —Louise se encogió de hombros. Ya sabes, ni idea de cuánto tiempo iba a poder manipularlo así—. Oye, que es por el carril derecho.

La autopista se dividía en dos, pero Mark se quedó a la izquierda, en dirección al centro, en vez de tomar el desvío de la derecha hacia Mount Pleasant.

—Tengo que contarte una cosa —le dijo su hermano—. Me han llamado a mí porque tú estabas volando.

—¿Quién? —preguntó ella, y rechinó los dientes cuando Poppy empezó a patear otra vez la parte inferior de la guantera—. ¡Para YA!

—«¿Dónde Nancy?» —quiso saber Pupkin.

—Tía Honey está en el hospital —continuó Mark.

De pronto, todo le pareció demasiado real.

«No puedo perder a nadie más», se dijo Louise.

—«¡Nancy! ¡Nancy! ¡Nancy!» —demandó Pupkin al ritmo de las patadas de Poppy.

—¿Qué ha pasado? —preguntó Louise ignorando a su hija—. ¿Está bien?

—Algo del oxígeno en sangre. Me ha llamado Mercy y me ha dicho que fuéramos directos allí.

«Tan pronto no —pensó Louise—. No puedo sobrellevar otra pérdida tan pronto».

Pero no le quedaba otra. Tendría que lidiar con lo que fuera. No había límites. Los malos tragos llegaban uno detrás de otro y su disponibilidad daba igual. A la vida le daba igual. No podía hacer más que aguantar.

—«¿Dónde Nancy? ¿Dónde Nancy? ¿Dónde Nancy?» —canturreó Pupkin.

Louise se volvió hacia él.

—Tenemos que ir al hospital a ver a tía Honey —le dijo—. Luego iremos a ver a Nancy.

—«¡Nancy!» —gritó Pupkin.

—Tú sigue portándote tan mal y te quedas sin verla.

Pupkin reculó hacia la puerta, sin dejar de mirar a Louise.

—Mercy me ha dicho que no es grave —siguió Mark—, pero eso es lo que dicen siempre cuando alguien ingresa en un hospital y, en cuanto te descuidas, está en la morgue.

Mark tomó demasiado rápido el desvío hacia Crosstown y Louise oyó su equipaje deslizarse por la zona de carga de la camioneta y chocar contra el lateral. Se le revolvió el esqueleto por dentro. No pudo evitarlo.

—No nos estampes, por favor —le pidió a su hermano.

Mark estuvo a punto de saltarse un semáforo en rojo y tuvo que frenar en seco en el último segundo. Luego quiso accionar el intermitente con un brazo derecho que ya no tenía y casi embiste un coche aparcado en Rutledge. Al meterse en la plaza de aparcamiento, pasó casi rozando un Honda azul pequeñito. Pero llegaron vivos.

El hospital fue el primer sitio donde Louise no tuvo la sensación de que la gente se le quedaba mirando el brazo vendado de Poppy, los puntos que ella llevaba en la cabeza o el vendaje de compresión que cubría el muñón de Mark. Cuando llegaron al vestíbulo de Rutledge Tower, Louise tuvo un pensamiento horrible: tía Honey, las vías, los tubos, Pupkin con ganas de jugar...

Se volvió hacia Mark.

—Creo que la niña no debería subir.

—No me dejes solo con ella y con... esa cosa —dijo Mark en voz baja, suplicante.

A Louise le dio igual. Recordaba lo despiadada que podía llegar a ser su madre con Mark y con ella. Canalizó parte de aquella crueldad en aquel momento.

—No hay otra —le contestó—. No la puedo meter en la habitación.

A Mark empezó a brotarle el sudor en la frente. De pronto, Louise percibió su olor corporal.

—Pues date prisa —le pidió él.

Louise se arrodilló delante de Poppy. No le gustaba lo apagada y sombría que parecía su hija a la luz intensa del hospital. Le levantó la barbilla para establecer contacto visual con ella, pero la niña se zafó de ella bruscamente. Louise tuvo que conformarse con decirle a la coronilla:

—Sé buena y haz caso a tu tío.

Luego se incorporó.

Bajó del ascensor en la planta doce y se acercó al puesto de enfermeras.

—Vengo a ver a la señora Cannon —dijo.

—Está en la 1217, pero creo que duerme —contestó la enfermera—. Su hija está en la sala de espera familiar, al fondo del pasillo, por si quiere hablar con ella.

Louise enfiló el pasillo y entró en la sala de espera, donde se encontró a tía Gail a solas, leyendo la Biblia.

—¿Tía Gail...? —dijo Louise abriéndose paso entre los sillones—. ¿Cómo está?

Tía Gail se levantó, le dio un abrazo rápido y fuerte y se apartó. Llevaba un suéter blanco y dorado con un dibujito de un angelote abrazándose a sí mismo en la pechera y la palabra «¡JÚBILO!» escrita debajo.

—Estable —contestó su tía—. Ayer le costaba mucho respirar, así que fui a su casa y me quedé a dormir. Esta mañana no estaba mejor y el médico me ha dicho que la trajera. Le han puesto oxígeno. Ha recuperado las constantes normales y dice que eso es buena señal, pero ahora estamos esperando a que venga alguien a auscultarla.

—¿Cuándo creen que le darán el alta? —preguntó Louise.

—Confían en que sea hoy —contestó tía Gail, y se sentó.

Louise se instaló a su lado. No sabía cómo empezar. Estuvieron allí sentadas sin decir nada casi un minuto. Al final, Louise pensó que no le quedaba alternativa.

—¿Cómo lo llevas tú? —le preguntó a su tía.

—Dios me da fuerzas —respondió la otra.

Louise deseó que algo se las diera a ella, porque ya fuera por la intervención divina, por la buena genética o por el agua milagrosa del río Jordán, tía Gail nunca parecía cansada. Jamás enfermaba. Nunca se quejaba de estar destemplada.

—¿Cómo está esa preciosidad de hija tuya?

—Por eso he venido, sobre todo —dijo Louise queriendo aprovechar la ocasión.

—¿Está aquí? —preguntó su tía.

—Abajo, con Mark —contestó Louise.

—¿Habéis tomado un avión las dos para venir a ver a mi madre? Ya le dije a Mercy que no exagerara.

—Hemos venido al hospital a ver a tía Honey —dijo Louise—, pero el viaje lo hemos hecho por…, bueno…, por… No sé cómo explicártelo, pero quería hablar contigo.

Tía Gail se mostró comprensiva.

—Nunca es tarde para bautizar a esa niña —le soltó—. Te lo puedo organizar para mañana.

Louise inspiró hondo y fue al grano.

—Mercy nos dijo hace un tiempo que la habías ayudado

con un par de fincas que intentaba vender en las que… ¿pasaban cosas raras? —Tía Gail no cambió de expresión—. Nos dijo que esas dos casas —continuó Louise con dificultad— tenían problemas y que tú, bueno…, ya sabes…, como que ¿habías rezado por ellas?

—Estaban infestadas de fuerzas diabólicas y las devolví al infierno —contestó su tía asintiendo con la cabeza—. Luego se las vendió a un par de yanquis.

A Louise la alivió ver que iba por buen camino.

—Pues… —prosiguió—. Bueno, no sé cómo contarte esto, pero nos da la impresión de que…, y Mercy piensa lo mismo, de que la casa de nuestros padres está… igual que aquellas casas, y queríamos saber si tú le podrías hacer lo mismo que les hicieras a esas otras.

—Pedid y se os dará —contestó tía Gail—. Llamad a la puerta y se os abrirá. ¿Cuál es la naturaleza del demonio con el que os habéis topado?

—Ni siquiera tenemos claro del todo que se trate de… de un demonio —dijo Louise. Le costaba expresar todo aquello en voz alta—. El caso es que me tiene un poquito preocupada y a lo mejor no debería molestarte a ti…

Tía Gail le puso un mano en el brazo.

—Cariño —le dijo—, en una ocasión me enfrenté a un brujo en Summerville. Nada de lo que me cuentes me va a sorprender.

Louise inspiró hondo. Pensó en su madre. Lo hacía por Poppy.

—La casa de mis padres está encantada —confesó—. Esa marioneta de Pupkin que mamá siempre llevaba a cuestas ha intentado matarme. Aquel payasito que le gustaba tanto, ¿te acuerdas?

—No —respondió su tía.

—El de la cara blanca y los ojos negros que lleva un capuchón rojo puntiagudo… —probó Louise—. Nos da la impresión de que es el causante de todo esto, porque, antes de morir, mamá y papá lo encerraron en el desván, y a lo mejor por eso mamá llevó a papá al hospital en plena noche, porque esa cosa lo atacó.

Una familia con dos niños pequeños de la edad de Poppy entró en la sala de espera y se sentó en la otra punta. Louise se preguntó si debían buscar un sitio más tranquilo para seguir hablando, pero tía Gail se quedó allí sentada, esperando a que continuara.

—Además, a mí me atacó el perro imaginario de Mark, de cuando tenía seis años —dijo—. Y también unas ardillas disecadas. Lo importante es que la casa está encantada, hay un títere que parece ser el centro de todo y yo... —bajó la voz—, yo le tuve que amputar..., eeeh..., le tuve que cortar el brazo a Mark para librarlo del títere. —Estudió la mirada de su tía para ver su reacción. Nada. Continuó a regañadientes—. Eso no se lo he contado a nadie. Él me pidió que lo hiciera porque estaba intentando matarme, o algo así, me estaba pegando con un martillo, pero, en realidad, era el títere quien lo hacía. Y ahora el títere lo lleva Poppy, que no es más que una cría, y le está haciendo daño y obligándola a hacerse daño y ya no sé qué hacer, tía Gail, y ahora tía Honey está en el hospital y mis padres han muerto y no entiendo lo que ha pasado ni por qué están muertos ni sé cuánto más voy a aguantar. Me parece que tengo un límite, que me estoy acercando a él, y temo lo que pueda pasar cuando lo alcance, porque ¿qué va a ser de mi hija? Yo ya no puedo sola con esto, necesito ayuda, por favor, necesito que alguien me ayude.

A Louise le faltaba el aire. Le goteaba la nariz. Fue a limpiársela con la mano y notó que tenía la cara mojada. Se puso el bolso en el regazo y buscó a ciegas un pañuelo. Una mano le tocó la barbilla y le levantó la cara. Tía Gail llevaba en la mano un clínex arrugado que había sacado de la nada y, con la pericia de una madre, le limpió las lágrimas. Luego le asió con el mismo clínex la nariz y le dijo:

—Suena.

Avergonzada de que la trataran como a una niña en público, Louise se sonó. Su tía arrugó el pañuelo y lo hizo desaparecer.

Le apartó el pelo de la frente a Louise, se recostó en el asiento y se miraron las dos.

—Lo siento —masculló ella.

—No te disculpes —contestó tía Gail—. Has perdido a tus padres y te han atacado las fuerzas del mal.

—Esa es la sensación que tengo —dijo ella.

—Porque es lo que está pasando —replicó su tía—. Vamos a ver a mamá. Le va a entristecer que esa criaturita no haya podido subir, pero quizás así salga antes de aquí. Después, llamaremos a mis chicas y veremos cómo sacamos al diablo de la casa de tus padres y devolvemos a ese títere embrujado de vuelta al infierno.

32

Tía Gail reunió a todo el mundo en la terraza de Constance. A Poppy y a Pupkin los desterró al jardín, donde Brody los entretuvo mientras su tía le pedía a Louise que volviera a contarle todo lo ocurrido, paso por paso, y tomaba notas. Mark intervenía cuando le parecía que al relato de su hermana le faltaba color.

Al terminar, se hizo el silencio. En la manzana de al lado empezó a sonar un soplador de hojas. Louise estaba agotada. Le había costado hablar de lo que había tenido que hacerle a Mark en el brazo, sobre todo delante de él. Cuando había llegado a esa parte del relato, todos se habían quedado paralizados y Mark se había mirado fijamente el regazo. Hasta tía Gail había dejado de tomar notas. Luego, en la quietud del final, cerró los ojos y sus labios empezaron a moverse silenciosos mientras rezaba.

—Bueno… —dijo Constance de pronto—, no sé los demás, pero yo necesito una copa.

Retiró ruidosamente la silla de jardín de hierro forjado y entró en la casa. Su partida despertó a los demás, que se removieron en sus asientos, parpadeando, mirándose de reojo unos a otros, procurando no mirarle el brazo a Mark. Tía Gail acabó de rezar y abrió los ojos.

—No me sorprende que vuestro hogar esté infestado de fuerzas diabólicas —dijo—. Los teatrillos de títeres de vuestra madre trivializaban la iglesia. Cuando te apartas del camino de la rectitud, te arriesgas a caer en manos del enemigo.

—Mamá, a nadie le apetece oír un «te lo advertí» —dijo Mercy.

—Oye… —le dijo Brody a Louise, después de acercarse trotando a la barandilla de la terraza, casi sin aliento—. No para de preguntarme por tía Nancy. ¿Qué le digo?

Louise sabía que, al final, tendría que lidiar con aquello, pero, en ese preciso instante, no se le ocurría otro modo de controlar a Pupkin.

—Dile a Pupkin… —empezó, y luego rectificó—: dile a Poppy…, diles a los dos que esta noche veremos a tía Nancy en casa.

Pareció que Brody iba a decir algo, pero luego se encogió de hombros.

—Vale —contestó, y volvió trotando adonde estaba Poppy sentada en el césped.

Vieron todos cómo Pupkin seguía con la cabeza a Brody y luego lo escuchaba con atención, ladeándola. A Louise no le gustaba la forma en que colgaba la cabeza de Poppy. Le había escudriñado la cara cuando habían llegado y le había visto los ojos vidriosos, la boca floja y las mejillas cenicientas. No le gustaba que lo único que parecía vivo de su hija fuera Pupkin.

—Los muñecos malditos son dados a la violencia y a la malevolencia —dijo tía Gail—. Por naturaleza. Mi amiga Barb los colecciona, los compra en eBay.

—¿En eBay hay títeres malditos? —dijo Louise preguntándose si debía estar al tanto de aquello.

—Muñecos —la corrigió tía Gail—. No tengo claro que un títere sea lo mismo que un muñeco, desde el punto de vista teológico, pero abundan en eBay. Barb se propone mantenerlos fuera del alcance de manos inocentes. Cuando hay algún puente o un festivo nacional, aprovechamos para desactivarlos espiritualmente.

Se abrió la puerta corredera y salió Constance con una botella de vino y una torre de vasos de plástico.

—¿Quién quiere? —preguntó.

—Nadie —respondió tía Gail—. Si queremos devolver a esos demonios al infierno, hay que estar lúcido.

Constance parecía decepcionada.

—¿Y el títere? —preguntó Louise—. ¿Se lo vamos a quitar de la mano a Poppy?

Tía Gail asintió con la cabeza.

—Constance y Mercy me ayudaron con las otras dos viviendas infestadas —dijo—. Aquí va a hacer falta que nos mantengamos todos firmes, que nos refugiemos en nuestra fe. ¿Tú de qué confesión eres?

Eso último se lo dijo a Louise, que, de pronto, se sintió como si acabara de volver de la universidad y le estuvieran preguntando si tenía novio.

—No voy mucho a la iglesia —admitió—. ¿Eso es un problema?

Tía Gail resopló.

—¿Reconoces que hay fuerzas mayores que este mundo y que estamos indefensos frente a ellas? —le preguntó.

—Eeeh…, pues… no sé —respondió Louise.

—Joder, Lulu —espetó Mark volviéndose hacia ella—. ¿Me cortaste el brazo y no sabes?

—Bueno, vale, sí —dijo ella.

—Entonces, aférrate a eso y al amor por tu hija y puede que salgamos de esta indemnes —contestó su tía.

—Yo soy ateo —terció Mark.

—Anda ya —le soltó tía Gail—. Tú eres presbiteriano, como tus padres.

De pronto, Louise vio que Constance se erguía en el asiento agarrándose con ambas manos a los brazos de la silla con los ojos clavados en el jardín. Al volverse, vio a Brody, doblado por la mitad en el césped. Delante tenía a Poppy, cabizbaja, con el pelo colgándole por la cara. Pupkin tomaba impulso en el extremo de su bracito, dispuesto a volver a atizar a Brody en la entrepierna.

—Mercy, despeja el asiento de atrás del Sedona —dijo tía Gail—. ¿Mark? Síguenos en la camioneta. Debemos acabar con la maldición antes de enfrentarnos a la casa. Habrá que ir a Dorchester a ver a Barb.

—¡Quiero Nancy! ¡Nancy! ¡NANCY! —chillaba Poppy en el interior del monovolumen.

O Pupkin. Louise ya no conseguía distinguirlos, y eso la asustaba.

Había prometido que verían a Nancy luego para conseguir que Pupkin subiera al coche, pero, a mitad del trayecto de cuarenta y cinco minutos a Dorchester, el títere había montado una rabieta, o Poppy, o los dos, y ella había tenido que subirse a su hija al regazo y abrazarla mientras Constance le agarraba las piernas. Aun así, Pupkin seguía revolviéndose y, de vez en cuando, conseguía liberar un brazo y le atizaba a Constance en la cabeza. A Louise le preocupaba lo que pensarían los ocupantes de los otros vehículos, pero, por lo visto, Mercy le leyó el pensamiento.

—Tranquilos —los tranquilizó desde el asiento del conductor—. Lunas tintadas.

Louise percibió el hedor acre del pelo sudado de Poppy. Notaba cómo los músculos de su pequeña se tensaban sin parar bajo su piel, como serpientes. Quería mirarla a los ojos y vislumbrar una pizca de su hija; oír su voz, no la de Pupkin, salir por su boquita. Necesitaba que le hablara de los distintos tipos de osos, o de los cuentos tristes de la biblioteca, o incluso de *La patrulla canina*. Poppy había llevado puesto a Pupkin muchos más días que Mark y a Louise le aterraba que no fueran a llegar a tiempo.

Cuando Mercy por fin entró en las calles anchas y planas del parque de viviendas móviles de Dorchester, Constance y Louise estaban cubiertas de moratones, pero Poppy, que parecía haberse agotado, estaba inerte en el regazo de su madre y se ladeaba con el monovolumen cada vez que este tomaba las curvas de noventa grados exactos de aquellas carreteras sin árboles, avanzando despacio conforme a las indicaciones de tía Gail.

—Ahí es —dijo señalando al otro lado de Mercy—. Donde ese jardín tan curioso.

Se detuvieron delante de un prefabricado gris y Louise pensó: «Claro».

Al otro lado de la malla metálica había un ciervo de piedra y detrás unos duendes de hormigón riendo, un san Francisco de Asís con un pajarillo posado en un dedo, un pozo de los deseos de hormigón con la palabra «ESPERANZA» pintada en un lado, dos Jesuses rezando en el huerto de Getsemaní, una bandada de flamencos rosas aún con el gorro de Santa Claus y guirnaldas de Navidad alrededor del cuello, un yeti de casi un metro de alto con un pie adelantado como si caminara y mirando por encima de un hombro, una niña agachada para oler las flores y enseñando las braguitas, un huerto de molinetes de múltiples colores girando como locos con la brisa, tres esferas reflectantes montadas en pedestales, media docena de ardillas listadas de hormigón y caracoles pintados, y una fuente de piedra para pájaros cuyo pedestal estaba hecho de mapaches subidos unos a los hombros de los otros.

—Vamos —dijo tía Gail bajando del coche—. Daos prisa.

Con cautela, Constance le soltó las piernecitas a Poppy mientras Mercy pulsaba el botón de apertura automática y la puerta se abría despacio. Bajaron, Louise con su hija en brazos, que pesaba como un muerto. Juntas, las tres primas, siguieron a tía Gail por el caminito que había entre las esculturas del césped y esperaron mientras llamaba con los nudillos a la puerta temblona del prefabricado.

La puerta se abrió de golpe y apareció Barb.

—¡Hola! —exclamó estrechando a tía Gail con vehemencia contra su pecho. Barb llenaba el umbral de la puerta. Era asiática, llevaba una camiseta de tirantes de color rosa y unos pantalones cortos teñidos, y los saludó con ambas manos—. ¡Gail me ha dicho que veníais! —dijo contenta—. ¡Qué ilusión conoceros! —Antes de que a Louise le diera tiempo a reaccionar, se encontró a sí misma y a Poppy envueltas en un abrazo que era como cuando te estalla el airbag en la cara—. ¡La mamá!

—dijo zarandeándolas con fuerza. Luego, apartó a Louise de un empujón y prácticamente se tiró a por Mark—. ¡Con lo que me gustan a mí los hombres grandes y confortables! —exclamó entusiasmada, abrazándolo y retorciéndose de un lado a otro. ¡Mira que aleta más mona! —Mark iba a devolverle el abrazo, pero ella lo apartó de un empujón, volvió corriendo con Louise y se agachó sobre el rostro de Poppy—. ¡Y esta cosita! —proclamó—. Contigo ya hablaremos luego, señorito —añadió, dándole un golpecito a Pupkin con un dedo. Se irguió y dijo—: Vamos a tener mucho lío esta tarde y yo estoy lista para esparcir la gracia del Señor.

Louise observó que Barb se teñía el flequillo de color púrpura.

—Barb es experta en muñecos malditos —explicó tía Gail.

—¡Tranquila! —rio Barb al verle la cara a Louise—. Para el Señor, muñecos y títeres entran en el mismo departamento. Trabajo con muñecos, con títeres y una vez incluso con una muñeca hinchable. Uf, esa sí que fue difícil. Pasad, por favor, y rezamos juntos.

Los metió en el prefabricado, pero, en cuanto Louise puso un pie en el escalón de entrada, Barb le plantó una zarpa en el hombro.

—La mamá se tiene que quedar aquí con la nena unos minutos, mientras contrastamos información.

—No vais a hablar de nada sin mí —repuso Louise.

—Entonces, ¡que se quede con el hermano! —decidió Barb.

Mark levantó el muñón y se encogió de hombros.

—Ya me quedo yo con ella —se ofreció Mercy.

Tomó en brazos el fardo en que se había convertido Poppy y todos los demás entraron en el prefabricado de Barb, que cerró la puerta.

Louise tuvo la sensación de que se habían internado en una madriguera de muñecos. Estantes y estantes de ellos, por todas las paredes, hasta el techo, una pared de gorritos minúsculos y sombreritos de paja y morritos rojos y rostros resplandecientes de porcelana y caras de payaso y caritas de bebé…, todos mirando al frente con sus ojos de cristal faltos de expresión. Los había alineados al pie de la pared, apilados en rincones. En la tele, Fox News, sin sonido, producía destellos de luz en antiguas muñecas vestidas de campesinas con cara de manzana disecada, monos hechos con calcetines, ositos de peluche tuertos, muñecas antiguas llenas de porquería y otras completamente nuevas y muñecos quemados, carbonizados y con cicatrices. Sus cuerpos absorbían todo el sonido y rodeaban por completo al puñado de seres humanos que se congregaba en el centro.

Barb avanzaba de puntillas, ágil, entre todos ellos, girando como una bailarina, abriéndose paso por la habitación, asiendo una taza térmica enorme de al lado de un sillón y dándole un chupetón largo a la paja mordisqueada que llevaba dentro.

—Sé lo que estáis pensando —dijo—. Tengo un trastero donde guardo los malditos. No voy a dormir en una casa atestada de muñecos malditos. ¡Menuda locura! A ver…, ¡acercaos!

Abrió los brazos y los organizó en una especie de círculo atrayéndolos hacia sí como el entrenador a su equipo antes de saltar a la cancha. Louise olió su perfume, algo exuberante, tipo madreselva.

—Escuchad, escuchad, escuchad —dijo—. Estáis todos acojonados, lo entiendo, pero relajaos, porque SuperBarb está aquí. —Se volvió hacia Louise. Le olía el asiento a fruta de la pasión—. Eres una señora muy afortunada. Un muñeco maldito es fácil. Lo mismo que un títere. En el fondo no están poseídos, ¿no? Los demonios no pueden poseer objetos inanimados, pero les echan una maldición para que te fastidien de cojones.

Louise pensó que debía dejarle claro a Barb que aquello requería cierto nivel de seriedad.

—Mi hermano ha perdido el brazo —le dijo.

—Ya —contestó la otra—, y eso es una putada, pero para un demonio un brazo no es nada. Los brazos se los toman para desayunar. Lo siento, chicarrón, pero es lo que hay. El aletas, la pequeña y tú habéis sido blanco de un demonio, ¿sabes?, y eso es lo malo. Lo bueno es que el títere ese que lleva tu hija en el brazo es una maldición. Y Barb se toma las maldiciones para desayunar. Rompo la maldición, averiguo qué demonio la ha echado y luego nos vamos a Mount Pleasant y la hermana Gail echa a ese demonio de vuestra casa. ¿Qué os parece?

—Amén —dijo tía Gail.

—Amén —respondió Barb—. Vamos a agarrar esa maldición y la vamos a reventar como si fuera un grano. Va a ser pan comido y requetecomido.

Louise cerró los ojos con fuerza. Se había preparado para cualquier cosa, pero no estaba preparada para Barb.

—Estamos hablando de mi hija —dijo Louise abriendo los ojos y clavándolos en Barb, procurando transmitirle la gravedad de la situación—. Esto no me parece emocionante. Esa cosa le hizo unos cortes en el brazo, ¡estuvo a punto de quemarme la casa! ¡Para mí no es ninguna broma!

No pretendía alterarse tanto.

—Barb es una mujer alegre —la excusó tía Gail—, pero no pondría el destino de mi alma inmortal en manos de nadie más.

Barb y Louise se sostuvieron la mirada un buen rato. Al final, Louise asintió con la cabeza.

—Muy bien —dijo.

Barb inundó el salón con dos palmadas fuertes de sus manos carnosas que hicieron dar un respingo a Louise.

—¡Pues que empiece el rocanrol! —dijo—. Pero, antes que nada, tengo una vejiga rebosante de zumo de fruta de la pasión que necesito vaciar y os advierto que las paredes de esta casa son muy finas. Igual es preferible que salgáis un rato.

33

Pegaron la mesita de centro a la pared y apagaron la tele. Barb rajó el plástico que envolvía un pack de botellas de agua y las soltó en la encimera. Vibró la cocina entera con el impacto.

—Una para cada uno —dijo—. Una vez hayamos empezado no vais a poder moveros de la silla, y esta tarea da sed.

Barb le cedió el sillón reclinable a tía Gail, sentó a Constance en el sofá y trajo dos sillas del comedor para Mark y Louise. Ella se sentó en el sillón reclinable malejo, a la derecha de Louise. Con todos ellos embutidos en el prefabricado entre tanto muñeco parecía que faltaba el aire. Louise dejó su botella de agua detrás de las patas de la silla.

—Dile a tu hermana que traiga a Poppy —le dijo tía Gail a Constance.

Constance se levantó y abrió la puerta.

—Mercy, entra —le gritó.

—¿Un chicle, grandullón? —preguntó Barb, ofreciéndole a Mark una cajita de Nicorette.

—No, gracias —contestó él.

Le alargó la cajita a Louise.

—No, gracias —dijo también.

—Yo tampoco —espetó Barb metiéndose dos pastillas en la boca—. Pero evita el cáncer.

Pupkin asomó la cabeza al prefabricado, los examinó uno

por uno y luego entró, seguido de Poppy, que parecía cansada y, tras la melena que le tapaba la cara, respiraba con dificultad, ronca y mocosa. A Louise le dieron ganas de tomarla en brazos y llevársela lejos de todo aquello, tomarle la temperatura, darle un baño. En cambio, se obligó a permanecer en la silla. Aquellas mujeres debían de saber lo que hacían, porque a ella no le quedaban opciones.

—Siéntate en el sofá, al lado de tu hermana —le ordenó tía Gail a Mercy, y Louise se preguntó dónde se iba a sentar Poppy.

—La mamá que ponga a la demoníaca en el centro del círculo.

Louise cayó en la cuenta de que Barb se dirigía a ella y le irritó. No le hacía gracia que llamaran a su hija algo que sonaba a híbrido de «demonio» y «maníaco», pero accedió a lo que le pedían, le pasó el brazo a Poppy por los hombros huesudos y la instó a que se situara en el centro del círculo.

—Esto no es una ouija —aclaró tía Gail irguiéndose en el asiento—. Yo no tonteo con lo oculto. Eso es un círculo de luz divino, una fortaleza espiritual levantada con la fe de los creyentes. Sed fuertes y dejaos guiar por mí. Hay una presencia demoníaca en esta sala, provocada por ese objeto maldito que se ha adherido a nuestra Poppy y que oprime su alma. —Poppy parecía tan falta de vida como los muñecos que miraban desde todos los estantes que tenía alrededor, pero Pupkin parecía activo y enérgico y escuchaba a tía Gail. Louise tenía el mal presentimiento de que a tía Gail la fueran a superar en número—. Vamos a hacer lo que se conoce como «rastrear, plantar cara y erradicar» —continuó tía Gail—. Vamos a rastrear espiritualmente la maldición de ese demonio hasta llegar a la entidad impura que la lanzó. Luego le plantaremos cara. La primera reacción de un demonio siempre es mentir sobre quién es, porque los demonios son así, y se llama «fingimiento», pero lo presionaremos hasta un punto en que el poder de la rectitud de Dios lo obligará a reconocer su verdadero nombre. Después empezará la batalla, cuando erradiquemos la maldición de este títere y lo devolvamos al infierno. Luego iremos todos a Mount Pleasant y nos enfrentaremos al demonio en su fortaleza.

»Esto resultará agotador —prosiguió—. El enemigo intentará aplastar nuestros espíritus conjurando manifestaciones extraordinarias que os harán desear a todos y cada uno de vosotros no haber nacido jamás. Sed fuertes, confiad en el Señor y manteneos hidratados. Venga, asíos de la mano y rezad conmigo.

Louise alargó el brazo derecho y asió la mano izquierda, blanda y sudorosa, de Barb; por la izquierda, asió la mano derecha, menuda y seca, de tía Gail. Inclinaron la cabeza y Barb le dio un apretón rápido en la mano a Louise.

—La luz de Dios nos rodea —dijo tía Gail alto y claro—. El amor de Dios nos envuelve. El poder de Dios nos protege. La presencia de Dios vela por nosotros. Donde nosotros estamos, está Dios. Y todo está bien, todo está bien, todo está bien, amén.

—Amén —respondió Barb.

Louise echó un vistazo al círculo y vio que Mark también tenía los ojos abiertos. Él enarcó las cejas. Poppy, plantada entre los dos, permanecía inerte como un maniquí, pero Pupkin miraba fijamente a Mercy. Luego se volvió, en el sentido contrario al de las agujas del reloj, y estudió a tía Gail y, girándose de nuevo, miró de frente a Louise; después pasó a Barb, que le lanzó un «muac» silencioso. El siguiente fue Mark, que enseguida cerró los ojos y agachó la cabeza, y luego Constance.

—Por el poder de Dios y de mi Señor Jesucristo —continuó tía Gail en voz alta—, ordeno al demonio que ha maldecido a este títere terrenal que me diga su nombre. —Pupkin se volvió bruscamente hacia tía Gail—. Por el poder de Dios, dime tu nombre —repitió tía Gail.

—«¡Todos son Pupkin! —canturreó el títere, y Poppy empezó a mecerse, exánime, de un pie a otro—. ¡Todos Pupkin! ¡Canto y bailo todo el día! ¡Vivo para divertirme!».

Louise notó que Barb le apretaba más la mano.

—Te conozco la cara, Padre de la Mentira —dijo tía Gail—. Dime tu nombre. ¡Nuestro Señor Jesucristo te lo ordena!

—«¡Mark! —espetó Pupkin, aunque sonó a "Mok", y señaló a Mark—. ¡Pupkin es Mok!».

Louise vio que Mark contraía los hombros.

—Por el poder de Jesucristo, mi Señor y Salvador, dime tu nombre —insistió tía Gail.

—«¡Louise! —canturreó Pupkin señalando a Louise—. Pupkin Louise».

A Louise le dieron ganas de soltarse, agarrar a Poppy y obligarla a que dejara de hablar así, obligarla a que respondiera directamente. Pero ya había perdido a su hija. Allí solo estaba Pupkin. Hizo un esfuerzo por no moverse, por ser fuerte, por confiar en que su tía le sacaría el demonio de dentro a la pequeña.

—¡Mentira podrida! —le soltó tía Gail—. ¡Dime tu nombre! ¡Tu terquedad no es más que falsa vanidad!

—«¡Nancy! —contestó Pupkin con desenfado—. ¡Pupkin Nancy!».

Tía Gail soltó a Louise, se sacó de debajo del suéter de «¡JÚBILO!» una cadenita con una cruz y la estiró en dirección a Pupkin.

—Mira la cruz de Nuestro Señor —lo instó—. ¡Dime tu nombre, fuerza hostil!

Pupkin rio a carcajadas. Luego echó la cabeza hacia atrás y graznó:

—«¡Pipicaca!».

—¡Dime tu nombre, impuro, o te retendré con ángeles guerreros en una jaula quinientas mil veces más pequeña que tú y la sellaré con la sangre de nuestro Rey, Jesucristo, nuestro Señor y Salvador!

Pupkin se volvió hacia Louise y ambos se miraron a los ojos.

—«Pupkin salió un día —canturreó el títere— a buscar a su amiga para jugar. Gorriona, se llamaba, una pajarita a la que se le daban bien todos los juegos».

—¡Revela tu nombre, te lo ordeno! —le gritó tía Gail.

—«Antes de que Pupkin se adentrara en el bosque —continuó el títere con sus ojitos clavados en los de Louise—, su madre le dijo…».

Desde el sofá, Mark continuó, sin perder un segundo:

—Pupkin, escucha, por favor, no te alejes del camino, hijo mío. El bosque no es sitio para divertirse. —Pupkin se volvió hacia Mark, que parecía aterrado—. Si te pierdes, lloraré y lloraré —recitó Mark sin quererlo—. Lloraré tanto que quizás muera.

En el silencio que siguió, Mark dijo:

—Mamá. Es el cuento de mamá. Me lo contó un millón de veces antes de acostarme cuando era crío.

Mark se encorvó. Pupkin parecía más luminoso, más fuerte, más vivo.

—Por el poder de Dios, dime tu nombre —insistió tía Gail.

—«¡Pupkin me llaman! —chilló el títere—. ¡Para disfrutar me reclaman!».

Se oyó un estruendo en la cocina y Louise dio un respingo; luego cayó en la cuenta de que eran los platos que se recolocaban en la bandeja del lavaplatos. Detectó movimiento por el rabillo del ojo. Miró, pero no vio más que filas y filas de muñecos inmóviles y sus rostros de porcelana sin expresión.

«¿Por qué hemos venido aquí? Estamos rodeados de muñecos, nos superan en número».

Notó que la mano de Barb resbalaba de la suya.

«Pupkin está como en casa, estos son sus aliados».

—Por el poder de Dios, dime tu nombre —dijo tía Gail—. ¿Satanás? ¿Lucifer?

«Se está riendo de nosotros. Esto le parece divertido».

Se oyó otro estruendo de platos recolocándose en el lavaplatos y después el estrépito metálico de un tenedor al caer en el fregadero. Se sobresaltaron todos. Barb agarró más fuerte a Louise.

—No miréis —les ordenó tía Gail—. Es una distracción. ¡Por el poder de Dios, dime tu nombre! ¿Belcebú? ¿Leviatán?

—«¡No! ¡No! ¡No! ¡No!» —contestó Pupkin.

Algo cayó con un golpe seco a la espalda de su tía y Louise se retorció en el asiento. Un muñequito con traje de marinerito yacía bocabajo en la moqueta.

—¡No mires! —le ordenó tía Gail tirándole de la mano, obligándola a girarse de nuevo hacia el centro del círculo.

En el estante del televisor, un muñeco bebé sonriente volcó de lado.

—¡Por el poder de Dios, dime tu nombre! —le gritó tía Gail a Pupkin—. ¿Belfegor? ¿Moloch? ¿Andras?

Pupkin rio.

Un osito de peluche con chaleco de pana y gafas se cayó del estante en el que estaba expuesto y aterrizó bocarriba en el suelo.

Pupkin siguió riendo.

ZAS, ZAS, ZAS.

Cayeron más muñecos de las paredes, una lluvia de ellos, tambaleándose, volcando hacia delante, tirándose de cabeza al suelo. Luego, de repente, cesó la lluvia de muñecos. En el silencio, Poppy corrió hacia tía Gail y le tiró a Pupkin a la cara. Tía Gail se echó hacia atrás.

—«¡BUUUUUU!» —gritó Pupkin.

Una especie de temblor fue sacudiendo a los muñecos describiendo un círculo, arañando las paredes…, una fuerza invisible que Louise notó que le rozaba el cuerpo. Entonces todos los muñecos se tiraron al suelo en una avalancha de cuerpos blanditos. Louise y los demás encogieron el cuello cuando los muñecos empezaron a acribillarles la espalda; agacharon la cabeza cuando los ositos de peluche comenzaron a darles testarazos; se encorvaron cuando una tormenta de muñecos les llovió encima.

Poppy cayó al suelo, riendo, estrechando a Pupkin contra su pecho, rodando de un lado a otro por la pila de muñecos, dando patadas. Tía Gail se puso blanca. Le tembló el gaznate.

—Demonio impuro… —empezó.

De pronto, Louise detectó movimiento a su derecha y se notó la mano suelta, suspendida en el aire. Barb se tiró hacia delante y se acuclilló al lado de Poppy.

—¡Eso ha sido divertidísimo! —le dijo a Pupkin, y sonrió.

—¡Barb! —espetó tía Gail, pero la otra levantó la mano, como pidiendo paciencia.

—Me ha gustado ese truco —le dijo Barb al títere—. ¿Podrías hacerlo otra vez?

Pupkin estudió un instante a Barb y entonces Poppy se abalanzó sobre ella y le dio un bofetón. Sonó fuerte y seco en la estancia en penumbra. Louise se echó hacia atrás, dispuesta a levantarse, con una disculpa en los labios. Se detuvo al ver que Barb rompía a reír.

—Estás fuertote, ¿eh, chiquitín? —le dijo a Pupkin.

Pupkin infló el pecho. Barb cambió de posición y se sentó sobre los talones, medio arrodillada medio acuclillada. Alargó la mano y le hizo cosquillas a Pupkin debajo de la barbilla. El títere se retorció de placer.

—¿Este chiquitín fuertote quiere una chuche? —preguntó Barb.

—«¡Chuches! —exigió Pupkin—. ¡Chuches!».

Barb se metió los dedos en la boca y se sacó la pelotilla de chicle masticado, marrón y resplandeciente de saliva. Se lo ofreció a Pupkin, que acercó tímidamente la cara, temblando, hasta que la otra acercó el chicle también y se lo paseó por los labios. Pupkin ronroneó de gusto. A Louise se le revolvió el estómago.

—¿Dónde vive este chiquitín fuertote? —le preguntó Barb con una voz supermelosa.

—«En el Bosque de Tiquitú» —canturreó Pupkin.

—Apuesto a que tienes hambre después de tanto grito de la vieja bruja Gail. —Barb sonrió—. Tengo una chuche aún mejor para ti. —Alargó el brazo hacia atrás y asió un cuenco de cristal tallado lleno de M&M's de la mesa que había junto al sillón. Se metió un puñado en la boca—. ¡Ñaaam! —exclamó, sonriendo, masticando y dejando que el chocolate se le colara entre los dientes—. ¿Mi chiquitín fuertote quiere uno? —preguntó, sosteniendo en alto un M&M amarillo con dos dedos inmensos. —Pupkin asintió entusiasmado y se inclinó hacia Barb. Lo agarró de la nuca con una mano y luego le pasó el M&M amarillo por los labios, de un lado a otro. El cuerpo del títere se estremeció de deleite—. ¡Ñam, ñam! —dijo ella.

Luego, tan despacio y tan suavemente que Louise apenas se dio cuenta hasta que hubo terminado, Barb manipuló a Pupkin hasta conseguir que Poppy y él se sentaran en su inmenso regazo. Pupkin canturreaba y ronroneaba para sí, frotando los labios en el chocolate mientras Barb los mecía a los dos de un lado a otro.

A Louise le dieron ganas de vomitar.

«Poppy odia el chocolate en general y los M&M's en particular. Esto es cosa de Pupkin. Ella ya es todo Pupkin. ¿Cuánto quedará de mi Poppy?».

—Eres un chiquitín valiente, ¿a que sí? —le susurró Barb—. Pero seguro que a veces te pones triste.

Pupkin hizo una pausa; luego siguió con su M&M. Con la fricción, se calentó el chocolate, que le pringaba los labios de un extremo a otro.

—Todos nos ponemos tristes —continuó Barb—. Hasta yo me pongo triste. ¿Por qué estás triste tú?

Pupkin se relamió un poco más despacio.

—«Nancy» —contestó.

Louise se irguió en el asiento.

—¿Echas de menos a Nancy? —preguntó Barb.

—«Ella vuelve —contestó el títere, que dejó de restregar los labios en el M&M, pensó un instante y cabeceó afirmativamente—. Vemos a Nancy pronto pronto».

—Si echas de menos a Nancy, ¿por qué le hiciste trastadas?

Pupkin retorció la cabeza y la miró a los ojos.

—«Nancy hizo trastada primero» —contestó.

—Pero tú has hecho daño a las personas a las que ella quería —terció Barb—. Hiciste daño a su marido, Eric, y eso la asustó y la entristeció porque no entendía por qué lo habías hecho.

—«No» —contestó Pupkin refugiándose en el hombro de Poppy y escondiéndose en su pelo.

Barb tiró al suelo el M&M amarillo y sacó del cuenco uno verde. Lo sostuvo en alto.

—Los verdecitos son para personas especiales —insinuó.

Por un instante no pasó nada, pero luego Pupkin alargó la cabeza despacio y empezó a pasear los labios por el M&M verde.

—¿Por qué se merecía Nancy que le hicieras trastadas, Pupkin? —preguntó Barb con una paciencia infinita.

—«Nancy encierra a Pupkin —insistió el títere—. Pone a Pupkin a oscuras. Pupkin llora y llora, pero la malvada Nancy no quiere ayudar. Solo le importa el cojo».

«Mi padre», cayó en la cuenta Louise.

—¿Y Pupkin qué hizo? —preguntó la otra.

—«Pupkin lo hizo desaparecer —contestó él—. Así solo Pupkin y Nancy».

—Y Nancy se asustó cuando hiciste eso —dijo Barb—. Intentó ayudar al cojo y entonces fue cuando tuvieron el accidente y se hicieron daño. ¿Querías hacerle daño a Nancy?

—«¡NO!» —chilló Pupkin, y Louise pensó que iba a dejar de hablar, pero siguió frotándose los labios en el M&M.

—También has hecho daño a otras personas —continuó Barb.

—«¿Y...?» —replicó Pupkin.

—Al hijo de Nancy —terció ella.

—«Da igual» —gorjeó el títere.

—¿Te da igual haber hecho daño a las personas a las que Nancy quería?

—«Al gordo —contestó Pupkin, y su voz se volvió pastosa y melancólica mientras chupeteaba sensual el M&M—. Al gordo primero le gustaba Pupkin. Cuando bebé; luego crece. Se hace grande, pero Pupkin siempre lo mismo. Pupkin no se hace grande. El gordo reemplaza a Pupkin. Por eso Pupkin hace que el gordo se vaya».

—¿Cuántos años tienes, Pupkin?

—«Cinco —contestó Pupkin en voz baja, casi un susurro—. Pupkin cinco».

—¿Y siempre has sido Pupkin? —inquirió Barb. El títere negó con la cabeza—. ¿Cómo te llamabas antes?

Pupkin dejó de restregarse los labios en el M&M.

—«Freddie —respondió en voz baja, como si no lo hubiera oído en mucho tiempo. Luego más alto—: Freddie».

—¡Madre mía! —exclamó Mark.

Barb le lanzó una mirada asesina.

—Nuestro tío Freddie, el hermano de mamá, tenía cinco años —añadió él, nervioso y en voz baja.

Barb le hizo una seña de «¡Cierra el pico!» y se centró de nuevo en Pupkin, pero ya era tarde. El títere escapó del regazo de Barb y se llevó a Poppy con él. A la niña le colgaba la cabeza de lado, como si tuviera el cuello roto, y Pupkin la hizo caminar histérica por el interior del círculo, dando vueltas alrededor de Barb, dando manotazos en las piernas de todos ellos según iba pasando por su lado.

—«No, no, no, no, no, no, no, no, no...» —canturreaba Pupkin por boca de Poppy mientras ella daba vueltas en círculo, cada vez más rápido.

Louise se soltó de la mano de tía Gail y, cuando Poppy volvió a pasar por su lado, la agarró y se la subió al regazo. La niña empezó a dar manotazos y patadas y Pupkin le soltó un bofetón en la cara. La silla volcó hacia atrás, aterrizó sobre los muñecos y Louise se quedó sin respiración, pero no soltó a su hija en ningún momento. La estrechó contra su pecho y apretó fuerte, enterrando la cara de la pequeña en su pelo sucio.

—Tranquila —le dijo—. No pasa nada, no pasa nada, ssshhh, tranquila...

—Esto no es un demonio —oyó que Barb le decía a tía Gail—. Es un fantasma.

34

Algo se rompió en el interior de Poppy. Yacía agotada en brazos de Louise, mascullando cosas sin sentido mientras Pupkin movía la cabeza de un lado a otro al ritmo de sus palabras. La niña había acabado con sus reservas de energía, había llegado al límite y Louise la sostenía en brazos, débil y febril, mientras los demás parloteaban alrededor.

—Me dijiste que era un demonio —protestó Barb—, pero es un fantasma y eso es harina de otro costal, porque alguien no ha hecho los deberes.

—¡Los fantasmas no existen! —dijo tía Gail—. Son facetas distintas del enemigo.

—¿Y qué más da? —terció Mercy.

—Es algo muuuuy distinto —contestó Barb—. No hay ningún demonio que se llame Freddie.

—¿Freddy Krueger? —soltó Mark.

Louise se arrimó más a la niña. Notó que se le dormían los pies por falta de circulación, pero no le importó.

—¡Ojalá esto fuera como una peli de Hollywood! —gritó Barb—. Eso sería como ir de pícnic, ¡y con la nevera llena de cervezas!

—¡Los demonios solo saben de engaños! —chilló tía Gail—. ¡El verdadero espíritu de los muertos reside en el cielo!

Louise apenas las oía. Poppy necesitaba que la abrazaran. Se estaba dejando abrazar por ella. Ese era su cometido. Que hablaran lo que quisieran.

—¿Qué implica que sea un fantasma? —preguntó Constance ignorando a su madre y dirigiéndose a Barb.

—Implica muchas cosas —contestó Barb.

—¡No existe semejante disparate! —protestó tía Gail.

Louise abrazó a Poppy más fuerte aferrándose a los restos de la personalidad de su hija, procurando evitar que se dispersaran.

—Los fantasmas siguen aquí porque tienen asuntos por resolver —le explicó Barb.

—¡Es un demonio que intenta engañarte! —insistió tía Gail.

Barb no le hizo ni caso.

—A veces se aferra a este plano terrenal y eso no le permite seguir su camino.

—La Biblia no habla de fantasmas —continuó tía Gail—. Los hombres mueren una sola vez y se presentan ante Dios. Hebreos 9:27.

—Espera... —oyó a Mercy queriendo encontrarle sentido a todo aquello—. O sea, que ¿Freddie no está preparado para seguir su camino? ¿Le queda algún asunto por resolver? ¿Se está aferrando a este plano?

A Louise le dieron ganas de pedirles a gritos que se callaran, que dejaran de discutir, que ayudaran de verdad a su hija. Entonces intervino Constance.

—¿Cómo murió Freddie, mamá? —preguntó.

Se hizo un silencio largo mientras esperaban todos a que Gail hablara.

—Contrajo el tétanos por pisar un clavo —contestó—. En Columbia.

—¿Y por qué no deambula su fantasma por Columbia? —quiso saber Constance.

—Yo tenía cuatro años y no estaba allí cuando ocurrió —dijo su tía—. Ya no vive nadie de aquella época.

—Salvo tía Honey —terció Mark.

—¡Y está en el hospital! —espetó tía Gail—. ¡No podemos molestar a mamá con esto ahora mismo!

Empezaron a discutir y sus voces llenaron el prefabricado. Louise oyó la voz de su madre entre todas las demás: «Tu tía Honey inventa mucho».

Louise tenía catorce años, estaba sentada en el asiento de delante del Volvo familiar, con su madre, a la puerta de la casa de tía Honey, en Pascua. Su padre se había llevado a Mark a Chicago a ver a su familia y estaban las dos solas. Tía Gail y tía Honey habían discutido en la cocina y la cena había sido muy tensa. Su madre se había inventado una excusa para poder marcharse antes del café.

—¿Por qué discutían? —preguntó Louise en cuanto subieron al coche.

—Por Constance —contestó su madre—. Tía Honey no para de decir que dejó el Wando antes de graduarse.

—Se pasó al Bishop England porque es disléxica —dijo Louise.

—Tu tía Honey prefiere decir que lo dejó a medias. Se le mete una cosa en la cabeza y luego se monta su propia película.

—Es que se ha enfadado tanto…

—¿Por qué crees que tu tía Gail es tan religiosa? —le preguntó su madre—. Se refugió en la única persona lo bastante grande como para plantarle cara a su madre. Cuando tu tía Honey se empeña en que algo es de una manera, así tiene que ser. Nunca nos perdonará a tu padre y a mí que nos fugáramos, porque la privamos de una boda por todo lo alto; por eso le cuenta a la gente que hubo boda, pero nadie hizo fotos. Está empeñada en que tenemos perro, por más que le digo que Araña es imaginario. Es muy cabezota.

Louise se levantó con Poppy en brazos.

—Mark —dijo, y callaron todos y la miraron—. Vamos a ver a tía Honey.

Se volvieron todos hacia tía Gail para ver qué hacía.

—Louise… —intervino tía Gail—, mamá está enferma.

—Me da igual lo enferma que esté —replicó Louise—. Es la única que llegó a conocer a Freddie y me va a contar todo lo que sepa para que yo pueda quitarle esta cosa del brazo a mi pequeña. Mark, agarra las putas llaves y sube a la camioneta.

La enfermera les dijo que solo quedaba media hora para que terminara el horario de visitas, a las nueve, pero Louise no se paró a escuchar. Llevaba en brazos a Poppy, que pesaba, y, con lo que le dolían los brazos, estaba deseando soltarla, pero no iba a detenerse hasta que llegara al fondo del asunto.

Enfiló el pasillo, haciendo rechinar los zapatos en el linóleo impoluto, mientras Mark la disculpaba delante de la enfermera, y abrió con el hombro la puerta de la habitación 1217.

En la tele estaba puesto *Caso abierto* o *Navy: investigación criminal* o *CSI* o alguna otra serie policíaca, y tía Honey estaba sentada en la cama, viéndola. Una mascarilla de oxígeno transparente le cubría la nariz y la boca.

—¿Cómo te encuentras? —le preguntó Louise.

Dejó a Poppy en el sillón de las visitas.

—Preparada para volver a casa —graznó su tía.

Louise tomó el mando a distancia de la cama y silenció el televisor.

—No tenemos mucho tiempo —dijo.

—¿Y cómo está esa preciosidad? —inquirió tía Honey mirando a Poppy, a la espalda de Louise.

Mark entró en la habitación. Louise y él se miraron, luego su hermano cerró despacio la puerta.

—Acércate y dame un abrazo —le pidió tía Honey a Poppy.

Entonces vio que Pupkin miraba la vía que le habían puesto.

—No te asustes, son solo medicinas.

Se quitó la mascarilla de oxígeno de la cara y, volviéndose de lado, le tendió un brazo a la niña. Louise se interpuso entre las dos, cerca de la cama, de forma que su tía tuviera que levantar la vista.

—Vamos a tener que marcharnos dentro de media hora —le dijo— y hay mucho que hablar.

El fastidio le endureció la expresión a tía Honey un instante, pero enseguida la suavizó con una sonrisa.

—Podéis volver mañana —propuso.

—No hay tiempo para gilipolleces —espetó Louise.

—¡Lulu! —la reprendió su hermano desde la puerta.

Tía Honey miró a Louise como si la viera por primera vez.

—¿Qué te tiene tan indignada? —le preguntó.

—Estoy harta de esta familia y de sus secretitos —contestó ella—. ¿Cómo murió Freddie?

—¿Tu tío Freddie?

—¿Cómo murió? —repitió Louise.

—Ay, cielo, eso fue hace mucho —respondió tía Honey.

—Nos lo tienes que contar —terció Mark acercándose a su hermana—. Con todo detalle.

Tía Honey los miró estupefacta. Se puso bocarriba y contempló el televisor sin sonido, la ventana oscura, las luces del aparcamiento... Después se giró de nuevo hacia ellos y suspiró. Empezó a hablar con el soniquete que usaba cuando tenía que repetir algo por tercera vez.

—Vuestros abuelos se llevaron a vuestra madre y a Freddie a Columbia para que el abuelo pudiera echar un vistazo a un negocio de tintorería que quería comprar. Se alojaron en el Howard Johnson, que estaba muy de moda por entonces, y vuestra madre y tío Freddie estaban jugando alrededor de la piscina y el crío pisó un clavo oxidado. Lo llevaron enseguida al hospital, pero contrajo el tétanos y murió.

—¿Dónde estaba nuestra madre? —preguntó Louise.

—Se quedó conmigo —contestó tía Honey—. Fui a buscarla. Un hospital no es sitio para una cría —añadió mirando intencionadamente a Poppy.

—El tétanos no funciona así —espetó Louise—. Nunca lo había consultado, pero lo he mirado cuando veníamos hacia aquí. No sé por qué no lo hice antes, pero los síntomas tardan tres días en aparecer.

—Me alegro de que se quedara con eso —dijo tía Honey señalando con la cabeza a Pupkin, que la miraba atentamente desde el brazo de Poppy, como intentando ubicarla.

Louise no tenía tiempo para sentimentalismos.

—«Eso» la está haciendo enfermar —le soltó.

—Era de tu tío Freddie. Ya os he contado que mi hermana tiró a la basura todas las cosas de Freddie... Quemó toda su ropa y sus juguetes. Hasta las fotos de él. Luego empezó a pedírselas a los demás. No debería haberle dado las mías. Vuestra madre rescató ese muñeco del montón de porquerías y lo escondió de Evelyn. Es lo único que queda de nuestro hermano pequeño.

«¡Era de él, claro!», se dijo Louise. Tuvo la sensación de que su tía acababa de confirmarle que iba por el buen camino.

—Tío Freddie no murió del tétanos —repitió Louise.

Tía Honey apartó la vista de Pupkin y volvió a levantar la vista hacia Louise.

—Un hospital no es sitio para una cría —dijo—. Solo tiene cinco años. Esto debe de darle mucho miedo.

Louise sabía lo que estaba haciendo su tía. Lo hacían todos. Cuando una conversación se acercaba demasiado a algo de lo que a un Joyner o a un Cannon no le apetecía hablar, la convertían en algo personal.

—Ella está aquí porque tú estás mintiendo —le reprochó Louise—. Está aquí porque todos vosotros pensáis que, si no habláis de algo, deja de existir. Como cuando tu hermana decidió no volver a hablar de Freddie y tiró a la basura todo lo que le recordaba a él. Pues existió, algo de él sobrevivió y mi madre lo heredó y ahora está haciendo daño a mi pequeña.

Tía Honey se inclinó hacia delante y apeló a Mark.

—¿Qué mosca le ha picado a tu hermana?

Antes de que Mark pudiera contestar, Louise estalló:

—Deja de mentir y habla conmigo.

El rostro de tía Honey se contrajo y el borde de los párpados se le enrojeció.

—Yo no hablo con gente grosera, así que prefiero hablar con tu hermano. ¡Por lo menos él es educado!

Se acabó la cortesía.

—Mamá ya no está y jamás nos contó la verdad —dijo Louise—. Y tú tampoco nos la has contado nunca. Estás vieja y enferma y, si mueres aquí, nunca sabremos lo que pasó. Esta es tu última oportunidad de congraciarte con tu familia y con Dios.

—¡No es asunto tuyo! —le gritó su tía, pálida y temblorosa, agarrándose con una mano a la barandilla del lateral de la cama para incorporarse—. ¡No tiene nada que ver contigo!

—¡Está matando a mi hija! —voceó Louise también, acercándosele a la cara lo suficiente como para olerle la crema facial.

Mark agarró del brazo a su hermana y tiró de ella, pero Louise se zafó de él.

—¡Porque vais a vender la casa! —replicó tía Honey sin recular, temblando entera del esfuerzo de incorporarse en la cama—. ¡Nadie ha dicho que pudierais hacerlo! ¡Esto es culpa vuestra!

—¡La casa no es tuya! —bramó Louise—. No eres más que una anciana enferma que teme el cambio. No quieras controlarlo todo y cuéntame lo que le pasó a mi tío.

—¡Tu madre dejó que se ahogara! —le soltó tía Honey.

La anciana paró de moverse, de temblar, pálida, con la mirada perdida, y se desplomó sobre la almohada. Procuró tranquilizarse, controlar la respiración. Volvió la cara hacia otro lado.

—Vuestros abuelos fueron a Columbia y se alojaron en el Howard Johnson —le dijo a la ventana—. Le pidieron a Nancy que cuidara de Freddie unos minutos mientras su padre iba a recepción a poner una conferencia y su madre deshacía las maletas. Le pidieron a tu madre que se quedara en la piscina pequeña, la de niños, y que vigilara a su hermano. Se hacía así en aquella época, pero tu madre no hizo ni caso. Nunca hacía caso a nadie más que a sí misma. Siempre tenía que ir a la suya. Se acercó al puesto de helados, donde el heladero servía bolas de helado de distintos sabores, y se puso a contarlos porque su padre le había dicho que había veintiocho y no se lo había podido creer. Al volver, me explicó que, de pronto, había visto a un montón de gente alrededor de una ambulancia y mi hermana aullaba como jamás había oído aullar a ningún ser humano. Trasladaron a

Freddie al hospital de inmediato y yo me acerqué con el coche y me llevé a vuestra madre de la sala de espera y la traje a casa. Ella no entendía lo que había hecho, así que le conté que Freddie había pisado un clavo y mi hermana... hizo lo mismo.

Nadie se movió. Hasta Pupkin escuchaba atentamente. Tía Honey se giró y posó los ojos irritados en Louise.

—¿Cómo le dices a una cría de siete años que ha matado a su hermano? —preguntó—. ¿Cómo iba a vivir con eso? Fue lo que le contamos a todo el mundo, y a los que sabían la verdad les pareció que le habíamos hecho un favor a vuestra madre. A mi hermana la destrozó. La reconcomía por dentro. Por eso vuestra abuela no era capaz ni de mirar a vuestra madre. Lo intentó. Quiso superarlo. Procuró centrarse en la hija que le quedaba en vez de en el hijo que había perdido, pero no lo consiguió. Cuando le parecía que empezaba a recuperarse, se imaginaba a vuestra madre alejándose de Freddie para ir a mirar los sabores de los helados y tenía que encerrarse por miedo a lo que pudiera llegar a hacer.

»Fue idea de vuestro abuelo lo de mandar a vuestra madre a otras casas. Vivía con otras personas más que en su propio domicilio y a él le partía el corazón, pero mi hermana jamás consiguió volver a ser la que era teniendo en casa a la hija que había matado a su Freddie. Se culpaban de lo ocurrido, claro está. Les remordía la conciencia, por supuesto. Pero la que había dejado que se ahogara el niño había sido vuestra madre, y mi hermana nunca pudo perdonárselo.

Tía Honey miraba al techo, pero no parecía que lo viera. A Louise le dio la impresión de que había más.

—¿Qué más? —preguntó.

Su tía desvió la mirada hacia Louise sin mover la cabeza.

—No vendáis la casa —dijo—. Por favor —le rogó con un hilo de voz.

Parecía que la vida se le estuviera escapando del cuerpo. Louise se puso firme.

—¿Por qué no podemos vender la casa? Nos estás ocultando algo.

—No me obligues —le suplicó su tía girando la cabeza a un lado y a otro de la almohada.

Louise se inclinó sobre el lateral de la cama y le puso la mano a tía Honey donde imaginaba que tenía el hombro.

—Sé que nos lo quieres contar —le dijo, procurando sonar tierna y compasiva—. Necesitas sacártelo de dentro y estás muy cerca. Un último secreto y se acabó: serás libre.

Tía Honey la miró a los ojos. Los suyos parecían firmes, decididos, pero estaban empañados.

—Le hice una promesa a mi hermana —contestó haciendo hincapié en la última palabra.

—Tu hermana está muerta.

Tía Honey la miró fijamente, sin cambiar de expresión, y empezó a hablar.

—A Freddie le hicieron un funeral con el ataúd cerrado y lo iban a enterrar en la parcela de Stuhr, pero el día antes mi hermana cambió de opinión. No soportaba la idea de separarse del pequeño. Le pidió a Jack que lo enterrara al fondo del jardín trasero. Por eso nunca se mudaron. Por eso vuestra madre nunca pudo hacer la terraza. Habrían tenido que excavar para el anexo. Ese jardín pertenece a Freddie.

Tía Honey miró a otro lado. Lo más ruidoso de la habitación era la respiración dificultosa de Poppy. Louise se irguió. Su tía masculló algo y se volvió de nuevo hacia ella.

—Le hice una promesa —insistió—. Lo único que me quedaba de mi hermana era la promesa que le hice de no contar nunca nada. Y acabo de romperla. Me has obligado a incumplir la promesa que le hice a mi hermana.

—Lo siento —dijo Louise.

—No, no lo sientes. Podría no haberlo contado jamás y nadie lo habría sabido.

—Alguien habría terminado desenterrando su cadáver algún día —contestó Louise.

—La gente se encuentra huesos cada dos por tres —dijo su tía con desprecio—. El mundo está repleto de ellos. Me has obligado a faltar a la promesa que le hice a mi familia.

Louise estaba cansada. No le apetecía seguir discutiendo.

—Trasladaremos los restos al cementerio de Stuhr. Lo enterraremos con su madre, su padre y su hermana. Debería estar con la familia.

—¿Qué sabrás tú de familias? —le espetó tía Honey mirándola con dureza.

35

Mark y Louise salieron de la habitación en silencio, Louise llevando a Poppy de la mano, Pupkin rezagado, mirando fijamente a tía Honey. Se quedaron en el pasillo, sin saber qué decir ni adónde ir.

—Toda su vida —dijo Mark—, toda su vida debió de saber que algo pasaba. Nunca quiso hablar de la muerte de Freddie porque debía de saber que no cuadraba. Aunque fuera un desafortunado accidente, debió de sentirse superculpable de que hubiera ocurrido cuando ella había dejado de vigilar a su hermano. Y jamás dijo una palabra. Ninguno de ellos dijo nada. Y ella se aferró durante setenta años a lo único que le quedaba para recordarlo. ¿Tú te lo imaginas?

Louise no era capaz. Pensó en aquellas mujeres, tía Honey, su abuela, su madre, decidiendo lo que había que hacer y haciéndolo. Poseían una frialdad que empezaba a pensar, cada vez más, que ella había heredado. Una frialdad que ella jamás habría imaginado antes de tener a su propia hija.

—Hay que ir a la casa —dijo Louise.

—¿A qué? —preguntó Mark.

—A buscar a Freddie —respondió ella.

Miraron los dos a Pupkin, que los miró a ellos desde abajo.

—¿No llamamos a la policía o algo? —preguntó él con escasa convicción.

Louise se recolocó la manita caliente, tierna e inerte de Poppy en la suya. Así tendría la mano su hija si estuviera en coma. Así la tendría si estuviera a punto de morir.

—Hay que hacerlo ya —lo apremió ella—, antes de que no quede nada de Poppy.

Por un instante, le pareció que Mark se lo iba a discutir, pero entonces asintió.

—Vale.

Tuvieron que subir a Poppy a la camioneta de Mark por la fuerza. Se aferró al marco de la puerta, haciendo palanca con los pies en el asiento y empujando hacia atrás. Louise le estaba soltando los dedos uno por uno cuando Mark la soltó y retrocedió.

—Le vas a hacer daño —dijo.

Louise se volvió furiosa hacia él.

—¡El daño ya está hecho! —espetó—. ¡Ya se lo hizo mamá! ¡Y tía Honey! ¡Toda la familia le ha hecho daño! ¡Ayúdame, venga!

Mark no era de gran ayuda con un solo brazo, pero juntos consiguieron meterla en la camioneta. Louise sentó a Poppy entre los dos para alejarla de la puerta, pero en cuanto subió Mark, Poppy se echó bruscamente para atrás y empezó a darle patadas en el muslo.

—¡Agárrala! —dijo él cuando la niña se puso a patear el volante.

—¡Hago lo que puedo! —contestó ella forcejeando con Poppy, que de pronto parecía que estaba por todas partes, intentando darle con los pies en la cara a Mark mientras Pupkin aporreaba a Louise.

Al final, abrazó fuerte a su hija, la pasó por encima de su cuerpo y se situó ella en el centro, entre Poppy y Mark. La niña se quedó lacia. Louise le abrochó el cinturón de seguridad y comprobó que le ajustaba bien.

Sin quitarle el ojo de encima a Poppy, Mark arrancó la camioneta.

—Ese jardín es muy grande —dijo en voz baja mientras enfilaban Ashley.

—Lo sé —respondió su hermana.

—¿Cómo vamos a saber dónde cavar? —preguntó él girando hacia Crosstown.

—Yo qué sé —contestó ella.

Después del primer semáforo, Mark volvió a hablar.

—Louise, no te asustes, pero tengo que decirte una cosa —comentó, muy tenso.

—¿El qué? —inquirió ella empezando a asustarse.

—Araña está aquí.

La recorrió un escalofrío. Miró alrededor.

—¿Dónde?

—En la zona de carga de la camioneta —dijo él mirando de reojo por el retrovisor.

Louise se volvió y no vio nada. Siguió mirando, esperando a que Araña volviera a aparecer, pero no fue así.

—Lo he visto unas cuantas veces —se explicó Mark—. En el hospital, después de la cirugía; merodeando cerca de mi casa… Pensaba que igual estaba alucinando, pero es como si me estuviera esperando.

—Tenemos problemas mayores —contestó ella, procurando superar el miedo que sentía, recordando los dientes de Araña clavados en su tobillo, sus zarpas arañándole la espalda.

Accedieron al puente, se elevaron hasta el cielo nocturno, tomaron el primer giro de montaña rusa hacia la incorporación y se alzaron sobre el puerto de Charleston. Poppy se sumió en un estado de semiconsciencia aún mayor apoyando en la puerta la cabeza, que le botaba con los tumbos de la calzada. Su respiración sonaba húmeda y densa, sus pulmones parecían llenos de mocos. Sus orejas desprendían aquel olor rancio, como a sucio, que tenía siempre que se estaba poniendo malita. Louise deseó que Mark condujera más rápido. Cada minuto que Poppy llevaba a Pupkin puesto se alejaba más y más. Louise notaba cómo se le iba su hija con cada tictac del reloj.

—Mark…

Estalló la ventolera y el caos en el interior de la cabina. La alarma de puerta abierta pitaba desde el salpicadero y Louise se convirtió en un huracán cuando Poppy, culebreando como una anguila, se zafó del cinturón de seguridad y se plantó en el hueco de la puerta abierta del copiloto.

Se encontraban en lo alto del primer tramo del puente y el viento soplaba a través de la camioneta a cien kilómetros por hora azotándoles la cara con tiques de compra y servilletas de papel y succionando por la puerta vasos de café de cartón.

Durante un segundo de infarto, Louise vio que Poppy se tiraba en marcha de la camioneta de Mark, que sus pies abandonaban el asiento y caía a la dura superficie de la calzada. Se abalanzó sobre ella y la agarró con fuerza de la cintura, medio colgando por la puerta. Enroscó los brazos alrededor de Poppy, que tenía la cabeza y los hombros suspendidos sobre el asfalto, y volvió a meterla dentro notando una fuerte punzada de dolor en la espalda, del esfuerzo.

—¡Cierra! —le gritó Mark por encima del viento.

Louis tenía asida con ambos brazos a Poppy, que manoteaba, daba patadas, chillaba y aporreaba el pecho de Louise con su cuerpo, una y otra vez, y el viento encajó la puerta de nuevo, pero, como en el puente nuevo no había donde parar, siguieron avanzando, con la puerta del copiloto a medio cerrar, un silbido agudo atravesando la cabina, Poppy chillando, intentando escapar, queriendo tirarse del vehículo otra vez, magullando a Louise hasta que volvió a aumentar la gravedad y descendieron el último tramo del puente; entonces se desplazaron inclinándose peligrosamente hacia la derecha en la última curva, Louise aferrada a Poppy, sujetándola fuerte, y Mark se detuvo en la gasolinera Shell que había al pie del puente y todo… paró.

Se quedaron allí sentados un minuto, agradecidos de seguir con vida; luego Louise alargó el brazo por encima de Poppy, cerró la puerta del todo y echó el seguro. Se sentó a la niña en el regazo, pasó el cinturón de seguridad por encima de las dos y la envolvió con los brazos para retenerla.

—¡Jooooder! —exclamó Mark.

—Vamos —le dijo Louise.

Mark la miró y estaba a punto de decirle algo, pero agarró el volante con la mano izquierda y arrancó la camioneta. Salieron de nuevo a Coleman. Como no quería parar, por si Poppy intentaba salir corriendo otra vez, fue reduciendo la velocidad a cuarenta, a treinta, esperando a que el semáforo se pusiera en verde, y luego lo pisaba a fondo acelerando cuando el disco estaba en ámbar. Poppy yacía inerte en el regazo de Louise meciéndose hacia delante y hacia atrás con los acelerones. Pupkin miraba por la ventanilla del copiloto mientras la cabeza de la niña rodaba de un lado a otro del pecho de su madre. Louise se notó algo húmedo en el brazo. Eran las babas de Poppy.

«Ya ni siquiera traga».

—No me puedo creer que nos hayamos criado en una casa con un cadáver en el jardín trasero —dijo Mark.

«Me alegró muchísimo que decidieras marcharte de casa para ir a la universidad —recordó Louise que le había dicho su madre unas Navidades cuando había vuelto a casa—. Yo también me iría si pudiera, pero estoy atrapada aquí».

Mark se acercó despacio a un semáforo en rojo procurando no detenerse del todo. En cuanto se puso en verde, aceleró y salió disparado. Poppy dejó de respirar un segundo. Louise la miró sin saber qué hacer. Entonces la niña respiró de nuevo con un pitido denso y congestionado.

—¿Empezamos a cavar por todas partes? —preguntó Louise—. ¿O recuerdas algún sitio donde mamá nos dijera que no jugáramos?

Mark aminoró la marcha esperando a que se abriera el siguiente semáforo.

—Todos —contestó él—. Jugar en el jardín trasero era como un castigo.

El disco se puso en verde y Mark aceleró. Ya estaban cerca.

—Y cuando ibas a hacer la terraza…, ¿te dijo dónde podías cavar y dónde no?

—Solo me dijo que se lo habían pensado mejor —contestó Mark.

—¡Tiene que haber algo! ¡Piensa!

—¡No sé, Louise! —le soltó él—. ¿Por qué no paras de gritarme? ¡Pregúntaselo a él!

Fue como si, de repente, su hermano hubiera encendido las luces. Louise se volvió hacia Pupkin, que miraba fijamente por el parabrisas.

—¿Pupkin? —le preguntó con toda la amabilidad de que fue capaz. El títere se giró a mirarla. Poppy ni se inmutó. Louise relajó la garganta para no gritar—. ¿Quieres jugar a una cosa?

Pupkin asintió entusiasmado.

—¿Sabes jugar a frío-frío, caliente-caliente? —le preguntó ella.

Pupkin se la quedó mirando un buen rato y después negó con la cabeza.

—Es un juego en el que hay que encontrar algo que has escondido y, cuando te acercas, dices «caliente-caliente» y, si te alejas, dices «frío-frío». ¿Lo entiendes?

El títere asintió de nuevo y miró expectante a Louise.

—Supongamos que quiero encontrar a Pupkin —dijo ella en voz baja, y tocó el volante—. ¿Pupkin está aquí?

Silencio. Los coches los adelantaban por la izquierda y Louise vio que se aproximaban al cruce con McCants, el cruce en el que habían muerto sus padres. Procuró centrarse.

—¿Pupkin está aquí? —volvió a preguntar.

—«¿Frío?» —contestó Pupkin por boca de Poppy.

Louise sonrió para animarlo a que siguiera. Tocó el salpicadero.

—¿Por aquí? —preguntó.

—«Frío-frío» —gorjeó Pupkin, más convencido esa vez.

Ella acercó la mano al títere, pero luego tocó la puerta del copiloto.

—¿Está por aquí? —preguntó.

—«Frío-frío —chilló Pupkin y luego, mientras Louise retiraba la mano de la puerta—: Caliente…, caliente…, ¡caliente!».

A regañadientes, ella le tocó la tripa. Pupkin rio como un bobo y ronroneó.

—«¡CALIENTE!» —chilló entonces.

Louise se volvió hacia Mark.

—Nos va a decir dónde está —le comentó, y entonces Poppy estalló en el regazo de Louise y, echándose con fuerza hacia atrás, le dio un cabezazo en el labio superior a su madre con la parte posterior del cráneo. A Louise se le llenaron las sienes de sangre y soltó a la niña, que se transformó en un tornado, chillando, aullando, moviéndose deprisa. Escapó por encima del cinturón y se abalanzó sobre Mark para alcanzar la puerta del conductor.

Louise la agarró, pero Poppy empezó a dar patadas y le alcanzó con el zapato en la barbilla. Mark frenó en seco e intentó envolverla con un solo brazo, pero ella le dio una patada fuerte en el muñón y el dolor lo paralizó. Un coche les pitó a su espalda y los faros inundaron la cabina; luego pasó de largo, esquivándolos por la izquierda sin aminorar la marcha. Antes de que ninguno de los dos lograra librarse del cinturón de seguridad, Poppy ya había abierto la puerta del conductor y, pisando a Mark, se tiró a la calzada de Coleman Boulevard.

—¡Poppy! —le gritó su madre al ver que una furgoneta blanca la esquivaba de un volantazo sin reducir apenas la velocidad.

Louise se quitó de un tirón el cinturón de seguridad, abrió de golpe la puerta del copiloto y echó a correr, ignorando todos los faros que la aturdían, detrás de su hija. Corrió con el tráfico, con un dolor insufrible en el tobillo derecho, moviendo los brazos con fuerza, y fue acercándose poco a poco a Poppy, que esprintó por la mediana en una diagonal sosteniendo en alto a Pupkin en dirección al denso bosquecillo del otro lado del carril contrario. Pasaban los coches a toda velocidad, en la dirección opuesta, cegando a Louise con sus intermitentes. Si a Poppy no la atropellaba un coche, se iba a internar en el bosque y la perdería de vista.

Echando el resto en un último acelerón, Louise notó que un coche le pasaba rozando y una fuerte ráfaga de aire la propulsaba por la espalda, impulso que aprovechó para dar una inmensa zancada, invertir el rumbo, tomar en brazos a Poppy y caer de rodillas sobre la flecha de giro a la izquierda pintada en el asfalto a la altura del semáforo donde sus padres habían perdido la vida.

La niña se sacudía de un lado a otro mientras los coches les pasaban a centímetros de distancia, y Louise, jadeando, la estrechó fuerte contra su pecho, abrazándola mientras tragaba grandes bocanadas de gases de escape. Poppy echó la cabeza hacia atrás y aulló. Toda la fuerza de su cuerpecito se fue en aquel aullido y brotó de ella un alarido mudo de angustia, de tanto exceso, vomitando dolor por la boca en un gemido sin palabras, y no era la voz de Pupkin, sino la voz de Poppy chillando de una forma en la que ningún niño debería chillar jamás, más fuerte de lo que podía soportar su garganta, más fuerte que el tráfico, y Louise no pudo hacer otra cosa que abrazarse a ella en medio de la calzada, gritando ella también.

—Lo sé —le decía una y otra vez—. Lo sé, lo sé, lo sé.

Por fin, Poppy calló. Louise se puso en pie. Mark había estacionado la camioneta detrás de ellas con las luces de emergencia encendidas. La ayudó a subir, a colocarse a Poppy, inerte de nuevo, en el regazo.

—¿Estás bien? —le preguntó Mark.

—No —contestó ella abrochándose el cinturón con una mano mientras agarraba a Poppy con la otra.

Mark miró por encima del hombro y giró a la derecha hacia McCants. Mientras aceleraba pasando de un carril al otro, Louise se preguntó si en la gravilla que había notado que se le clavaba en las rodillas habría pedacitos de los faros destrozados del coche de sus padres, pedacitos de las lunas de seguridad.

Su hermano se detuvo a la entrada de la casa a oscuras y apagó el motor. Pasaron un momento allí sentados, en silencio. Louise miró por el parabrisas. Se había marchado de casa hacía veintidós años y allí estaba otra vez. Había cerrado el círculo. Recordó el día que había llegado para enterrar a sus padres; a Mark y a ella peleándose por los certificados de defunción en el jardín. Recordó a sus primas jugando allí al fútbol americano en Navidades; a su madre cargando el Volvo con los estuches de los títeres; a su padre colgando las luces de Navidad. Ahora, bajo el crudo resplandor plateado de una farola lejana, la casa parecía una de esas cosas que se decoloran cuando las dejas demasiado tiempo en el desván. Parecía el final de los finales.

Mark tomó las llaves y bajó de la camioneta. Louise se escurrió por debajo de Poppy y se plantó a la entrada de la casa con su hermano.

—Hay una pala en el garaje —dijo ella—. Le hacemos jugar a caliente-caliente, frío-frío, con el cadáver de Freddie. Creo que nos llevará hasta él. Dudo que pueda contenerse.

—Vamos a necesitar más que una pala —respondió él—. Nos va a hacer falta una excavadora.

—Lo enterraron a mano —repuso ella— y así es como lo vamos a desenterrar.

Mark vio a Pupkin por el parabrisas mirándolos fijamente.

—Los dos tienen cinco años —dijo en voz baja.

—¿Qué? —respondió ella confundida.

—Freddie, o Pupkin, o quien sea —se explicó Mark—. Que Poppy y él son de la misma edad.

Louise miró a su hija, inerte, agotada, sucia... Lo único vivo que había en ella era el títere que llevaba puesto en la mano.

—Yo también —dijo—. Cuando intenté ahogarte. También tenía cinco años.

—Ya no tengo claro que esto sea buena idea —contestó él—. ¿Y si desenterramos a Freddie y no pasa nada? ¿Y si no está aquí?

Notó que a Mark le temblaba la voz, y a la luz plateada de la farola le vio la cara de angustia, aquellos ojos que no eran más que unas cuencas llenas de sombras.

—Mark..., si no le quitamos ese títere del brazo a Poppy, la voy a perder.

Se vio un relámpago, silencioso, mucho más allá del puerto.

—Cuando él se vaya —dijo Mark— se irá mamá también.

—Mamá ya se ha ido —replicó ella—. Esto no es más que otra de las cosas que se dejó aquí.

Mark soltó un suspiro grave, entrecortado.

—Vale —contestó—. Vale, vamos a hacerlo.

Un viento frío recorrió la calle que tenían a su espalda, de un extremo a otro, agitando las hojas de todos y cada uno de los árboles por los que pasaba. Louise abrió la puerta del copiloto.

—¿Pupkin? —dijo, fastidiada de tener que llamar así a su hija—. ¿Quieres jugar a caliente-caliente, frío-frío?

Pupkin se acercó a la puerta y el cuerpo de Poppy lo siguió. Louise los ayudó a bajar de la camioneta y se quedaron los tres a la entrada de la casa. Los cuatro.

—Pupkin, ¿te acuerdas de cómo hemos jugado en el coche? —El títere asintió—. Pues ahora vamos a jugar en el jardín, pero ¿sabes qué vamos a buscar?

Pupkin negó con la cabeza.

—Vamos a buscar a Freddie —contestó ella, y sonrió todo lo que pudo para no asustarlo—. ¿Nos ayudas a jugar?

El títere se mantuvo inmóvil tres largos segundos y luego negó con la cabeza.

—Anda, Pupkin —le dijo ella decidida a disimular su desesperación.

Pupkin volvió a negar con la cabeza. Louise se acuclilló delante de Poppy y miró a Pupkin a los ojos.

—Nancy ya no está —le dijo—. Eric ya no está. Tus padres ya no están. Todos los que te recuerdan se han ido. Y es hora de que tú seas un niño mayor y te vayas también.

—«No» —contestó Pupkin.

—¿Quién va a cuidar de ti ahora? ¿No quieres estar con tu madre y tu hermana?

Pupkin se inclinó hacia delante y se acurrucó a un lado del cuello de Louise como solía hacer cuando ella era pequeña. Su cuerpo era frío y pesado, como el de una babosa.

—«Tú cuidas de Pupkin ahora» —contestó.

Louise procuró no reaccionar.

—Yo cuidaré de ti —se obligó a decir ella—, pero, si voy a cuidar de ti, necesito saber dónde estás. Por eso vamos a jugar a este juego. ¿Lo entiendes?

Pupkin se desenroscó del cuello de Louise y la miró; luego miró a Mark y su carita blanca refulgió. No pasó nada.

—Me parece que no… —empezó a decir Mark y Poppy echó a correr.

Antes de que a Louise le diera tiempo a levantarse, la niña había doblado la esquina de la casa rumbo al jardín trasero sosteniendo a Pupkin delante de ella. Louise corrió detrás de ellos. Mark la siguió.

Rodearon el lateral de la casa, cruzaron la cancela y pasaron la maltrecha cerca de bambú que ocultaba su jardín trasero, grande y yermo, de la calle. Las nubes se deslizaban rápidamente por delante de la luna y el viento agitaba las hojas a su alrededor. Louise distinguió la silueta clara de las maderas de Mark en la oscuridad de la noche. El aire, que se había vuelto frío, le secó el sudor de la zona lumbar, le robó el calor corporal y la hizo estremecerse. El viento azotaba las copas de los árboles y hacía que las hojas produjeran un rugido similar al de las olas del mar.

Poppy no estaba allí, pero la puerta trasera que conducía al garaje estaba abierta. Mark y Louise se acercaron a ella y Mark asomó la cabeza dentro y encendió las luces de un manotazo. Nada. Habían cortado la luz. De pronto, le pareció muy mala idea volver a entrar en aquella casa. Louise sacó el móvil y, a regañadientes, activó la linterna. Alumbró la puerta y la intensa luz blanca les mostró el interior del garaje.

Los dos sacos de basura que habían llenado de muñecos estaban rajados y yacían desinflados en el suelo de hormigón.

—Ay, no —gimoteó Mark.

El viento sopló muy fuerte y silbó, y por el boquete oscuro donde la puerta destrozada conducía a la cocina se coló una risita.

—«Caliente-caliente» —se oyó decir a Pupkin.

—Vamos, no me jodas —espetó Mark volviéndose hacia Louise.

Pero Louise ya estaba cruzando el umbral y entrando en el garaje. Mark se quedó allí, nervioso, balanceándose de un lado a otro; luego miró por encima del hombro, volvió a mirar a Louise, que ya subía los escalones de la cocina, y fue detrás de ella antes de arrepentirse.

36

De pie en el comedor a oscuras, iluminado por la luz implacable de la linterna del móvil, oyendo cómo el viento sacudía las ventanas, Louise supo que habían cometido un error. Hacía aún más frío allí dentro que en la calle, olía a grasa rancia y a moscas y, al fondo del pasillo oscuro, algo los aguardaba, lo presentía.

Mark se le acercó por la espalda y, con un toque, encendió la linterna frontal que llevaba puesta. Más sombras saltaron de la oscuridad que los rodeaba, mudando y deslizándose por las paredes según giraba la cabeza.

—¿Está enterrado dentro de la casa? —susurró Mark, y hasta el susurro sonó demasiado alto.

La casa se había construido en la época en que Freddie se había ahogado, recordó Louise. ¿Se podía siquiera cavar debajo? ¿No la habían levantado sobre un forjado? Como hubieran enterrado a Freddie y le hubieran echado hormigón encima, estaban jodidos.

—«Caliente-caliente» —se oyó canturrear a Pupkin desde el fondo del pasillo oscuro.

De pronto tenía la voz áspera, como la de un hombre mayor imitando a una niña. Louise debía acabar con todo aquello mientras aún quedara algo de Poppy. Haciendo un gran esfuerzo, se adentró en la casa.

—Espera... —le pidió Mark, y lo oyó abrir armaritos a su espalda—. Vale —dijo, de nuevo a su espalda. Llevaba una sartén en la mano. Ella lo miró raro—. Es mejor que una raqueta de bádminton.

Pasaron juntos al recibidor. Un aire polar salía de los dormitorios, como si alguien se hubiera dejado las ventanas abiertas. A Louise se le puso la carne de gallina; el frío le heló la sangre.

—Pero ¿qué cojones...? —susurró Mark a su lado y, al girarse, ella vio el salón.

Los muñecos habían vuelto. Todos. Se habían metido en la vitrina: Enrique VIII y sus esposas, el tirolés de porcelana Hummel..., todos estaban otra vez en su sitio. El belén de ardillas en lo alto del mueble, las muñecas alemanas recolocadas en su estante, los payasos sentados encima del respaldo del sofá, el arlequín apoyado en uno de los brazos. Se encontraban donde habían estado toda la vida, aferrados a su sitio de siempre, donde su madre los había dejado. No estaban preparados para que los tiraran a la basura.

—Me gustaría decir que esto es lo más raro que me ha pasado en la vida —susurró su hermano—, pero me da que nos espera algo mucho peor.

Louise se volvió de nuevo hacia el pasillo y, a regañadientes, avanzó hacia los dormitorios.

—«Caliente-caliente» —resonó la voz de Pupkin por toda la casa, como si viniera de todas partes a la vez.

Todas las puertas del pasillo estaban abiertas, pero dentro solo había oscuridad. Mark se asomó a su antiguo cuarto y Louise se acercó al taller de su madre y abrió la puerta esperando que tropezara con la pared blanda de títeres, pero siguió cediendo hasta que el pomo chocó con la pared. Alumbró el interior con el móvil.

El taller de su madre estaba vacío. La máquina de coser seguía junto a la ventana, la mesa de trabajo ocupaba el centro de la habitación y una de las torres de cajas había volcado y vertido a la moqueta rollos de felpa para hacer títeres, pero todos los muñecos habían desaparecido. Las paredes estaban desnudas;

los estantes, desiertos. Mark se acercó a ella y Louise le notó la respiración entrecortada.

—Ya te dicho que esto no era buena idea —le susurró su hermano.

Continuaron su camino girando el cuello a todos lados, alumbrándolo todo con las linternas, haciendo que las sombras se alargaran y se desplazaran, procurando no pisar las fotos enmarcadas tiradas por la moqueta. Llegaron al fondo del pasillo y se detuvieron entre el dormitorio de sus padres y la puerta entreabierta del de Louise. Antes de que les diera tiempo a decidir dónde entrar primero, desde el extremo opuesto del pasillo, a su espalda, oyeron chillar a Pupkin:

—«¡Ardieeeendo!».

Mark y Louise se giraron, barriendo el pasillo con las linternas, y vieron a Pupkin a lo lejos, junto a la puerta del comedor. Poppy lo sostenía, tambaleándose, débil, febril, con la cabeza descolgada hacia un lado y la luz reflejándose en el vendaje de su bracito.

—¿Es aquí donde está Freddie? —preguntó Louise.

—«Tú quedas —dijo Pupkin por la garganta irritada de Poppy—. Gordo solo un brazo, no vale a Pupkin. Pero tú quedas. Tú quedas y cuidas de Pupkin y estás en Bosque de Tiquitú siempre y nada cambia y todo igual siempre jamás».

—¿Dónde está Freddie? —repitió Louise.

—«¿Tú no quedas?» —preguntó Pupkin con vocecilla triste.

—No quedas —contestó Louise—. Freddie debe volver a casa.

—«¡Freddie en casa!» —insistió Pupkin.

—Quiere estar con su familia —respondió ella.

—«Vale —dijo el títere—. Se acabó el juego».

Algo se movió desplazando aire en las habitaciones oscuras que tenían a ambos lados, y Louise se volvió hacia la puerta del dormitorio de sus padres justo a tiempo para ver que se abría de golpe y una avalancha de títeres se le echaba encima como un tsunami.

Descargó sobre ella un alud de muñecos encabezado por Señor No, que la miró con sus ojos de pelotas de pimpón y la boca abierta en un grito silencioso, y ella gritó también avanzando marcha atrás por el pasillo y chocando con Mark, que huía de los títeres que habían salido en tropel del antiguo cuarto de ella. Un montón de muñecos chillones los asaltaban desde todas las habitaciones.

Louise consiguió escabullirse, pero los muñecos enterraron a Mark enroscándosele en las piernas, en la muñeca, colgándosele del cuello y del pelo, enredándosele en el muñón y arrebatándole la sartén. Ella se los iba quitando de encima y los tiraba por ahí, pero algunos se le enganchaban a las manos, se le anudaban en los brazos con sus extremidades largas y finas, se aferraban a su blusa. Se le cayó el móvil y vio rodar por la moqueta del pasillo la luz de la linterna, que se ahogó en una tormenta de títeres.

Tenían que llegar al otro extremo del pasillo como fuera, dar alcance a Pupkin. Louise tiró de Mark notando cómo se deslizaban por sus piernas los brazos de los títeres, cómo se le enredaban en la cintura, se le colgaban de la espalda. Calculó que estaban a unos cinco pasos, pero había demasiados muñecos. Los tenían rodeados.

Pegó la espalda a la pared, se arrancó los títeres del cuerpo y los lanzó lo más lejos que pudo. Se los quitó a Mark de la cabeza. La linterna frontal de su hermano, vapuleada, iba ofreciendo destellos de la pesadilla en la que estaban inmersos: títeres sin piernas arrastrándose por la moqueta como babosas de felpa, columpiándose en el marco de las puertas, arrojándose sobre Louise con los ojos fijos en ella y la boca abierta en un alarido... Danny el Dragón de la Imaginación, el títere articulado de un metro de alto, corría por el techo cabeza abajo, adhiriéndose a él con sus patas de espuma, con las alas extendidas. Dos bastones de caramelo de metro y medio a rayas rojiblancas que su madre había hecho para una función navideña salieron de su escondite en el antiguo cuarto de Mark dando saltitos y se dirigían hacia ellos, abriendo y cerrando como peces aquellas bocas negras con cada salto, y Poppy estaba al final del pasillo con Pupkin riendo y bailando en su bracito.

Louise arrastró a Mark al baño y cerró la puerta de golpe. Los títeres empezaron a aporrearla por el otro lado. Ella empujaba la madera con las manos para evitar que se abriera con las embestidas desesperadas de los muñecos, que la hacían vibrar en el marco. Mark apoyó la espalda en la puerta. Entonces algo le rascó los dedos de los pies a Louise y, a la luz de la linterna frontal de Mark, vio unas manos peludas y unos brazos finos como espaguetis que se colaban por la ranura de debajo y le alcanzaban los pies. Los apartó sin dejar de volcar todo el peso del cuerpo en la puerta.

—¿Qué hacemos? —chilló casi llorando y al borde del ataque de pánico—. ¿Qué hacemos? ¡Son demasiados!

Los títeres vapuleaban de pronto la puerta todos juntos, coordinando los golpes. Cada vez que la golpeaban, Louise notaba cómo se sacudía en el marco. La iban a atravesar.

—¡Joooder! —dijo Mark a su lado, y Louise siguió su mirada horrorizada hasta el otro lado del baño.

Los muñecones Mark y Louise hacían guardia, uno al lado del otro, debajo de la ventana, observándolos con aquellos rostros inexpresivos y aquellas miradas perdidas. La muñeca se tambaleó hacia un lado como si se fuera a caer, recobró el equilibrio y se tambaleó de nuevo en la dirección opuesta, y entonces Louise vio que lo que hacía era caminar hacia ellos por las baldosas.

—¡Joooder! —repitió Mark cuando los títeres volvieron a aporrear la puerta todos a una.

El muñeco dio un paso hacia delante también y, bamboleándose, avanzaron los dos hacia ellos con sus piececitos. Llegaron al lavabo. Se movían de una forma rara, poco natural, que a Louise le producía arcadas.

—¿Qué hacemos? —gritó Mark aterrado a su lado—. ¿QUÉ HACEMOS?

—Aguanta la puerta —le dijo Louise, de pronto decidida.

Sin pensárselo dos veces, se adelantó, agarró a los muñecones del brazo y los tiró a la bañera. Aterrizaron dentro con un doble golpe seco. Cerró la puerta corredera de la mampara de metacrilato granulado y la sujetó. A la espalda de Mark, los títeres vapulearon de nuevo la puerta del baño y esa vez se oyó un chasquido en el marco. Louise llegó justo a tiempo de poner las manos antes de que volvieran a atacar.

—Hay que encontrar a Freddie —dijo.

—¿Cómo? —preguntó Mark—. Estamos atrapados en un baño, los títeres de mamá nos odian, hay unos muñecos en la bañera… Me parece que estamos jodidos.

Los títeres volvieron a aporrear la puerta. La parte del marco que había crujido antes reventó.

—¡No nos queda otra! —espetó Louise—. ¡Hay que encontrarlo!

—¿Cómo vas a encontrar nada? —gritó él—. Eso de ahí fuera es como el Bosque de Tiquitú.

—¡Piensa! —le ordenó ella.

Mark no contestó. Los títeres atacaron de nuevo. Esa vez la puerta cedió, apenas un par de centímetros, pero fue suficiente. Se les agotaba el tiempo.

—¡Madre mía! —exclamó Mark.

—¿Qué?

—El Bosque de Tiquitú —contestó él mientras los títeres golpeaban la puerta una vez más—. Yo he estado en el Bosque de Tiquitú, Lulu, en Boston, cuando era Pupkin.

Los títeres atacaron de nuevo. Louise oyó cómo se aflojaba la bisagra.

—¿El Árbol del Tictac, donde Pupkin dormía la siesta…? —dijo—. ¿En el Huerto de los Huesos…? Lo he visto. El Árbol del Tictac es un ciprés. El Huerto de los Huesos es de bambú. Es donde Pupkin está sentado siempre al principio de sus historias. Es donde piensa mejor.

Los títeres asaltaron la puerta de nuevo.

—Es el ciprés del jardín trasero. Con todo el bambú. Ahí es donde está Freddie. ¡Me lo dicen las tripas!

A Louise no le gustaban las corazonadas de Mark, las mismas que lo habían llevado a comprarse un serpentario.

—Fíate de mí —le dijo él mientras los títeres volvían a aporrear la puerta.

Las corazonadas de Mark lo habían llevado a perder todos sus ahorros en dos expediciones de búsqueda de tesoros. Gracias a sus corazonadas, había terminado invirtiendo en una fábrica de árboles de Navidad que no existía. Sus corazonadas lo habían salvado en Worcester. Sus corazonadas lo habían hecho dormir en la camioneta después de la cena del pizza-chino. Sus corazonadas le habían salvado la vida a Louise.

—¿Cómo llegamos hasta allí? —preguntó ella.

—Sal por la ventana —le dijo él—. Yo aguanto la puerta.

Louise vaciló. Los títeres volvieron a golpear la puerta. Se oyó un fuerte chasquido de madera astillada.

—¡Vete! —gritó Mark.

Louise soltó la puerta mientras los títeres embestían de nuevo en bloque. Esa vez a Mark le resbalaron los pies unos centímetros. En la bañera, los muñecones aporreaban con sus manitas el interior de la puerta de plástico de la mampara. Louise corrió a la ventana, apartó el visillo e intentó subirla.

—¡Está sellada con pintura! —dijo.

—¡Rompe el cristal! —le gritó él.

Louise miró alrededor: váter, lavabo, dispensador de jabón, toallas, escobilla… Necesitaba algo contundente. Los títeres golpearon la puerta una vez más. Los muñecones aporreaban la mampara con sus puñitos. Louise abrió la mampara de golpe, vaciló una décima de segundo y agarró a la muñeca. Pesaba lo suficiente.

—¡Lo siento! ¡Lo siento! —se disculpó y la estampó de cabeza en el cristal esmerilado de la ventana del baño.

La muñeca atravesó la ventana con un agradable crujido de cristal roto. Sosteniendo como un ariete aquel cuerpo que se retorcía lentamente, golpeó el cristal un par de veces más y luego lo usó para retirar los pedazos que quedaban en el marco. El aire frío del jardín inundó el baño. Louise tiró a la muñeca destrozada a la bañera otra vez y miró a Mark a los ojos.

—¡Date prisa! —le dijo él.

Ella inspiró hondo, se agarró al marco de la ventana pringándose las manos de polvillo de vidrio, se coló por ella de cabeza y aterrizó en el jardín; arrastrando las piernas, finalmente se puso en pie.

Se asomó al baño. El viento le impedía oír nada, pero vio que Mark se sacudía hacia delante con cada asalto de los títeres contra la puerta. Entonces Louise dio media vuelta y echó a correr.

37

Un viento frío que olía a lluvia aullaba por el jardín trasero azotando las copas de los árboles y el bambú. El aire gélido le quemaba la piel de los brazos. Tenía polvillo de vidrio por todas partes. Los nubarrones empezaban a tapar la luna. Armándose de valor, Louise entró en el garaje a oscuras y siguió a tientas los estantes hasta que descolgó la pala del clavo.

La agarró y salió al jardín. Por encima de su cabeza, el viento cambió de dirección y sacudió las ramas altas y desnudas del nogal pecanero. A su alrededor, la cerca de bambú traqueteaba como un montón de huesos. Al fondo del jardín, el ciprés raquítico se agitaba y vibraba con el azote del viento.

Louise corrió hasta él. Hacía más de veinte años que no visitaba aquel rincón del jardín y lo encontró húmedo y oscuro. Ni siquiera las ráfagas de aire eran capaces de llevarse el hedor a mantillo y a hojas podridas. La tierra parecía dura, nudosa y sembrada de raíces. Buscaba a un niño de cinco años del tamaño de Poppy y no tenía ni idea de por dónde empezar ni de hasta qué profundidad cavar. Aquello era demasiado aleatorio. No tenía la más mínima posibilidad. No podía hacerlo.

Debía fiarse de su instinto, como Mark.

Se obligó a cerrar los ojos, inspiró hondo, espiró, inspiró de nuevo, volvió a espirar. El aire olía a barro y a humedad.

Notaba el agua en él. A lo lejos, cerca del puerto, resonaron unos truenos. Louise inspiró y espiró una vez más.

Imaginó a su abuela, a la que no había visto nunca ni en fotos, saliendo a aquel jardín en plena noche, seguida por su abuelo, cargados con un antiguo baúl de hojalata. Él se plantaría detrás de su esposa mientras ella se mantenía inmóvil, como estaba Louise en ese momento. Luego señalaría.

«Aquí».

Louise abrió los ojos y se acercó a un punto que tenía delante, a un lado del árbol, levantó la pala e hincó la hoja en la tierra arrancando con ella un trozo de raíces. Retiró otro pedazo. Un rayo refulgió en el cielo y le mostró la depresión poco profunda que había empezado a excavar, y ella clavó la pala en el centro y empezó a sacar tierra.

No oía más que el viento. De los reflectores del jardín trasero de un vecino le llegaban ráfagas de luz, hechas jirones danzarines por la cerca de bambú, pero, por lo demás, todo estaba a oscuras. A su espalda, en la casa, un súbito tintineo de cristal surcó el aullido del viento. Louise no se detuvo. Extrajo otra palada grande de tierra y la echó a un lado. Entonces una enorme oleada de cristal estalló a su espalda y Louise giró bruscamente la cabeza. Las puertas correderas del salón reventaron y llovieron trocitos de cristal por todo el patio; el marco metálico se sacudió y un bulto oscuro cayó al suelo y rodó.

«Mark».

Su hermano se incorporó, desorientado y aturdido, sacudiendo la cabeza. Quiso ponerse en pie, pero clavaba los talones inútilmente en el suelo. Ella echó a correr hacia él, pero luego se detuvo, porque, a la espalda de Mark, al otro lado de las puertas correderas destrozadas, unas sombras se desprendieron de la oscuridad del interior de la casa y algo inmenso y pesado salió afuera llevándose por delante el marco de aluminio.

Aun desde donde estaba, Louise oyó sus pies torpones arrastrando el marco de las puertas correderas. Los oyó hincarse con fuerza en el suelo. Aquella cosa dio un traspié, se liberó del marco de aluminio, con la consiguiente lluvia de cristales por la espalda, salió de la oscuridad de la vivienda y Louise empezó a decirse sin parar: «¡NO! No, no, no, no, no, no, no, no, no, no, no, no…».

Una forma humanoide gigante, pesada y achaparrada, dio otro paso hacia Mark arrastrando los pies. Tenía un cuerpo tosco y cuadrado, brazos y piernas rudimentarios, un bulto básico por cabeza y estaba hecho de títeres. De todos ellos. De todos los títeres de su madre. Cientos de ellos, colgados unos de otros, anudados por los brazos, con las piernas enroscadas y los cuerpos trenzados entre sí. El viento agitaba el pelo, el cabello, la lana y danzaba por la superficie parcheada de aquel conglomerado; sus rostros ciegos y gritones y sus ojos de plástico miraban en todas las direcciones, con la boca abierta, todos ellos integrados en una masa furiosa y sin sentido.

«Deuteronomio el Burro, Danny el Dragón de la Imaginación, Carapizza, Miau Miau, Jacko el Bufón, Rogers, Estela Cósmica, Señor No, Mari Marimandona, Hermana Caprichosa, Monty el Perrete».

La cosa volvió la cara para mirarla y Louise notó que se le bloqueaba el cerebro. La pala se le escapó de los dedos entumecidos. Aquel ser dio un paso hacia ella, luego otro, bamboleándose peligrosamente, perdiendo el equilibrio con cada movimiento; los títeres se dilataban y contraían como tendones y aquel cuerpo amorfo se transformaba con cada flexión, haciendo boquear a los muñecos cada vez que los pies tocaban el suelo.

A la espalda de aquella bestia, Poppy asomó por la puerta rota del patio sosteniendo en alto a Pupkin en un bracito.

—«¡Pipicaca!» —chilló el títere triunfante, bailando en el aire.

El gólem de títeres se volvió hacia Pupkin y este señaló a Louise. La bestia se giró de nuevo hacia ella y empezó a avanzar pesadamente por el jardín. Louise miró a su alrededor, pero no tenía escapatoria. El hoyo no era lo bastante profundo. Aquella cosa iba a por ella. Había llegado ya a la pila de maderas de Mark.

Su vida entera dependía de aquello. Louise agarró la pala, volvió a clavarla en el hoyo y siguió sacando tierra más rápido arrojando paladas a un lado, aunque le ardieran los hombros y le dolieran las lumbares. Cuando levantó la vista, el gólem ya había recorrido la mitad de la distancia que los separaba. Contempló de nuevo el hoyo, apenas un poco más hondo. No le daba tiempo. No le quedaba otra alternativa. Se volvió hacia la bestia, dispuesta a plantarle cara, sosteniendo la pala con ambas manos delante de su cuerpo como si fuera una lanza.

Tras un par de pasos más del gólem, a Louise le cambió la perspectiva. Parecía que estaba más lejos, pero se alzaba por encima de ella, más alto que Mark, de al menos dos metros de altura. La llama de la determinación titiló en su pecho y se apagó: no podía pelear con aquella cosa. Aun así, apretó los muslos y agarró fuerte el mango de la pala, porque no le quedaba otra.

«Me voy a enfrentar a los títeres de mamá —se dijo—. Hace cuatro semanas era una diseñadora de producto con una hija y ahora me voy a liar a palazos con los muñecos de mi madre... ¡Ay, Dios, mamá, papá, ayudadme!».

Aquella cosa dio otro paso adelante y a Louise le pareció oír algo, unas voces suplicantes, unos gritos, unos balbuceos de dolor en el interior de su cabeza. Tronó, más cerca ya, pero los gritos de su cabeza sonaban a la vez más cerca y más lejos que los truenos, y fue entonces cuando entendió que eran los títeres, que los títeres gritaban.

Los conocía por su nombre, había visto a su madre hacer a todos y cada uno de ellos, había usado algunos en las funciones de su progenitora y habían sido felices mucho tiempo, calentitos, seguros, queridos, y de pronto habían perdido a su creadora y el dolor los había transformado en aquel desvarío y ella no quería seguir adelante.

—Les estás haciendo daño —le gritó Louise a Pupkin, y el viento se llevó sus palabras—. Esto no está bien. Lo que estás haciendo no está bien.

El gólem dio un paso más y los alaridos que Louise oía en su cabeza le produjeron una punzada de dolor en el lado izquierdo de la cara. Aquella cosa ya la tenía a tiro. La atacó con un brazo, lento y torpe, y ella retrocedió y sintió que la corriente desplazada por el golpe le pasaba rozando la cara, tan poderosa como la de un coche en movimiento. Aquella bestia era demasiado grande. Tenía demasiada masa. Como le echara el guante, se acabó.

«No quiero hacerles daño».

Los cansaría, decidió en medio del barullo de gritos que llevaba en la cabeza. Salió disparada hacia la izquierda, rodeó al gólem apartándose de Pupkin, alejándolo instintivamente de su hija, de lo que quedara de ella, y le atizó con la pala en las piernas, pero no le puso empeño y el golpe no hizo más que desconchar un poco aquella masa sólida y lanzar por los aires a Fabio el Adivino y a Señora Osa Mareada. El gólem se volvió torpemente hacia ella. Louise siguió dando vueltas en círculo sacudiéndole la pala delante de la cara para mantenerlo a raya. Cambió de dirección y la bestia se volvió para seguirla acorralándola en un rincón del jardín. Detrás del gólem, Pupkin danzaba en el extremo del brazo de Poppy. Louise sabía que tenía que atizarle, obligarlo a parar. Eran ellos o ella. Se acercó todo lo que pudo a las piernas de la bestia, tomó impulso con la pala y le pegó con todas sus fuerzas.

Le acertó en la pierna derecha, pero el gólem la atrapó. Un enjambre de bracitos brotó de su cuerpo como una enredadera, se enroscaron en la pala y la retuvieron enseguida. Luego la cosa lanzó su inmenso brazo derecho contra Louise, que soltó la herramienta y retrocedió mientras el gólem partía en dos el mango y ella veía caer al suelo su única arma.

De pronto algo la hizo girar como una peonza, como si la hubiera atropellado un camión. Se le espesó la saliva. El cuerpo le dio una vuelta completa y cayó de rodillas, poniendo una mano en el suelo para no morder el polvo. Por el rabillo del ojo, vio al gólem prepararse para atizarle otra vez.

Louise se levantó como pudo, pero lo tenía demasiado cerca y aquella cosa la lanzó por los aires en la otra dirección y la estampó contra la valla de bambú. El cuerpo le pesaba demasiado. Se le empezaba a oscurecer la visión. Como andaba por allí, se alejó de él rodando por el suelo. El pie del gólem cayó con fuerza justo donde ella estaba medio segundo antes.

Se levantó agarrándose a las cañas de bambú. Echaría a correr. Huiría de él. Era más rápida que aquella cosa, pero no lo veía…, ¿dónde se había metido…? Y antes de que le diera tiempo a ordenar sus pensamientos, algo le golpeó con fuerza por la derecha, las piernas le flojearon y cayó al suelo.

Rodando, se puso bocarriba e intentó levantarse, pero los brazos y las piernas ya no le respondían. Se retorció en la tierra mientras los títeres se alzaban sobre ella, tapándole el cielo, inundando su campo de visión. Louise notó a Poppy cerca, bailando, con el brazo en el que llevaba a Pupkin en alto, cantando su canción por encima de los gritos de los títeres, que no cesaban en su cabeza.

> «¡Pupkin llega! ¡Pupkin llega!
> ¡Reíd todos! ¡Que empiece la juerga!
> ¡Fuera baño! ¡Fuera mayores!
> ¡Fuera profes! ¡Fuera coles!
> ¡Todo el día a cantar y bailar!
> ¡Pupkin ha venido a jugar y jugar
> Y JUGAR Y JUGAR!».

Los alaridos de los títeres alcanzaron un timbre demasiado agudo que Louise ya no podía procesar, su cerebro desconectó y empezó a oír interferencias y, de pronto, lo único que veía eran los brazos del gólem intentando alcanzarla con el títere de un perro con la boca muy abierta (Monty el Perrete) colgando del codo, y los títeres se alzaron imponentes sobre ella, inmensos.

«Lo siento, Poppy…».

Un solo silbido agudísimo surcó la noche. La cosa que iba a atacarla se detuvo y Louise giró la cabeza a un lado y vio que Mark se había arrastrado hasta el pie del nogal pecanero. Le brillaban los dientes en la oscuridad y ella cayó en la cuenta de que sonreía. Su hermano se llevó los dedos a la boca otra vez y produjo un silbido largo y estridente. Entonces lo oyó decir:

—¡A por ellos, chico!

Por un momento, no pasó nada. Luego algo embistió al gólem por un costado y lo hizo tambalearse. En el cielo, Louise no vio más que nubarrones. Tronó, más cerca ya. Oyó a los títeres aullar más fuerte en su cabeza y, haciendo un esfuerzo enorme, se incorporó.

El gólem se quedó muy quieto, con aquella tosca protuberancia que tenía por cabeza vibrando lateralmente. Pupkin giró enseguida sobre el extremo del brazo de Poppy, como buscando algo, registrando el jardín…

Algo embistió de nuevo al gólem, que perdió medio brazo. Los títeres cayeron al suelo retorciéndose, chillando, y Louise oyó a Mark gritar por encima del viento:

—¡Buen chico!

«Araña».

Se abalanzó sobre el gólem, arremetiendo contra él abriendo y cerrando las fauces, gruñendo, desgarrando, mordiendo, arrancándole títeres del cuerpo, dando zarpazos con las garras de las seis patas. Louise veía intermitentemente a la bestia azul reptando por el gólem, trepándole a los hombros, fluyendo por su pecho, atrapándole la cabeza con sus fauces y desgarrando títeres, lanzándolos a la otra punta del jardín, serpenteándole entre las piernas, por la espalda, arañándole la cara.

El gólem se tambaleó, los títeres gritaron y Louise vio a Poppy retroceder como si le hubiera estallado algo en la cabeza; se dejó caer de espaldas y no se movió. Necesitaba ayudarla, ir con ella, y entonces vio a Pupkin agitarse en su brazo y supo lo que tenía que hacer.

Con las últimas fuerzas que le quedaban a sus torturados músculos, Louise se puso a cuatro patas y volvió gateando a su hoyo. Ya no tenía pala. Hincó los brazos hasta los codos y fue sacando tierra. Escarbó con las manos. Se rompió una uña. Mientras Araña destrozaba al gólem tambaleante, Louise iba sacando de la tumba de Freddie un puñado de tierra detrás de otro.

La primera gota de lluvia fría le cayó en la nuca como una bala, pero estaba demasiado agotada para que le importara.

Unas gotas sueltas golpetearon la tierra que la rodeaba; luego empezaron a repiquetear por el bambú y en las hojas blandas del ciprés y, mientras los gritos de los títeres iban extinguiéndose en su cabeza, los nubarrones descargaron un diluvio de proporciones bíblicas. Louise siguió agazapada en el jardín muerto con la lluvia cayendo como alfileres del cielo acribillándole la espalda, pero no podía dejar de cavar. Notó que se le acercaba algo grande, echó la cabeza hacia atrás y miró.

Araña trotaba hacia ella bajo la lluvia torrencial, apareciendo y desapareciendo, con la cabeza gacha, los ojos puestos en Louise. A su espalda, vio un montón de títeres esparcidos retorciéndose en la tierra que se convertía en barro, algunos intentando ponerse en pie para salir corriendo, pero volviendo a caer inmóviles al cabo de unos pasos. Más allá, vio a Poppy sentada en el suelo, descolgada hacia delante, sin inmutarse a pesar de la lluvia.

El aliento de Araña formaba nubecillas de vaho con el frío según se iba acercando y Louise se notó un pinchazo desagradable en las costras de las heridas. Él la miró intrigado y luego abrió sus enormes fauces irisadas, sacó despacio su lengua larga y se relamió. Louise miró abajo y vio que el hoyo se estaba llenando de agua; se notaba las manos tan tiesas, frías e inútiles como garfios. No era lo bastante profundo. Ni mucho menos.

Miró a Araña.

—¡Busca! —le ordenó. Él ladeó la cabeza y empezó a gruñir—. ¡Busca, Araña! —insistió ella.

Esa vez se agachó, metió las manos a regañadientes en el agua gélida y sacó dos puñados de barro. La piel le aullaba de dolor.

—¡Busca! —le dijo señalando el hoyo—. ¡Araña! ¡Busca!

Araña se acercó a ella y Louise se disponía a cerrar los ojos, pero entonces la bestia dejó de gruñir, metió las dos enormes patas delanteras en el agua hasta el fondo del hoyo y empezó a escarbar. Luego hundió dos patas más y, entre las dos traseras, empezó a salir disparado un chorro de tierra y barro, como si hubiera introducido en el hoyo una motosierra. La tierra que salía disparada le acertó en la cara a Louise, que se apartó arrastrándose y vio a Araña usar las seis patas para abrirse camino en la tierra mientras caía sobre todos ellos una manta de agua. Hasta que cambió el sonido de la tierra que salía del hoyo; le pareció que las zarpas tocaban algo hueco y duro, y gritó:

—¡Para, Araña!

Él la miró confundido, completamente hundido en el hoyo, y ella reptó hasta él. Al fondo, medio enterrada en la tierra, había una superficie lisa. Louise se tumbó bocabajo y empezó a apartar el barro. La lluvia le corría por la cara, casi ahogándola mientras rascaba con las manos heladas e inservibles, pasándolas por los bordes del objeto. Encontró un asa, la asió con ambas manos y, con todas las fuerzas que le quedaban, se levantó, tensando la espalda, notándose el chasquido de la columna, el desgarro de los músculos. La tierra retenía aquella cosa, hasta que por fin la liberó y Louise logró sacarla del hoyo.

Soltó el baúl de hojalata junto al hoyo, se dejó caer de espaldas en el suelo y se quedó tendida un momento, jadeando. La lluvia caía con fuerza, abofeteándole la cara y los ojos, empapándole la ropa. Se volvió de lado e hizo un esfuerzo por levantarse, agarró el asa del baúl y empezó a arrastrarlo hacia la silueta difusa de Poppy en medio del aguacero.

Araña la siguió, intermitente, observándola, y ella creyó ver a Mark recostado sobre el tronco del nogal pecanero y le pareció que movía la cabeza, que seguía su trayectoria, pero no estaba segura.

Avanzó con paso cansino por la tierra; la lluvia caía con fuerza y formaba charcos inmensos. Por fin vio a Poppy con Pupkin aún en el brazo, descansando en su regazo. Cuando Louise se acercó, Pupkin levantó a duras penas la cabeza. La lluvia había empezado a deshacerle el papel maché de la cara, que se había vuelto gomoso y se pelaba capa por capa. Sonrió a Louise; la tinta negra del contorno de los ojos le chorreaba como rímel corrido.

Louise soltó el baúl entre los dos y cayó de rodillas al suelo. A tientas, buscó con desesperación hasta que dio con un cierre, perdido de barro y herrumbre, y lo abrió. Luego buscó el segundo, el tercero y, por último, agarró la tapa con las dos manos y, haciendo fuerza, la abrió.

El baúl contenía los restos de un niño en posición fetal. Huesos, sobre todo, pero en las mejillas y en las muñecas aún le quedaba algo de piel, además de algo de pelo claro que la lluvia de inmediato le adhirió al cráneo de boca abierta; tenía las manitas juntas y dobladas con delicadeza bajo la barbilla. Un pequeño con vaqueros desgastados y, aquello sí que le rompió el corazón a Louise, un suéter rojo. «Mamá no quiso que pasara frío».

—Eres tú —le gritó Louise a Pupkin en medio del diluvio—. Eres tú, Freddie.

Pupkin apartó la mirada del cadáver del niño y miró a Louise, luego otra vez el baúl. La lluvia les caía como a mazazos. La pintura negra chorreaba por la barbilla de Pupkin al tiempo que sus rasgos se iban desdibujando y desaparecían.

—Te tienes que ir ya, Pupkin. Es hora de ir a casa.

El títere se estremeció en el brazo de Poppy convertido en un objeto triste, empapado y medio deshecho que contemplaba su propio cadáver.

—«Pupkin no va —contestó—. Pupkin queda y juega y juega…».

—Ya no queda nadie —respondió ella—. Se han ido todos.

—«¡Pupkin de verdad! ¡Pupkin vivo!» —gorjeó.

—No —dijo Louise demasiado agotada para añadir más.

—«¿Por qué?» —aulló Pupkin.

—Porque, cuando te haces muchísimo daño, tu cuerpo deja de funcionar y te mueres, y eso significa que te vas para siempre, que fue lo que te pasó a ti.

—«Nooo… —lloriqueó el títere—. No es justo…».

—No —coincidió Louise—. No es justo.

El rostro deshecho y desfigurado de Pupkin se volvió hacia ella en el brazo de Poppy.

—«¿Por qué?» —volvió a preguntar con la voz de un niño perdido que no sabía volver a casa.

En ese momento, Louise recordó *El conejo de felpa* y entendió por qué siempre lo había odiado. Que te quisieran no significaba que estuvieras vivo. La gente quería a un montón de objetos inanimados: animales de peluche, coches, títeres... Estar vivo era algo más.

—Porque eres de verdad, Pupkin —le explicó ella— y nada que sea de verdad dura para siempre. Así es como sabes que eres de verdad. Porque un día te mueres.

La lluvia caía a cántaros sobre los tres, sentados en el barro. Pupkin habló por fin, tan bajito que Louise casi no lo oía en medio de aquel diluvio.

—«Tengo miedo» —dijo.

Louise rodeó el baúl arrastrándose por el charco frío que se había formado alrededor de ellos, se sentó detrás de su hija, se la subió al regazo y alargó la mano hacia Pupkin, empapado y anegado en el brazo de la niña. La cara se le había deshecho hasta convertirse en una protuberancia irreconocible, pero ella aún podía distinguir el contorno suave de sus ojos, su boca, su barbilla, su naricilla respingona... Como era madre, agarró el guante del títere, se lo quitó del brazo a su hija y se lo puso ella, porque no podía permitir que un niño, el que fuera, se enfrentase a aquello solo.

Se notó a Pupkin frío, mojado y pesado en la mano, los nudillos se le helaron de inmediato, luego sintió que su cuerpecillo volvía a la vida, cesó la lluvia, el mundo se ladeó y giró, y Louise se encontró tumbada bocarriba contemplando el cielo nocturno despejado con sus refulgentes nubes rosadas.

Una brisa suave y cálida alborotó las hojas del Árbol del Tictac, encima de ellos, y Louise se incorporó, miró a su lado y vio a un niño sentado en la hierba del Bosque de Tiquitú. Llevaba vaqueros, un suéter rojo y a Pupkin en un brazo.

—¿Dónde está Nancy? —preguntó con voz de niño.

Louise no podía hablar. Sabía que aquello era una especie de alucinación, pero absolutamente todo parecía tan real, como si no se tratara de una visión engendrada por su cerebro exhausto, sino de un mundo que la rodeaba y que no tenía fin y por el que podía caminar en cualquier dirección sin que se acabara nunca.

—Quiero a Nancy —insistió el niño.

Louise no sabía qué decirle y se dejó llevar por el instinto. Recordó cómo iban los cuentos, los que le contaba su madre hacía años.

—Está en el fin del mundo —le contestó.

—No te creo —dijo el niño—. Y Pupkin tampoco te cree. El mundo no tiene fin.

—Todo tiene fin —respondió ella.

—No, no tiene —se empeñó el crío—. ¿Verdad, Pupkin?

—«¡Verdad!» —gorjeó con su vocecilla de pito el títere que llevaba en el brazo.

—¿Por qué no vas a comprobarlo tú mismo? —propuso ella.

El niño se lo pensó un minuto y luego se levantó.

—Eso vamos a hacer —contestó—. Vamos, Pupkin.

Empezaron a alejarse, y entonces el niño se detuvo y se volvió hacia Louise.

—¿Y si no lo encuentro? —le preguntó angustiado.

—Lo encontrarás —lo tranquilizó ella—. Siempre es así. Y, si no, Gorriona te traerá a casa. Porque siempre vuelves a casa, Freddie. Volvéis los dos, Pupkin y tú. Así es como terminan todas las aventuras…, con vosotros dos a salvo en casa con mamá y papá. Y tu hermana.

Freddie infló el pecho.

—Vuelvo a casa —dijo.

—Vuelves a casa —confirmó ella.

Pupkin y él reanudaron la marcha y Louise no se pudo contener.

—¡Freddie! —lo llamó.

El niño se detuvo y se volvió hacia ella.

—Cuando veas a tu hermana, dile gracias de mi parte.

—¿Por qué? —preguntó él.

Louise no lo sabía. No sabía cómo expresarlo. No encontraba las palabras. Era demasiado.

—Por todo —respondió al fin—. Dile de mi parte que gracias por todo.

Freddie se encogió de hombros. Dio media vuelta y Pupkin y él siguieron su camino por el Huerto de los Huesos, en busca del fin del mundo.

Entonces el Bosque de Tiquitú se desvaneció y la gravedad la devolvió a la realidad y, de pronto, estaba empapada y muerta de frío otra vez y había gente con linternas por todas partes, una maraña de chubasqueros y chalecos y ponchos reflectantes a su alrededor mientras mecía a su hija en su regazo con un amasijo de tela y papel medio deshecho en la mano derecha. Una de las personas se agachó y era tía Gail.

—¿Louise? —le gritó desde muy lejos—. ¿Louise?

—Lo he devuelto a casa —dijo ella—. He devuelto a Freddie a casa.

Y de pronto caía de espaldas y oyó el chapoteo del agua al tocar el suelo y luego el mundo entero se desvaneció.

ACEPTACIÓN

38

Louise salió con sigilo de la habitación de hospital donde estaba Poppy poco antes de las nueve de la mañana siguiente. Estaba hecha un asco, pero tenía demasiado que hacer. Tenía que ver la casa, asegurarse.

Cuando estacionó el coche a la entrada de la vivienda, un *golden retriever* pasó por delante a toda velocidad, corriendo manzana abajo con algo de trapo y colores vistosos en la boca, y al cerebro adormecido de Louise le costó un minuto caer en la cuenta de que era uno de los títeres de su madre. Bajó como pudo del vehículo y cruzó el jardín.

La policía ya se había ido, pero habían dejado un precinto amarillo sujeto a las columnas del porche principal y enroscado en la cancela lateral. Louise saltó por encima con cuidado de no romper la cinta y contempló el destrozo del jardín trasero.

Había títeres de su madre por todas partes, retales multicolor hechos jirones y esparcidos de un extremo al otro del jardín embarrado. La policía y los sanitarios los habían estado pisoteando toda la noche y los habían dejado en un estado irreparable. Algunos estaban enterrados en el fango; otros, destripados, los restos y los rellenos arrastrados por la corriente de aire. El montón más grande se encontraba bocabajo como a un metro del hoyo que Araña y ella habían cavado. La policía lo había expandido y convertido en un pozo inmenso.

Todo lo que su madre había construido, todo lo que se había pasado la vida creando, todo lo que tanto había significado para ella, había desaparecido. La lluvia, el barro y los pies de un montón de desconocidos lo habían destruido todo. Los títeres habían sido la vida de su madre. Pupkin había sido la vida de su madre. Y, de pronto, ya no estaban, ni su madre tampoco. Se echó a llorar.

Lloró porque al fin entendió que el tiempo solo avanza en una dirección, por mucho que deseemos otra cosa.

«No es justo», oyó protestar a Pupkin en su cabeza.

—No —repitió Louise en voz baja mientras lloraba—. No es justo.

—Perdone —dijo una voz chillona a su espalda.

Dolorida, con todas las articulaciones oxidadas y rígidas, y las lágrimas cayéndole por la cara, Louise se volvió. Al otro lado de la valla, había un hombre con un chaleco acolchado y pantalones deportivos con el brazo extendido. Con la mano sacudía uno de los títeres destrozados de su madre. Ella reconoció a Miau Miau.

—No pretendo ser grosero —dijo «grosero»—, pero tengo el jardín lleno de porquerías suyas.

Louise recordó vagamente que se trataba de uno de los nuevos inquilinos de la antigua casa de los Mitchell, una familia de financieros de Westchester, o de informáticos de la zona de la Bahía, o de profesionales de ese tipo de algún sitio similar. Ella le sonrió entre lágrimas.

—Ahora mismo lo soluciono —contestó.

Sacó el móvil, buscó el número en la agenda y lo pulsó.

—Señor Agutter... —dijo—. Soy Louise Joyner, de... sí... sí, es temprano... Siento que empezáramos con mal pie. Queremos que vuelva lo antes posible... Genial. Y otra cosa...: ¿también limpian jardines?

Cuando le dieron el alta a Poppy en el hospital, Louise bajó al coche a por una bolsa de deporte y la subió a la habitación. Se sentó al borde de la cama de Poppy con la bolsa en el regazo.

—¿Cómo te encuentras? —le preguntó.

La niña tosió y asintió a la vez. Louise le tocó la frente porque eso era lo que su madre había hecho siempre con ella cuando estaba malita. Los médicos le habían dicho que Poppy tenía los pulmones limpios y le habían pautado antibióticos por vía oral; Louise no tenía ni idea de lo que recordaba su hija, pero que pudiera volver a casa era el primer paso.

—¿Estás contenta? —le preguntó.

—¿Volvemos a San Francisco? —quiso saber Poppy.

—Volvemos a San Francisco —respondió Louise.

Entonces abrió la cremallera de la bolsa de deporte, metió la mano dentro, sacó a Espinete y lo puso encima de la cama, mirando a Poppy. Luego sacó a Rojito, a Buffalo Jones y a Dumbo y los colocó allí también.

—Estos son algunos de los amigos que yo tenía a tu edad.

Poppy los miró fijamente.

—¿Cómo se llaman? —preguntó la niña sin apartar la vista de los muñecos.

Louise le presentó a sus amigos de la infancia. Los había encontrado en la casa, escondidos en su cuarto, agazapados debajo de la cama. No recordaba haberlos visto aquella noche, ni creía que hubieran sido capaces de hacerle daño nunca, y parecían tan asustados y tan solos... Los había llevado a limpiar... espiritualmente, a casa de Barb, que le había dicho que no había nada de qué preocuparse, y físicamente a una tintorería.

—Ahora son tus amigos —le dijo, y Poppy alargó la mano con cautela, asió a Rojito por una oreja y se lo arrimó a la tripita; después asió a Buffalo Jones—. Pero vas a tener que cuidar bien de ellos, porque nunca han estado en una ciudad tan grande como San Francisco.

Cuando Louise era pequeña, su madre la había querido sin reservas, sin vacilación, pero Louise no había nacido sabiendo cómo hacer eso por los demás. Con aquellos peluches había aprendido a querer a alguien que no siempre te iba a devolver afecto, a cuidar de alguien que dependía de ti por completo. Habían sido las ruedas de aprendizaje de la bici de su corazón, y ahora le tocaba a Poppy. Dependía de ella que estuvieran limpios, se sintieran queridos y a gusto, y algún día quizás Poppy se los pasara a sus hijos o a los hijos de su mejor amiga, o tal vez no. Puede que se cansara de ellos antes. Fuera como fuese, Louise ya había hecho su parte. El resto era cosa de su hija.

El funeral de tío Freddie se celebró en octubre. Louise y Poppy volaron a Charleston y se alojaron en casa de tía Honey, que estaba encantadísima de tenerlas allí. Al principio, Louise pensó que la hospitalidad de su tía era puro teatro, así que una noche, cuando la niña ya se había acostado, decidió tomarse una copa de vino con ella.

—Quería disculparme por lo que ocurrió en tu habitación del hospital aquella noche —empezó Louise.

Tía Honey le hizo una pedorreta.

—Casi ni me acuerdo —contestó dando un manotazo de indiferencia al aire—. Iba superpuesta de drogas. Vamos a hablar de algo interesante de verdad. ¿Crees que Constance va a tener otro bebé? ¿A ti te parece que está embarazada? Ya no bebe alcohol.

Les había costado una barbaridad conseguir que un juez firmara el permiso de exhumación para desenterrar el ataúd vacío de Freddie y volver a enterrar sus restos donde correspondía y habían tenido que salvar otros obstáculos legales, pero, por fin, sesenta y ocho años después de su muerte, la familia Joyner-Cook-Cannon estaba reunida en el cementerio de Stuhr y tío Freddie yacía junto a su hermana.

Se reunieron en torno a la carpa verde del cementerio, plantada junto al hoyo recién hecho en la parcela familiar, y lo pasaron todos en grande. Tía Gail encabezó las oraciones y Mark contrató a un gaitero para que tocase *Amazing Grace* por razones que nadie pudo entender, y hasta estuvo Barb.

—¡Mírala, si es como una magdalenita deliciosa! —exclamó levantando a Poppy en brazos y pegando la mejilla a la de la niña—. ¡Dan ganas de comérsela!

Louise notó que Poppy no tenía ni idea de quién era Barb, pero agradecía la atención, aceptó el abrazo y la trató como a otra tía más. Le recordó lo mucho que disfrutaba su madre de la atención de los demás y lo mucho que les había tranquilizado eso siempre.

Echaron todos un puñado de tierra sobre el ataúd de Freddie y, sin saber cómo, Brody resbaló y cayó dentro del hoyo, aunque, por suerte, no se rompió nada. Y, cuando concluyó el servicio, resultó que Constance llevaba casualmente un puñado de latas de refrescos con alcohol y dos botellas de vino en el monovolumen, y todo el mundo empezó a beber y los de la funeraria no parecían tener prisa por que se marcharan, así que siguieron charlando en torno a la tumba abierta.

Mercy le habló a Louise de una casita preciosa que no conseguía vender de ninguna de las maneras porque los vendedores se negaban a reconocer que tenían el desván infestado de murciélagos. Barb y tía Gail estuvieron leyendo lápidas y chismorreando sobre los muertos a los que conocían. Constance y Mark se pusieron a discutir sobre evolución mientras Poppy jugaba al escondite con otros niños entre las sepulturas. Por fin era lo bastante mayor para entretenerse con los más pequeños de Constance y Mercy y, mientras sus chillidos resonaban sobre los cadáveres allí enterrados y tía Honey iniciaba un soliloquio sobre cómo había sido Freddie de niño, Louise se escapó a un lado de la carpa para contemplar a su familia.

—Hola —dijo Mark acercándose a ella con una lata extra de refresco con alcohol.

—Hola —contestó ella—. ¿Cómo te encuentras hoy?

No tenía buena cara. El muñón se le había resentido con la noche que habían pasado en la casa y los médicos habían tenido que cortarle algunos tejidos dañados del brazo derecho. No había sido divertido.

—Me duele un poco —contestó él, y con «un poco» quería decir «mucho» y «todo el rato».

Se quedaron el uno al lado del otro viendo a tía Honey dar audiencia, oyendo jugar a los críos entre las tumbas.

—¿Crees que es feliz? —preguntó Louise.

—¿Freddie? —dijo Mark—. Con la que ha montado, más le vale.

—¿Y Pupkin?

Junto a la carpa, tía Honey rio a carcajadas y todos los que la rodeaban en círculo la imitaron.

—Eso espero —contestó Mark.

—¿Cómo va la reforma? —quiso saber ella.

Mercy les había dicho que no esperaran demasiado de la casa. De hecho, les había comentado que probablemente no se vendiera hasta dentro de un tiempo.

—Encuentras un cadáver en el jardín y, de repente, todo el mundo quiere una rebaja de cien mil dólares. Igual encontramos a alguien que sea sordo y ciego y no lea la prensa, o quizás a alguien de Los Ángeles, pero yo no albergaría esperanzas de vender en breve.

Eso no había disuadido a Mark de pedir un préstamo y empezar la reforma. Le había dicho a Louise que necesitaba ocuparse en algo y no había mucha oferta de empleo para camareros mancos.

—Oye, tenemos que hablar de una cosa —le dijo su hermano.

«Ay, no —pensó ella—, ya he cubierto el cupo de malas noticias…».

Poppy se estampó contra las piernas de su madre por detrás, sofocada, sin aliento, jadeando y riendo.

—¿Lo estás pasando bien? —le preguntó Louise.

—¡En mi vida me había divertido tanto! —contestó la niña.

Poppy no sabía qué hacer con toda la alegría que llevaba dentro. Le producía cortocircuitos en las terminaciones nerviosas. La hacía agitarse. Apretaba los puños mientras pegaba la cara a las piernas de su madre; luego se apartó de golpe y salió disparada detrás de sus primos otra vez, corriendo como una loca. Louise la observó y después se volvió hacia Mark.

—Vale —dijo—. ¿Qué pasa?

—Puede que tengamos un comprador —le comunicó Mark.

—¿Qué? —respondió ella estupefacta—. ¿Cómo?

—Mercy me ha dicho que es un informático de Toronto. Lo de Freddie le da igual. Viene a ver la casa la semana que viene.

—¿Y qué pasa con la reforma? —preguntó Louise.

—De eso quería hablarte. Está casi terminada.

Se quedó allí plantado como un mago que acaba de terminar su truco esperando el aplauso. Poppy bordeó una tumba demasiado rápido y se dio un buen testarazo. Louise puso cara de dolor y luego la vio levantarse, con las rodillas manchadas de hierba, y continuar persiguiendo a sus primos.

—¡Qué bien! —dijo Louise volviéndose de nuevo hacia Mark—. ¡Fenomenal! En serio.

—¿Quieres verla? —preguntó él.

A Louise se le heló algo por dentro.

—Pues... —empezó ella, y vio entristecerse a su hermano—. No sé. He estado a punto de morir ahí, Mark, y Poppy... No ha sido un buen sitio para ella.

—Si ese tío compra, el trato se cerrará enseguida —le dijo él—. Puede que no tengas otra ocasión.

—¿No tienes fotos?

—Déjalo —contestó Mark, y Louise vio lo decepcionado que estaba.

—¿Sabes qué? —le dijo ella—. Nos acercamos por allí en el coche y, si a Poppy no le perturba, me encantaría ver lo que has hecho.

Louise y Poppy estaban en el recibidor de la casa en la que Louise había crecido, asidas de la mano, contemplando el espacio diáfano aún por estrenar. Olía a moqueta nueva y a pintura fresca.

—Tengo muy buen gusto —dijo Mark—. A ver, me ha ayudado Mercy, pero lo que ves es sobre todo lo que yo quería.

Parecía nervioso, orgulloso y deseoso de que a ella le gustara.

—Lo reconozco: ha quedado muy bien —contestó Louise.

Poppy le apretó la mano y Louise la miró.

—¿Puedo ir a ver tu cuarto? —preguntó la niña.

—Claro —contestó Louise—. ¿Sabes dónde está?

Su hija asintió con la cabeza y, con Rojito pegado al costado, enfiló el pasillo hasta el dormitorio de Louise.

—Alguna muestra de entusiasmo estaría bien —le soltó Mark—. Me he partido el puto lomo con esta reforma.

Louise mostró su entusiasmo con el nuevo baño del pasillo, más grande, los suelos de madera de la estancia familiar, la moqueta de los dormitorios, las persianas venecianas…

—Es supermoderno —dijo.

Aquello se le daba bien de verdad a Mark. Louise quiso encajar sus recuerdos de la última noche desesperada que había pasado allí entre los muebles de IKEA y la encimera de mármol, pero no cuadraban. Ya no parecía la misma casa.

—Mercy me ha preguntado si me apetece ayudarla con otra casa —le contó su hermano mientras se dirigían al antiguo dormitorio de sus padres—. Igual acepto. No sé, ha sido divertido.

Se encontraron a Poppy en el centro del antiguo dormitorio de sus padres. Mark había tirado el armario de obra, agrandado el baño y hecho un vestidor mayor. Louise apenas recordaba cómo era antes.

—Ya no hay nada —dijo la niña.

Louise asintió con la cabeza.

—Así es —contestó—. Ha desaparecido para siempre.

—¿Y los yayos? —preguntó Poppy.

Su madre titubeó un minuto y luego respondió:

—Tampoco están ya.

Esperó a que se empañaran los ojos de su hija, a que se le pusiera la cara colorada y empezara una rabieta.

—Ah —dijo Poppy dándole vueltas—. Vale —añadió.

Se recolocó a Rojito y volvió a asirse de la mano de su madre.

Mark las llevó a la cocina y le habló a Louise de cómo había conseguido el mármol y del buen precio que le habían hecho con el acero inoxidable. Luego Poppy tuvo que ir al baño y quiso que la acompañara su tío, así que Mark la llevó por el pasillo.

—Bueeeno... —dijo al volver—. De lo que no hemos hablado es de la nueva tasación.

A Louise se le paró el corazón. Ya estaba: la mala noticia. Mercy ya les había dicho que, después de lo de Freddie, todo el mundo pedía rebaja.

—¿Cuál es? —se obligó a preguntar.

Su hermano le dio la cifra. Era alta, más de lo que ella imaginaba.

—La mitad es tuya —comentó Mark—. Con eso te aseguras un buen futuro para Poppy.

A Louise le costó un minuto digerir lo que acababa de oír.

—Gracias —le dijo por fin—. De verdad. Todo esto lo has hecho tú y es alucinante.

De pronto, notó un olor raro, distinto al de la pintura y la moqueta nueva, como a caliente, a tostado, y se preguntó si Mark se habría dejado el horno encendido, o si estaba haciendo eso de preparar galletitas para enseñar una casa, pero el comprador no pasaría a verla hasta la semana siguiente. Inhaló otra vez y el olor era aún más fuerte.

Olía a horneado, a los *stollen* de su padre.

Exploró la cocina, desnuda y fría, y vio que el horno estaba apagado y que la hora parpadeaba sin parar en las 12:00. Se sintió envuelta por el aroma a mantequilla tibia y a glaseado caliente, lo inhaló y dejó que le inundara la cabeza. Olió la fruta escarchada y el azúcar templado. Olió la levadura.

Miró a Mark, a su lado, y le vio una cara rara, como si escuchara una música lejana. La miró a los ojos.

—¿Qué...? —empezó a decir él.

—¿Sabes? —dijo ella—. Siempre que olía a los panecillos de papá sabía que todo se iba a arreglar.

—Yo... —quiso contestar Mark, pero se quedó allí, perdido en el olor a repostería de su padre.

Oyeron la cisterna del váter y Poppy entró en la cocina con Rojito.

—Huele a galletas —espetó la niña.

—Es verdad —coincidió su madre.

Louise no supo si se trataba de energías, vibraciones, fantasmas, recuerdos o quizás de su padre mandándoles un último mensaje a los tres, pero le dio igual. Por un momento, por última vez, Mark y Louise, en la casa en la que habían pasado su infancia, percibieron el aroma de los *stollen* de su padre horneándose.

—Deberíamos marcharnos —propuso Louise por fin.

Mark se volvió hacia ella aterrado.

—Lulu… —le dijo—. Todo lo demás era Freddie o Pupkin o como fuera, pero esto… esto es papá…

Ella negó con la cabeza.

—Es hora de marcharse —repitió.

Él tragó saliva. Luego asintió. Después los cuatro —Mark, Louise, Poppy y Rojito— salieron de la casa y cerraron la puerta.

Y, al cabo de un rato, el olor a los *stollen* de su padre se esfumó.

En el caso de Louise, iba y venía. A veces pasaban años sin que la perturbara y otras le daba fuerte. Lo peor era cuando soñaba que seguían vivos y todo había sido un terrible error. En esos sueños, ella aún tenía treinta y nueve años y, cuando recibía la noticia terrible de Mark, ella llamaba a su casa, su padre se ponía al teléfono y hablaba con él y después con su madre, y despertaba feliz. Abría los ojos, se sentaba en la cama llena de energía e incluso llegaba a responder al móvil, entonces se acordaba de que estaban muertos y el golpe la destrozaba tanto como la primera vez.

Cuando eso ocurría, sentía un dolor fuerte en el pecho, como si le partieran el tórax de un hachazo. Cuando eso ocurría, tenía que llamar a la única persona que entendía cómo se sentía. Cuando eso ocurría, llamaba a su hermano.

En recuerdo de

CELEBREMOS
SU VIDA Y SU ARTE

Eric Joyner

y

Nancy Cooke Joyner

PROGRAMA DE LA CEREMONIA

Preámbulo del reverendo Michael Bullin

«This Little Light of Mine»
interpretada por el Cuarteto de Meneamuñecos
(con la colaboración de Joshua Bilmes,
Adam Goldworm, Harold Brown,
Daniel Passman)

HOMENAJES

Doña ratona de la casona y su humano,
Eddie Schneider

Monsieur Brady McReynolds y sus amigos
Jacques & Andre

Valentina «Bola de Nieve» Sainato

«The Five Penguins»,
interpretada por Susan Velazquez

Jessica «Gorjeos» Wade

«Gatita» Camacho

INTERLUDIO

Tributo a Nancy Joyner con música corporal,
interpretado por Doogie Horner y su cuerpo

«Candle in the Wind», interpretada por Los Buscatiples

Alexis Nixon	Fareeda Bullert
Jin Yu	Gabbie Pachon
Danielle Keir	Daniela Reidlová
Craig Burke	Lauren Burnstein

HOMENAJES

«Mi patito de ojos grandes», recitado por Claire Zion

Meditación silenciosa dirigida por Jeanne-Marie Hudson
y Oliver el Avestruz

Emily Osborne y Scarlett Fufflebear

Laura Corless la Suricata Danzarina

Anthony Ramondo y Snocchio

Hosanas y elogios del Trío Australiano

INTERLUDIO

«Eine kleine Nachtmusik», de Wolfgang Amadeus Mozart,
interpretada por Megha Jain (con cucharillas)

«Where Have All the Flowers Gone», de Pete Seeger,
interpretada por William Barr (con armónica)

HOMENAJES

«Yo imito al cuerpo eléctrico»,
poema original de Lydia Gittens

Visualización guiada
de Frances «la Magnífica» Horton y su cachorro

Kevin Kolsch y su gato bailarín, Iglesia

El auténtico lagarto de salón (y sus dos ranas),
Davi Lancett

El doctor Ralph Moore y los tres cercos reventones

Ballet interpretativo del señor Jirafa y sus amigos
(estilo sensual)

TEMA FINAL

«Rainbow Connection», de la Rana Gustavo

CIERRE DE LA CEREMONIA

«When the Saints Go Marching In»
Todos (con pitos de carnaval)

Querríamos agradecer a los Hendrix las hermosas flores donadas al santuario (Julia, Kat, Ann, David).

La Hermandad de Titiriteros Cristianos desea expresar su más sincera gratitud a los Buss, por abrir las puertas de su hogar a tantísimos invitados en momentos tan difíciles (Barbara, John, Johnny, Leon, Effie Lou).

Esta ceremonia está dedicada también a aquellos seres queridos que nos dejaron demasiado pronto: Erica Lesesne, Pete Jorgensen, tía Lee, tío Gordon, Eartha Lee Washington, tía Betty Moore, Joyce Darby y Scott Grønmark.

ATENCIÓN: El funeral de Amanda Beth Cohen se ha trasladado al Salón de la Hermandad y tendrá lugar de cinco a seis de la tarde. Si dispone de información que pudiera facilitar algún arresto pertinente, póngase en contacto con el inspector Ryan Dunlavey, de la Policía de Mt. Pleasant.

¿Sermones soporíferos?
¿Bostezos en las catequesis?
¡Su pastor necesita ALEGRÍA!
¡La de Nancy Joyner y su Escuadrón Divino!

Los espectáculos de Nancy, que cuenta con más de treinta años de experiencia como titiritera, aportan relumbrón sin olvidarse de Dios. Ofrecemos números de calidad para adultos, adaptados a cualquier confesión conocida, sea cual sea, con clásicos como:

El gigante egoísta: un gigante solitario aprende a querer.

Un perrete en el pesebre: lo que un perrete callejero vio aquella primera Nochebuena.

Mi amigo Danny: una versión moderna de Daniel en la guarida del león.

Un largo descenso: una perspectiva distinta de la historia que todos creemos conocer sobre la torre de Babel.

Nancy dispone de múltiples números para adolescentes, llenos de enseñanzas y de risas:

El listillo de la fiesta: el crío más listo del fiestón es el que dice no.

Feliz Halloween: hay más trucos que tratos en esta juerga sin supervisión.

El doctor Error y don Acierto: a veces don Acierto también tiene un lado oscuro.

¡Mira por dónde vas!: confiamos tantísimo en el GPS del móvil que, si nos descuidamos, podría llevarnos a sitios inusuales.

¡Y para los más pequeños!

Nancy Joyner...

★... ha impartido talleres en más de veintiún congresos

★... ha sido titiritera residente de la Universidad Nazarena de Olivet (2003)

★... ha ofrecido espectáculos en treinta y nueve de los cincuenta estados de EE. UU. (¡y en la isla de Guam!)

★... ha recibido formación de Henry Dispatch y de los Titiriteros de Cuentilandia.

¡Llame y reserve ya su ALEGRÍA!